元曲盛于元代，以其广阔的题材、独特的风格，以及直白押韵的语言，深得历代文人的青睐。虽然其流传并不如唐诗、宋词那么广泛，但元曲在思想内容和艺术成就上有着其独具的特色，使之堪与唐诗、宋词鼎足并举，成为我国文学史上的第三座里程碑。

全解全析

# 元曲三百首

徐荣强 编

吉林出版集团股份有限公司
全国百佳图书出版单位

**图书在版编目（CIP）数据**

元曲三百首全解全析 / 徐荣强 编. –– 长春 : 吉林
出版集团股份有限公司, 2023.5
ISBN 978-7-5731-3327-4

Ⅰ. ①元… Ⅱ. ①徐… Ⅲ. ①元曲－选集②元曲－译
文③元曲－注释 Ⅳ. ①I222.9

中国版本图书馆CIP数据核字(2023)第095812号

# 元曲三百首全解全析

YUANQU SANBAISHOU QUANJIE QUANXI

| | | |
|---|---|---|
| 编　　者 | 徐荣强 | |
| 出 版 人 | 吴　强 | |
| 责任编辑 | 蔡宏浩 | |
| 助理编辑 | 崔雅轩 | |
| 装帧设计 | 金墨书香 | |
| 开　　本 | 710 mm × 1000 mm　1/16 | |
| 印　　张 | 18.5 | |
| 字　　数 | 300千字 | |
| 版　　次 | 2023年6月第1版 | |
| 印　　次 | 2023年6月第1次印刷 | |

出　　版　吉林出版集团股份有限公司
发　　行　吉林音像出版社有限责任公司
　　　　　（吉林省长春市南关区福祉大路5788号）

电　　话　0431-81629667
印　　刷　廊坊市博林印务有限公司

ISBN 978-7-5731-3327-4　　定　　价　79.80元

如发现印装质量问题，影响阅读，请与出版社联系调换。

# 前　言

　　元曲是盛行于元代的一种文学形式，盛于北方地区，所以又有"北曲"之称。元曲大致分为两种，一为元杂剧，一为元散曲。杂剧是一种把歌曲、说白和舞蹈结合在一起的形式；散曲则是诗歌，包括套数和小令两种。元曲有严密的格律定式，而每一曲牌的句式、字数、平仄等也都有固定的格式要求，只是并不死板，定格中允许加衬字，部分曲牌还可增句，押韵上允许平仄通押，与律诗、绝句和宋词相比，元曲具有较大的灵活性。虽然其流传并不如唐诗、宋词那么广泛，但元曲在思想内容和艺术成就上有着其独具的特色，使之堪与唐诗、宋词鼎足并举，成为我国文学史上的第三座里程碑。

　　元曲的兴起，还促进了元杂剧的定型。原来的宋杂剧受大曲的影响，念一段、舞一段、唱一段，缺乏作为戏剧的整体性，不利于表现人物的多种情态。诸宫调的出现在很大程度上弥补了这一缺陷，开元杂剧之先声，然而，每一宫调却只有两三支曲牌，仍显得单调。散曲进入杂剧后，杂剧面貌为之一新，一折即一个套曲，可以包括十几支乃至二十几支曲牌，与宾白、科介相间，可以比较充分地表演一段情节。四折的结构，也大致符合戏剧冲突形成—发展—高潮—解决的规律。这种同宫调中各曲牌的多种形式的组合，惟妙惟肖地反映了人物形神的变化，跌宕起伏，不仅为反映元代社会生活提供了生动活泼的艺术形式，而且形成了以唱、念、做、打的综合体为特征的中华民族的戏剧表演形式，这个功绩，在中国文艺史上是不可磨灭的。

　　《元曲三百首全解全析》参校以《阳春白雪》《太平乐府》《乐府新声》《乐府群珠》等元、明刊本，择善而从，不另出校记。本书集原文、注释、译文、赏析为一体，将元曲艺术的精粹尽显书中，还挑选了与元曲意境相合的画相互配合，图文并茂，值得广大读者慢慢赏读。

　　由于编者水平有限，遗漏和错误之处在所难免，我们诚恳地希望专家学者和广大读者不吝赐教、批评指正。

元曲三百首全解全析

# 目　录

元曲三百首全解全析

元曲三百首全解全析

目
录

5

元曲三百首全解全析

元曲三百首全解全析

目　录

元曲三百首全解全析

# 元好问

（1190—1257），字裕之，号遗山。太原秀容（今山西忻州）人。金宣宗兴定五年（1221）中进士。除南阳令，调内乡。天兴初（1232）历官尚书省掾（属员），左司都事员外郎。官至翰林知制诰。金亡后不仕。卒年六十八。元好问常与元散曲家交往，他是一代著名诗人、文学家、散曲家。有《遗山集》《中州集》《壬辰杂编》等作品。

## 中吕·喜春来①

### 春宴

春盘宜剪三生菜②，春燕斜簪七宝钗③。春风春酝④透人怀。春宴排，齐唱喜春来。

**【注释】**

①中吕·喜春来：中吕，宫调名。宫调是古代音乐名词，我国历代称宫、商、角、徵、羽、变宫、变徵为七声，其中以任何一声为主，即可构成一种调式，凡以"宫"为主的调式称"宫"，以其他各声为主的称为"调"，统称为"宫调"。"中吕宫"就是以中吕为宫声的调式。喜春来，曲牌名，又叫"阳春曲"，属中吕宫，句式为七七、七、三五，共五句五韵，是元散曲中常用的曲调，多用于描写景物和抒怀。②生菜：即莴苣叶，生熟皆可食。立春那天，人们喜欢用生菜、春饼等物装盘，叫作春盘，邀集亲友野游，庆贺春天的来临。 ③七宝钗：用多种宝物装饰的妇女用的首饰，"七"是虚数。 ④春酝：春酒，即春造冬熟的酒。

**【译文】**

立春到来，人们采摘生菜和各种果蔬装满春盘；春燕展翅欲飞像斜插妇女头上的七宝钗。春风吹送着春酒的香气透人心脾。排好春宴，大家歌唱着《喜春来》。

**【赏析】**

这是元好问四首《喜春来》中的第一首。作者通过对早春景物和民间迎春风俗的描写，表达了人们以欢快喜悦的心情迎接春天的到来。在迎春的宴会上，人们和着春风，喝着美酒，唱着《喜春来》的曲子，好一幅令人陶醉的世俗迎春画卷！

# 中吕·喜春来

## 春宴

梅残玉靥香犹在，柳破金梢眼未开①。东风和气满楼台，桃杏拆②，宜唱喜春来。

**【注释】**

①玉靥（yè）：似玉的脸颊，此处指梅花瓣。靥，面颊上的酒窝。柳破金梢眼未开：破，指嫩芽刚出。金梢，嫩黄色的树梢。眼未开，指柳叶尚未长出，如睡眼没有睁开一样。　②桃杏拆：桃花和杏花刚刚绽蕾欲放。拆，拆裂欲放。

**【译文】**

梅花虽然凋残了，它那洁白的花瓣上香气还没有消散。柳树的梢头绽放出一片黄色的嫩芽，但柳叶还没长出来。春风和煦，吹满楼台。桃花杏花的花苞刚刚裂开想要绽放，这种情景正该高唱《喜春来》。

**【赏析】**

这是四首《喜春来》的第二首，此曲作者写春天的美好。曲中用梅残香存，柳眼未开，春风和暖，桃杏拆等句织成一幅美丽动人的春景图。给人以如临其境之感。可谓着意状物，恰到好处。

# 仙吕·后庭花破子

玉树后庭前，瑶华妆镜边①。去年花不老，今年月又圆。莫教偏②。和花和月，大家长少年。

**【注释】**

①玉树：传说中的一种仙树，这里指优良的树种。瑶华：传说中的一种仙花，这里用以比喻贵重的妆镜上镶雕的花卉。　②偏：斜，这里指月缺。

优良的树种种植在后庭前，花卉雕刻在妆镜的边缘。去年的花依然生机勃勃的开放，今年的月亮也和过去一样圆。不要让这一切有变化！让青春年少，如同这花月一般永驻。

【赏析】

此曲作者以花好月圆作比，抒发"人不老""长少年"的美好愿望。表现了作者对人生美好愿望的追求。

# 双调·骤雨打新荷

绿叶阴浓，遍池亭水阁，偏趁凉多。海榴初绽①，朵朵簇红罗②。乳燕雏莺弄语，有高柳鸣蝉相和。骤雨过，珍珠乱撒，打遍新荷。

人生百年有几？念良辰美景，休放虚过。穷通③前定，何用苦张罗④。命友邀宾玩赏，对芳樽⑤浅酌低歌。且酩酊⑥，任他两轮日月，来往如梭。

【注释】

①海榴：即石榴，因从西域移植，故名。绽(zhàn)：开放。　②罗：稀疏而轻软的丝织品。　③穷通：处境的困窘（穷）和顺利（通）。这里指人命运的好坏。　④张罗：料理，筹划。　⑤芳樽：精美的酒杯。这里指美酒。　⑥酩酊(mǐng dǐng)：大醉的样子。

【译文】

池塘中遍布凉亭水阁，在繁茂的绿叶遮阴下，最是凉快。刚刚开始绽放的石榴花聚成一团，就像红色的纱帐。雏燕幼莺叽叽地说着话，与高高的柳枝上的蝉鸣互相应和。骤雨突然来到，雨滴像乱撒的珍珠，打落在池塘中的片片新荷。

人生能有多长时间，想想那良辰美景，好像刚刚做了一场梦一样。命运的好坏都是前生注定，何必苦苦操劳。不如邀请朋友一起玩赏，浅酌几杯小酒，低声唱几首歌，喝个酩酊大醉，不去管那日月轮转，来往如梭。

**【赏析】**

此曲分上下两阕，上阕写景，作者以比兴的艺术手法，绘出一幅完美的自然图画，"乳燕雏莺弄语，有高柳鸣蝉相和"句，写得绝妙逼真，堪称名句。下阕抒情，"人生百年有几""浅酌低歌"，虽有消极因素，但更多表现了作者达观情绪，给人以心情洒脱之感。

# 杨果

(1195—1269)，字正卿，号西庵。祈州蒲阴（河北安国县）人。幼失父母，以章句授徒为业。金正大初（1224）中进士，为偃师令，以廉洁精干著称。元中统元年（1260），拜北京宣抚使；次年拜参知政事。至元六年（1269）出为怀孟路总管，以老致仕，卒于家，年七十五。工文章，尤长于乐府散曲。有《西庵集》。

## 越调·小桃红①

碧湖湖上采芙蓉②，人影随波动，凉露沾衣翠绡重③。月明中，画船不载凌波梦④。都来一段，红幢翠盖⑤，香尽满城风。

**【注释】**

①越调·小桃红：越调，宫调名，《中原音韵》说它的特点是"陶写冷笑"。多用来抒情写意。小桃红，曲牌名，句式为七、五、七、三、七、四、四、五，共八句。　②芙蓉：荷花，又名芙蕖。　③凉露沾衣翠绡重：久立船头，露水打湿了采莲女的绡衣，因而变得沉重。翠，青绿色。绡，用生丝织的绸叫绡。④凌波梦：即凌波曲。　⑤红幢（chuáng）翠盖：形容荷花。幢，旌旗。盖，即伞盖，这里指荷花。

**【译文】**

在月色迷茫中，画船上的人们倒影在碧湖之中，随着波光月影晃动，她们并没有伴月入梦，而是在船上彻夜采莲。夜露沾衣，月光如水，在这寂静的夜里，伴随她们的是有那华美的船和溢满全城的荷香。

此曲写的是水乡的夜景。在月色微茫中，画船上的人们并没有睡，她们在船上彻夜采莲，夜露已经沾湿了她们的衣裳；在这寂静的夜里，伴随她们的，只有飘散在微风中的荷花的清香。

# 越调·小桃红

满城烟水月微茫①，人倚兰舟②唱，常记相逢若耶③上。隔三湘，碧云望断空惆怅。美人笑道：莲花相似，情短藕丝长。

【注释】

①烟水：指湖面泛起水汽，缥缈似烟。微茫：若明若暗，朦胧不清。　②兰舟：形容船的华美，在此指采莲船。　③若耶：指若耶溪，在浙江绍兴南诸暨市，西施曾在此溪上浣纱。

【译文】

湖面泛起了水汽，月光忽明忽暗，全城仿佛笼罩在一片烟雾里，美人倚靠在采莲船上吟唱。曾记得我们在若耶溪相遇，水隔三湘，只能望穿碧云蓝空，空自惆怅。美人笑着吟唱道，思慕之心依然未减，相处的日子不多而相思却也是像藕丝那样长。

【赏析】

此曲写采莲女对爱情的坚贞。在这满城烟水的月光下，采莲女一面劳动，一面忆起当初和情人相互唱和的情形。如今，一对伴侣已被隔断，采莲女只有望断碧云空自惆怅了。然而，她不是绝情的，她以莲自比，他们间的情丝恰如藕丝一样，永远无法割断。

# 越调·小桃红

采莲人和采莲歌，柳外兰舟过①。不管鸳鸯梦惊破，夜如何②？有人独上江楼卧。伤心莫唱，南朝旧曲③，司马④泪痕多。

【注释】

①采莲歌：泛指江南妇女采莲时唱的歌曲。兰舟：木兰制的舟，此为采莲船的美称。　②夜如何：现在是夜里的什么时辰？言夜已深。　③南朝旧曲：南朝

梁武帝萧衍乐府《江南弄》，其中一曲名《采莲曲》其子简文帝萧纲也作有《采莲曲》；作者由《采莲曲》联想到南朝陈后主的亡国之曲《玉树后庭花》，故"莫唱"。　④司马：州刺史的辅佐官，在唐代实为闲职。唐宪宗元和十年白居易被贬为江州司马。

**【译文】**

采莲人唱着采莲歌，杨柳岸边一叶小舟轻轻地划过。那一片欢声笑语，全然不顾忌把静夜中的鸳鸯梦惊醒，现在是什么时辰？此时有人独自来到江楼上。别唱那让人伤心的南朝旧曲，以免引得失意的人落泪。

**【赏析】**

此曲用对比的手法，抒发了兴亡之感。采莲曲原是乐府旧题，多写南国水乡，歌咏爱情。杨果沿用采莲曲的旧题，写的却不是爱情，而是兴亡，是惆怅。

此曲依据内在的情绪可分为前后两部分。前二句写采莲人的热闹，"夜如何？有人独上江楼卧"作过渡，后两句写了独上江楼之人的寂寥与惆怅。

此曲开篇，短短两句，写了一幅热烈的江南夜景图。夜凉如水，新月如钩，静谧的湖面上突然传来采莲人热闹的歌声。循着歌声望去，只见一艘精致的小船从柳树繁密之处驶出，那轻松愉快的采莲歌便是从那里飘扬而至。月夜踏歌采莲，荡舟湖面，一幅美好热闹的江南采莲图画！但这两句之后，小令突然由乐转悲，让人猝不及防。热闹的采莲曲惊醒了熟睡人的美梦，让他再难以入睡，只得"独上江楼卧"。"夜如何"三字极有韵味，热闹的夜是属于采莲人的，而对于从鸳鸯梦中惊醒而独上江楼的人来说，这样的夜是悲凉的，三个字自然引出下半部分。

热闹是他们的，对于独上江楼的人来说，什么也没有。独上江楼的人疏离在这个热闹的场景之外，像一个旁观者，冷眼看着眼前的一切。他看到的是什么呢？是"商女不知亡国恨，隔江犹唱后庭花"的伤痛，是"座中泣下谁最多，江州司马青衫湿"的孤独。至此，小令开头的喜悦气氛已渐渐被冷清的气氛所取代，悲的情结丝丝缕缕沁入夜色里，而"伤心莫唱，南朝旧曲，司马泪痕多"三句则是将原本若隐若现的悲哀情绪推向高潮，有一种"举世皆浊我独清，众人皆醉我独醒"的意味。

# 越调·小桃红

采莲湖上棹船回，风约湘裙翠①。一曲琵琶数行泪，望君归，芙蓉②开尽无消息。晚凉多少，红鸳白鹭，何处不双飞。

## 【注释】

①棹：桨，作动词用，即划船。约：束，裹。湘裙翠：用湘地丝织品制成的翠绿色的裙子。　②芙蓉：荷花的别名。谐"夫容"，一语双关。

## 【译文】

荷花湖上，采莲女子划船返回，晚风轻轻把那翠绿裙子吹得紧紧裹住身体。江上突然传来哀怨的琵琶声，引得人伤心流泪。盼着远方的人归来，可是荷花都开过凋谢了还没有消息。傍晚时分有多少凄凉的心事涌上心头，看那鸳鸯、白鹭，随时随地哪有不双宿双飞！

## 【赏析】

采莲女触景生情，琵琶、芙蓉、鸳鸯、白鹭都成为她思君的引子。作者将人物微妙的内心悸动把握得恰到好处。但凡人心中有所牵挂，随便什么事物便都会让人联想到自己所记挂的人、事上。此曲语言清丽婉约。作者杨果生活在金朝末年，在他生活的时代，散曲颇为流行，但当时的散曲尚沾染着宋词和民歌的色彩，所以和后来的散曲相比，其用词较为典雅。

# 越调·小桃红

碧湖湖上柳阴阴，人影澄波浸，常记年时欢花饮。到如今，西风吹断回文锦①。美他一对，鸳鸯飞去，残梦蓼花深。

## 【注释】

①回文锦：东晋前秦才女苏惠被丈夫窦涛遗弃，织锦为"璇玑图"寄涛，锦上织入八百余字，回旋诵读，可成诗数千首。窦涛感动，终于和好如初。后人因以"回文锦"代指思妇寄给远方夫君的述情之物。

## 【译文】

碧绿的湖面上笼罩着柳荫，人的倒影在明净的水波中映浸。经常浮现在记忆里的是年时节下花前的畅饮。到如今，夫妻离散无音信。美慕那成双成对的鸳鸯，比翼齐飞到蓼花深处，人却是鸳梦已残，无计重温。

## 【赏析】

这是一首写思念之情的曲子。作者在曲子开始通过描绘碧湖、柳荫、澄波等景物，营造了明艳的气象。正是这景致引起了曲中人对美好往昔的怀恋。曲子从景到情，转接得十分自然。其中，"人影澄波浸"一句，既是景语，突出了水之清，又是情语——曲中人正顾影自怜。

　　古人写文，常用"西风"表现凄凉之情。曲中人并未在回忆中沉浸太久，便回到了无情的现实。回文锦已断，说明曲中人不仅和情人两相分离，还断绝了音信。"西风"一句在意象上和"碧湖湖上柳阴阴"形成鲜明对比。

　　"羡他一对，鸳鸯飞去，残梦蓼花深"本可以写作"羡他一对鸳鸯飞去，残梦蓼花深"，作者故意将"一对"和"鸳鸯"断开，一是为了突出"一对"，表达对情人的怀念，二是为了制造一句三叹的效果。

　　此曲由景及人，又由人及景，以湖上美景引出回忆与现况的今昔对比，使得曲情愈发凄婉悲怆。正所谓"以乐景写哀，一倍增其哀乐"。

## 刘秉忠

　　(1216—1274)，字仲晦，邢州（今河北邢台市）人。十七岁，为邢台节度使府令史，后弃去，隐武安山中为僧，法名子聪。后云游中，被元世祖忽必烈召见，忽必烈见他博学多才，留侍左右。至元初（1264），拜光禄大夫，位太保，参预中书省事。卒年五十九。秉忠自幼好学，至老不衰，终日斋居蔬食，每以吟咏自适，不为名利所动，自号藏春散人。有《藏春散人集》。

# 南吕·干荷叶①

　　干荷叶，色苍苍，老柄风摇荡②。减了清香，越添黄。都因昨夜一场霜，寂寞在秋江上。

**【注释】**

　　①南吕：宫调名。干荷叶：曲牌名，又名"翠盘秋"，为刘秉忠自度曲。这个曲牌原是以"干荷叶"起兴的民间小曲，而"干荷叶"在当时又被作为女子色衰失偶的隐语。　②苍苍：深青色。老柄：干枯的叶柄。

**【译文】**

　　干枯的荷叶，水上一片深青色，干巴的老茎在风里不住地摇荡。清香一点点减退了，颜色一点点枯黄，都是因为昨夜下了一场霜。秋天的江面上荷叶更加显得寂寞、凄凉。

**【赏析】**

《干荷叶》是刘秉忠借荷花意象的爱情内涵来叹咏情事之作，荷花之根名为藕与配偶的"偶"谐音。每到八月秋来，劳者采藕劳作于水塘之间，此时荷花已经凋谢，藕又无情的被人剥夺去，荷叶仿似无根的浮萍在江上孤寂凄凉，无依无靠。西风渐起，荷叶日益枯萎，其当有失偶之痛。故以其比喻人有失偶之状，可悲可感。

此曲写荷叶在深秋的风霜侵凌下翠减香消的形态和情态。开篇用洗练的笔墨勾勒出一幅色彩鲜明、富有动感的干荷图，摹写秋风中残荷的憔悴之状：既写其叶干，又写其柄老；既写其色苍，又写其香减。这里并非仅写残荷的色和味，一个"减"字、一个"添"字写出了荷叶由盛到衰的全过程。这样多方描画，层层涂饰，已经极穷形尽态之能事，而"都因"一句用再加重笔墨、翻进一层的写法，写夜来的一场浓霜使本来已由翠绿变为深青的荷叶，更由深青变为枯黄。最后一句则进而以我观物，赋情于景，把作者的自我感受融入笔下所描绘的物象之中，使本为无知无情的残荷也变得有知有情，为自己如此凄凉的晚景而感到孤寂落寞。这首小令锤字炼句，构思新颖，物我合一，情景交融，达到很高的艺术境界。

# 南吕·干荷叶

南高峰，北高峰①，惨淡烟霞洞②。宋高宗③，一场空。吴山④依旧酒旗风，两度⑤江南梦。

**【注释】**

①南高峰，北高峰：杭州西湖边上遥遥相对的两座山峰，合称"双峰插云"，

是西湖十景之一。　②惨淡：景色暗淡。烟霞洞：南高峰下烟霞岭有石屋、水乐、烟霞三个古洞，其中烟霞洞是西湖最古老的石洞之一。　③宋高宗：名赵构，是南宋第一个皇帝。宋钦宗靖康二年(1127)，金人攻陷汴京，徽、钦二帝被俘，北宋灭亡。同年，康王赵构在南京(今河南商丘)即位。后金人继续进兵，赵构逃往江南，定都临安(今浙江杭州)，建立了偏安一隅的南宋王朝。　④吴山：俗名城隍山，又名胥山。在杭州西湖东南，左带钱塘江，右瞰西湖，是杭州名胜之一。⑤两度：两次。

**【译文】**

南高峰，北高峰，凄凉惨淡的烟霞洞。宋高宗在此落得一场空。看如今吴山的酒旗依旧在风中飘动，而吴越同南宋在江南留下的只是两次兴亡梦。

**【赏析】**

此曲从杭州名胜景色引起联想，讽刺历史上昏庸的统治者宋高宗赵构、吴越国王钱镠之流，妄图苟安一隅，最终只是一场幻梦，抒发了作者对兴亡盛衰的感慨。干荷叶，又名翠盘秋，原是民间小调。作者用以写景抒怀，富有浓厚的民歌色彩。

## 魏初

生卒年不详，弘州顺圣(今河北阳原县)人，魏璠从孙。璠无子，以初为后嗣。初好读书，为文简而有法。中统元年(1260)始为中书省掾史，兼掌书记。后以祖母老辞归，隐居教授。又起为国史院编修官，后拜监察御史。疏陈时政，多见采纳。累官至南台御史中丞。有《青崖集》。

# 黄钟·人月圆①

### 为细君②寿

冷云冻雪褒斜路③，泥滑似登天。年来又到，吴头楚尾④，风雨江船。但教康健，心头过得，莫论无钱。从今只望，儿婚女嫁，鸡犬山田。

**【注释】**

①人月圆：曲牌名。此词调始于王诜，因其词中"人月圆时"句，取以为名。②细君：特指妾。　③褒斜路：古道路名。因取道褒水、斜水二河谷得名。　④吴头楚尾：指古豫章一带。因位于吴地长江的上游，楚地长江的下游而得名。

**【译文】**

在古道上冒着冰冷的大雪行走，地上泥泞湿滑走起来如同登天一样艰难。过了一年才到了吴头楚尾的江西豫章，一路上乘坐江船历经风雨。只希望你身体健康，对不平之事心里能过得去，不抱怨自己没有足够的钱。从今往后，只希望自己的儿女能过上温饱的山村林园生活就可以了。

**【赏析】**

此曲是作者为妻（细君）祝寿之曲，全曲情调明快，韵律响亮，意境健康。"从今只望儿婚女嫁，鸡犬山田"，写得很富有生活气息，富哲理，耐人寻味。

## 王和卿

字和卿。大名（今河北省）人，与关汉卿同时代人，互相好友而和卿先卒。为人滑稽佻侂，讽刺诙谐。赋《醉中天》小令《大蝴蝶》后，其名益著。官学士。延祐七年卒，年七十九。

## 仙吕·醉中天

### 咏大蝴蝶

弹破庄周梦①，两翅驾东风，三百座名园，一采一个空。难道风流种②，唬杀③寻芳的蜜蜂。轻轻的飞动，把卖花人扇过桥东。

**【注释】**

①"弹破"句：意为蝴蝶之大竟然把庄周的蝶梦给弹破了。庄周，战国时期的思想家，道家学派的代表人物。《庄子·齐物论》载，庄周有一次做梦自己变成蝴蝶，可是醒来后，发现自己仍是庄周，于是感叹地说："不知周之梦为蝴蝶与？

蝴蝶之梦为周与？" ②风流种：有才华而不拘礼法的人。这里指寻花问柳的人。③杀：用在动词后，表示程度之深。

【译文】

蝴蝶挣破了那庄周的梦境，来到现实中，凭借着浩荡的东风煽动硕大的双翅。把三百座名园里的花蜜全采了一个空。谁知道它是天生的风流种，吓跑了采蜜的蜜蜂。翅膀轻轻搧动，把卖花的人都搧过桥东去了。

【赏析】

此曲为咏物之作，借咏蝴蝶讽刺贪色的花花公子坏事干尽的行径。其中富有寓言色彩，增强了艺术魅力，史称其为王和卿的代表作。

# 双调·拨不断①

## 自叹

恰②春朝，又秋宵。春花秋月③何时了？花到三春颜色消④，月过十五光明少。月残花落⑤。

【注释】

①拨不断：曲牌名。又名"续断弦"，属双调宫曲调。此调流行于南宋和元代。全曲六句，基本句式为三三七七七四，押三平韵三仄韵。 ②恰：才，刚刚。

元曲三百首全解全析

③春花秋月：春天的花朵，秋天的月亮。泛指春秋美景。　④三春：春季的第三个月，即季春时节。消：消失，减退。　⑤落：零落，凋谢。这里是韵脚。

**【译文】**

春朝刚过，又到了秋宵时节。春花秋月，什么时候才是个尽头啊！鲜艳美丽的花儿到了季春时节，色彩逐渐消退；每月十五过后，月亮就不再显得那么皎洁。月残花落，实在令人伤感不已啊！

**【赏析】**

作者借春花秋月的描写，抒发其对当时社会的不满。此曲流露出作者仕途坎坷的思想情调，春花颜消，秋月光少映衬着作者的伤感心理。

# 双调·拨不断

## 大鱼

　胜神鳌①，夯②风涛。脊梁上轻负着蓬莱岛③。万里夕阳锦背④高，翻身犹恨东洋小，太公⑤怎钓？

**【注释】**

　①神鳌：神话中一种有神力的大海龟。　②夯 (hāng)：用力抬举物体，这里指用力顶撞。　③蓬莱岛：传说中的海上三仙山之一。　④锦背：色彩鲜艳美丽的鱼背。　⑤太公：即姜太公吕尚。传说他年老时隐居渭水之北，以钓鱼为生。后被周文王发现，受到重用。

**【译文】**

大鱼力量胜过了那神鳌，力气之大可以对抗海上的风浪，即使背负着蓬莱岛也轻而易举。万里夕阳都无法照全它的身影，只能见到它高耸的华美脊背。就是翻个身还嫌东洋太小。这样的大鱼，姜太公要怎么钓呢？

**【赏析】**

作者用极度夸张的手法，描绘了一个神奇的海鱼形象。它不仅大而且有神力，顶狂风破巨浪，背上仿佛"轻负"着蓬莱仙岛，翻一翻身似乎觉得东海也容纳不下。此曲写大鱼，实际上是有所寄托的，它寓有不畏艰险、蔑视世俗的阔大胸怀和非凡抱负。

# 盍西村

盱眙（xū yí，今属江苏）人，生平事迹不详。工曲，风格清新明快。《太和正音谱》评其曲说："盍西村之词，如清风爽籁。"今存小令十七首，套数一篇。

## 越调·小桃红

### 江岸水灯

万家灯火闹春桥，十里光相照，舞凤翔鸾势绝妙①。可怜②宵，波间涌出蓬莱岛③。香烟乱飘，笙歌喧闹，飞上玉楼腰。

【注释】

①"舞凤"句：意为家家户户挂着各式各样的花灯，有的像飞舞的凤凰，有的像飞翔的鸾鸟，真是姿态生动，巧夺天工。　②可怜：可爱。　③"波间"句：意为水上涌现的灯船，就像蓬莱仙岛一样美丽。

【译文】

万家灯火照耀着热闹的春桥，沿江十余里灯火互相映照。凤灯飞舞，鸾灯腾翔，气势恢宏绝妙。多么可爱的元宵佳节，波浪中涌现出的灯火彩船好似蓬莱仙岛。浓香的烟火纷散着乱飘，笙歌声声喧响欢闹，一起飘飞，直飞上华丽的高楼，飞上云空。

【赏析】

此曲为《临川八景》（原作八首）之一，写元宵节闹花灯的盛况。万家灯火，华丽明亮；江岸水上，交相辉映。"香烟乱飘，笙歌喧闹"，一派热闹欢乐的节日景象。

# 越调·小桃红

## 杂咏

绿杨堤畔蓼花洲，可爱溪山秀，烟水茫茫晚凉后①。捕鱼舟，冲开万顷玻璃皱。乱云不收，残霞妆就，一片洞庭秋②。

**【注释】**

①"烟水"句：意为傍晚以后，一片凉意。水面上烟雾笼罩，无边无际。
②"乱云不收"三句：意为天空中飘着散乱的云朵，天边抹着晚霞的光辉，点缀了一派秋色的洞庭风光。

**【译文】**

江堤上杨柳依依，小洲上蓼花飘飞，一派可爱的秀美山溪景致。傍晚微凉，水面上烟雾笼罩，一片迷茫。只见捕鱼的轻舟凌波而出，冲开万顷的水面，漾起不绝的波纹。天空中飘着残留的云朵，天边抹着晚霞的余辉，更点缀了洞庭秋色。

**【赏析】**

盍西村的《杂咏》共八首，这里选的为第六首，此曲描写洞庭秋天晚景，宛然如画。柳堤花洲，烟水残霞，写的是静景，秀丽宜人；渔舟冲浪，乱云飘散，写的是动景，轻快悠闲。动静结合，相映成趣。

## 商挺

（1209—1288），字孟卿，一作梦卿。年二十四，汴京（今河南开封市）破，北走，依赵天锡，与元好问等交游。元初为行台幕官，后为京兆宣抚司郎中，遂即迁副使。中统元年（1260），改宣抚司为行中书省，金行省事。至元元年（1264），入京拜参知政事，六年同金枢密院事，累迁枢密副使。后以疾病免。自号左山老人，著诗千余篇，多散佚。

# 双调·潘妃曲①

带月披星担惊怕。久立纱窗下，等候他。蓦听得门外地皮儿踏，则道是冤家，原来风动荼蘼架②。

【注释】

①潘妃曲：又名步步桥，属双调宫曲调。　②冤家：情人的爱称，爱极之反语。荼蘼：也作酴醾，一种蔓生灌木，能开花结果。

【译文】

趁着微弱的星光月色，担惊受怕地伫立在纱窗下等候自己的心上人。猛然间听到门外脚步声儿踏踏，只以为是我所爱的他，却原来是风儿吹动了荼蘼架发出的声响。

【赏析】

作者的《潘妃曲》有十九首之多，此曲最佳。描写一位多情女子，在一个星光与月色微弱的夜晚，怀着害怕的心情，久候在纱窗之下，表现了少女难以抑制的思念之情。

# 双调·潘妃曲

闷酒将来刚刚咽，欲饮先浇奠①。频祝愿，普天下心厮爱②早团圆。谢神天，教俺也频频的勤相见。

【注释】

①浇奠：在祭奠祖宗或祈求神灵时，把酒浇在地上，以表示心意虔诚。　②厮爱：相爱。

【译文】

这苦酒已取在手中，要咽下总那么勉强。在饮酒之前，我先把一杯浇奠在地上。我一遍遍默默地祈祷上苍：愿普天下相爱的人早早团圆，如愿以偿。上天啊，请满足我的愿望！

让我也能同心上人频频地相见，一回回倾诉衷肠。

**【赏析】**

在封建礼教的束缚下，青年男女婚姻不能自主。小令以对神灵的虔诚祷告，希望自己跟情人能够"频频的勤相见"，而且希望"普天下心厮爱早团圆"，表现了他们争取婚姻自由的纯洁善良的愿望。

## 胡祗遹

（1227—1295），字绍开，号紫山，磁州武安（今河北武安县）人。中统初（1260），以大名宣抚员外郎，入为中书详定官。至元元年（1264），授应奉翰林文字，后兼太常博士，累转左右司员外郎，当时权臣阿合马当国，重用群小，官冗事繁。祗遹建议省官省事，触犯权奸，出为地方官，元灭宋后，为荆湖北道宣慰副使、山东东西道提刑按察使，抑制富豪，挟持寡弱，颇有德望。召拜翰林学士，不赴，改江南浙西道提刑按察使，不久以病辞归。有《紫山大全集》。

## 中吕·阳春曲

### 春景（一）

几枝红雪①墙头杏，数点青山屋上屏。一春能得几晴明？三月景，宜醉不宜醒。

**【注释】**

①红雪：形容初春盛开杏花的繁茂。

**【译文】**

初开的杏花茂密地堆在墙头，点点青山如画屏一样隐现在屋上。一个春季，能有几天这样明媚、晴朗？阳春三月的景致令人陶醉，只适合醉眼朦胧地而不适合清醒地去欣赏。

**【赏析】**

此曲首句写墙头杏花。描写杏花像堆琼砌玉的红雪般，突出了花的繁茂。这里的杏花是春天的景物。次句写青山。由于青山在屋后较远的地方，所以看上去像一架屏风。"一春能得几晴明？"强调这晴的难得，这一问句流露出了作者对美好生活的向往之情。"三月景，宜醉不宜醒"，是在赞美令人陶醉的阳春三月，显示了作者悠然自得的心态。

# 中吕·阳春曲

## 春景（二）

残花酝酿蜂儿蜜，细雨调和燕子泥。绿窗春睡觉来①迟。谁唤起？窗外晓莺啼。

**【注释】**

①觉来：醒来。

**【译文】**

花虽凋零了，蜂儿却把它酿成了蜜，雨虽来了，燕子却借它调好了筑窝的泥。绿荫窗下，浓睡的我醒来已经很晚了。是谁把我叫起？是那窗外早晨鸣叫的黄莺。

**【赏析】**

细雨绿窗，花香莺啼，蜂酿蜜，燕衔泥，真是春意盎然，一派生机。写景生动细腻，并暗用孟浩然"春眠不觉晓"的诗境，流露出作者闲适的心情。

# 双调·沉醉东风

渔①得鱼心满愿足，樵得樵眼笑眉舒。一个罢了钓竿，一个收了斤斧。林泉下偶然相遇，是两个不识字渔樵士大夫。他两个笑加加②的谈今论古。

【注释】

①渔：打鱼的人。下句第一个"樵"字，指樵夫，砍柴的人。第二个"樵"字，指柴火。 ②笑加加：笑吟吟。

【译文】

捕到了鱼便心满意足，砍到了柴就眼笑眉舒。一个放下钓竿，一个收起斤斧。两个人在林下水边偶然相遇，交谈起来，原来是两个不识字的打鱼砍柴的士大夫。他们两个笑吟吟地谈今论古。

【赏析】

此曲写渔父樵夫的生活乐趣。作者肯定他们的放情不羁，敢于在谈笑中"评今论古"，称赞他们是不识字的士大夫，借此发泄了对现实政治的不满和嘲讽。

# 王恽

(1227—1304)，字仲谋，别号秋涧。卫州路汲县（今河南卫辉市）人。中统元年（1260）至大德间，历官国史编修监察御史。出判平阳路，迁燕南河北按察副使，福建按察使；授翰林学士等。大德五年（1301）求退，得归，大德八年（1304）卒。恽好学有才，做文章不蹈袭前人。字画遒婉，以鲁公（颜真卿）为正。自少至老，未尝一日释卷不学，散曲名高。著作不少，有《秋涧先生大全集》。

## 越调·小桃红

### 平 湖 乐

采菱人语隔秋烟，波静如横练<sup>①</sup>。入手风光莫流转，共留连<sup>②</sup>，画船一笑春风面。江山信美<sup>③</sup>，终非吾土<sup>④</sup>，问何日是归年？

元曲三百首全解全析

【注释】

①练：白色的绢绸。 ②入手：到来。留连：留恋而徘徊不去。 ③信美：确实美。 ④吾土：故乡。

【译文】

透过清秋的薄雾，传来了采菱姑娘的笑语。湖面风平浪静，像白色的素绢平铺。到手的美好风光可别虚负，我在湖上久久留恋，不肯离去。相交而过的画船上，佳人对我嫣然一笑，是那样的娇妩。江山确实美如画图，可惜毕竟不是我的家乡，不知什么时候才能回到故土？

【赏析】

此曲作者以白描手法，形象生动写出采莲人怀念故乡之情思。

秋天是菱角莲蓬的收获季节，水乡姑娘们荡着莲舟，来到湖塘之上，一边劳作，一边笑语喧哗。这种景象本身就充溢着生活之美。妙在作品将它放在"秋烟"也即清秋的晨雾中表现，作为隐隐约约的远景，这种朦胧美令人心旌动荡。诗人自己也荡舟于湖上，风平浪静，水面如摇曳的一块白绢。"波静如横练"，既有"平"的形感，又有"白"的色感，更有"软"的质感，这是作者置身的近景。"隔秋烟"的朦胧与"横练"的明晰形成一重对照，"人语"与"波静"又形成一重对照，从而使短短的两句景语中，蕴涵了丰富的诗情画意。

# 正宫·黑漆弩

## 游金山寺①

邻曲子严伯昌，尝以《黑漆弩》侑酒。省郎仲先谓余曰："词虽佳，曲名似未雅。若就以'江南烟雨'目之何如？"予曰："昔东坡作《念奴》曲，后人爱之，易其名为《酹江月》，其谁曰不然？"仲先因请余效颦。遂追赋《游金山寺》一阕，倚其声而歌之。昔汉儒家畜声伎，唐人例有音学。而今之乐府，用力多而难为工，纵使有成，未免笔墨劝淫为侠耳。渠辈年少气锐，渊源正学，不致费日力于此也。其词曰：

苍波万顷孤岑矗②，是一片水面上天竺③。金鳌头④满咽三杯，吸尽江山浓绿。

蛟龙虑恐下燃犀⑤，风起浪翻如屋。任夕阳归棹⑥纵横，待偿我平生不足。

**【注释】**

①金山寺：又名江天寺，在江苏省镇江市西北的金山上。金山本在长江中，到清末由于泥沙淤积，才与南岸相连。山上有江天寺、白龙洞等名胜，风景优美，为游览胜地。　②岑(cén)：小而高的山。矗(chù)：耸立。　③上天竺：指上天竺寺。杭州灵隐山有上天竺、中天竺、下天竺三座寺庙：飞来峰南面的叫下天竺寺，稽留峰北面的叫中天竺寺，均隋朝时所建；北高峰麓的叫上天竺寺，五代时建。　④金鳌头：金山最高处有金鳌峰。　⑤"蛟龙"句：意为兴风作浪的蛟龙在忧虑，害怕有人燃着犀牛角深入水中，照出它们的形相。《晋书·温峤传》说，峤至武昌"牛渚矶，水深不可测，世云其下多怪物。峤遂燃犀角而照之。须臾见水族覆火，奇形异状，或乘车马著赤衣者。峤其夜梦入谓己曰："与君幽明道别，何意相照也？意甚恶之。"旧说燃犀牛之角可以照见水族，本篇引用这个典故，一方面说明江水之深，一方面说明风浪险恶，似有蛟龙在下作乱。　⑥棹(zhào)：船桨，代指船。

**【译文】**

我的邻居严伯昌，曾经唱《黑漆弩》这支曲子来饮酒助兴。中书省郎中仲先对我说："词虽然好，曲牌子名称似乎欠文雅，不妨用'江南烟雨'来称呼它，如何？"我说："从前苏东坡作《念奴娇》，后人喜欢它，将词名改为《醉江月》，这谁说不可以。"仲先请我给《黑漆弩》作一篇词，于是就追写了这首《游金山寺》，按照这个曲牌子的音调来演唱。先前汉朝士大夫家里专门养着善唱的歌妓，唐朝富贵人家也讲究学习音乐。而现今大家作散曲，虽然用力不少，但很难达到精妙的境地，即使作品甚多，但有些笔墨化在色情的渲染上，以为那是曲的正路。这些作者年轻气盛，正在继承圣贤的学问，并不把写曲子当成正经事，不在这方面耗费气力。

在苍茫辽阔的长江中孤零零地屹立着金山，金山上有庄严的寺庙，那是水面上的一处佛教圣境！站在金鳌峰满满地饮了三杯，那饮下的似乎不是酒，而是吸尽了江山浓浓的春色。江水深处潜伏的蛟龙，惧怕有人点燃镇凶避邪的犀角，于是掀起房屋般的巨浪。夕阳西下，游人纷纷划桨而归，让他们离开吧，我依然要在江中流连，这人生难得一见的壮观。

**【赏析】**

此曲写金山寺的自然风光，气势雄浑，想象奇特。末了表现作者因有机会游金山寺、补偿了大半生游赏的不足，而感到的欣慰喜悦之情。

从作者对风景的礼赞立场来看，他这番"游金山寺"较为特别，乃纵舟巡江，眺望观赏，而无意入寺随喜。然后叙及自身的游况。金山高峙，倒影落在水面，黝黑深邃，深不可测。江风骤起，波涛大作，水石相激，浪峰竟如高屋一般掀上落下。诗人的奇想又与寻常不同：这该不是水底的蛟龙担心游人燃犀窥觑，而故意兴风作浪吧？这虽是实景下的联想，却也隐含金山寺为藏龙卧虎、鲸呿鳌掷之地的意味。金山寺风光的壮丽雄伟，感染了诗人，激发了他快游江山的豪情。所以纵然风急浪高，归棹纷纷，他却并不急于回家，而是任舟船在夕阳下继续飘荡。末句表流连的原因是"待偿我平生不足"。这里的不足，指的是豪旷的情兴与快意的游历。平生的不足都可于此时此地得到补偿，这就总结出了金山寺风光的非凡魅力。

此曲选择了典型的画面，浓墨重彩，气象豪纵；奇景快游，相得益彰。全曲八句始终将金山寺同寺下的长江结合在一起，这同他游览的方式有关，却也因此借得了大江雄劲的气势。从曲文前的小序来看，作者抨击了当时曲坛"用力多而难为工""笔墨劝淫"的现象，说明这首小令正是在创作艺术风格上别开生面的一种尝试。早期的上层文人染指散曲，多作柔靡之声，即使提倡"以词为曲"，曲辞也取宋词婉约派的一路。本篇却取劲健豪放一路，所以在散曲作品中别具一格。

## 陈草庵

（1245—约1330），字彦卿，号草庵，大都（今北京市）人。历官监察御史、诸道宣抚、中丞等职。延祐五年（1318）陈仍在河南左丞任，已年过古稀，其卒年似可近八十。

## 中吕·山坡羊

### （一）

晨鸡初叫，昏鸦争噪。那个不去红尘①闹？路遥遥，水迢迢，功名尽在长安②道。今日少年明日老。山，依旧好；人，憔悴了。

【注释】

①红尘：佛家称人世间为红尘。此指纷扬的尘土，喻世俗热闹繁华之地，亦比喻名利场。　②长安：今陕西西安，汉唐京都，此泛指京城。

【译文】

从早晨听到鸡叫，到了黄昏时又听到乌鸦不停地聒噪。世上有哪一个人不在名利场上奔波？道路遥遥万里，江水千里迢迢，为了求取功名的人们苦苦跋涉在长安道上。今天的少年转眼就会变老。江山依旧那样美好；而人的容颜却憔悴不堪了。

【赏析】

元代的统治者对科举取士并不那么重视，整个元代便只举行过两届科举考试。一次是在元太宗窝阔台在位时，一次是在元仁宗延祐二年。期间相差了七八十年。不仅如此，两次考试还都给了蒙古人不少优待，对汉人、南人进行了各种限制。元代读书人入仕之难可见一斑。

此曲写的就是延祐二年的那次考试。对读书人来说，这可是一次难得的改变命运的机会，他们争相报考，十分踊跃。当时，作者陈草庵正赶往河南担任左丞，路上见到了不少赶考的学子。"晨鸡初叫，昏鸦争噪，那个不去红尘闹"便是对当时情况的写照。"晨鸡"与"昏鸦"有影射考生之意。但从"那个不去红尘闹"来看，与其说作者在讽刺考生，不如说他看不惯世人为名利所趋，且这看不惯中还不乏同情。"路遥遥，水迢迢"，正是因为知道功名路的辛苦和无常，看人们为功名奔波，作者才会感慨万千。

"今日少年明日老"实是作者对世人的劝告。人生如白驹过隙，踌躇满志的少年转眼就变成满头白发的老翁，到时，那些凌云壮志又有多少能够实现？在曲的最后，作者用自然的亘古不变和短暂难测的人生做对比，强化了劝世的力度。

# 中吕·山坡羊

## （二）

伏低伏①弱，装呆装落②，是非犹自来着莫③。任从他，待如何？天公尚有妨农过④，蚕怕雨寒苗怕火。阴，也是错；晴，也是错。

**【注释】**

①伏：通"服"，屈服。　②落：衰朽。　③着莫：撩惹，沾惹。　④妨农过：妨碍农时的罪过。

**【译文】**

哪怕我伏低做弱者，哪怕我装痴卖傻，我不想沾惹是非，麻烦却自来缠扰。既然如此，让它去吧，任从摆布，看能把我怎么了！你不见老天爷尚且顾此失彼，"妨害农事"的罪名左右难逃：下雨吧，阴阴冷冷，坏了蚕桑；放晴吧，日头高照，干了禾苗。阴也犯了过，晴也不讨巧，真不知如何才好！

**【赏析】**

这首小令揭露了封建社会人们动辄得咎、常遭横祸的险恶现实，以及百姓无可奈何的痛苦处境。后半以天公为例，是一种调侃的手法，大自然的主宰者尚且"有妨农过"，何况是凡间的平民呢！更进一步讽刺了社会的黑暗。

这首小令以自嘲的口吻，吐诉出处世艰难、一筹莫展的愤慨。即使伏低做小，装痴作傻，还是躲不开"是非"的"着莫"，动辄得咎。"蚕怕雨寒苗怕火"的构思，出自苏东坡的《泗州僧伽塔》："耕田欲雨刈欲晴，去得顺风来者怨。若使人人祷辄遂，造物应须日千变。"但苏诗是说矛盾的两极要求至少还能满足一方，也就是"造物"还有百分之五十的周旋余地；而本篇中则"阴，也是错；晴，也是错”，一无是处。连“天公”也要无端蒙冤，更不用说民间的平头百姓。"出门即有碍，谁谓天地宽。"（孟郊《追赠崔纯亮》）作品正是以不露声色的议论，表现出同样激越的不平之情。

# 中吕·山坡羊

## （三）

愁眉紧皱，仙方可救，刘伶①对面亲传授。满怀忧，一时愁，锦封未折香先透，物换不如人世有②。朝，也媚酒；昏，也媚酒。

### 【注释】

①刘伶：西晋名士，"竹林七贤"之一。平生好酒放达，曾作《酒德颂》。又常携一壶酒，让人带着锸（铁锹）跟随，声称："死便埋我。" ②锦封：用绸子做成的酒瓮封口。物换：事物亡佚变换。世有：元人方言，已有。

### 【译文】

如果生活使你愁眉不展，那么有个解救的方子特别灵验，那可是刘伶面对面留下的亲传。纵然是满胸的忧结，或者是一时的愁烦，只要你捧起酒坛，还未把封口折开，那股醉香就已先沁人心田。一切外物都在不断地消亡改变，还有什么比得上手中实实在在持有的杯盏？所以我朝也贪杯，晚也饮酒，整日愿在醉乡中沉酣。

### 【赏析】

中国古代，以"酒"为吟咏对象的文学作品很多，要在其中脱颖而出，为人铭记，单是做到妙语连珠还远远不够，作者还必须出奇出新，在构思上下工夫，一如此曲。

曲子一开始作者便说自己得到了为人消忧解愁的"仙方"，这很难不引起读者的好奇。烦恼人人有，谁不想抛下烦恼逍遥自在呢？而作者好像有意吊人胃口，故作神秘状地说："这是刘伶亲自传授给我的。"刘伶是魏晋时人，不可能和生活于元代的作者"对面"，但提到刘伶人们就会想起酒。至此，不用作者说，读者也已然明了，作者的仙方就是"酒"。

想来，作者也和刘伶一样嗜酒如命。在作者看来，这酒除了能为人解一时之愁外，还能让人忘记岁月的流逝。又有什么比时光如梭更令人忧郁的呢？年华如水，转眼间少年就变作老年，任何人都无法回避这残酷的现实。对岁月流逝的恐惧牢牢地扎根于人的意识深处，作者"朝，也媚酒；昏，也媚酒"，无非是借饮酒来获得内心的宁静。如此看来，作者不是劝人多多饮酒，而是借酒写愁，也只有忧愁多到无法排解的人才会把酒当成仙方。意象的突然跳转是这首曲子的一大特点。譬如从"满怀忧，一时愁"一下子转到"锦封未拆香先透"，利用酒香的沁人心脾暗示忧愁的一扫而尽，真有天马脱羁之妙。也正是这种大开大合的气势方显示出作者复杂的内心世界。

# 中吕·山坡羊

## （四）

　　江山如画，茅檐低厦，妇蚕缫婢织红奴耕稼①。务桑麻，捕鱼虾。渔樵见了无别话，三国鼎分牛继马②。兴，休羡他。亡，休羡他。

【注释】
　　①蚕缫：养蚕与抽收茧丝。织红：纺织与缝纫刺绣。耕稼：耕田与播种谷物。②务：经营。桑麻：农作物的泛称。牛继马：晋朝司马氏开国初，西柳谷出土一石，上有图画及"牛继马后"的谶语。这里借指历史上王朝的更迭与嬗变。

【译文】
　　江山像图画一样美丽，几间低矮的茅屋，妇女在养蚕缫丝，婢女在纺织缝纫，家奴在耕种庄稼。操持桑麻，捕捉鱼虾，渔民樵夫相见没有别的话，随便讲讲三国鼎立、分分合合，管他谁胜谁负。兴旺了，不用羡慕他；衰亡了，也不必怜惜他。

**【赏析】**

大隐隐于市，小隐隐于林。隐于林者大约不是做渔夫、樵夫就是做农夫了。此散曲描写的是隐于田园的生活。作者细致地描写了田园生活中的农活。耕种织绩，甚至于男女具体的分工，细细道来。而这一切是在风如画的背景中进行的，自然另有一番情趣。

作品的序络十分明晰。从"江山如画"的大背景叙出住所，再写住所中成员的日常劳作，"耕稼"引出"桑麻"，"鱼虾"引出"渔樵"——列叙生活的家常。有奴有婢，丰衣足食，符合"闲适"题材散曲的模式。独具一格的是下半的结尾。"三国鼎分牛继马"是豪放老到的俊语。在一连串不动声色的平静叙述中，忽来此一句，顿生倔强之文气，既展现了主人的避世身份，也使隐藏在隐居生活背后的感慨牢骚之情跃然跳出。于闲适的表象下不时伺机喷发出愤世的岩浆，是元散曲这类隐世题材作品常用的模式，有力地证明了它们其实是"叹世""警世"之作的一种变相。

# 徐琰

（？—1301），字子方，号容斋，自号汶叟。东平（今山东东平县）人。与阎复、李谦、孟祺四人称东平四杰。至元初（1274）为陕西行省郎中。二十三年（1286）拜岭北湖南道提刑按察使，二十五年拜南台中丞，建台扬州；二十九年迁江南浙西肃政廉防使，召拜翰林学士承旨。大德五年卒。子方人物魁岸，有文学重望。与侯克中、姚燧、王恽等交游，东南人士，翕然归之。有《爱兰轩诗集》。

## 双调·沉醉东风

### 赠歌者吹箫

御食饱清茶漱口，锦衣穿翠袖梳头①。有几个省部交，朝廷友，樽席上玉盏金瓯②。封却公男伯子侯，也强如不识字烟波钓叟。

【注释】

①御食：指皇帝排列的筵席，或指所食为美味佳肴。锦衣：彩色华美的服装，旧时多指显贵者之服装。　②樽：古代盛酒器具。玉盏金瓯：玉和金属的杯子。

【赏析】

作者运用白描手法，假借歌者之口，讽刺王公，触景生情，抒发内心不满朝政之情，表现了一代文人的胆量。

# 南吕·一枝花

## 间阻①

风吹散楚岫云②，水淹断蓝桥路③。死分开莺燕友，生拆散凤鸾雏④。想起当初，指望待常相聚，谁承望好姻缘遭间阻？月初圆急被⑤阴云，花正发频遭骤雨。

〔梁州〕他为我画阁⑥中倦拈针指，我因他在绿窗⑦前懒看诗书。这些时不由我心忧虑，这些时琴闲了雁足⑧，歌歇骊珠⑨。则我这身心恍惚，鬼病揪揄⑩。望夕阳对景嗟吁⑪，倚危楼朝夜踟蹰⑫。我、我、我，觑⑬不的小池中一来一往交颈鸳鸯，听不的疏林外一递一声啼红杜宇⑭，看不的画檐间一上一下斗巧蜘蛛。景物，态度。蜘蛛丝一丝丝又被风吹去，杜宇声一声声唤不住，鸳鸯对一对对分飞不趁逐⑮。感起我一弄儿⑯嗟吁！

〔尾声〕再几时能够那柔柔条儿再接上连枝树⑰？再几时能够那暖水儿重温活比目鱼⑱？那的是着人断肠处？窗儿外夜雨，枕边厢泪珠，和我这一点芳心做不的主。

【注释】

①间阻：隔离，离别。　②楚岫云：典出宋玉《高唐赋·序》，说当年楚怀王游于云梦之台，昼寝之时遇一神女，二人相爱。这里说的楚岫就是云梦的一个山洞，神女与怀王在云雾之中亲爱之处。　③蓝桥路：通往蓝桥的路。《庄子·盗跖》说，一个叫尾生的青年同相爱的女子相约在蓝桥下会面。女子未来而大水忽

至，尾生紧抱桥柱而死。头一句和这一句都比喻爱情受挫。 ④莺燕友，凤鸾雏：像莺燕凤鸾一样的恋人。雏，本作幼禽解，此处指年轻的情人。 ⑤被：遮盖。 ⑥画阁：华丽的楼阁。 ⑦绿窗：指书房。 ⑧雁足：原指传书带信的人。《汉书·苏武传》说汉昭帝遣使者向匈奴索要长期被扣押的汉使苏武。匈奴说苏武早已故去。使者说昭帝射下一只雁，雁足上拴着苏武的信，说他还在某地。这里说的"琴闲了雁足"，应指雁足状的琴的弹拨器。 ⑨骊珠：一种极珍贵的珠子，据说出于骊龙的颔下。此处喻美妙的歌声。 ⑩鬼病揶揄(yé yú)：相思病的捉弄。 ⑪嗟吁(jiē xū)：感叹声。 ⑫危楼：高楼。踟蹰：犹豫不决。 ⑬觑：看。 ⑭啼红杜宇：杜鹃鸟在春天不住地啼叫，传说直到吐血，所以说啼红。 ⑮趁逐：追赶。 ⑯一弄儿：一股脑儿。《失金环》第二折："一弄儿凄凉味，不由人长吁短叹，废寝忘食。" ⑰连枝树：即连理枝树。 ⑱比目鱼：《韩诗外传》说"东海之鱼名曰'鲽'，比目而行，不相得不能达。"连枝树、比目鱼都是比喻感情深厚的夫妻或恋人。

**【赏析】**

这是写一对热恋中的年轻人被强行拆散隔离后的刻骨相思。主人公是一位饱读诗书又多情多义的人，这也就决定了这首小令的语言特色：用典多，骈偶句多，形象丰富、激切的言辞多。总的风格是直抒胸臆。

〔一枝花〕是叙述总的情况的：无情的风突然吹散了遮盖楚王与神女幽会的流云，猛烈的水淹断了通往蓝桥的道路，硬是把一对莺燕凤鸾般的恋人活活分开了、拆散了。当初指望着能朝夕相聚，谁料这样美好的姻缘竟遭隔断！月亮刚要团圆就被阴云遮挡住了，鲜花正要开放就遭到一场暴风雨的摧残！

〔梁州〕进一步形容男青年的焦急、寂寞、苦苦相思之情。他想到：她一定会为思念我而抛开针线活计，我也正因为想念她读不成书。由于心情躁闷，平时喜爱的弹琴、歌唱都歇下来了。整个身心忽忽悠悠，简直是相思病的嘲弄。呆呆地望着夕阳暮景不住地叹息，倚着高楼在朦胧夜色中心下犹豫不定。下面叠字"我、我、我"表现了沉重的心情，一组鼎足对充分说明了他在高楼之上烦躁的情绪：简直不能看院子里鸳鸯交颈亲爱的样子；也听不得树上不断啼叫"不如归去"的杜鹃声；更不喜欢房檐一上一下相互挑逗戏耍的蜘蛛。这些景物总是来到眼前，怎么不影响到心情？接着又用一组鼎足对，逆叙上述三种美满事物的破灭：这蜘蛛丝被大风一丝丝地刮走了，杜鹃叫得吐血还是留不住春意，鸳鸯一对对分飞无处追寻，这不是和自己的遭遇一样么？世界难道这样无情？

〔尾声〕是主人公的一线希望寄托：何时能让柔条再接上连理枝？何时温暖的春水再把冻僵了的比目鱼暖得活起来？他东想想、西想想，究竟是什么使人如此肝肠寸断？可是，现实是窗外边下起来的夜雨，是枕边滴落的泪珠，这愁苦恐怕更是自己这一点痴心又做不了主的急切情绪。

　　在封建社会，青年男女的恋爱、婚姻横遭社会和家庭的限制和打击，是常见的现象。甚至像焦仲卿、陆游那样已经正式结成了恩爱夫妻的也要被强行拆散，造成令人惋叹的千古悲剧。因此，这首《间阻》应该说是相当有现实意义的主题。这套曲子并没有说出"间阻"的情况因由，而是淋漓尽致地抒发内心的烦躁、苦闷，无计可施和怀有一点希望之光。这种典型情绪更容易引发广泛的共鸣。

## 姚燧

　　(1238—1313)，字端甫，号牧庵。洛阳（今河南洛阳市）人。姚枢从子，少孤，随枢学于苏门。大德五年（1301），出为江东廉访使，移病太平。九年拜江西行省参知政事。至大元年（1308）入为太子宾客，进承旨学士。后又拜太子少傅。第二年授荣禄大夫翰林学士承旨，知制诰兼修国史。四年得告归。皇庆二年（1313）卒，年七十六。有《牧庵集》。元史称其文闳肆该洽，豪而不宕，刚而不厉，春容盛大，有西汉风，宋末弊习，为之一变。济南张养浩其集云：公才驱气架，纵横开阖，纪律惟意，约要于繁，江海驶而蛟尤挈，风霆薄而元气溢。牧庵以散文著称，学韩愈、欧阳修文风。散曲在婉丽中见宏劲。

# 中吕·满庭芳

天风海涛,昔人曾此,酒圣诗豪①。我到此闲登眺,日远天高②。山接水茫茫渺渺,水接天隐隐迢迢③。供吟啸,功名事了,不待老僧招。

【注释】

①昔人曾此:昔人曾在这里。酒圣:酒中的圣贤。此指刘伶之属,伶字伯伦,"竹林七贤"之一。诗豪:诗中的英豪。　②日远天高:双关语,既是写登临所见,又是写仕途难通。　③茫茫渺渺:形容山水相连,辽阔无边的样子。隐隐迢迢:形容水天相接,看不清晰、望不到边的样子。

【译文】

漫天风起,卷起海浪般的波涛,昔人曾在这里饮酒赋诗志壮情豪。我到这里悠闲地登临眺望,眼前是长空寥廓,日远天高。山接着水,苍茫浩渺,水连着天,遥远朦胧。这些山水胜景只能供我赋诗吟啸,功名利禄的事情已了,快去归隐,何待老僧来招。

【赏析】

此曲极有气魄,风格豪爽。"山接水茫茫渺渺,水连天隐隐迢迢",对仗工整,可谓绝妙之笔,曲中绝唱。

# 中吕·醉高歌

## 感怀

岸边烟柳苍苍,江上寒波漾漾。阳关旧曲①低低唱,只恐行人断肠。

【注释】

①阳关旧曲:指王维的《渭城曲》,后人把它谱成送别曲,最后一句"西出阳关无故人"反复唱三遍,因此又称此曲为"阳关三叠"。

**【译文】**

长江畔，翠柳含烟，远远望去，一片青翠莽苍；微风拂起，江水波光粼粼，似乎带有一丝寒意。道别后，只听得那令人断肠的《阳关》旧曲在低低吟唱，因为害怕远行者听到后会更加感伤。

**【赏析】**

这是一首写送别友人的曲子。开头两句用写江边苍茫的景色，衬托与友人离别的凄怆心情。后两句是写送行人唱曲的心意。行人远行本来就心情低沉，送行人再反复高唱"西出阳关无故人"就会更增加友人的离愁，出于关心友人的情绪，所以送行人有意识地"阳关旧曲低低唱"，以免行人闻声欲断肠。这支小曲写得有景有情，表现出作者精巧的艺术构思。

# 越调·凭阑人①

## 寄征衣②

欲寄君衣君不还，不寄君衣君③又寒。寄与不寄间，妾身④千万难。

**【注释】**

①越调：宫调名，元曲常用的宫调之一。凭阑人：曲牌名，属越调，小令兼用。全曲二十四字，四句四平韵。　②征衣：远行人御寒的衣服。　③君：指远行在外的征人。　④妾身：古代妇女自谦时的称谓。

**【译文】**

想要给你寄御寒的冬衣，又怕你不再回家；不给你寄御寒的冬衣，又怕你过冬挨冻受寒。在寄与不寄之间徘徊不定，真是感到千难又万难。

**【赏析】**

此曲是作者写妻子想给远出的丈夫寄衣时的矛盾心理：不寄衣怕夫寒冷，寄去又怕丈夫不归来。作者能把少妇思念与体贴丈夫的心情，很好地表达出来，言简意深，脍炙人口，可谓佳作。表现了散曲大家的功力。

# 中吕·普天乐

## 别友

　　浙江①秋，吴山②夜。愁随潮去，恨与山叠。塞雁③来，芙蓉谢。冷雨青灯④读书舍，怕离别又早离别？今宵醉也，明朝去也，宁奈些些⑤。

**【注释】**

　　①浙江：钱塘江。为兰溪与新安江在建德汇合后经杭州入海的一段。因为通海，秋天多潮，以壮观著称。　②吴山：山名，也叫胥山，在今杭州市钱塘江北岸。③塞雁：秋分后从塞北飞到南方来过冬的大雁。　④青灯：即油灯。因发光微青，故名。　⑤宁奈：忍耐。些些：即一些儿。后一个"些"字读 sā，语尾助词。

**【译文】**

　　钱塘江边，吴山脚下，正值清秋之夜。离愁随江奔涌去，别恨似吴山重重叠叠。北雁南来，荷花凋谢。清冷的秋雨，灯盏的青光，更增添了书斋的凄凉、寂寞，怕离别却又这么早就离别。今晚且图一醉，既然明朝终将离去，还是忍耐一些。

**【赏析】**

　　此首小曲，正是对友人的离愁之情的抒发，用语通俗，形象真切动人。

　　此曲大半篇幅极写愁恨，雅致精丽，最后三句忽然纵笔作旷达语收束，正显出旷达放逸之本色，此是元代曲家与前代词人不同之处。

# 中吕·醉高歌

## 感怀

　　十年燕月歌声①，几点吴霜②鬓影。西风吹起鲈鱼兴，已在桑榆晚景③。

**【注释】**

①燕月歌声：用战国时荆轲的掌故。燕，指元京城大都。　②霜：喻指白发。一说"吴霜"即指江南的寒霜。　③"西风"句：用西晋张翰的典故。此处作宾语，指思念故乡。已在：一作"晚节"。桑榆晚景：原指日落景象。此处喻年老。桑榆，指日落处。

**【译文】**

十年京城观赏燕月、笙歌燕舞的生活，到吴地后两鬓已是白霜点点。西风吹起，兴起思归品鲈鱼之念，而此时人已经步入晚年。

**【赏析】**

此曲"鲈鱼兴"一句具有浓厚的生活气息，积极的生活情调。

此曲是思归之作，反映了作者人到晚年思归之迫切。首两句写作者自己的经历和现状，言浅意深，颇有反躬自省之味。作者用平淡的语调，省净的笔墨，总结自己的大半生，看似寻常，却饱含人世沧桑。这里用"燕月歌声"对"吴霜鬓影"，一面是繁华的往事，一面是已然衰老的自己，既有对美好过去的感怀，又有对未来人生的担忧和惆怅。此二句已经有了"不如归去"的意思。后两句则将作者想辞官还乡的心意挑明。这两句写的是眼前景，化用张翰"莼鲈之思"的故事，抒发自己厌官思归的情怀。这首小令是有感而作，抒发情怀，所以寥寥数语，就表现出真挚动人的情感。

# 双调·寿阳曲

## 咏李白

贵妃亲擎砚，力士①与脱靴。御调羹就飧②不谢。醉模糊将吓蛮书③便写。写着甚"杨柳岸晓风残月"④。

**【注释】**

①力士：即高力士，唐玄宗宠幸的宦官。　②飧：即晚饭。　③吓蛮书：泛指恐吓异族的文书。　④杨柳岸晓风残月：语出宋柳永《雨霖铃》词："今宵酒醒何处？杨柳岸，晓风残月。"

**【赏析】**

此曲是作者赞李白醉写吓蛮书时，蔑视高力士、唐玄宗李隆基、贵妃杨玉环等权贵而表现出的高傲自豪的英勇气概。作者借用了唐李白奉诏书写外邦语文书，令杨妃持砚，高力士为己脱靴，皇帝调羹汤给他并不道谢这个历史故事，最后以引用了宋人柳永的句子，说些杨柳风月，分明是讽刺帝妃贵臣之低能，赞扬李白的才高出众，两相对照，可见作者创作的功力。

# 越调·凭阑人

两处相思无计留，君上孤舟妾倚楼。这些兰叶舟①，怎装如许愁②。

【注释】

①兰叶舟：小船。　②怎装如许愁：怎么能装下这么多的愁。如许，这么多。

【赏析】

这是写一个妇女送别丈夫的曲子。写得很凄苦，知道分离后要两地相思，但又无计留住不走。只好"君上孤舟妾倚楼"，依靠在楼上瞭望自己的丈夫乘着一叶扁舟到遥远的他乡。"这些兰叶舟"确实难装"如许愁"。这两句作者巧妙地化用李清照《武陵春》中"只恐双溪舴艋舟，载不动许多愁"的词意，翻做自己的语言，深刻地表达出妇女此刻内心的凄楚。

## 不忽木

(1255—1300)，又名时用，字用臣，世为康里部人，康里即汉朝高车国，为回纥族。父名燕真，从元世祖征战有功。不忽木奉世祖命给事东宫，师事赞善王恂祭酒许衡。至元十五年，出为燕南河北道提刑按察副使；二十一年，召参议中书省事，擢吏、工、刑三部尚书，以疾免；二十七年，拜翰林学士承旨知制诰，兼修国史，欲用为丞相，固辞；拜平章政事；成宗继位，拜昭文馆大学士平章军国事；大德二年，特命行中丞事兼领侍仪司事；四年疾作，引觞满饮而卒。年四十六。武宗时，赠太傅开府仪同三司上柱国鲁国公，谥文贞。

# 仙吕·点绛唇①

## 辞朝

〔辞朝〕宁可身卧糟丘②，赛强如命悬君手③。寻几个知心友，乐以忘忧，愿做林泉叟④。

〔混江龙〕⑤布袍宽袖，乐然何处谒王侯⑥。但樽中有酒⑦，身外无愁。数着残棋⑧江月晓，一声长啸海门秋⑨。山间深住，林下隐居，清泉濯足⑩。强如闲事萦心⑪，淡生涯一味谁参透⑫？草衣木食，胜如肥马轻裘⑬。

〔油葫芦〕⑭虽住在洗耳溪边不饮牛⑮，贫自守。乐闲身翻作抱官囚⑯，布袍宽裉拿云手，玉箫占断谈天口⑰。吹箫伤伍员⑱，弃瓢学许由⑲。野云不断深山岫⑳，谁肯官路里半途休。

〔天下乐〕㉑明放着伏事君王不到头㉒，休、休，难措手。游鱼儿见食不见钩，都只为半纸功名一笔勾，急回头两鬓秋㉓。

〔哪吒令〕㉔谁待似落花般莺朋燕友㉕，谁待似转灯般龙争虎头㉖，你看这迅指间乌飞兔走㉗。假若名利成，至如田园就㉘，都是些去马来牛㉙。

〔鹊踏枝〕㉚臣则待醉江楼，卧山丘，一任教谈笑虚名，小子封侯㉛。臣向这仕路上为官倦首㉜，枉尘埋了锦带吴钩㉝。

〔寄生草〕㉞但得黄鸡嫩，白酒熟，一任教疏篱墙缺茅庵漏㉟。则要窗明炕暖蒲团厚，问甚身寒腹饱麻衣旧㊱。饮仙家水酒两三瓯，强如看翰林风月㊲三千首。

〔村里迓鼓〕㊳臣离了九重宫阙㊴，来到这八方宇宙㊵。寻几个诗朋酒友，向尘世外消磨白昼㊶。臣则待领着紫猿㊷，携白鹿，跨苍虬㊸。观着山色，听着水声，饮着玉瓯。倒大来省气力如诚惶顿首㊹。

〔元和令〕㊺臣向山林得自由，比朝市内不生受㊻。玉堂金马间琼楼㊼，控珠帘十二钩。臣向草庵门外见瀛洲㊽，看白云天尽头。

〔上马娇〕㊾但得个月满舟㊿，酒满瓯，则待雄饮醉时休51。紫箫吹断三更后52，畅好是休。孤鹤唳一声秋53。

〔游四门〕54世间闲事挂心头，唯酒可忘忧55。非是微臣常恋酒56，叹古今荣辱，看兴亡成败，则待一醉解千愁57。

〔后庭花〕58拣溪山好处游，向仙家酒旋篘59。会三岛十洲客60，强如宴公卿万户侯61。不索你问缘由，把玄关62泄漏。这箫声世间无，天上有63，非微臣说强口64，酒葫芦挂树头，打渔船缆渡口。

〔柳叶儿〕65则待看山明水秀，不恋您市曹中物穰人稠66。想高官重职难消受67，学耕耰68，种田畴，倒大来69无虑无忧。

〔赚尾〕70既把世情疏71，感谢君恩厚，臣怕饮的是黄封御酒72。竹杖芒鞋73任意留，拣溪山好处追游。就着这晓云收，冷落了深秋，饮遍金山74月满舟。那其间潮来的正悠75，船开在当溜76，卧吹箫管到扬州77。

## 【注释】

①点降唇：词牌名，多用作杂剧或套数的首曲。　②糟丘：用酒糟堆成的山丘，这里指酒。　③赛强如命悬君手：比起让自己的命运掌握在君王手里要强得多。　④愿做林泉叟：愿做隐居的人。林泉，山林石泉，指隐居的地方。　⑤混江龙：曲牌名，此曲有古近二体，古体是四、七、四、四、七、七、三、三、四、四，共十句，近体仅将两个三字句变为两个七字句。此曲在第六句后可增四字句或六字句，多少不拘，但大都以两句为一联。　⑥乐然何处谒(yè)王侯：悠然自得，用不着去拜见达官贵人。谒，拜见。　⑦樽(zūn)中有酒：杯中有酒。樽，古代的酒器。　⑧数着残棋：计算着没有下完的棋局。　⑨海门秋：不觉海门已是秋天了。海门，谓由海进入陆地的口岸，狭窄如门，故谓：海门。　⑩清泉濯(zhuó)足：用清澈的泉水洗脚。濯，洗涤，《孟子·离娄》："沧浪之水浊兮，可以濯我足。"喻谓超脱世俗。　⑪强如闲事萦(yíng)心：胜过被闲事缠绕心头。萦，缠绕。　⑫淡生涯一味谁参透：有谁能真正看透这无聊的生活呢。淡生涯，无聊的、没有意义的生活。参透，参悟透彻。　⑬草衣木食，胜如肥马轻裘：粗劣的衣食，远胜过骑着肥马和穿着精美的皮衣。草衣，本指以草织成之衣，此处极言衣服质地的粗劣。木食，渭缺乏五谷，专以野生果实为食，此处极言食物的低劣，《辽史·管卫志》："上古之世，草衣木食，巢居穴处"。肥马轻裘，肥壮的大马和轻巧的

皮衣，这里指豪华奢侈的生活。裘，皮衣。　⑭油葫芦：曲牌名，正格句式为七、六、七、七、七、六、六、八、六，共九句。　⑮洗耳溪边不饮牛：传说尧要聘隐士许由为九州长，许由听说后以为是玷污了自己的耳朵，立即跑到颍水边去洗耳，恰巧巢父放牧归来，他问明缘由，恐怕许由洗耳朵的水弄脏了牛的口，便把牛牵到颍水的上游去饮，见《高士传·许由》。许由和巢父都是传说中尧时的高士隐者。　⑯乐闲身翻作抱官囚：以逍遥自在之身，反变成贪恋禄位的人。抱官囚，谓贪恋禄位者，黄庭坚《四休居士》："富贵何时润髑髅，守钱奴与抱官囚。"⑰布袍宽褪(tùn)拿云手，玉箫占断谈天口：宽松的布袍遮住技艺高强的双手，玉箫占据着善辩的口。褪，脱。占断，占据着。谈天口，能言善辩的口。　⑱伍员(yún)：字子胥，春秋时吴国大夫，父及全家被楚平王所杀，伍员遂奔吴国，助吴王阖闾夺取王位。夫差继位，伍员又助夫差伐越，最后奉夫差之命自杀。元杂剧有《说鱄诸伍员吹箫》，李寿卿作，写伍员之父及其全家被害后，伍员投奔吴国，吹箫乞食为生十八年，终于借得吴国兵力攻楚报仇的故事。　⑲弃瓢学许由：学习许由弃瓢的故事。尧时，许由隐于箕山，饮食缺少杯器，常以手捧水而饮，有人送给他一个瓢，他才得用瓢饮水，饮毕即挂在树上，风吹水瓢历历有声，许由因嫌烦扰，遂将瓢抛弃。钱起《谒许由庙》："故向箕山访许由，林泉物外自清幽。松上挂瓢枝几变，石间洗耳水空流。"　⑳山岫(xiù)：山穴、山洞。　㉑天下乐：曲牌名，句式为七、二、三、七、三、三、五，共七句。　㉒明放着伏事君王不到头：明摆着侍奉君王不能善终。明放着，明摆着。不到头，不能善终，犹言不会有好的结果。　㉓急回头两鬓秋：等到后悔时已经两鬓斑白，太晚了。两鬓秋，犹言两鬓成霜，年纪已老了。㉔哪吒令：曲牌名，句式定格为五、五、五、五、五、五、六、六、七，共九句。　㉕莺朋燕友：指朋友，多用来比喻女子。朱权《宫词》："莺朋燕友时相得，似识东城帝子家。"　㉖龙争虎头：比喻相互争名夺利十分激烈。　㉗迅指间乌飞兔走：时间过得很快，日月往来如梭。迅指间，犹言弹指间，一伸手指的工夫。乌飞兔走，乌指太阳，兔指月亮，传说太阳中有三足乌，月亮中有玉兔，故人们称太阳为金乌，称月亮为玉兔。　㉘假若名利成，至如田园就：倘若是名利上有了成就，治上了田园。　㉙去马来牛：不过是受主人驱使的牛马，这里指受君主或上司支使的仆人。㉚鹊踏枝：曲牌名，句式为三、三、四、四、七、七，共六句。　㉛小子封侯：微贱的人被封上了公侯的爵位。小子，对男子的贱称。封侯，封上爵位。　㉜倦首：犹言懒惰，此句言在仕途上懒于为官。　㉝枉尘埋了锦带吴钩：白白埋没了这锦带和吴钩。枉，白白地。尘埋，被尘土埋没。锦带吴钩，指古人佩戴的锦制丝带和刀剑。吴钩，古代吴地制造的一种头带弯形的刀，鲍照《结客少年场行》："骢马金络头，锦带佩吴钩。"　㉞寄生草：曲牌名，句式为三、三、七、七、七、七、七，共七句。　㉟一任教疏篱墙缺茅庵漏：任凭它篱笆疏漏，墙已断缺，草屋漏雨。一任教，任凭它。　㊱问甚身寒腹饱麻衣旧：问什么身上寒腹中饥麻衣已破旧。麻衣，犹言布衣，平民的服装，《说文通训定声》："古无木棉，凡言布，皆以麻为之。" ㊲翰林风月：文人墨客所写的男女爱情和风花雪月的文章。翰林，指词坛文苑。风月，主要指男女间的情事。㊳村里迓(yà)鼓：曲牌名，句式定格为四、四、四、四、四、三、三、三、三、三、三、三、七，共十三句。 ㊴九重宫阙：戒备森严的皇宫。九重，古代天子所居之处叫"九重"，《楚辞·九辩》："岂不郁陶而思君兮，君之门以九重。"宫阙，天子所居之宫殿。 ㊵八方宇宙：比喻自由自在的广阔天地。 ㊶向尘世外消磨白昼：向人世以外去消磨时光。 ㊷紫猿：即猿猴。 ㊸跨苍虬(qiú)：跨着苍龙。虬，传说中龙的一种。 ㊹倒大来省气力如诚惶顿首：倒头来省去多少力气，我定要诚惶诚恐地叩头谢恩。倒大来，倒头来。诚惶，诚惶诚恐，下级见上司时惶恐、害怕的样子。顿首，叩头。 ㊺元和令：曲牌名，句式定格为六、六、九、六、七、七，共六句。 ㊻比朝市内不生受：不像在朝廷中那样受辛苦。朝市，朝廷。生受，辛苦、受苦。 ㊼玉堂金马间琼楼：玉堂金马原指汉代的玉堂殿和金马门，后世称翰林院为金马玉堂，这里泛指显要出入之所。琼楼，传说为神仙居住的天上宫阙。 ㊽臣向草庵门外见瀛(yíng)洲：我在小草屋的门外便望见了瀛洲仙岛。草庵，小草舍。瀛洲，传说中的仙岛，《史记·秦始皇本纪》："海中有三神山，名曰蓬莱、方丈、瀛洲，仙人居之。" ㊾上马娇：曲牌名，句式为三、三、五、七、一、五，共六句。 ㊿月满舟：言月光洒满船舱。 (51)则待雄饮醉时休：只等待开怀畅饮大醉方休。则待，只等待。雄饮，畅饮、豪饮。醉时休，直到大醉方罢。 (52)紫箫吹断三更后：紫竹箫一直吹到三更以后才住。紫箫，指紫竹制成的箫。吹断三更后，言三更以后才停。 (53)孤鹤唳(lì)一声秋：一声孤鹤的鸣叫，才知已是秋天。唳，鹤的鸣叫。 (54)游四门：曲牌名。句式为七、五、七、五、五，共五句。 (55)唯酒可忘忧：世间只有酒可以使人忘掉忧愁。 (56)非是微臣常恋酒：并不是我特别喜欢饮酒。微臣，小臣，自谦之辞。 (57)则待一醉解千愁：只等待着一醉解脱去千种愁烦。 (58)后庭花：曲牌名，句式为五、五、五、五、三、四、五，共七句。 (59)向仙家酒旋篘：向仙人要温热的美酒。旋篘(chōu)：用竹编成的 圆形滤酒器具，这里指酒。 (60)三岛十洲客：居住在仙岛仙山上的仙人。旧以蓬莱、方丈、瀛洲为三神山，神仙所居处，亦称三岛。十洲，传说海中有十洲，汉武帝闻西王母说，八方巨海中有祖洲、瀛洲、玄洲、炎洲、长洲、元洲、流洲、生洲、凤麟洲、聚窟洲，乃人迹罕至、神仙所居处，见《海内十洲记》。 (61)公卿万户侯：泛指享受俸禄最丰厚和皇帝以下地位最高的人物。公卿，古代官职名，即三公九卿之简称，所谓三公，历代不同，周以太师、太傅、太保为三公；汉代为司马、司徒、司空为三公，或以丞相、大司马、御史大夫为三公；后汉以来以太尉、司徒、司空为三公。九卿，历代更是各异，周时九卿，包括少师、少傅、少保、冢宰、司徒、司空、司马、司寇、宗伯，秦时则以奉常、郎中令、卫尉、太仆、廷尉、典客、宗正、治粟内史、少府为九卿。万户侯，为汉制，食邑满万户之侯爵，《史记·李广传》："文帝谓李广曰：惜乎子不遇时，如令子当高帝时，万户侯岂足道哉！"　⑥玄关：佛家语，谓入道之门关，《传灯录》："启凿玄关。"所谓"玄关泄漏"，今语即"泄漏天机"。　⑥这箫声间无，天上有：这吹箫的声音世上没有，只有天上才能听到。　⑥强(qiǎng)口：嘴硬，强词夺理。　⑥柳叶儿：曲牌名，句式定格为七、七、七、三、三、七，共六句。　⑥市曹中物穰人稠：指人口稠集事物扰攘的通衢集市。　⑥难消受：难以承受，《汉宫秋》一折旦白："量妾身怎生消受的陛下恩宠。"　⑥耕耨：种田。耨，锄草的工具，这里指耕种。⑥倒大来：倒头来，《陈州粜米》第二折〔滚绣球〕："我则索会尽人间只点头，倒大来优游。"　⑦赚尾：又名"赚煞尾"，用作尾曲，句式定格为三、三、七、七、七、三、五、七、五、五、八，共十一句。　⑦世情疏：疏远尘世，这里指摆脱世俗官场。　⑦黄封御酒：官酿的酒叫黄封。御，古代凡与皇帝有关的事物多加"御"字。　⑦竹杖芒鞋：竹子的手杖，草编的鞋。　⑦金山：在江苏省镇江市西北，本在大江中，由于土砂堆积，已与南岸相接，为江南胜地。　⑦潮来的正悠：潮水正悠然地涨着。悠，闲散的样子。　⑦船开在当溜：船正顺水而流。溜：水流的样子。李善注："溜，水流貌也。"　⑦卧吹箫管到扬州：躺在船上吹着箫管到扬州。扬州，今江苏省扬州市。

【赏析】

此曲表现了作者的避世思想和消极的情绪，同时也在一定程度上暴露了元朝统治下仕途的险恶。

描写官场昏暗、追求林泉隐居生涯的散曲，在元朝是很多的。不忽木的这套《辞朝》的特点，在于他不加隐饰地指向元朝的最高统治者，明白地道出了"宁肯身卧糟丘，赛强如命悬君手"的思想。封建等级思想的核心是"忠君"，封建制度最高的行为准则是"效忠皇帝"，是"君叫臣死臣不得不死"。而不忽木的宁肯终日酩酊大醉不愿"命悬君手"的呼号，对那"伏事君王不到头"的险恶宦途的

描写，是与封建的忠君思想相违背的。他把仕宦生活和山林隐居的逍遥自在的生活反反复复进行对比，指出：有多少人为了半纸功名熬白了头，有多少人为了盼望取得高官厚禄而苦苦挣扎。然而在这后面又埋伏着多少危险！人们只为眼前的利益所迷惑，正如同游鱼儿一样只看见鱼饵"不见钩"。

从不忽木的经历看，他并没有辞官隐居。他可能对仕途上的种种艰险有深切的体验，并且产生了厌倦情绪，幻想着过上那种恬淡安适的生活。但他终于没有这样去做，他还是跨过了层层艰险，一步步地登上平章政事的高位。

## 奥敦周卿

元初人。字周卿，号竹庵。奥敦是女真姓氏。至元六年（1269）为怀孟路总管府判官，后为河北南道提刑按察使佥事，其后入为侍御史。当与杨果、白朴为同时代人。

## 双调·蟾宫曲

### 咏西湖（一）

西山雨退云收，缥缈楼台，隐隐汀洲。湖水湖烟，画船款棹[1]，妙舞轻讴。野猿搦丹青画手[2]，沙鸥看皓齿明眸[3]。阆苑神州[4]，谢安曾游。更比东山，倒大风流[5]。

【注释】
①款棹：船桨缓慢摆动。款，缓。 ②丹青画手：绘画之人，此谓诗人骚客。丹青，是中国古代绘画中常用的两用颜色丹砂和青体。亦指绘画艺术。③皓齿明眸：洁白的牙齿，明亮的眼睛。用以形容女子的美貌。此指舞妓歌姬。④阆苑神州：人间天堂，喻指西湖。阆苑，传说中的神仙住处。神州，即赤县神州。中国的别称。 ⑤谢安（320—385）：东晋大臣。东山：其址在今浙江上度县西南，是谢安寓所。倒大：亦作"到大""名大""倒大来""道大来""大来"。
【译文】
西山雨停云散后，山上楼台虚无缥缈，山下隐隐约约的小岛水中露。湖

元曲三百首全解全析

面上，水汽氤氲，一艘画船缓缓驶过，船上歌女舞姬，曼舞轻歌。自在地在山中作画像野猿，湖中沙鸥飞看明眸皓齿的舞妓歌姬。这美景如人间仙境，谢安曾到此周游。与谢安所住东山比，绝顶风流。

### 【赏析】

这首元曲以细致的笔法，描绘了如画的西湖山水。首句由西山雨霁着笔，雨后的西山，密云初收，山坡上逐渐隐现出缥缈的楼台，湖面上隐约显露出点点汀洲。楼台、沙渚掩映在尚未收尽的云烟水气中，令人遐想翩翩。在如同虚无缥缈的幻境中又引人缓缓行驶的画船。船上的歌姬轻歌曼舞，为西湖增添了声色之美。

此曲写景如画，由远及近，犹如一幅徐徐蕴开的水墨画。然后忽然着一野猿、一沙鸥，猿在山，鸥在湖，既切湖山，又增野趣。在作者的笔下，野猿与沙鸥同楼台、沙洲与美人融为一体，达到了天人合一的境界。最后写出东晋谢安游阆苑的风流。

# 双调·蟾宫曲

## 咏西湖（二）

西湖烟水茫茫，百顷风潭①，十里荷香。宜雨晴，宜西施淡抹浓妆。尾尾相衔画舫，尽欢声无日不笙簧。春暖花香，岁稔②时康。真乃"上有天堂，下有苏杭。"

### 【注释】

①百顷风潭：言西湖水域广阔。　②稔：庄稼成熟，这里指丰收。

### 【译文】

烟水浩渺的西湖波光荡漾，微风飘拂的水潭上，开阔的水面飘溢荷香。雨也适宜晴也适宜，更像西施那样无论淡抹浓妆都艳丽无双。一只只画船尾尾相接，欢声笑语，笙歌弹唱，没有哪一天不沸沸扬扬。春暖时节百花芬芳，庄稼丰收四季安康。真是上有天堂下有苏杭。

### 【赏析】

作者取苏轼诗意，描写西湖的风光景象。令人如身临其境，回味无穷。

# 鲜于枢

（1246—1302），字伯机。元朝至元间选为浙东宣慰司经历，改江浙行省都事。为人意气雄豪，每与上司同仁争辩是非，一语不合，辄欲辞官去。客人至，则相对吟讽山林之间，或痛饮至醉，放歌自悦。公卿曾以词翰屡荐入馆阁，不果用。后迁太常典簿。晚年懒不问事，闭门谢客，建造一室，名曰"困学之斋"，自号"困学民"，又号"直寄老人"。大德六年（1302）卒。著有《困学斋集》，散曲仅存一首套数。

## 仙吕·八声甘州①

江天暮雪，最可爱青帘摇曳长杠②。生涯闲散，占断水国渔邦③。烟浮草屋梅近础④，水绕柴扉山对窗⑤。时复竹篱旁，吠犬汪汪⑥。

〔么〕⑦向满目夕阳影里⑧，见远浦归舟⑨，帆力风降⑩。山城欲闭，时听戍鼓音夆音夆⑪。群鸦噪晚千万点⑫，寒雁书空三四行⑬。画向小屏间，夜夜停釭⑭。

〔大安乐〕从人笑我愚和戆⑮，潇湘影里且妆呆⑯，不谈刘项与孙庞⑰。近小窗，谁美碧油幢⑱。

〔元和令〕⑲粳米炊长腰⑳，鳊鱼煮缩项㉑。闷携村酒饮空缸㉒，是非一任讲㉓。恣情拍手棹渔歌㉔，高低不论腔㉕。

〔尾〕浪滂滂㉖，水茫茫，小舟斜缆坏桥桩㉗。纶竿蓑笠㉘，落梅风里钓寒江㉙。

**【注释】**

①八声甘州：南北曲都有，均属仙吕宫。北曲与同名词牌不同，用于套曲中，如《西厢记》第二本第一折崔莺莺所唱"恹恹瘦损"一曲。　②青帘摇曳长杠：青色的帘飘摇在长杆之上。青帘，青色的帘，杜甫《送李秘书赴杜相公幕》："青帘白舫益州来，巫峡秋涛天地回。"杨汉公《明月楼》："吴兴城阙水云中，画舫青帘处处通。"摇曳，飘摇、摇荡。长杠，即长杆，梁栋《大茅峰》："安得长杠撑日月。"　③占断水国渔邦：居住在水上。占断，占有，吴融《杏花》：

"花中占断得风流。"水国渔邦，泛指居住在水上。　④烟浮草屋梅近砌：炊烟浮在草屋之上，梅花就在台阶的一旁。砌，台阶。　⑤水绕柴扉山对窗：水绕柴门流过，窗子正对着青山。柴扉，用柴做的门。　⑥吠犬汪汪：狗汪汪地叫着。⑦么(yāo)：北曲用语。北曲中连续使用同一曲牌时，后面各曲不再重复标明曲牌名，只写作"么"或"么篇"，这里的"么"，即再用一遍《八声甘州》。　⑧向满目夕阳影里：向着满眼夕阳照射的影里。　⑨远浦归舟：远处岸边有归来的船。远浦，远处的水岸边。　⑩帆力风降：风吹船帆的力量在减弱。降，落下，降落，这里指减弱。　⑪戍(shù)鼓音冬音冬：守边军士的鼓声咚咚。戍，战士屯守边疆。音冬音冬，形容鼓的声音。　⑫群鸦噪晚千万点：傍晚时分，成千上万的乌鸦归窠，纷纷乱叫。噪，群鸦的叫声。千万点，形容乌鸦密密麻麻地形成无数的黑点。⑬寒雁书空三四行：寒天的大雁在空中排成人字或一字形地飞。书空，大雁飞行时整齐地排列成字形，如同在空中写字。　⑭停釭：熄灯。釭，灯盏。　⑮从人笑我愚和戆(gàng)：即使人们笑我愚呆笨拙。从，这里读作纵，即使。愚和戆，愚鲁笨拙。　⑯潇湘影里且妆呆：到潇湘水上去装呆卖傻。潇湘，湖南省的两条水名。妆呆，装傻。　⑰刘项与孙庞：刘邦、项羽，孙膑、庞涓。刘项，秦朝末年，项羽与叔父项梁举兵叛秦。项梁死，项羽领军大破秦兵，率诸侯师入关，杀秦王子婴，焚咸阳宫，自称西楚霸王。后与刘邦争天下，为刘邦所败，困垓下，走乌江自刎而死，事见《史记》。孙庞，孙膑与庞涓，孙膑为战国时齐国人，孙武的后代。与庞涓俱学兵法于鬼谷子，后庞涓为魏国大将，因嫉孙膑之能，将他骗到魏国，阴谋加以膑刑（即剔除膝盖骨的酷刑）。并鲸其面（在脸上刺字），不久，齐国使节至魏，将孙膑带回齐国，齐威王以师事之，后齐与魏战，孙膑设计困庞涓于马陵，万弩齐发，庞涓智穷，自杀。这首散曲的作者鲜于枢认为，刘邦与项羽之争和孙膑与庞涓之争，都是无足道的勾心斗角，所以他说"不谈刘项与庞涓"。⑱谁羡碧油幢：谁肯羡慕后妃们华贵的车呢！碧油幢，用绿色油帷幕的宫车，指公主的车，按，王后的车，饰以翟羽，用黄油幢，公主的车用碧油幢。　⑲元和令：曲牌名。　⑳粳米炊长腰：用长腰米作饭。炊，烧火做饭。长腰，米的别名，《韵语阳秋》："长腰，粳米；缩头，鳊鱼。楚人语也"。　㉑鳊(biān)鱼煮缩项：吃长腰米，就缩项鱼。鳊鱼，一名鲂，据《本草纲目·鳞部》，这种鱼"小头缩项"，体形侧扁，其色青白，又称"缩项"。　㉒闷携村酒饮空缸：闷来时带着村酒去饮个痛快。村酒，即村家所酿的酒。　㉓是非一任讲：是和非任凭人们去评断。㉔恣情拍手棹渔歌：渔人尽情地拍手唱着渔歌。恣情，尽情，无拘无束。棹，船桨，泛指船。　㉕高低不论腔：纵情地歌唱，所以不计较腔调的高低。　㉖浪滂(pāng)滂：形容水势壮阔。滂滂，大水涌流的样子。　㉗小舟斜缆坏桥桩：小船斜缆在旧桥桩上。　㉘纶竿蓑笠：手拿渔竿，身披蓑衣，头戴竹笠。纶竿，即钓鱼竿。蓑笠，用草或棕毛制成的雨衣叫蓑，用草或竹编的帽子叫笠。　㉙落梅风里钓寒江：乘着五月的春风在江中钓鱼。落梅风，阴历五月所吹的春风，《风俗通》："五月有落梅风，江淮以为信风。"钓寒江，在寒江里钓鱼，五月江水尚寒，故称寒江。

**【赏析】**

作者在此曲中描画了水国渔邦秀美的景色，赞扬了渔人无拘无束逍遥自在的生活。相形之下，他对于纷繁的世事感到厌倦。他宁愿去装呆卖傻，宁愿让人说他愚昧笨拙，不愿去过问人间世事的是是非非。他追求的是"粳米炊长腰，鳊鱼煮缩项。闷携村酒饮空缸，是非一任讲"的超世绝尘的生活，他羡慕的是渔人"恣情拍手棹渔歌""纶竿蓑笠，落梅风里钓寒江"的悠闲岁月。这种人生态度是和作者的"懒不耐事，闭门谢客"的处世态度一致的。

# 关汉卿

（约 1220 — 1300），名不详，号己斋，字汉卿，大都人。与戏曲作家杨显之、梁进之、费君祥，散曲作家王和卿，杂剧女演员珠帘秀等交友，《录鬼簿》说他曾任太医院尹，元末熊自得《析津志》说他"生而倜傥，博学能文，滑稽多智，蕴藉风流，为一时之冠"。关汉卿是大都杂剧写作组织玉京书会的最重要作家，也是我国古代最伟大的戏剧家。他一生创作杂剧六十多种，现存的有《窦娥冤》《救风尘》《拜月亭》《望江亭》等，大多揭露社会的黑暗，谴责邪恶势力对人民的压迫，同情被压迫者的反抗，歌颂妇女的智慧和力量，不仅思想性强，艺术上也取得杰出成就，对元杂剧的形成和发展作出很大贡献，与马致远、白朴、郑光祖并称"元曲四大家"。散曲成就不如杂剧。《全元散曲》录有小令五十七首，套数十三篇。《太和正音谱》说："关汉卿之词，如琼筵醉客。"大致说出他的风流蕴藉的艺术特征。

# 南吕·四块玉

## 别情

自送别，心难舍，一点相思几时绝①？凭阑袖拂杨花雪②。溪又斜③，山又遮，人去也。

**【注释】**

①绝：断。　②凭阑袖拂杨花雪：写主人公靠着阑干，用袖拂去如雪的飞絮，以免妨碍视线。杨花雪，白色的杨花纷纷飘落，像下雪一样。　③斜：此处指溪流拐弯。

**【译文】**

自从那天送你远去，我心里总是对你难分难舍，一点相思情在心中萦绕不绝。记得送别时我斜倚着栏杆目送你远行，我用衣袖拂去如雪的杨花，以免妨碍视线。然而你的身影已看不见了，只见弯弯曲曲的小溪向东流去，重重的山峦遮住了你远行的道路，我才意识到心上的人，真的走远了。

**【赏析】**

此曲写男女离别的相思之情。后四句寄情于景，描绘了一幅令人难堪的景色，衬托出主人公内心的孤寂与苦闷。

# 商调·梧叶儿①

## 别情

别离易，相见难。何处锁雕鞍②？春将去，人未还。这其间，殃及煞愁眉泪眼。

**【注释】**

①梧叶儿：是元代的一种曲牌格式。貌似元人小令，实则曲也。　②锁雕鞍：锁住鞍马，意为留住离人。雕鞍，借指坐骑。

**【译文】**

离别是容易的，再要相见就很艰难。怎么才能把他留在身边？春天都快要过去了，心上人还没有归来。这期间，殃及了眉眼，整日堆愁流泪。

**【赏析】**

此曲为关汉卿写离愁别绪之作，语言质朴，感情激越，毫无遮拦，语词平易，读之催人泪下。"别易见难"几近于成语，诉说着一种无可奈何的忧愁。"锁雕鞍"是俗曲中表示留住情人的常见用法。"春将去，人未还"露出忍无可忍的哀怨，及至"这其间，殃及煞愁眉泪眼"，则因愁锁眉、以泪洗面，相思、怨恨禁抑不住，复以婉语表现，那就真是"伤心人别有怀抱"了。

# 双调·大德歌①

## 春

　　子规啼，不如归②，道是春归人未归，几日添憔悴③。虚飘飘柳絮飞，一春鱼雁无消息④，则见双燕斗衔泥⑤。

【注释】

　　①大德歌：大德，元成宗年号(1297—1307)。大德歌共十首，这是其中的四首。传说大德歌是关汉卿在大德年间创制的新周调。　②子规啼，不如归：杜鹃不住叫着"不如归"。子规，鸟名，即杜鹃，又名杜宇。据《华阳国志》《成都纪》《环宇记》等书记载，周末蜀帝杜宇，号望帝，死后化鸟名杜鹃，又名子规。子规啼声很像人说"不如归"，声音凄厉，很容易引起离人的思念之情。　③几日添憔悴：近日来面容更加黄瘦。憔悴，面黄肌瘦，没有精神的样子。　④一春鱼雁无消息：一春天没有接到书信。这句是引用秦观《鹧鸪天》词语。鱼雁，书信的代称。鱼，典出自汉乐府《饮马长城窟行》"客从远方来，遗我双鲤鱼，呼童烹鲤鱼，中有尺素书"句（从鱼腹中剖出一封用白绢写的信）。雁，典出自《汉书·苏武传》。汉武帝时苏武奉命出使匈奴，匈奴王胁迫苏武投降，苏武不从，被扣留在北海牧羊十九年。汉昭帝时遣使求放苏武等，匈奴诡称苏武已死去。汉使得悉苏武在北海，设计对匈奴王说，汉天子在上林苑得雁，足系有帛书，言武在某泽中。匈奴王不得已，将苏武等放归。后人据上述诗文把鱼雁连用为书信的代称。　⑤则见双燕

斗衔泥：只见双双的燕子在梁间争相衔泥筑巢。斗，争相的意思。

**【译文】**

春天的杜鹃叫了，好像在说"不如归去"。你走的时候说是春天就回来，而今春已到，人还未归。最近几天已显得疲惫憔悴，心绪不定，好似那虚飘飘的柳絮。整个春天音讯全无，而旧时檐前燕子早已归来，忙忙碌碌地营巢筑窝干得多欢！

**【赏析】**

连同以下三首是组曲。标题虽名为春、夏、秋、冬，但并非写四季的风光，而是写一个年轻的妇女在四季中思念远去他乡久去不归的爱人。在表现手法上，作者巧妙地选择了四季中有代表各个季节特征的自然景物，用来烘托离妇在各个季节思念远人的悲伤心情。

这是第一首"春"。作者选择了"子规啼""柳絮飞""双燕斗衔泥"这些春日必然出现的景象，衬托离妇在春日里的愁思。特别是"双燕斗衔泥"句，化用白居易的诗句，更使人联想到一个孤单独居的妇女，看到梁间双双燕子正在亲昵地衔泥筑巢，触景伤情，自然会引起她感到自己独处的凄零。

# 双调·大德歌

## 夏

俏冤家①，在天涯，偏那里绿杨堪系马②。困坐南窗下③，数对清风想念他④。蛾眉淡了教谁画⑤？瘦岩岩羞戴石榴花⑥。

**【注释】**

①俏冤家：指在远游的爱人。　②偏那里绿杨堪系马：偏是那里的绿杨可以拴住你的马？这是一句怨词，恨她爱人久游不归。　③困坐南窗下：无精打采地坐在南窗下。困，没精神的样子。　④数对清风想念他：想念他，对着清风屈指计算他离去有多少日子了。数，读上声，动词，计算。　⑤蛾眉淡了教谁画：眉毛淡了教谁来给我描画呢。蛾眉，弯而长的眉毛。《诗经·卫风·硕人》有句"蝤首蛾眉"，后人据此以蛾眉形容妇女眉毛形状的美丽或代指美女。教谁画，据《汉书·张敞传》载汉宣帝时京兆尹张敞，常常给他妻子画眉。后人常以"张敞画眉"表示夫妻相爱之深。　⑥瘦岩岩羞戴石榴花：脸瘦得露骨，羞戴鲜艳的石榴花。

**【译文】**

我那俏冤家，远在天涯，你怎么在外边贪恋新欢，怎么偏偏只有外边才能留得住你？懒洋洋地坐南窗下，每每对着清风想念他。细长的眉毛淡了教谁来描画？脸瘦得不像样子，羞得不敢戴上那石榴花。

【赏析】

作者选择了"绿杨""石榴花"为夏日的特征，用来衬托人物内心思念的深切。此曲的重点句是"蛾眉淡了教谁画"，作者通过张敞画眉的故事，使人可以想象出他们夫妇平日是多么相亲相爱，而今日眉毛淡了已无人再给描画，甚至看到瘦岩岩的面容都羞戴石榴花。这段描写比之《诗经·卫风·伯兮》"自伯之东，首如飞蓬，岂无膏沐，谁适为容？"（这几句诗的大意是：自从丈夫你东去，我无心梳洗打扮，不是没有发油，而是打扮好了给谁看呢）更耐人寻味。

# 双调·大德歌

## 秋

风飘飘，雨潇潇，便做陈抟①睡不着。懊恼伤怀抱，扑簌簌泪点抛。秋蝉儿噪罢寒蛩儿叫②，浙零零细雨打芭蕉。

【注释】

①陈抟：宋真源人，曾在华山修道，常长眠百日不起。这句是说思人心切就是做了陈抟也难以安眠。　②秋蝉儿噪罢寒蛩儿叫：白天秋蝉不断地鸣叫刚罢，接着蟋蟀在夜间又鸣叫不停。蛩（qióng），蟋蟀。

【译文】

寒风飘飘，冷雨潇潇，就是那能睡的陈抟也睡不着。说不完的烦恼和愁苦伤透了心怀，伤心的泪水扑簌簌地像断线珍珠飞抛。秋蝉刚刚叫罢，蟋蟀又叫，浙浙沥沥的细雨轻打着芭蕉。

【赏析】

作者选择秋风、秋雨、秋蝉、寒蛩这些带有凄凉景象的季节特征，用来加深离人内心的凄凉。引用陈抟长眠的故事，更显示出妇女因离别而长夜难眠的凄苦之情。

此曲从秋景写起，又以秋景结尾，中间由物及人，又由人及物，情景相生，交织成篇，加强了人物形象的真实感，大大提高了艺术感染力。

# 双调·大德歌

## 冬

雪纷纷，掩重门，不由人不断魂①，瘦损江梅韵②。那里是清江江上村③，香闺里冷落谁瞅问？好一个憔悴的凭栏人④。

元曲三百首全解全析

【注释】

①不由人不断魂：不由人不悲伤，都像是失去了魂魄。断魂，与"销魂"同义，形容人极度悲伤。梁代江淹《别赋》开头两句"黯然销魂者，唯别而已矣。"后又有人改销魂为断魂，杜牧《清明》诗"清明时节雨纷纷，路上行人欲断魂。"断魂亦即销魂的意思。 ②瘦损江梅韵：瘦损了像梅妃那样的风韵。江梅，唐玄宗的妃子梅妃。梅妃本姓江，因爱梅，玄宗赐名梅妃。梅妃风度娴雅，很有才华，擅诗文，很受玄宗的宠爱，后因杨贵妃嫉妒，玄宗疏远了她。她作《东楼赋》一篇，献给了玄宗，玄宗看了很感动，赐给她珍珠一斛。她不受，作诗答谢说："柳叶双眉久不描，残妆和泪湿红绡。长门自是无梳洗，何必珍珠慰寂寥。"宋人有传奇小说《梅妃传》。江梅韵，是离妇自比有像梅妃那样的风韵。 ③这句是忍受离别之情的妇女遥望远处的景象。 ④这句是离思念中的妇女在大雪纷飞中倚着楼栏翘望远人的归来。

【译文】

大雪纷飞，门窗都紧闭，不由得叫人悲伤，消瘦憔悴得像失宠的梅妃一样失去往日之风韵。抬眼望去，哪里是清江江上村？香闺里冷落谁来理睬与慰问？好一个面容憔悴翘首远望的凭栏人！

【赏析】

作者用"雪纷纷，掩重门"表示冬天的季节，用梅妃的故事表明妇女由于怀念远方的人瘦损了自己的容颜，失去了旧日的风韵。此曲的重点句是最后的"好一个憔悴的凭栏人"。在大雪纷飞，家家紧闭重门这样寒冷的天气里，不是思念难忍，怎能冒雪凭栏遥望归人呢？她憔悴、沮丧的神态是可以想象得出的。此句一扫上文所言绝望的情绪，显示出一个少妇对爱情的执着追求和坚强的性格。有此一句，才显出此曲的精妙之所在，它可以使全篇的消沉气氛为之一振。

此曲在结构上，采用的是前后矛盾对立的写法。前面几句极写少妇的绝望心情，经彩笔左涂右抹，色调越来越浓，似乎已经绝望到底，而最后一句，则急转直下，一反常态。这样，先抑后扬，更富有吸引人的艺术魅力。

# 双调·沉醉东风

咫尺的天南地北，霎时间月缺花飞①。手执着饯行杯，眼阁②着别离泪。刚道得声"保重将息③"，痛煞煞④教人舍不得。"好去者⑤望前程万里！"

## 【注释】

①咫尺：形容距离很近，这里借指情人的亲近。月缺花飞：比喻情人的分散离别。　②阁：同"搁"，放置。这里指含着。　③将息：休息，调养身体。④痛煞煞：十分悲痛难过。　⑤好去者：好好地去吧。者，语气词。

## 【译文】

相隔咫尺的人就要天南地北远远分离，转瞬间花好月圆的欢聚就变成分散离别的悲凄。手拿着饯行的酒杯，眼含着惜别的泪水。刚说一声"保重身体"，心中悲痛极了教人难以割舍。"走吧，祝愿你前程万里！"

## 【赏析】

此曲描写一个女子为情人饯行的情景：含泪举杯，言语凝噎，殷切叮嘱，诚恳祝愿。通过富有特征性的动作、表情和言语，生动地揭示了女主人公此时此境依恋痛楚的复杂情怀。刻画细腻，缠绵悱恻，真挚动人。

# 双调·碧玉箫

膝上琴横，哀愁动离情；指下风生①，潇洒弄清声。锁窗②前月色明，雕阑外夜气清。指法轻，助起骚人兴。听，正漏断③人初静。

## 【注释】

①风生：即生风，这里形容抚琴指法之快。　②锁窗：即琐窗，窗棂记得的是连锁图案的窗，与下句"雕阑"对。　③漏断：即尽，指夜已深。漏，即漏壶，是古代滴水计时的一种仪器。

## 【译文】

古琴横放在膝上，哀转凄清的琴声牵动起人的离情。指法迅疾如风，潇洒地拨弄出淡雅之声。镂花的窗前明月当空，雕花的栏杆外夜色凄清。手指轻动，引起诗人的雅兴。你听，漏声已断，正是夜深人静。

**【赏析】**

这首小令是写离别，表现抒情主人公的离情而作。此曲表现出弹琴人感情世界的丰富、深沉，外在景物的清朗、静谧，暗示着主人公内心世界的真挚与美好，而曲子内容的离愁别绪又使得弹琴者本人及整个外在世界点染上些许哀愁，而这一切，令读者同弹琴者一起进入一个景、情、人与音乐交融在一起的神游世界。

# 双调·碧玉箫

## 笑语喧哗

笑语喧哗，墙内甚人家？度柳穿花<sup>①</sup>。院后那娇娃，媚孜孜整绛纱<sup>②</sup>，颤巍巍插翠花<sup>③</sup>。可喜煞，巧笔难描画。他，困倚在秋千架。

**【注释】**

①度柳穿花：在花柳间穿行玩耍。　②媚孜孜整绛纱：美滋滋地正在整理头上戴的绛色纱巾。媚孜孜与美滋滋谐音同义。　③颤巍巍插翠花：头上插着颤巍巍翠玉镶的花。

**【赏析】**

　　这是一首即景写实曲。是写作者经过一家墙外，听到墙内有笑语喧哗声，好奇地探头向墙里一看，正有几个娃娃在那里嬉戏玩耍。作者用简单的笔墨，却勾画出三个场景。开头三句是写几个娃娃在花柳间一边跑着一边说说笑笑，喧哗不止。这是群象的概括描写。这是一个场景。下五句是写在院后看到一个小姑娘正在整理纱巾，头上插一支颤巍巍的翠花，她那娇媚的姿态，使作者惊叹"巧笔难描画"。这又是一个场景。最后两句是写一个娃娃，打秋千疲乏了，倚在秋千架上休息。这又是一个场景。作者把这三个场景有机地联结起来，构成一幅令人喜爱的娇娃嬉戏图，形象逼真、生动。

# 南吕·一枝花

## 不伏老

　　〔一枝花〕攀出墙朵朵花，折临路枝枝柳①。花攀红蕊嫩，柳折翠条柔②。浪子风流③，凭着我折柳攀花手，直煞得花残柳败休④。半生来折柳攀花，一世里眠花卧柳。

　　〔梁州〕我是个普天下郎君⑤领袖，盖世界浪子班头⑥。愿朱颜不改常依旧，花中消遣，酒内忘忧；分茶攧竹⑦，打马藏阄⑧，通五音六律滑熟⑨，甚闲愁到我心头。伴的是银筝女银台前理银筝笑倚银屏；伴的是玉天仙携玉手并玉肩同登玉楼；伴的是金钗客歌金缕捧金樽满泛金瓯⑩。你道我老也，暂休，占排场风月功名首，更玲珑又剔透⑪。我是个锦阵花营都帅头⑫，曾玩府游州。

　　〔隔尾〕子弟每是个茅草岗、沙土窝初生的兔羔儿乍向围场上走⑬，我是个经笼罩、受索网苍翎毛老野鸡蹅踏的阵马儿熟⑭。经了些窝弓冷箭镴枪头⑮，不曾落人后。恰不道⑯"人到中年万事休"，我怎肯虚度了春秋⑰。

　　〔尾〕我是个蒸不烂、煮不熟、捶不匾、炒不爆、响珰珰一粒铜豌豆。恁⑱子弟每谁教你钻入他锄不断、斫不下、解不开、顿不脱、慢腾腾千层锦套头。我玩的是梁园⑲月，饮的是东京⑳酒，赏的是洛阳㉑花，攀的是章台㉒柳。我也会围棋、会蹴踘、会打围㉓、会插科、会歌舞、会吹弹、会咽作、会吟诗、会双陆㉔。你便是落了我牙、歪了我嘴、瘸了我腿、折了我手，天赐与我这几般儿歹症候㉕，尚兀自㉖不肯休！则除是阎王亲自唤，神鬼自来勾，三魂归地府，七魄丧冥幽。天哪！那其间才不向烟花路儿上走㉗！

## 【注释】

①攀出墙朵朵花，折临路枝枝柳：下文的"攀花折柳、眠花卧柳"，均是指在歌妓群里厮混。　②花攀红蕊嫩，柳折翠条柔：均比喻歌妓的年轻貌美。③浪子风流：即风流浪子，指有才学、放荡不羁而无正当职业的人。　④休：语助词。　⑤郎君：公子，这里指花花公子之类。　⑥浪子：浪荡公子。班头：即头领，头目。　⑦分茶攧竹：旧时妓院里的技艺。分茶，指斟茶待客。攧竹，即画竹。　⑧打马藏阄(jiū)：古代的两种博戏。　⑨五音六律：泛指音乐。五音，即古代音乐中宫、商、角、徵(zhǐ)、羽五个音阶；六律，指古代十二律中的六个阳律：黄钟、太簇、姑洗、蕤宾、夷则、无射(yì)。滑熟：非常熟悉。　⑩金钗客：戴金钗的人。指歌妓。金缕：即《金缕衣》，歌曲名。金瓯：华贵的酒杯。⑪"占排场"二句：意为要成为花柳场中有地位的首领。就要非常灵活敏捷。⑫锦阵花营：指歌台舞榭和其他冶游场所。都帅头：总首领。　⑬子弟：指风流子弟，即嫖客。每：宋元时口语，同"们"。乍：刚。围场：圈起来供打猎的场地。　⑭受索网：被绳子网络捕捉过。苍翎毛：苍老的羽毛。蹅踏：奔走践踏。⑮"经了些"句：意为经受过各种明枪暗箭的攻击。窝弓：藏在草丛或浮土里来打猎的弩弓，触动机关，就能发出箭。这里与"冷箭"一起比喻用机关阴谋暗算人。镴枪头：这里指攻击、中伤人的矛头。镴，是锡和铅的合金。　⑯不道：不管，不顾。　⑰春秋：指年龄。《楚辞·九辨》："春秋逴逴而日高兮。"王逸注："年齿已老，将晚暮也。"　⑱恁(nín)：您。套头：即套子。　⑲梁园：又名兔园，内有池馆林木，为汉代梁孝王所营建，在今河南省开封市附近。　⑳东京：指汴梁，今河南省开封市。　㉑洛阳：今属河南，以产牡丹花著名。㉒章台：汉代都城长安的街名，是娼妓聚居的地方。　㉓蹴(cù)踘(jū)：我国古代的踢球游戏。打围：打猎。　㉔双陆：古代的一种赌博游戏。　㉕歹症侯：恶疾，这里指嗜好上述各种技艺。㉖兀自：还自，还是。　㉗那其间：那时候。烟花路儿：指歌楼妓馆。

## 【赏析】

此曲是关汉卿散曲的代表作。四首曲子层层深入地表现出"我"的生活经历和思想性格。〔一枝花〕概括说明"我"半生一世的风流浪子生涯，隐约透露出"不伏老"的心意；〔梁州〕具体描述"我"的浪子生活，明确表达了"不伏老"的意愿；〔隔尾〕描写"我"的丰富阅历，表明"不伏老"的决心；〔尾〕叙写"我"的倔强性格，进一步描述"我"的浪子生活和精巧技艺，表明了"不伏老"的顽强意志。这篇作品用第一人称自叙的口吻，塑造了一个精通各种技艺、有"铜豌豆"式的性格而又沉醉于歌楼妓院的风流浪子形象。实际上，这是关汉卿那种不与世俗同流合污、坚韧倔强性格的写照，也是当时书会文人的缩影。作品用通俗的语言，夸张的手法，幽默的反语，表现出对黑暗现实的强烈不满。

# 南吕·一枝花

## 杭 州 景

普天下锦绣乡，寰海内风流地①。大元朝新附国②，亡宋家旧华夷③。水秀山奇，一到处堪游戏④，这答儿忒富贵⑤，满城中绣幕风帘，一哄地⑥人烟凑集。

〔梁州〕百十里街衢整齐，万余家楼阁参差，并无半答儿⑦闲田地。松轩⑧竹径，药圃花蹊⑨，茶园稻陌⑩，竹坞⑪梅溪。一陀儿一句诗题，一步儿一扇屏帏⑫。西盐场便似一带琼瑶，吴山色千叠翡翠⑬。兀良⑭，望钱塘江万顷玻璃。更有清溪、绿水，画船儿来往闲游戏。浙江亭紧相对，相对着险岭高峰长怪石，堪美堪题。

〔尾〕家家掩映⑮渠流水，楼阁峥嵘出翠微⑯，遥望西湖暮山势。看了这壁，觑了那壁，纵有丹青⑰下不得笔。

### 【注释】

①寰海内：指整个中国。寰，广大的地域。海内，四海之内，古代传说中国的四周有海环绕，故以海内称国内。风流地：这里指风光最美好的地方。 ②新附国：元朝在至元十三年(1276)攻下杭州。这篇套曲写于南宋灭亡后不久，所以称南方为"新附国"。 ③"亡宋家"句：意为杭州是被灭掉的南宋王朝的旧领土。华夷：古代对汉族（华）和偏远少数民族（夷）的泛称。这里指国家疆域。④一到处：所到之处，处处。堪：可以。 ⑤这答儿：这地方。忒（tè）：太。⑥一哄地：形容人多嘈杂的样子。 ⑦半答儿：半点儿，半块。 ⑧松轩：松下

的长廊。轩，有窗的廊。 ⑨蹊(xī)：小路。 ⑩陌：田间小路。 ⑪坞：周围高而中央凹的地方。 ⑫"一陀儿"二句：意为每到一处，都有做诗的题目；每走一步，都有入画的景致。一陀儿，一块、一处。屏帏，指有图画的屏风。 ⑬琼瑶、翡翠：均指美玉。 ⑭兀良：也作兀刺，语助词。这里起调节排句语气的作用。 ⑮掩映：彼此遮掩，互相衬托。 ⑯峥嵘：这里是形容楼阁的高峻突出。翠微：青绿的山色。这里指青翠的山峰。 ⑰丹青：红色和青色的颜料。这里指丹青手，即画家。

**【译文】**

看遍天下的锦绣河山，享尽全国的大好风光。刚刚归附元朝的杭州，曾经是南宋朝廷的国都。绿水秀丽，青山奇崛，国家各处都值得我好好游历。此处真的太富贵：全城里精致的刺绣帷幕，上乘的飘逸风帘随处可见，喧嚣热闹，人声嘈杂成繁华一片。

百十里四通八达的街道整整齐齐，数不胜数的亭台楼阁参差错落，没有半块被闲置的土地。松涛里的轩室、竹林间的悠径，培育草药的园圃、充满花香的小路，种植茶叶的园子、稻田里交错的阡陌，竹海掩映后的山坞，梅云笼罩下的潺潺溪流。行至一处就能随口吟咏一句好诗，走上一步就能看见一扇华美的屏风。杭州以西那美丽的盐场就似一带贵重的琼瑶，吴山色彩万千宛若油碧的翡翠层层叠叠。哎呀呀，看看钱塘江像是万顷的玻璃闪闪发光。还有清澈的溪泉翠绿的江水，华丽的游船在其上自由自在地悠闲来往。浙江亭紧紧挨着江流，正对着那险峻山岭、高耸峰峦上的棱峋怪石，足以欣美、足能使我写下文章来记录。

家家户户都隐约映衬着蜿蜒的流水，在绵延的翠绿山脉上楼阁突出显现，远远地看着西湖边暮色下的山势起伏。看了这山峦，望了那峰巅，即使我有画笔，也不知道该画哪一边。

元曲三百首全解全析

**【赏析】**

"钱塘自古繁华"，特别是南宋以杭州为都城，经过一百多年的经营，使它成为当时世界上少见的美丽城市。这篇《杭州景》就是赞美杭州绮丽风光、市井繁华的著名作品。〔一枝花〕概括描写杭州的历史变迁和都市的繁华景象；〔梁州〕具体描写杭州美丽的风光景色；〔尾〕称赞杭州景色的美不胜收。作者以清丽自然的语言、欣喜赞叹的笔调，描述了杭州"堪羡堪题"的锦绣风光，以及"楼阁参差""人烟凑集"的繁华景象。字里行间饱含着作者热爱祖国河山的深情厚意。作品运用铺叙手法，写景细腻生动而富有特征。同时，把写景和抒情、描写和议论巧妙地结合起来，鲜明的景物与浓烈的感情水乳交融，具有很强的艺术感染力。

# 大石调·青杏子

## 离情

残月下西楼，觉微寒轻透衾裯①，华胥一枕弯跧觉②。蓝桥路远③，吴峰烟涨④，银汉云收⑤。

〔么〕⑥天付两风流⑦，翻成南北两悠悠⑧。落花流水人何处⑨？相思一点，离愁几许，撮上心头⑩。

〔茶蘼香〕记得初相守⑪，偶尔间因循成就，美满效绸缪⑫。花朝月夜同宴赏，佳节须酬⑬，到今日一旦休。常言道好事天悭⑭，美姻缘他娘间阻⑮，生拆散鸾交凤友⑯。

〔么〕坐想行思，伤怀感旧，各辜负了星前月下深深咒⑰。愿不损，愁不煞⑱，神天还祐。他有日不测相逢⑲，话别离情取一场消瘦⑳。

〔好观音煞〕与怪友狂朋寻花柳㉑，时复间和哄消愁㉒，对着浪蕊浮花懒回首㉓，怏怏归来，原不饮杯中酒㉔。

〔尾〕对着盏半明不灭的孤灯双眉皱，冷清清没个人瞅，谁解春衫纽儿扣㉕。

**【注释】**

①觉微寒轻透衾裯：觉得稍稍有点寒意透过了被褥。衾（qīn）裯（chóu）：

被褥。　②华胥一枕弯跧觉：弯跧着身体睡觉，做了一场虚无缥渺的梦。华胥，《列子·黄帝》篇称"黄帝昼寝，而梦游于华胥氏之国，其国无长帅，其民无嗜欲，自然而已。"这里是借用这段记载表示做了一场虚无的梦。弯跧，卷曲着身体。③蓝桥路远：去蓝桥的路途遥远，见不到自己所思念的人。蓝桥，唐朝人裴铏撰传奇小说《裴航》，写秀才裴航在蓝桥驿遇仙女云英，几经周折，终于成为夫妇。这里是借用这个故事。把自己的情人比作云英，诉说两个人路远不能相见的思念之情。　④吴峰烟涨：山峰上弥漫着浓密的烟雾。吴，春秋时吴国领有江苏一带的地方。吴峰，这里是泛指离人眼前看到的山峰。　⑤银汉云收：高天的云彩已经散了。银汉，即银河，这里泛指高空。　⑥么（yāo）：同前调的意思。　⑦天付两风流：两人天生的风流气质。　⑧翻成南北两悠悠：反而变成南北长久不能相会的离人。翻，反而。　⑨落花流水人何处：春天已经过去人在哪里呢？落花流水，指春天已经过去，这里是化用李煜《浪淘沙》词有"流水落花春去也"句。　⑩撺上心头：涌上心头。　⑪记得初相守：记得最初在一起。　⑫美满效绸缪：美满的爱情像《诗经·唐风·绸缪》，所描写的那样缠绵。绸（chóu）缪（miù）：男女恋情。《诗经·唐风·绸缪》开头几句是"绸缪束薪，三星在天，今夕何夕，见此良人。"　⑬佳节须酬：每逢佳节必定相约到一起欢聚。　⑭好事天悭：好事老天爷不愿意成全。悭（qiān），吝啬。　⑮美姻缘他娘间阻：美满的婚姻被母亲从中阻挠。　⑯生拆散鸾交凤友：活生生地拆散了像鸾凤般的姻缘。鸾凤，传说中的神鸟，人们常用喻美满的夫妻，卢储《催妆诗》"今日幸为秦晋会，早教鸾凤下妆楼。"　⑰这句是说，辜负了两人在星前月下立下的永不相离的誓言。咒，誓言。　⑱愿不损：相爱的愿望不减少。愁不煞：愁也阻止不了我们的爱情。　⑲"他有日"句：有

一天意想不到地遇到一起。　⑳"话别离"句：谈一谈离后的相思之情甘愿落得更加消瘦。取，作"得"字解，杜牧《登乐游原诗》："看取汉家何事业，五陵无树起秋风。"取，即"得"意。　㉑"与怪友"一句：和一些好玩好闹的朋友去逛妓院。花柳，指妓女。　㉒时复间和哄消愁：有时候大家故意起哄用来消愁。㉓"对着"一句：对着这些轻浮的妓女，懒得回头看她们一眼。浪蕊浮花，也指妓女。这句与元稹《离思》诗"取次花丛懒回顾"，意相似。　㉔"快快"两句：从妓院归来，心情抑郁也不愿饮酒来消愁。　㉕"谁解"一句：没有人来给解开纽扣，与自己同床共寝。

### 【赏析】

这篇套曲是写一个年轻男人和一个姑娘相恋，由于受她母亲的阻挠，被分隔开来的悲痛心情。

第一、二两支曲是写这个男人在"残月下西楼"，天将破晓的时候，一觉醒来，以惆怅的心情思念起两地相隔的恋人。〔荼蘼香〕是写这个男人追忆过去和恋人相爱的欢情和遭到"他娘间阻"的悲愤心情。这是这篇套曲的主题。〔么〕曲是写这个男人的幻想：只要"愿不损，愁不煞，神天还祐"，总有一天还会相逢。〔好观音煞〕是写这个男人有时被友人邀去寻花问柳借以消愁，但对"浪蕊浮花"又难以消除他思念恋人的愁思。〔尾〕曲又转回呼应首曲，写这个男人，面对尚未熄灭的孤灯，紧锁双眉，独自沉思，再没有人解衣共寝。

作者以婉转细腻的笔触，深入地刻画出被拆散了的离人的悲愤心情。在封建社会里，男女私自相恋，这是被封建礼教视为伤风败俗，大逆不道的事，封建家长是不能容忍的。作者敢于大胆地提出"美姻缘他娘间阻，生拆散鸾交凤友"，这在封建社会里是不多见的。作者对男女要求恋爱婚姻自由给予了极大的同情，对封建礼教和包办婚姻给予了有意的抨击。

## 卢挚

字处道，一字莘老，号疏斋，又号嵩翁，涿郡（今河北涿县）人。至元五年（1268）进士，官至翰林学士承旨，诗文与刘因、姚燧齐名，世称"刘卢""姚卢"。散曲为前期重要作家之一，作品自然本色，摆脱了宋词痕迹。贯云石《〈阳春白雪〉序》称其曲"媚妩，如仙女寻春，自然笑傲"。《全元散曲》录其小令一百二十首，在前期散曲作家中仅次于马致远。

# 双调·寿阳曲

## 夜忆

　　窗间月，檐外铁①，这凄凉对谁分说②。剔银灯③欲将心事写，长吁把灯吹灭。

**【注释】**

　　①铁：即檐马，檐间悬挂的铁片，风吹动时相击而发出声音。　②分说：辩白，把事实真相说清楚。　③剔银灯：将灯挑亮。

**【赏析】**

　　明月当窗，檐马作响，引起深沉的忆念。把灯剔亮，打算将心事写出来，忽然长叹一声，又将灯吹灭。小令委婉含蓄地描写了抒情主人公心事的凄凉、沉重。将灯挑亮而又吹灭，更提示出他在凄楚的夜晚，欲说还休却又无法打发悲哀的复杂心情。

# 双调·沉醉东风

## 秋景

　　挂绝壁枯松倒倚，落残霞孤鹜齐飞①。四围不尽山，一望无穷水。散西风满天秋意。夜静云帆月影低，载我在潇湘画里②。

**【注释】**

　　①"落残霞"句：化用唐代王勃《滕王阁序》"落霞与孤鹜齐飞，秋水共长天一色"成句。鹜，野鸭。　②潇湘画里：指潇湘两岸的风景如画。宋朝沈括《梦溪笔谈》载："度支员外郎宋迪，工画，尤善为平远山水，其得意者，有平沙落雁、远浦归帆、山市晴岚、江天暮雪、洞庭秋月、潇湘夜雨、烟寺晚钟、渔村夕阳，谓之潇湘八景。好事者多传之。"

**【译文】**

　　弯曲的枯松倒挂在悬崖绝壁上，天边残留的晚霞与孤零零的野鸭一起在天上飞舞。周围是数不尽的青山，一望无际的碧水，西风箫箫，天地间一派浓浓的秋意。静静的夜里，皎洁的月影映照着高挂云帆的船儿，载着我行舟在湘江上，恍如置身在画图之中。

**【赏析】**

此曲描写秋天夜晚的迷人景色，气象空阔，意境飞动，令人陶醉，连作者似乎也融进曲中的山水画里了。

整首小令写的都是潇湘行舟所见。是按照时间顺序道来。作者的态度，更多的是冷静的观照而视野所及，潇湘两岸的山水风物，都使他感到心旷神怡；虽然凉风的轻拂带来了满天的秋意，传统的季节感受，加上身在旅途，不能不使他产生微微的萧瑟之感；但因为他身为湖南宪使，也许是外出公干，也许就在赴任途中，所以心境是平静的。正因如此，我们获得了一幅气象阔大、意境飞动的秋光图。

# 双调·蟾宫曲

## 萧娥①

晋王宫深锁娇娥，一曲离笳，百二山河②。炀帝荒淫，乐陶陶凤舞鸾歌。琼花绽春生画舸，锦帆飞兵动干戈③。社稷④消磨，汴水东流，千丈洪波。

**【注释】**

①萧娥：指隋炀帝杨广的皇后萧氏。萧氏原是梁明帝女儿，杨广为晋王时选作妃子，杨广即位后立为皇后。隋亡，萧后辗转迁徙于乱军之中，后流落突厥，前后十三年。贞观四年（630），唐击破突厥，萧氏才归还京师。　②"一曲离笳"二句：意为隋炀帝虽有以二敌百的坚固山河，最终还是亡国了；萧后也流离塞外，只能以悲笳寄托故国之思。笳，胡笳，古代北方游牧民族的乐器。百二，以二敌百。一说是百的二倍。《史记·高祖本纪》："秦，形胜之国，带河山之险，县（悬）隔千里，持戟百万，秦得百二焉。"　③"琼花"二句：意为隋炀帝乘着用锦作帆、装饰华丽的大龙舟，去扬州游春，观赏琼花开放。他的荒淫奢侈终于导致隋朝的灭亡。　④社稷：指土地神和谷神。古代君王都祭社稷，后来就用作国家的代称。

**【赏析】**

此曲通过萧娥遭遇，揭露隋炀帝荒淫误国，并就此抒发家国兴亡的感慨。

开始三句写隋炀帝在晋王宫深锁着美人，恃着山河的巩固，一味享乐。虽有以二敌百的坚固山河，炀帝最终还是亡国了；萧后也流离塞外，只能以悲笳寄托故国之思。

接着，一连四句具体揭露隋炀帝的荒淫亡国。他整日在后宫与萧娥歌舞玩乐，不理朝政。为了观看扬州的琼花开放，竟乘着用锦绣作帆、装饰华丽的大龙舟，携萧娥沿运河南下，去扬州游春。他的荒淫奢侈，终于导致了隋朝的灭亡。

最后三句发出了与苏轼"大江东去，浪淘尽千古风流人物"的同一感慨。

整首曲作，用白描手法，语言平淡朴实。正如前人所品评的："自然笑傲""天然丽语"，从内容到语言，都表现了初期元散曲作家的艺术风格，显示了本色派的特征。

# 双调·落梅风

## 别珠帘秀①歌者

才欢悦，早间别②，痛煞俺好难割舍。画船儿载将春去也③，空留下半江明月④。

【注释】

①珠帘秀：元代著名女伶，当时杂剧、散曲作者与她都有交往。 ②早间别：很快就离别了。早，与"快"同义。间，与"离"同义。 ③画船儿：指珠帘秀乘的船。载将春去也：这是比喻词，意思是说她乘的船把他们聚会的快乐也给带走了。 ④"空留"句：这是一句比喻句，意思说她走后他的生活像半江明月那样冷清寂寞。

【译文】

才享受相逢的喜悦，一霎时又要离别。我心里是那样的悲痛，实在难分又难舍。画船载走了你，也载走了春光，只空空留下让人惆怅不已的半江明月。

【赏析】

这是一支送别曲。是作者在珠帘秀要到别处去时，表示恋恋不舍之意。感情比较真挚，但也流露出当时士大夫文人，追逐声色的习气。

# 双调·蟾宫曲

## 钱塘<sup>①</sup>怀古

问钱塘佳丽谁边<sup>②</sup>？且莫说诗家：白傅坡仙<sup>③</sup>。胜会华筵，江潮鼓吹，天竺云烟<sup>④</sup>。那柳外青楼画船，在西湖苏小门前，歌舞留连<sup>⑤</sup>。栖越吞吴，付与忘言<sup>⑥</sup>。

**【注释】**

①钱塘：这里指杭州，因杭州在钱塘江畔，人们也常以钱塘代称杭州。②问钱塘佳丽谁边：试问杭州作为帝都的气象那里去了？佳丽，过去人们对金陵常赞称为佳丽地。金陵曾是吴、东晋、宋、齐、梁、陈的首都，宫殿、苑囿气象宏伟，谢朓《入朝曲》曾赞称"江南佳丽地，金陵帝王州。"这里是借"佳丽"暗指南宋首都临安——杭州。这句是感慨杭州已无帝王首都的气象。　③白傅：指白居易，他晚年曾做过太子少傅，所以后人也称他为白傅。坡仙：指苏东坡。苏东坡是宋代著名文学家，当时和后世的人往往称他为"坡公""坡仙"。白居易和苏东坡都曾做过杭州的地方长官，对西湖都曾进行过治理，相传白堤、苏堤就是他们修筑的。以上几句是怀想过去的杭州。　④"胜会"三句：天竺，西湖附近的山名，分上中下三天竺，是西湖游览的胜地。这三句写眼前的游人在江

湖上和天竺山上大摆筵席，寻欢作乐的情况。　⑤"那柳外"三句：苏小，南齐时钱塘名妓，被称为"才空士类，容华绝世。"白居易《杨柳枝词》"若解多情寻小小，杨柳深处是苏家。"旧西湖西泠桥畔有苏小小墓。这三句是写西湖上的游人在酒楼和游船上的游兴正浓，高歌曼舞，流连忘返。　⑥栖越吞吴，付与忘言：过去越王勾践栖居在会稽山卧薪尝胆灭吴复仇的事，今天的游人早已忘掉了。春秋时杭州属于越国的领地，越王勾践就是在离西湖不远的会稽山，准备灭吴恢复故国的。

**【译文】**

问钱塘临安首都气象何在？尚且不要说诗词名家的白居易苏东坡。而今游人整天华宴歌舞，江面上乐曲阵阵，天竺山上香的人很多，整天烟雾缭绕。那柳外的青楼画船，都停留在西湖名妓苏小小门前，留连于美人的歌舞之中，只顾的寻欢作乐。越王勾践卧薪尝胆灭吴复仇的事，今天的游人早已忘掉了。

**【赏析】**

古人以"怀古"为题的诗歌，大都是借怀古对今有所寄托。卢挚的十七首以怀古为题的曲子，也无例外，都以不同的怀古对象，借题抒发自己的对今的感怀。这支曲写他在杭州西湖看到一些游人华筵胜会，歌舞留连的情景，引起他对古事的怀想和对今人的感伤。杭州是南宋的首府，元军就是从这里灭掉了宋朝，使全民族遭到史无前例的歧视和无比残暴的统治。但是今天的游人只知寻欢作乐，早已忘掉古代越王勾践就在这里与国人同心协力，奋发图强，终于灭掉了吴国，洗雪了国人所受到的耻辱。"栖越吞吴，付与忘言"是对今人忘掉恢复故国所发出的感慨，也是作者感到故国恢复无望，倾吐出自己潜藏在内心的叹息。这支曲的中心思想侧重在伤今。

# 黄钟·节节高①

## 题洞庭鹿角庙壁

雨晴云散，满江明月②。风微浪息，扁舟一叶。半夜心，三生梦，万里别③。闷倚篷窗睡些④。

**【注释】**

①节节高：曲牌名。　②满江明月：指满湖明月。　③半夜心：指子夜不眠

生起的愁心。三生梦：谓人的三生如梦。三生，指前生、今生、来生。 ④些：少许，一会儿。

**【译文】**

骤雨过后，天色初晴，乌云散尽，满江上都是一片明洁的月光。风平浪静，一叶扁舟航行在浩淼的江上。夜深了，心里却很惆怅，想想人生如梦，亲朋久别。胸中顿生烦闷，倚着篷窗，但愿可以小睡片刻。

**【赏析】**

此曲作者极力写景犹如画图，触景生情，意境颇浓，引人入迷。

此曲虽然短小，却深刻表现了三组不同的对比：天上的皎月与诗人心情的阴霾，湖面的宁静与诗人心中的波折，以及从前的欢聚与如今的离别。这三组对比分别从不同的角度与维度，将一个被贬诗人的痛苦形象刻画得更为立体，也因此丰富了这首抒情小令的内涵，意蕴深远。

# 双调·沉醉东风

## 七夕①

银烛秋光冷画屏，碧天晴夜静闲亭。蛛丝度绣针，龙麝②焚金鼎。庆人间七夕佳令。卧看牵牛织女星，月转过梧桐树影。

**【注释】**

①七夕：农历的七月初七，是牛郎和织女相会之日。 ②龙麝：一种香料。

**【译文】**

白银烛台放射出的光线照亮了画屏，在晴朗的夜晚静静地坐在亭子里。妇女们用蛛丝穿过绣针在乞巧，金鼎中焚烧龙麝香，人们都在庆祝人间七夕这个佳节，躺下来看牛郎星和织女星，仿佛看到牛郎织女鹊桥相会，月光透过梧桐树投下了倒影。

**【赏析】**

此曲将唐杜牧七绝《七夕》散曲化，绘成一幅静夜（望天河）图，从唐宫女移元代民间而赋以新的内容、新意境，艺术感染力颇强。

# 双调·沉醉东风

## 闲居

雨过分畦①种瓜，旱时引水浇麻。共几个田舍翁②，说几句庄家话。瓦盆边浊酒生涯，醉里乾坤大。任他高柳清风睡煞。

**【注释】**

①畦：田埂。　②田舍翁：种田的人。

**【译文】**

雨过之后就分畦种瓜，天旱时就引来水浇麻。几个种田的老人在一起，讨论一些关于种植庄稼的话题，用大大的瓦盆盛酒来过日子，醉的时候就感觉天地如此之大。任凭他高柳清风我也一样的睡觉。

**【赏析】**

此曲作者写隐居生活中的积极面：种瓜与浇麻，关心生产，关心老农与庄稼。既有生活情调，又有社会内容，表现不满当年时局。

# 双调·沉醉东风

## 闲居

恰离了绿水青山那答①，早来②到竹篱茅舍人家。野花路畔开，村酒槽头③榨。直吃的欠欠答答④。醉了山童不劝咱，白发上黄花乱插。

**【注释】**

①恰：刚才。那答：那块，那边。　②早来：已经。　③槽头：酿酒的器具。④欠欠答答：疯疯癫癫，痴痴呆呆。形容醉态。

**【译文】**

刚刚离开了自己居住的绿水青山之地，早早地来到竹篱茅舍人家。路畔的野花开的正旺，村头开着一家酒家。喝得我酩酊大醉。即使喝醉了山童也不会嘲笑咱。摘下路边的菊花，在白发上乱插。

**【赏析】**

此曲作者写得非常洒脱、狂放。全用白描手法，画出一张醉翁图。用语也是平民百姓的语言。既没有道学气，又没有官僚气。山童不劝，白发黄花在头，老少扮演了一出极好的生活喜剧。

# 双调·蟾宫曲

## 寒食新野道中①

柳濛烟梨雪参差②，犬吠柴荆③，燕语茅茨④。老瓦盆边，田家翁媪⑤，鬓发如丝。桑柘外秋千女儿⑥，髻双鸦斜插花枝⑦。转眄移时⑧，应叹行人，马上哦⑨诗。

**【注释】**

①寒食：节名，在清明前两日。新野：今河南新野县。 ②柳濛烟梨雪参差：绿柳上弥漫着一层轻烟，洁白的梨花犹如一团白雪。参差不齐样子。 ③犬吠柴荆：犬在柴门见行人不住汪汪地鸣叫。柴荆，柴门。 ④燕语茅茨：小燕在檐间不住地呢喃鸣啼。茅茨(cí)，茅檐。 ⑤媪(ǎo)：年老的妇人。 ⑥桑柘外秋千女儿：桑柘树的外边女孩们正在打秋千。柘(zhè)，常绿灌木，叶可喂蚕。 ⑦髻双鸦斜插花枝：两个乌黑的发髻上斜插着鲜艳的花枝。髻双鸦，指双丫形的发髻。 ⑧转眄移时：转动着眼睛看了一会儿。眄(miǎn)，斜视。移时，一会儿。 ⑨哦(é)：低声吟咏。指在马上吟咏看到的景象。

**【译文】**

柳树萌芽，像飘浮着一层嫩绿色的轻烟。梨花似雪，参差地交杂在柳枝中间。柴门里的狗儿对着路过的行人叫，茅屋顶上燕子呢喃。一对白发的农家老夫妻正围着老瓦盆饮酒用饭。桑林外，一位梳着双丫髻的小姑娘头上斜插着花枝在荡秋千。她转眼注视多时，大概是赞叹我这个行路之人，坐在马上吟哦诗篇。

**【赏析】**

此曲是写作者在清明前在新野道中看到的农村景象。开头三句是写农村的自然风光。下三句是写农村老年人的悠闲生活。"桑柘"两句是写农村孩子们的快乐生活。最后三句是写作者看到这些迷人的景象，感到无比的喜爱，情不自禁地"转眄移时"，在马上不住吟诗颂赞。

此曲可能是作者做河南路总管时写的。写得景象喜人，表现出作者对农民怀有深厚的感情。

# 王实甫

（1260—1336），名德信，大都（今北京）人，他是元代著名的剧作家，历来被传为"元曲四大家（王实甫、关汉卿、白朴、马致远）"之一。据《录鬼簿》载他著有杂剧十四种，曲文全存的有《西厢记》《破窑记》《丽春园》三种，另有《芙蓉亭》《贩茶船》残曲各一折。王实甫是一位富有才华的作家，明初人贾仲明写的〔凌波仙〕吊词中称赞他"作词章，风韵美，士林中等辈伏低。"他留下的散曲很少，只有小令一首，套曲两套，残曲两段。

# 中吕·十二月过尧民歌

## 别情

自别后遥山隐隐，更那堪远水粼粼①。见杨柳飞绵滚滚，对桃花醉脸醺醺②。透内阁香风阵阵，掩重门暮雨纷纷。怕黄昏忽地③又黄昏，不销魂怎地不销魂④。新啼痕压旧啼痕，断肠人忆断肠人⑤。今春香肌瘦几分？缕带宽三寸⑥。

【注释】

①更那堪远水粼粼：更那受得了遥望远处清澈闪光的河水。粼粼，叠用词，形容水清澈。 ②对桃花醉脸醺醺：喝醉后的脸庞与桃花相互映衬的红。 ③忽地：忽然地，表示时间过得快。 ④不销魂怎地不销魂：不想失魂落魄却又不住的泪丧。 ⑤"断肠人"句："断肠人"是指自己，下边的"断肠人"是指被思念的人。连用两个"断肠人"是说两人都在痛苦地相思。 ⑥缕带宽三寸：腰瘦了腰带都宽了三寸。缕带，腰带。

【译文】

自从和你分别后，望不尽远山层叠隐约迷蒙，更难忍受清粼粼的江水奔流不回。看见柳絮纷飞绵涛滚滚，对着璀璨桃花痴醉得脸生红晕。闺房里透出香风一阵阵，重门深掩到黄昏，听雨声点点滴滴敲打房门。怕黄昏到来，黄昏偏偏匆匆来临，不想失魂落魄又叫人怎能不失魂伤心？旧的泪痕还未干透，又添了新的泪痕，断肠人常挂记着断肠人。要知道今年春天，我的身体瘦了多少，看衣带都宽出了三寸。

【赏析】

此曲是写一个独处深闺的妇女，在暮春季节里思念她远在异地的爱人的悲切心情。全曲对思妇内心活动的描写极为委婉细致。开头两句通过看"遥山隐隐"，望"远水粼粼"说明爱人去的地方远隔千山万水难以相见。下四句通过人物对暮春特有景象的感受，衬托出人物触景伤情的内心活动。面对满天飞舞的柳絮杨花，眼望一片片鲜红的桃花，闻到飘进内阁的阵阵香风，这都是最易引起离人相思的景象，也正是令离人烦恼的景象。又加纷纷暮雨更增添了离人内心的凄怆。"怕黄昏忽地又黄昏"是此曲的警句，对离人心理的刻画，达到了深邃入微的境界。

怕黄昏不是怕黄昏的暗淡颜色，而是怕随着黄昏而来的漫漫长夜。思人心切，长夜难眠，这种离情的痛苦，"不销魂怎地不销魂""新啼痕压旧啼痕""缕带宽三寸"，这不是一日的相思之苦，而是长期相思的积累。作者对人物的这些描写都是根据人的常情来写的，很近情，很逼真。

在用词上，作者巧妙地运用叠字词和复字句，这就更增强了曲子的节奏感和韵律美。〔十二月〕每句的尾字，都是用的叠字词。〔尧民歌〕除后两句都是用的复字句。字重复而意不重复，意境婉转，耐人寻味。有人说此曲使用的语言与他的《西厢记》长亭送别中的唱曲，有"异曲同工"之妙，也不无道理。

## 庚天锡

字吉甫，大都（今北京市）人。官中书省椽，后除员外郎、中山府判。著杂剧十五种，今俱不存。贯云石序《阳春白雪》，品评元朝当代乐府，以庚天锡与关汉卿并论，有"造语妖娇"之说。

## 双调·蟾宫曲

环滁秀列诸峰，山有名泉，泻出其中。泉上危亭，僧仙好事，缔构成功。四景朝暮不同，宴酣之乐无穷，酒饮千钟。能醉能文，太守欧翁①。

【注释】

①欧翁：即宋欧阳修。

【译文】

众峰环绕，山中有一泓名泉，从山中泻出。泉水之上游有一座危亭，是山上的和尚修建起来的，修建的很完美。四周的景色早晚都不同，各有风韵。喝了千盅酒，宴酣之乐无穷无尽，喝醉了也能做出上好的文章来，就像宋朝太守欧阳修一样惬然。

【赏析】

此曲是赋欧阳修的《醉翁亭记》事，抒发有怀才不遇之苦，借酒浇愁，取欧翁自况。

# 双调·雁儿落过得胜令

名缰厮①缠挽，利锁相牵绊。孤舟乱石湍，羸马连云栈②。宰相五更寒③，将军夜渡关④。创业非容易，升平守分难⑤。长安⑥，那个是周公旦⑦？狼山⑧，风流访谢安⑨。

【注释】

①厮：与"相"义近。　②羸(léi)：瘦弱。连云栈：在陕西省褒城县北。即褒斜栈道。长420里，路极艰险，自凤县草凉驿入栈道，南至褒城县开山驿出栈道，路始平。　③宰相五更寒：做宰相的要在寒冷的五更天就去上朝议事。　④"将军"句：做将军的要连夜夺关杀敌。　⑤"升平"句：太平时候守业是艰难的。分：本分、责任。　⑥长安：泛指首都。　⑦周公旦：西周初年政治家，周武王之弟，姓姬名旦。因所封之地在周（今陕西省岐山北），所以称周公。　⑧狼山：泛指隐居之山林。　⑨谢安(320—385)：东晋大臣，字安石，陈郡阳夏（今河南省太康县）人。他寓居会稽（今浙江省绍兴市），隐居于东山，与名士王羲之、名僧支遁等交游，屡辞朝廷征召，放情山水。

【译文】

功名的缰绳互相纠缠，利禄的锁链彼此牵绊。孤舟在湍急的旋涡中打转，瘦马在险绝的连云栈上独行。做宰相的，要赶在寒冷的五更天上朝议事；当将军的，要连夜守隘夺关。开创基业不是件容易的事，太平时期，守业也很难。

放眼长安，那些权臣贵胄，哪一个称得上是周公旦？不如早日去隐居的山林，寻访谢安那样的风流英贤。

**【赏析】**

〔雁儿落〕两组合璧对是说有些人被名缰利锁所纠缠牵绊，在名利的旋涡中就像一叶孤舟出没在乱石隐现的激流之中，就像一匹瘦弱的马闯进道路极艰险的连云栈，危险万分。

〔得胜令〕则述说了自己的理想和抱负。当宰相很辛苦，要冒着五更天的寒冷去上朝办事，做将军的要连夜夺关对敌。创业不易，守成也难。现在朝廷里哪里还有周公旦那样的仁义勇智的大才？还是去访求隐居山林的风流人物谢安吧！意思是当权者没有道德才华过人的人物，没有人能胜任宰相、大将，真正的大才都隐居于山林之中了，却不去访求他们。

庾吉甫对追名逐利的碌碌之辈是不以为然的，他自己也以摆脱了名利思想奴役、有高远理想的人物自命，同时也就流露出对现实政治的黑暗腐败的强烈不满。他的杂剧，如《荐马周》《买臣负薪》《鸡鸣度关》等，也是这种情绪的发泄。他虽然也做着小官，仍有强烈的怀才不遇之感。

这首带过曲，连用了四组合璧对，都用得恰到好处。古人说："对偶，不对则失之粗；太切则失之俗。"庾吉甫可谓运用自如者，所以成就也比较大。

# 冯子振

字海粟，自号怪怪道人，又号瀛州客。攸州（今湖南攸县）人。仕为承事郎、集贤待制。于书无所不读，为文常凭案疾书，随纸多少，顷刻便尽。宁景谦称："冯公以博学英词名于时，当其气豪，横厉奋发，一挥万言，真一世之雄。"贯云石《阳春白雪》，言"海粟之词豪辣灏烂，不断古今。"

## 正宫·黑漆弩

### 农夫渴雨①

年年牛背扶犁住②，近日最懊恼杀③农父。稻苗肥恰待抽花④，渴煞青天雷雨。〔幺〕恨残霞不近人情⑤，截断玉虹南去⑥。望人间三尺甘霖⑦，看一片闲云起处⑧。

**【注释】**

①在这首曲子的前面，原来有一篇序，记叙女伶御园秀对作者说："自从白
无咎（即白贲）写的〔黑漆弩〕问世以后，由于音律要求严，续作的人很少。"
在场的人们闻听此语，都异口同声地要求冯子振写，于是冯子振以汴、吴、上都、
天京风景为题材，一气写了三十九首。这是其中的一首。它描绘大旱之年农夫盼
雨的急切心情。　②"年年"句：是说年年都是在牛背后扶着犁杖。表明终生以
农业为生计。　③懊（ào）恼杀：心里十分不愉快。　④抽花：抽穗、扬花灌浆之季。
⑤"恨残霞"句：残霞，即晚霞。傍晚时霞光满天，表明天气在近几日内不会转阴。
⑥"截断"句：玉虹，彩虹。虹为雨后天象。此句意思是由于彩霞满天，驱走了
出彩虹的可能，下雨没有指望了。　⑦三尺甘霖：救旱的大雨、喜雨。　⑧"看
一片"句：意思是由于渴雨，甚至对一片不起作用的闲云也抱希望。

**【译文】**

年复一年在牛背后耕作扶犁，近日里可使农夫懊恼之极。稻苗肥壮正等
着扬花吐穗，苗都要枯死了，却是响晴的天不下一丝雨。可恨苍天不顾人们
渴雨的急切心情，让残霞把要下雨的白虹冲断，云朵向南飘去。农夫们注视
着那片白云，盼望能在人间降下三尺好雨。

**【赏析】**

这首曲子写农夫渴雨的急切心情，无论情感还是语言，都极质朴自然，具有
较强的生活气息。

前四句写久旱不雨，使农夫懊恼不已。"年年牛背扶犁住"，说明农夫们终
生从事农业，并无其他可以依靠的生计。庄稼丰收是他们赖以生活的唯一指望，
但是他们近来却被极度的懊恼情绪所笼罩。"最""杀"二字写出了懊恼之深之重。
那么恼从何来呢？原来是"稻苗肥恰待抽花，渴煞青天雷雨。"我们知道，稻、麦、
玉米等农作物抽穗扬花时是最需要适时适量的雨水了。否则，将颗粒不收。所以，
在水利灌溉便利的地方，无论如何是要浇抽花水的，即使人拉肩挑也在所不惜。
曲中农夫所在地，看来既不挨河，又不临渠，他们只能盼望老天能下点救命雨，
保住一年的收成。

曲的后四句是写农夫对好雨的急切盼望。俗谚有"朝霞不出门，晚霞行万里"
之说。意思是清晨出彩霞，预示着当天有雨，而傍晚彩霞满天，则预示近几天将
会晴空万里。农夫们引颈仰望苍天，盼望"好雨知时节"，但老天并不理会人间
农夫的急切心情，偏偏布下晚霞满天，把"玉虹"截断。玉虹为雨后天象，把玉
虹截断，表明天继续晴而不雨，这给深知时节不待的农夫们带来的是多大的失望

元曲三百首全解全析

呀！所以他们又怎能不"懊恼"不已呢？这时作者心情与农夫一样，他遥望长天，忽发奇想：如若有一片闲云，能给人间降下甘露，那该多好呀。这是他的愿望，更是他内心真诚的祈祷，表现出作者关心人民疾苦的可贵品质。

此曲语言质朴，情感真挚自然，歌咏农民疾苦，传达他们心声。如果不是出于对农民的喜爱，如果没有对农村生活的观察与理解，是绝对写不出如此贴近现实的好作品来的。

# 真氏

福建建宁人，元代女艺人，散曲家。今存小令一首。

# 仙吕·解三酲

## 奴本是明珠擎掌

奴本是明珠擎掌①，怎生的流落平康②。对人前乔做作娇模样③，背地里泪千行。三春南国怜飘荡④，一事东风没主张⑤，添悲怆。那里有珍珠十斛，来赎云娘⑥。

【注释】

①奴：古代女子的自称。明珠擎掌：表示从小受父母疼爱，也表示出身良家。②怎生的流落平康：不料想流落到妓院。平康，唐代长安城有平康里，是教习乐伎的教坊所在地，后来沿用作妓院的代称。 ③对人前乔做作娇模样：在人前假装作娇媚模样。乔，假装。 ④三春南国怜飘荡：可怜我像江南春天的柳絮，飘荡不定。这句是说任凭主人带到各处去卖艺。 ⑤一事东风没主张：一切事都要受班主摆布，自己一点也做不了主。东风，指班主。 ⑥那里有珍珠十斛，来赎云娘：有谁肯出珍珠十斛，来赎我。珍珠十斛，喻身价高。据《岭表录异》载晋代石崇有明珠买妾事。又乔知之《绿珠篇》有句"石家金谷重新声，明珠十斛买娉婷。"云娘，唐人传奇《裴航》载，秀才裴航在蓝桥驿遇仙女云英，向其求婚，费尽周折，终于结为夫妻。这里是真氏以云娘自比。

【译文】

小女子我本是父母的掌上明珠，没想到流落风尘为歌妓？在客人面前假装着千娇百媚，背地里流下多少伤心泪。在南国的春天里，我像柳絮扬花般飘荡，任凭东风吹我，我无力自作主张，默默地添悲伤。孤苦无依的人啊，那有金银财宝来赎身，赎我这当代崔云娘。

【赏析】

此曲是真氏的真心表白：自己是良家女子，不幸流落为歌妓，希望有人肯出重价为自己赎身，她愿同为她赎身的人结为终身伴侣。

开头两句是写自己的出身和流落歌妓的过程。三四两句是写做歌妓的痛苦生活。在人前强做娇媚的姿态，去讨游客的欢心，而自己的内心却有说不尽的苦楚和屈辱，但又无处去倾吐，只好"背地里泪千行。""三春南国"三句是写卖身的歌女毫无自由的处境。像春风中的柳絮一样，任凭班主的摆布。最后两句是希望有一个像裴航那样真诚的人，不惜重价来赎自己，结为夫妻。

此曲较之珠帘秀在《答卢疏斋》中说"倚篷窗一身儿活受苦"，说得更具体，更明显。两曲结合起来读，使我们更清楚地看出古代歌妓伶人的遭遇是何等悲惨。

# 郑光祖

字德辉，平阳襄陵（今山西临汾市襄汾县）人，《录鬼簿》列在下卷"方今已亡名公才人，余相知者"中。曾任杭州路吏。为人刚直，不妄与人交，故诸公多鄙之，久则见其情厚，为他人所不及。病卒，火葬于西湖灵芝寺。他是元代著名杂剧作家，《录鬼簿》说他"名香天下，声振闺阁"。艺人伶辈称他为"郑老先生"。他的作品风格清丽，蕴藉婉约，《太和正音谱》称赞其作"语出不凡，若咳唾落乎九天，临风而生珠玉"。

## 双调·蟾宫曲

### 梦中作

半窗幽梦微茫，歌罢钱塘①，赋罢高唐②。风入罗帏③，爽入疏棂④，月照纱窗。缥缈见梨花淡妆⑤，依稀闻兰麝⑥余香。唤起思量，待不思量，怎不思量。

**【注释】**

①钱塘：杭州，曾为南宋都城，为歌舞繁华之地，这里用南齐钱塘名妓苏小小的故事。　②高唐：战国时楚国台馆名，在古云梦泽中。宋玉曾写《高唐赋》，叙述楚襄王游高唐，梦中与巫山神女欢会。　③罗帏：罗帐。　④疏棂（líng）：大格子窗户。　⑤缥缈：隐约。梨花淡妆：形容女子妆束素雅，像梨花一样清淡。⑥兰麝：兰香与麝香，均为名贵的香料。

**【译文】**

窗儿半掩，幽深的梦境朦胧迷茫，好像苏小小的歌声刚刚停歇，又好像才和神女欢会在高唐。夜风吹入轻罗帐，透过疏朗的窗棂，使人清爽，月光如水映照着纱窗，面前隐隐约约出现了她淡雅的形象，仿佛还能闻到她那兰麝般的余香。这一切都唤起我思量，本想不思量，又怎能不思量？

**【赏析】**

郑光祖的〔双调·蟾宫曲〕《梦中作》共有三首，这是第一首。写梦中与情人欢会，醒来后仍如见其人，如闻余香，久久不能忘怀。

全曲十一句，可分四层。第一层前三句写梦中欢会，起句切题，点明梦境。午夜从梦中醒来，看到窗户半掩，夜色浓重，想起刚才的梦境，朦胧迷惘，依稀记得与爱人欢会。接着两句具体写梦境，既有欢乐的歌舞，又有深情的幽会。两个"罢"字，说明此时已从梦中醒来，一切欢爱已成过去，只剩下寂寞凄凉。

第二层为接下来三句，写醒来时所见到的景色，清风送爽，皓月当空。凉风吹入罗帏，罗帏中只有孤身一人，形单影只，再也不见梦中的伊人，说不尽的寂寞凄清。

第三层为七、八两句，写在感到寂寞凄清时，又去追思那逝去的梦境。啊，刚才分明梦见了她，现在还隐约记得她淡雅如梨花般的装束，此刻仿佛还能闻到她如麝如兰的清香。这里用"缥缈""依稀"与开头的"微茫"相呼应，增添了梦境的虚幻朦胧感，从而更体现出一种朦胧美。

第四层为最后三句，又从梦境中回到了现实，完全清醒了过来，想到梦里片刻欢会，换来的却是无尽的愁思。美梦唤起了我对佳人的深深思念，但思念只是徒添烦恼，准备不再思念，但这又怎么可能呢？只有无尽的思念，无限的凄凉。这三句直抒胸臆，直中见曲，往复回环，感情步步深化，一往情深。

这首记梦小令，把梦境与现实交叉写，造成虚实相生，动静交替，灵活不呆，情意绵邈，颇饶韵致。

# 双调·折桂令

弊裘尘土压征鞍①，鞭倦袅芦花②。弓剑萧萧③，一竟入烟霞④。动羁怀⑤西风禾黍⑥，秋水蒹葭⑦。千点万点，老树寒鸦。三行两行写高寒⑧，呀呀雁落平沙。曲岸西边近水涡，鱼网纶竿钓艖⑨。断桥东下傍⑩溪沙，疏篱茅舍人家。见满山满谷，红叶黄花。正是凄凉时候，离人又在天涯。

**【注释】**

①弊裘：破皮袄，旧棉袄。征鞍：远行者的马鞍。 ②袅：摇曳。 ③萧萧：摇动，在此当飘零解，此句系化用"书剑飘零"而来。 ④一竟：一直。烟霞：指出水，因其有烟雾霞光缭绕。 ⑤羁怀：羁旅中游子思家的情怀。 ⑥禾黍：泛指庄稼。 ⑦蒹葭：芦苇。 ⑧高寒：寒冷的高空。 ⑨纶竿：钓鱼竿。钓艖：钓鱼的小船。 ⑩傍：靠近。

**【译文】**

骑在马上，衣衫破弊，满身灰沙尘土；马鞭儿也已懒得像芦花那般摇舞。游子佩戴着冷清清的弓剑，一直走往晚云的深处。西风把庄稼吹得哗哗作响，寒澄的秋水掩映着芦苇，这一切都拨动了久客他乡的愁绪。瑟缩的乌鸦，黑压压地站满了路旁的老树。三两群雁阵，在高天中排列成字，又呀呀地俯冲着，在平旷的沙滩上驻足。曲岸西边，水流在急速地打转，张设着渔网钓竿，有一只孤零零的小船泊住。断桥东头的溪滩上，茅舍疏篱，望得见几家村户。红叶黄花，缀满了秋天的山谷。这一切都已悲凉不堪，况且客子漂泊在天涯的长途！

**【赏析】**

写秋日羁旅的诗词曲，历来不少。著名的如王勃的《山中》"长江悲已滞，万里念将归。况属高风晚，山山黄叶飞。"后来柳永写了很多这方面的词，著名的有《八声甘州》等；元代散曲中，马致远的《天净沙·秋思》几乎成了这方面的绝唱。此曲与马致远的《秋思》大体相同。但马致远的曲较短，写得比较精练，此曲用了大量衬字，句法变化大，感情缠绵委婉，境界开阔。全曲情景交织，充满诗情画意。

这首小令用了很多衬字，因此不能再按通常用〔折桂令〕曲牌写的曲子来断句，需根据其实际意思来重新标点。全曲写在秋风萧瑟的时候，一个天涯游子来到了一个山边水涯的荒村，满目凄凉，勾起无限思乡之情。一开头，作者便勾画了一个满腹愁思的落魄游子。你看他衣衫破旧，风尘仆仆，疲惫不堪，像秋风中的芦苇一样摇摇晃晃。他弓剑飘零，一事无成，独自在山边水涯的古道上行进。西风瑟瑟，秋水荡荡，禾黍离离，蒹葭苍苍，老树上落着无数寒鸦，天空里飞着几行归鸿。在苍茫的暮色里，昏鸦聒噪着，已经归林；征鸿也鸣叫着，直泻沙滩。游子却拖着倦乏的身子，在旅途跋涉。这时，游子慢慢接近了一个荒野的小村，看到在曲曲弯弯河岸西边靠近水涡的地方，只见渔夫有的在岸边撒网，有的泛着小舟在河心垂钓；在断桥东边靠近溪流的旁边，有星星点点的几处疏篱茅舍。虽然房屋简陋，生活清苦，但都没有离家漂泊，在家里过着安静的生活。抬头眺望，只见满山红叶，满谷黄花。现在已值凄凉的暮秋天气，游子却依然漂泊在天涯。真是"雁归人未归"，"望故乡渺邈，归思难收。叹年来踪迹，何事苦淹留？"

　　这首曲子生动地勾画了一幅暮秋游子在荒村漂泊的图画，把暮秋的凄凉景象和游子的离愁紧紧交织在一起，达到情景交融，充满诗情画意。全曲衬字多，显得自然流畅，生动多变，避免呆板平铺之弊病，把游子的离愁表达得淋漓尽致。

# 马致远

号东篱，大都人。他在中年做过几年江浙行省务官，后来退出官场，过着所谓"酒中仙、尘外客、林间友"的"幽栖"生活。

马致远是元代著名的戏剧家，是元贞书会的重要人物，现存的杂剧有《汉宫秋》《青衫泪》《岳阳楼》等。其中以《汉宫秋》最著名，是元杂剧中的优秀作品之一。《汉宫秋》写的是昭君出塞的故事，剧中谴责了汉朝文武大臣的无能和卖国投敌分子的可耻行为，在汉元帝对昭君的思念中渗入了作者对国家兴亡的感慨，潜藏着对故国的怀念。这是在元朝实行严酷的民族压迫政策下，作者采用曲折的笔法表达了民族意识。

马致远也是一个散曲名家，他的散曲主要是抒发对世俗的激愤、对隐逸生活的歌颂以及对自然景物和闺情离愁的描写。总的情调是低沉的，甚至投入虚无主义的泥潭，但在消极的帘幕中也渗透着对污浊俗流的不满和怀有不愿同流合污的情操。

马致远的散曲在表现艺术上有他独特的风格和成就。他的作品中，形象鲜明，语言精练流畅，在吸取民间歌曲长处的基础上，又向前迈进了一步。他对散曲的发展是有一定的贡献的。

## 南吕·四块玉

### 恬退

酒旋沽①，鱼新买。满眼云山②画图开。清风明月还诗债。本是个懒散人，又无甚经济才③，归去来。

【注释】

①旋沽：刚刚买来。　②云山：古代常用作隐士居处的代称。　③经济才：经世济国之才干。

【译文】

酒刚刚买来，鱼也是新买的。满眼的云山像画图一样在眼前展开，在清风里和明日下把多年要写的诗写出来。我本来就是懒散自由惯了的人，又没有什么经世济民治理国家的才能。还不如就这样归去吧！

【赏析】

此曲表现了作者怀才不遇，不满当时社会的心情，大有陶潜自比之意。"懒散""无甚经济才"，即是自谦语，也是反面语、讽刺语。越自言"懒散""无才"，事实上越是不懒散有真才实学的肯定，他创作的大量作品就是证明，这是叛逆者的生活技巧所致。

# 南吕·四块玉

## 马 嵬 坡

睡海棠，春将晚。恨不得明皇①掌中看。"霓裳"便是中原患。不因这玉环②，引起那禄山③。怎知"蜀道难"！

【注释】

①明皇：指唐玄宗。　②玉环：指杨贵妃。　③禄山：即安禄山。

【译文】

杨贵妃酣睡初醒的神情仿佛是晚春的海棠花一般，唐明皇恨不得放在自己的手心里观赏把玩。那只《霓裳羽衣舞曲》便是中原最大的祸患，不是因为这个杨玉环，引起那位野心家安禄山的垂涎，怎么会发生那么大的动乱？唐明皇也就不会知道蜀道有多么难。

【赏析】

此曲直刺唐玄宗，宠杨贵妃与安禄山终日玩《霓裳羽衣舞》，而招致亡国逃奔马嵬坡的史实。这是一份有分量的咏史诗，借古讽今。全曲造词清新、顺畅自然，是绝妙佳曲，后世流传广泛。

# 越调·天净沙

## 秋思

枯藤老树昏鸦①，小桥流水人家，古道西风瘦马。夕阳西下，断肠人在天涯。

【注释】

①枯藤老树昏鸦：缠绕着枯藤的老树上落着几只在黄昏中栖息的乌鸦。昏鸦，黄昏时的乌鸦。乌鸦是黑色的，黄昏时天光昏暗，从远处看，看不清乌鸦的头脑，所以称昏鸦。

【译文】

枯藤缠绕的老树上栖息着黄昏归来的乌鸦，发出凄厉的哀鸣。小桥下流水哗哗作响，小桥边庄户人家炊烟袅袅。荒凉的古道上一匹瘦马，顶着西风艰难地前行。夕阳渐渐地失去了光泽，从西边落下。凄寒的夜色里，只有孤独的旅人漂泊在遥远的地方。

【赏析】

这是马致远的一首名曲。是写一个飘零异乡的游子在秋日的黄昏时候思念家乡的曲子。开头三句用"枯藤、老树、昏鸦、小桥、流水、人家、古道、西风、瘦马"九个没有动词的并列词把九种不同的景物有机地连缀在一起，构成一幅萧瑟苍凉的秋景，并从中带出奔波在他乡的游子，在景物中又透露出游子的身世。作者并没有写出在古道中骑马的是一个什么样的人物，但用"瘦马"两字便表现出这是一个家境寒微的人，否则他就不会孤单一个人骑一匹瘦马在西风古道中奔驰。妙在用一个"瘦"字。

"夕阳西下"指出游子奔驰在古道上的时间，也给整个画面更涂上一层暮色苍凉的色调。最后一句用"断肠"二字表达出游子愁思的激烈，用"天涯"二字提示出游子离乡的遥远，从而点出主题——游子思乡。

此曲虽然只有短短的五句二十八字，但却雕绘出一幅深有诗情的画面和感动人心的意境。元人周德清评此曲为"秋思之祖"，近人王国维在他的《人间词话》中说它"寥寥数语，深得唐人绝句之妙境。"这正道出此曲的艺术成就——言有尽而意无穷。

# 南吕·四块玉

## 紫芝路①

雁北飞，人北望②，抛闪煞明妃也汉君王③。小单于把盏呀剌剌唱④。青草畔有收酪牛⑤，黑河边有扇尾羊⑥，他⑦只是思故乡。

**【注释】**

①紫芝路：昭君出塞时经过的道路。　②人北望：指汉元帝向北望昭君。③抛闪煞明妃也汉君王：这句是倒装句，顺读是：明妃抛闪煞也汉君王，意为明妃撇得汉君王好苦。明妃，即王嫱，字昭君，汉元帝宫女。汉元帝常按画像召幸宫女，因此宫女多贿赂画工，昭君自持貌美不肯行贿，画工毛延寿故意将昭君画得很丑，所以元帝一直没召见过她。匈奴王入朝求婚，元帝便把她嫁给了匈奴王。临行时元帝见到了她，容光动人，很后悔，但又不能失信，一气之下，把画工毛延寿杀了。昭君，晋时避司马昭讳，改称明君，因此后人亦称明君为明妃。　④小单于把盏呀剌剌唱：小单于面对昭君高兴得呀剌剌高声歌唱。小单于，指呼韩邪单于。呀剌剌，象声词，指小单于唱的歌声。　⑤青草畔有收酪牛：草原牧场上有大量产乳的牛。青草畔，指草原牧场。酪，一种乳制品，这里泛指牛乳。　⑥黑河边有扇尾羊：黑河岸边有肥壮的尾像扇形的羊。黑河，在呼和浩特市南郊，昭君墓在河畔。　⑦他：指昭君。

**【译文】**

大雁往北飞翔，王昭君往北方张望，汉元帝呀，你将昭君抛撇得太凄惨。而小单于一手拿着酒杯，一边乌剌剌地高唱。青青的草原上，有的是产奶的牛群；黑河边上有的是大尾的绵羊。而昭君她却只是一味地思念故乡。

**【赏析】**

这是一首咏史曲，写昭君出塞的故事。昭君出嫁匈奴，自汉以来，一向被人认为是带有民族屈辱性的憾事。历代许多诗人、歌手、剧作家、画家以它为题材写成各种作品。古乐府有〔昭君怨〕乐曲，据《乐府古题要解》说："王嫱字昭君，汉元帝时匈奴入朝，诏以嫱配之，汉人怜昭君远嫁，为作歌咏。"后又有词牌〔昭君怨〕。绘画有《昭君出塞图》。元杂剧除马致远的《汉宫秋》，还有吴昌龄的《走昭君》，张时起的《昭君出塞》等，著名诗人常建、杜甫、白居易、王安石等也都有咏昭君的诗歌。

此曲前四句作者以鲜明的对比手法描绘出汉君王和小单于两个不同的形象和

两种不同的心情。一个是翘首北望，只见雁北飞，不见昭君面，感到无限的懊悔和沮丧，一个是面对昭君举杯畅饮呀剌剌得意忘形地欢唱。作者用这样两种不同状态的描写，表现出对两人不同的倾向性。很显然对汉君王表现出极大的同情，对小单于表现出带有民族意识的憎恶。作者在《汉宫秋》第三折中写汉元帝送昭君回宫后的一段唱曲更为淋漓尽致地表现出元帝误嫁昭君的悔恨心情。原辞是："他，他，他，伤心辞汉主；我，我，我，携手上河梁。他部从入穷荒；我銮舆返咸阳。返咸阳，过宫墙；过宫墙，绕回廊；绕回廊，近椒房；近椒房，月昏黄；月昏黄，夜生凉；夜生凉，泣寒蛩；泣寒蛩，绿纱窗；绿纱窗，不思量。呀！不思量，除是铁心肠，铁心肠，也愁泪滴千行。"

曲的最后三句是写昭君在塞外尽管有丰富的牛羊乳肉供她享受，但她还是时时怀念自己的故乡。这也正似杜甫《咏怀古迹》之三中所写的那样："画图省识春风面，环珮空归月夜魂。"（意为元帝只能在画图中约略地看识昭君青春美丽的面容，昭君死在匈奴，思念家乡，她的魂只有在月夜归来。）这支曲也可以说是《汉宫秋》主题的缩写。

# 南吕·阅金经

## 夜来西风里

夜来西风里，九天鹏鹗飞<sup>①</sup>，困煞中原一布衣<sup>②</sup>。悲，故人知未知？登楼意<sup>③</sup>，恨无上天梯<sup>④</sup>。

**【注释】**

①九天鹏鹗飞：这是一句比喻词。是说一群像鹏鹗一样的恶人，却在朝廷里飞黄腾达，掌握生杀之权。九天，高天。古代传说天有九重，九天是最高的一层。李白《望庐山瀑布》："飞流直下三千尺，疑是银河落九天。"此九天即指高天。又指宫廷，王维《早朝》诗："九天阊阖开宫殿，万国衣冠拜冕旒。"这句的九天指宫廷。马致远这句所说的九天，表面上是指高空，实际是指当时的朝廷。鹏，凶猛的飞禽，以捕杀弱小的兽禽为食。鹗，俗名鱼鹰，是凶猛的水禽，以捕杀鱼类为食。这里鹏鹗都是比喻朝中当权的恶人。　②困煞中原一布衣：困煞了我这个中原百姓。布衣，指没有官职的平民，这里是作者自指。中原，暗指汉民族。③登楼意：取意于王粲的《登楼赋》。据传王粲初投荆州牧刘表，刘表见他貌丑体弱不肯重用，王粲登当阳县城楼感而作赋，内容主要是抒发怀才不遇和乡思。

其中有句："冀王道之一平兮，假高衢而骋力。"据六臣注《文选》解释，这两句的意思是说如果天下太平，自己愿借帝王的力量，以施展自己的才能。马致远的"登楼意"亦即此意。　④恨无上天梯：遗恨的是没有进入朝廷的门路。上天梯，比喻进入朝廷的途径。

**【译文】**

傍晚时分，展翅高飞的大鹏乘着强劲的秋风，翱翔在九天云海之上。而自己却是一个困居中原的平民百姓，上天无力。可悲呀，这境况不知道故人知不知道？心里有登楼的意愿，但可恨没有通天的楼梯。

**【赏析】**

这是一首作者抒发怀才不遇的曲子。开头两句是比喻朝廷黑暗，恶人当道。下几句是抒泄自己怀才不遇的悲愤。从这支曲的思想内容来看，马致远在仕途上，原来并非无意进取，而是由于"夜来西风劲，九天鹏鹗飞"，自己原有"登楼意，恨无上天梯"。恐怕这是他后来产生"恬退"的思想根源。此曲对了解马致远的思想变化是有帮助的。

# 双调·寿阳曲<sup>①</sup>

## 潇湘夜雨<sup>②</sup>

渔灯暗，客梦回<sup>③</sup>。一声声滴人心碎。孤舟五更家万里，是离人几行情泪。

**【注释】**

①寿阳曲：曲牌名，又名"落梅风"。　②潇湘夜雨：曲题。"潇湘夜雨"是宋元人所称"潇湘八景"之一。潇湘：原指湘水与潇水在零陵的汇合处，后用以指湖南。　③梦回：梦醒。

**【译文】**

舟中灯火昏暗，客居他乡的我从梦中醒来，声声夜雨滴得人心碎难眠。深夜，在这孤零零的小舟中离家万里，仿佛那不是雨滴，是远离故乡的人思乡的清泪涟涟。

**【赏析】**

这是作者在湖南雨中思家之作。以雨水滴（声）与泪水滴交织、情动心碎，来描写乡思之感，十分深刻。读之朗朗上口，催人泪下。

# 双调·寿阳曲

## 远浦<sup>①</sup>帆归

夕阳下，酒旆<sup>②</sup>闲，两三航<sup>③</sup>未曾着岸。落花水香茅舍晚，断桥头卖鱼人散。

**【注释】**

①浦：水边。　②酒旆（pèi）：旆，古代后部如燕尾的旗。此处即指酒旗——酒店的招子。　③两三航：两三只船。

**【译文】**

夕阳西下，酒家里好像也显得宁静闲适，只有几只船儿还未曾靠岸。落花飘落在水面，好像连水也变得香了，茅舍也进入了夜色之中。断桥头上卖鱼的人也已经散去。

**【赏析】**

这首小令以"潇湘八景"旧题，描绘了江村风光和渔民生活，宛如一幅风俗画，给人以清新幽美的感受。

前三句写远浦景色，先写夕阳西下，点明是黄昏时候，酒旗悠闲垂着，说明这是一个江边小镇，气氛十分宁静，连风也是懒懒地吹拂着。首先为这个小镇创造了十分闲适的氛围。"两三航未曾着岸"，把着眼的空间由小镇移到江上。江上也是风平浪静，两三只张帆的渔船并非过路的，而是题目指明的"帆归"，将要靠岸。这同航船的扬帆远去的动态不同，更突现了这个小镇的宁静。诗人把立足点放在小镇上，近看是酒旗，还看清它在微风中飘拂。向远处张望，只见"两三航"正在归来，船上的人就看不真切了。远近距离的视觉有机地结合，写出了"远浦"的优美风光。

"落花水香茅舍晚"，与前三句相比，时间与空间都有了大幅度变化，时间已由傍晚（夕阳下）到了晚上，空间由江上渔船到江边渔舍（茅舍）。江畔落下了阵阵花瓣，水都沾染上了香气，几处茅舍静静地在苍茫的暮色里。又进一步描绘了小镇的宁静和闲适，而且写小镇的优美在视觉之外又增加了嗅觉，真使读者有香气四溢之感。这里写帆归，却省去了渔船靠岸，只写渔人在"断桥头"卖了鱼，回家休息的过程："断桥头卖鱼人散"。仍然不写人物的具体活动，以免冲淡这一片江浦小镇非常恬静的晚景。渔人从断桥归茅舍，是花香晚照，远离尘嚣，怡然自得。

这是马致远晚年向往的闲适环境，表现了他回归自然的精神追求。全曲境界清淡闲雅，寂静无声，远浦、酒旗、归帆、断桥、茅舍，谐和优美。这是一幅"远浦帆归"图，读了使人久久难忘。

# 双调·寿阳曲

一阵风，一阵雨，满城中落花飞絮。纱窗外蓦然闻杜宇①，一声声唤回春去。

**【注释】**

①蓦然：突然。杜宇：鸟名，又名子规、杜鹃和布谷。传说蜀国王杜宇，教民务农，一次闹水灾，丞相开明决玉垒山以除水害，杜宇就让位给开明，他隐居到西山。时二月杜鹃鸟鸣，人们认为是杜宇所化，啼声悲切像"不如归去"之声。

**【赏析】**

这首小令写的是暮春时候。"一阵风，一阵雨"，真是"风雨送春归"。这里写的不是风雨交加，而是时而风时而雨。因为只有风才能卷起满城飞絮，只有雨才能摧落满城落花。飞絮、落花已经形象地点出了暮春时节。这时候突然听到纱窗外杜宇声声啼叫，叫的声音像是"不如归去"，这不是一声声把春叫回去吗！纱窗、杜宇，"不如归去"的啼叫，又点出了暮春时节。

这首小令语言流畅自然，像一首抒情小诗，记述了作者一时的感受，并赋予了说不尽的言外之意。也颇有宋词的韵味，意境是较深远的。

# 双调·蟾宫曲

咸阳百二山河①，两字功名，几阵干戈②。项废东吴③，刘兴西蜀④，梦说南柯⑤。韩信功兀的般证果⑥，蒯通言那里是风魔⑦？成也萧何，败也萧何⑧，醉了由他⑨！

**【注释】**

①百二山河：形容战国时代秦国地形的险要，二万兵力可抵挡诸侯一百万兵。咸阳，是秦国的都城。　②"两字"二句：为了功名二字，几次大动干戈。干和戈都是古代常用的武器，后来用以泛指武器和比喻战争。　③项废东吴：楚霸王项羽在垓（gāi）下兵败，被迫在乌江自杀。乌江在今安徽和县东北，古属吴地。④刘兴西蜀：汉高祖刘邦被封为汉王，利用封地汉中和蜀中的人力物力，战胜了项羽。　⑤梦说南柯：就像南柯一梦。唐代李公佐传奇《南柯太守传》说淳于棼午间梦入大槐安国。被招为驸马，做了二十多年太守，荣宠至极，后因战败和公主死亡，被遣归，醒来才知是一梦。大槐安国原来就在宅南大槐树下的蚁穴里。⑥韩信：是汉高祖刘邦的开国功臣，辅佐刘邦平定天下，封为齐王、楚王。与张良、萧何并称汉初三杰。后被吕后设计杀害，并诛夷三族（父族、母族、妻族）。兀的般：这般。证果：佛家语，因果报应，结果。　⑦"蒯通"句：蒯（kuǎi）通，汉高祖的著名辩士。本名彻，史家因避汉武帝名讳，遂称蒯通。韩信用蒯通之计定齐地。后蒯通要求韩信背汉自立，韩信不从。他怕受牵累，就假装风魔。后韩信为吕后所斩，他临刑前叹曰："悔不听蒯彻之言，死于女子之手。"　⑧"成也萧何"二句：萧何足智多谋，后来成了刘邦的丞相。韩信因萧何再三推荐才得到刘邦的重用。后来吕后杀韩信，也是用了萧何的计策。　⑨他：读 tuō。

**【译文】**

咸阳，万夫难攻的险固山河，因为功名两个字，曾发动过多少次战乱干戈。

项羽兵败东吴，刘邦在西蜀兴立汉朝，都像南柯一梦。韩信有功却得到被杀的结果，当初蒯通的预言哪里是疯话？成功也是因为萧何，失败也是因为萧何；喝醉了一切都由他去吧！

**【赏析】**

这首联系历史人物表现自己的历史观、政治观的小令别具一格。作者把人们带入熟悉的史实，并画龙点睛地作出了结论。

咸阳，这个秦国的都城，意味着刘邦、项羽胜负的名城，形势何等险要！当年说是两万人守卫，可以抵挡诸侯百万大军的。可是，为了功名两个字，就在这里打过多少仗啊！楚汉相争，结果是项羽兵败垓下，自刎于当年吴国境内的乌江边上。刘邦却凭借汉中和蜀地的人力物力，取得了全胜，创建了汉王朝。这些争权夺势的历史，还不是"南柯一梦"么？韩信那样最后打败项羽的大功臣还不是被杀了？当年谋士蒯通劝韩信背汉自立，是多么有先见之明啊！可是韩信不听，蒯通害怕了，他哪里是真得了风魔病呢？最初向刘邦举荐韩信做统帅的是萧何，汉王朝建立不久，吕后就杀了韩信，出谋划策的还是萧何。真是人心莫测，反复无常，太险恶了。功名权位有什么值得留恋的呢？还不如痛饮美酒，由他醉去吧！这个曲子借秦末汉初的一些历史事件，表现了对功名利禄的厌弃。什么刘项兴亡，无非一梦。就连韩信那样武功盖世的大将，到头来也落得杀头了事。通过对历史事件、历史人物的否定，对说不清功过是非的现实政治表示了反感。这是封建社会走下坡路的时期，许多文人喜欢使用的手法。

这首小令概括性强，容量大，而语言却如飞流入涧，一泻无余，确实是豪放派曲家的作风。

# 双调·夜行船

## 秋思

百岁光阴如梦蝶①，重回首往事堪嗟②。今日春来，明朝花谢。急罚盏夜阑灯灭③。

〔乔木查〕想秦宫汉阙，都做了衰草牛羊野④。不恁么渔樵无话说⑤。纵荒坟横断碑⑥，不辨龙蛇⑦。

〔庆宣和〕投至狐踪与兔穴，多少豪杰⑧。鼎足三分半腰折⑨，魏耶？晋耶⑩？

〔落梅风〕天教你富，莫太奢⑪。无多时好天良夜，看钱奴硬将心似铁，空辜负锦堂风月⑫。

〔风入松〕眼前红日又西斜，疾似下坡车。晓来清镜添白雪⑬，上床与鞋履相别⑭。莫笑鸠巢计拙⑮，葫芦提一向装呆⑯。

〔拨不断〕名利竭，是非绝，红尘不向门前惹⑰。绿树偏宜屋角遮，青山正补墙头缺，更那堪竹篱茅舍。

〔离亭宴煞〕蛩吟罢一觉才宁贴，鸡鸣时万事无休歇⑱。争名利何年是彻⑲？密匝匝蚁排兵，乱纷纷蜂酿蜜，闹穰穰蝇争血⑳。裴公绿野堂㉑，陶令白莲社㉒。爱秋来时那些：和露摘黄花，带霜烹紫蟹，煮酒烧红叶。人生有限杯，几个登高节㉓？嘱咐俺顽童记者㉔：便北海探吾来，道东篱醉了也㉕。

**【注释】**

①百岁光阴如梦蝶：人生百岁就像一场梦。梦蝶，《庄子·齐物论》："昔者庄周梦为蝴蝶，栩栩然蝴蝶也……俄然常，则蘧蘧然周也。"（过去庄周做梦变成了蝴蝶，生动活泼的样子真像一只蝴蝶。不久醒来，惊动着看自己还是庄周。）蘧蘧（qú），惊动的样子。后人据此便以"梦蝶"形容"人生如梦"。　②重回首往事堪嗟：回顾过去的事，足以令人慨叹。堪，可以、足以。　③"今日春来"三句：时光过得太快，赶快喝酒，夜已将尽，灯也要灭了。急罚盏，快行酒令喝酒。夜阑，夜将尽。　④想秦宫汉阙，都做了衰草牛羊野：回想过去秦汉豪华的宫殿，如今都做了放牧牛羊的草原。阙，皇宫门前两边的楼，这里为宫殿的代称。　⑤不怎么渔樵无话说：不这样做渔樵的隐者就没有谈话的资料了。怎么，这样、那么。渔樵，指隐士。　⑥纵荒坟横断碑：一排排荒芜的坟墓前横卧着一块块折断了的石碑。　⑦不辨龙蛇：已辨识不出碑上的文字。龙蛇，指文字。古人常以龙蛇比喻书法的笔势。以上两句是说帝王的坟墓都荒残了，碑上的文字也辨识不清了。⑧"投至"两句：这两句是倒置句，顺读是"多少豪杰，投至狐踪与兔穴。"意思是有多少英雄豪杰，最后也都进入了坟墓。狐踪、兔穴，指坟墓年久变成狐兔的窟穴。　⑨鼎足三分半腰折：形成鼎足之势的魏蜀吴三国也都中途灭亡了。　⑩魏耶？晋耶？：谁知道胜利者是魏呀，还是晋呢？说是魏，它被晋取代了，说是晋它又亡在刘宋的手里。　⑪莫太奢：不要有太大的欲望。　⑫空辜负锦堂风月：白白辜负了美好的生活和大好时光。锦堂，华丽屋宇，形容美好的生活。风月，指大好的时光。　⑬晓来清镜添白雪：清晨起来照照镜子，头上又添了白发。白雪，

指白发。　⑭这句是说上床睡觉又过了一天。　⑮莫笑鸠巢计拙：请不要笑话我不会营生。《诗经·召南·鹊巢〉："维鹊有巢，维鸠居之。"朱注："鸠性拙不能为巢，或有居鹊之成巢者。"这里"鸠巢计拙"指不善于营生。　⑯葫芦提一向装呆：糊里糊涂一向装傻。葫芦提是当时的俗语，即糊里糊涂。　⑰红尘不向门前惹：热闹繁华的景象，不向我的门前招引。红尘：人马践踏起来的尘埃，借喻热闹繁华的景象。惹，招引。以上三句是表明不愿与人争名夺利。　⑱"蛩吟"两句：争名夺利的人到深夜才睡去，天一亮又为名利去奔忙了。蛩吟，蟋蟀叫唤。蟋蟀喜在深夜鸣叫。鸡鸣，这里指天亮。　⑲争名利何年是彻：争名夺利，哪年是个头。彻，到头、终结。　⑳"密匝"三句：形容世人争名利的情况。蚁排兵，两穴的蚂蚁常因争夺一点食物，互相残杀。穰穰，闹哄哄。　㉑裴公绿野堂：裴公隐居在绿野堂。裴公，指唐代名臣裴度。裴度字中立，历事德宗、宪宗、穆宗、敬宗、文宗，官至宰相。为人正直有节操，屡次被当权者排斥在外，后来宦官当权，他在洛阳修了一个别墅名为绿野堂。常和白居易、刘禹锡等人饮酒作诗。　㉒陶令白莲社：陶渊明参加白莲社钻研佛法。陶令，指陶潜，他做过彭泽令，所以称他陶令。白莲社，晋代高僧慧远法师在庐山虎溪东林寺邀集当时名僧和名士组成白莲社研究佛法，传说陶潜也曾参加过这个组织。　㉓"人生"两句：人生有限，能过几个重阳节。登高节即重阳节，古人每年九月九日要带茱萸登高饮菊花酒，传说可以避灾。　㉔嘱咐俺顽童记者：嘱咐家里的孩子记住。者：命令的口气。㉕便北海探吾来，道东篱醉了也：就是孔北海来探望我，就说我醉了，不能见客。北海，指汉末的孔融。孔融是建安七子之一，曾做过北海相，所以后人称他为孔北海。他曾说过："座上客常满，尊中酒不空，吾无忧矣。"东篱，马致远的号。

**【译文】**

　　人的一生不过百岁，就像庄周梦蝶。再回头想想往事实在令人慨叹。今天春天才来，明天早上春花就谢了。赶紧地行令劝酒，夜晚将尽，灯就要灭了！

　　想一想那些秦朝的宫殿和汉朝的城阙，现在无影无踪，只是生满了杂草，变成了放牧牛羊的荒野。不是如此的话，渔翁和樵夫倒没有聊天的话题了。那些断碑横七竖八地倒在荒坟堆上，原来上面龙飞凤舞般的文字也面目全非，分辨不清楚了。

　　最终成了狐狸出没的地方和兔子的洞穴，多少英雄豪杰的坟地都是如此。三国鼎立中途便夭折，最后胜利的是魏呢，还是晋呢？

　　即便是上天让你富足，你也不要过于奢侈，并没有多少好日子良夜美时。看钱奴心肠硬得像铁，白白地辜负了华美的堂舍和那无边的风月。

　　眼前的红日，又要快速西沉了，快得像是急速滚落的下坡车。早上对着镜子发现头发又添了许多白色的，晚上一上床说不定就是和鞋袜永别，第二天就不用再穿它了。别嘲笑鸠鸟自己笨不会搭窝，哪里知道它其实稀里糊涂从来是装傻。

不追求名利，也就没有是非缠身了。红尘中的烦心事也不会到自家门前，只要把绿树栽在屋角让它遮阴挡凉；院墙破损了，就让青山补上缺损之处吧，再加上竹子编插的篱墙，茅草铺顶的屋舍。

静静的夜里听到蛐蛐儿的叫声，这时睡觉才觉得踏实宁帖；待到五更鸡鸣时，乱七八糟的事就又纷至沓来，没有时间休息。这人间争名夺利的事，何年是个了结呢！密密麻麻的蚂蚁，又在排兵布阵了，乱纷纷的蜜蜂又在酿蜜了，闹闹嚷嚷的苍蝇又要去争抢污血了。裴度饮酒论诗的绿野堂，陶渊明雅聚的白莲社。我喜欢的是这些，到秋天时，带着露水采摘菊花，带着白霜烹煮紫蟹，用红色的枫叶煮酒。人的一生只有那有限的几杯酒，还能过几个重阳登高节！我告诉孩子们哪，听好记住了：就是好客的孔北海来探望我，我也不见，你们就告诉他说，我马东篱喝醉了！

【赏析】

这篇套曲可以说是马致远的人生观的自白。他认为人生如梦，生命短促，应该及时行乐。他从帝王角度来看，不管是强大的秦汉，或是鼎足三分的魏蜀吴和两晋，都没有一个永世长存的王朝；从个人角度来看，过去有多少英雄豪杰最后

也都进入坟墓，成了狐兔的宅穴。从这个基本观点出发，他认为只有像裴度、陶潜那样过着诗酒参禅的隐逸生活，才是人生应走的道路。这种消极遁世的思想，是不足称道的。不过我们也应该看到他把世人争名夺利的行径比作蚁排兵、蜂酿蜜、蝇争血，表示极大的鄙视和激愤。这一点也表明作者有不慕名利、廉洁避秽的节操。

这篇套曲的思想境界虽然不高，但在表现方法上却体现出马致远的独特风格，对突现主题思想，他不是抽象地论道，而是通过历代王朝的变迁和历史人物的行为以及蚁蝇等争夺的形象描绘来显现的。特别是〔离亭宴煞〕中的两组鼎足对，对仗工整、韵律谐和，形象鲜明，表现出作者在使用语言上具有独特的艺术才能。

# 般涉调·耍孩儿

## 借马

近来时买得匹蒲梢骑①，气命儿般看承爱惜②。逐宵上草料数十番③，喂饲得膘息胖肥④。但有些⑤秽污却早忙刷洗，微有些辛勤便下骑⑥。有那等无知辈，出言要借，对面难推⑦。

〔七煞〕懒设设牵下槽⑧，意迟迟背后随⑨，气忿忿懒把鞍来鞴。我沉吟了半晌语不语⑩，不晓事颏人⑪知不知，他又不是不精细，道不得他人弓莫挽⑫，他人马休骑。

〔六煞〕不骑呵西棚下凉处拴，骑时节拣地皮平处骑，将青青嫩草频频的喂。歇时节肚带松松放，怕坐的困尻包儿款款移⑬。勤觑着鞍和辔⑭，牢踏着宝镫，前口儿休提⑮。

〔五煞〕饥时节喂些草，渴时节饮些水。着皮肤休使粗毡屈⑯，三山骨⑰休使鞭来打，砖瓦上休教稳着蹄⑱。有口话你明明记：饱时休走，饮了休驰。

〔四煞〕抛粪时教干处抛，尿绰时教净处尿，拴时节拣个牢固桩橛上系。路途上休要踏砖块，过水处不教践起泥。这马知人义，似云长赤兔⑲，如益德乌骓⑳。

〔三煞〕有汗时休去檐下拴，渲时休教侵着颏㉑，软煮料草铡底细㉒。上坡时款把身来耸㉓，下坡时休教走得疾。休道人忒寒碎㉔，休教鞭彪着马眼㉕，休教鞭擦损毛衣㉖。

〔二煞〕不借时恶了兄弟㉗，不借时反了面皮，马儿行嘱咐叮咛记：鞍心马户将伊打，刷子去刀莫作疑㉘。则叹的一声长吁气㉙，哀哀怨怨，切切悲悲。

〔一煞〕早晨间借与他，日平西盼望你㉚，倚门专等来家内。柔肠寸寸因他断㉛，侧耳频频听你嘶㉜。道一声好去㉝！早两眼泪双垂。

〔尾〕没道理没道理㉞，忒下的忒下的㉟！恰才说的话君专记㊱，一口气不违借与了你㊲。

### 【注释】

①蒲梢：千里马名。传说汉武帝征大宛，得千里马，因马尾像蒲草叶梢而得名。骑(jì)，供坐骑的马。以下各骑字读"qí"，当骑马讲。　②气命儿般看承爱惜：像性命一般看待爱惜。气命儿，性命。看承，看待。　③逐宵上草料数十番：每夜多次添草料。逐宵，每夜。　④喂饲得膘息胖肥：喂得膘肥体胖。息，赘肉，在这与肥胖同义。　⑤但有些：只要有些。　⑥微有些辛勤便下骑：马稍有些劳累，自己就赶紧下马不骑。　⑦对面难推：当面不好意思推辞不借。　⑧懒设设：懒洋洋。　⑨意迟迟背后随：慢腾腾地跟随在借马人的后面。　⑩我沉吟了半晌语不语：我沉思好大一会，说不说借不借呢。沉吟，沉思、考虑。　⑪颓人：骂人话。　⑫道不得他人弓莫挽：常言不是说他人的弓不要拉。　⑬怕坐的困尻包儿款款移：怕坐的马屁股，你要慢慢地挪动身子。尻(kāo)包儿：骑马者的臀部。款款，慢慢地。　⑭勤觑着鞍和辔：要勤看马鞍子和马缰绳，以免磨坏了马背和马头。觑(qù)，看。辔(pèi)，牲口缰绳。　⑮前口儿休提：不要提马嚼子。前口儿，马嚼子。　⑯着皮肤休使粗毡屈：挨着马皮肤的地方，不要垫不平的粗毛毡，以免磨伤马。屈，不平整。　⑰三山骨：马后背近股外的骨骼。　⑱砖瓦上休教稳着蹄：砖瓦堆那种站不稳的地方，不要硬教马落稳脚。　⑲似云长赤兔：这马像关云长骑的赤兔马。云长，三国时蜀汉大将关羽的字。赤兔，良马名，传说关羽骑的是赤兔马。　⑳如益德乌骓：像蜀汉大将张飞骑的乌骓马。益德，张飞的字，也称翼德，传说他骑的马叫乌骓。　㉑渲时休教侵着颊：淋水时不要碰着马颊，以免生病。渲，指洗马淋水。　㉒软煮料草铡底细：马料要煮得软软的，喂马的草要铡得细细的。　㉓上坡时款把身来耸：上坡时慢慢地把身子挺起来。耸，挺起来。　㉔休道人忒寒碎：不要说我这个人太寒酸琐碎。忒(tuī)，也音(tè)，太的意思。　㉕休教鞭彪着马眼：不要教马鞭子打到马的眼睛。彪(biāo)，挥打。

㉖毛衣：马皮。　㉗不借时恶了兄弟：如果不借的话，得罪了兄弟你。恶，得罪。兄弟，指借马人。　㉘鞍心马户将伊打，刷子去刀莫作疑：这两句是隐语，元曲中叫"拆白道字"。方法是把一个字拆开来说，合起来是一个字。鞍心，是用谐音，等于说"安心"。马户，是驴字的拆开，元时驢字简写为"驴"。伊，指马。刷子去刀，刷字去掉旁边的立刀，就剩下一个"屌"字，元代"屌"也简写成"吊"。莫作疑，不要犹疑。这两句是暗中骂借马人。　㉙则叹的一声长吁气：只长长地叹一声气。　㉚你：指马。　㉛柔肠寸寸因他断：柔肠寸寸都是因为他借马扯断了。他，指借马人。　㉜侧耳频频听你嘶：斜楞着耳朵不住听你叫唤。以上几句是马主向马叙别。　㉝道一声好去：说一声好！你拉去罢！　㉞说道理没道理：这句话是说借马人不懂事理向人借马。　㉟忒下的忒下的：太下得狠心，太下得狠心。㊱恰才说的话君专记：方才我嘱咐你的话，你一定得用心记住。　㊲一口气不违借与了你：接上句意思是说只要能按我嘱咐的话照办，我就一口气不换说借给你。

**【赏析】**

　　此曲是通过一个爱马如命的人有人向他借马时的一系列表现，对有钱人吝啬的讽刺。开头两支曲是写马主在有人向他借马时的内心活动。舍不得借，当面又不好意思推辞，却任心里暗骂借马人"不晓事颓人知不知……他人弓莫挽，他人马休骑。"从〔六煞〕到〔二煞〕是马主对借马人嘱咐的话，从喂马的草料、行走、到排泄，无不一一嘱咐到，几乎使借马人寸步难行。〔一煞〕是写马主在马牵走之前难舍难离的情状。马还没牵走，先盼望早日归来，甚至柔肠寸寸断，两眼泪双垂。〔尾〕曲是写马主横下心来，要求借马人如能按他嘱咐的话照办，他就一口气不换借给他。

　　作者运用幽默而又夸张的笔法，对有钱人吝啬的心理状态和精神面貌，从阶级本质上给以尖刻的针砭和揭示。虽夸张但并不使人感到过分。

## 曾瑞

　　字瑞卿，大兴（今北京市大兴）人。自北来南，喜浙江人才之多，羡钱塘景物之盛，因而移家杭州。神彩卓异，衣冠整肃，优游于市井，洒然如神仙中人，志不屈物，故不仕，因号褐夫。临终，谒门吊者以千数。善丹青，能隐语，著杂剧《才子佳人误元宵》，今存。有散曲集《诗酒余音》，今佚。

# 南吕·四块玉

## 酷吏

官况甜①，公途险②。虎豹重关③整威严。仇多恩少人皆厌。业贯盈④，横祸添，无处闪。

【注释】

①官况甜：官运亨通。甜为亨通之意。 ②公途险：仕途险恶。 ③虎豹重关：形容酷吏和官衙可怖。 ④业贯盈：恶贯满盈之意。业即"孽"，指人所行之恶。

【译文】

就算今天官运亨通，也难改仕途险恶。酷吏凶恶如虎豹一般，官衙更是威严可怖。结仇太多，施恩太少，人人都会厌恶你。到恶贯满盈、横祸飞来之时，你根本就没地方躲闪。

【赏析】

此曲作者形象讽刺与警戒使用严刑峻法的官吏，指出他们屠杀、残害百姓，恶贯满盈，无好下场。表现了作者正义感，眼见元朝酷吏的专横而作。

# 南吕·四块玉

## 叹世

罗网施①，权豪使。石火光阴②不多时，劫活③若比吴蚕似。皮作锦，茧做丝，蛹烫死。

【注释】

①罗网施：指设圈套害人。 ②石火光阴：形容如石火迸发，转瞬即逝。③劫活：忙碌。

【译文】

布置罗网，巧施阴谋诡计，巧取豪夺，依仗权势压乡里，这光阴如敲石去火，横行不了几时。你机关算尽，费尽心机，不过与那吴地的蚕相似，到头来织皮成锦，剥茧作丝，生成的蛹也要被活活烫死。

**【赏析】**

此曲作者讽刺以权设网，陷害良民的官吏，到头来作茧自缚，害人如害己，也没有好下场。在作者的时代，以权作恶的人自然是到处都是。

# 南吕·骂玉郎过感皇恩采茶歌①

## 闺情

才郎②远送秋江岸，斟别酒唱阳关③，临岐④无语空长叹。酒已阑⑤，曲未残，人初散。月缺花残⑥，枕剩衾寒⑦。脸消香，眉蹙黛⑧，鬓松鬟⑨。心长怀去后⑩，信不寄平安⑪。拆鸾凤⑫，分莺燕，杳鱼雁⑬。对遥山⑭，倚阑干⑮，当时无计锁雕鞍⑯。去后思量悔应晚⑰，别时容易见时难。

**【注释】**

①骂玉郎过感皇恩采茶歌：南吕宫带过曲，由骂玉郎、感皇恩、采茶歌三支曲子组成，这三支曲都不能单独用作小令。句式为：骂玉郎是七五七、三三三，共六句。感皇恩是四四、三三三、四四、三三三，共十句。采茶歌是三三七、七七，共五句。　②才郎：指有才能的青年男子，这里是女子对自己丈夫的称呼。　③斟别酒唱阳关：满斟送别的酒，唱着《阳关曲》。阳关，即《阳关曲》《渭城曲》的别名，本是王维《送元二使安西》诗，后入乐府，以为送别之曲。　④临岐：临分手的时候。岐，歧路，即岔路口。　⑤酒已阑：酒已喝尽。阑，尽。　⑥月缺花残：圆月已成为月牙，所以叫月缺，花已经残落。　⑦枕剩衾(qīn)寒：指亲人已离去。衾，被子。　⑧眉蹙(cù)黛：指皱眉。蹙，皱。黛，本指画眉用的黑色颜料，这里指黑眉。

⑨鬟松鬓：松开发鬓使发散乱。松，即松开发鬓。 ⑩心长怀去后：心里时常怀想着他去了以后。 ⑪信不寄平安：收不到平安家信。 ⑫拆鸾凤：将鸾、凤拆散。鸾，传说中凤凰一类的鸟，又说雄的叫凤，雌的叫凰。 ⑬杳(yǎo)鱼雁：言书信断绝。杳，无声无息。鱼雁，谓书信，宋无《次友人春别》："波流云散碧天空，鱼雁沈沈信不通。" ⑭对遥山：面对着远处的山。 ⑮倚阑干：依凭着栏杆。倚，同依。阑干，编木条为遮栏，立于庭院或楼上。 ⑯当时无计锁雕鞍：当时(我)没有办法将他的马系住，意思是没有办法不让他走。锁，拘系住。雕鞍，雕刻有花纹的马鞍。 ⑰去后思量悔应晚：待他去后思量起来，后悔也晚了，有"追悔莫及"的意思。

**【译文】**

秋天的江岸，女子为将要远行的心上人送别；斟上一杯酒，唱了一曲阳关调，在这分别的时候，相对无语，只能发出一声长叹。等到酒已经喝光了，曲子还在演奏，人才依依不舍地离开。心上人走后，陪伴女子的只有孤单的枕头、冰冷的被子、天上的残月以及残破的花瓣；脸色日渐憔悴，眉头紧锁，头发也没有心情梳洗，总想着心上人此刻如何，却没有收到信件。我们就像是被拆开的鸾凤，也像是被分开的莺燕。我只能倚在栏杆上，望向远方的山，后悔当初没有办法留住你。现在回想起来为时已晚，哎，离别容易，可是再次相见就非常困难了。

**【赏析】**

这首小令题名《闺情》，是写女子思念情人的作品。全曲以铺陈直叙的艺术手法，明快清新的语言，抒写了与爱人江岸惜别之情，细致刻画了女子思念情人的心理状态。

# 中吕·山坡羊

## 自叹

南山空灿，白石空烂①，星移物换②愁无限。隔重关，困尘寰③，几番肩锁空长叹，百事不成羞又赧④。闲，一梦残；干，两鬓斑⑤。

**【注释】**

①"南山"二句：春秋时代的宁戚想得到齐桓公的重用，就扮作商人，晚上

在齐国都城门外歇宿。等到齐桓公开城门迎接宾客，宁戚就敲着刀唱道：“南山矸(gān)白石烂，生不逢尧与舜禅。短布单衣适至骭(gàn)，从昏饭牛薄夜半。长夜漫漫何时旦！”齐桓公听到了，认为他是个不平常的人，就用车把他载回去，授以官职。这里翻用宁戚歌词中的头两句，抒发政治上不遇的感叹。　②星移物换：〔唐〕王勃《滕王阁诗》“物换星移几度秋”，表示岁月流逝的意思。③尘寰(huán)：人世间。这里指社会下层。　④赧(nǎn)：羞愧脸红。　⑤鬓：鬓角。斑：花白。

**【译文】**

南山重岩只管剥落，白石虽美由他自烂，岁月流逝功业难成，愁闷无端。成功的路阻碍重重，我总被拒于官场之外，多少愁眉难展，只能望空长久地兴叹，没有成就功业啊我羞愧难言。悠闲，我梦断魂伤只管畅饮吧！怀中日月早使我两鬓斑斑。

**【赏析】**

据《录鬼簿》记载：曾瑞“神采卓异”“志不屈物”，是一位啸傲烟霞、工文善画的才子，“洒然如神仙中人”。然而，这只是反映了曾瑞的一个方面。如同陶渊明既有“采菊东篱下，悠然见南山”的洒脱，又有“刑天舞干戚，猛志故常在”的怒目金刚式斗志那样，曾瑞也有着建功立业、济世报国的志向。这首〔山坡羊〕正是作者对自己怀才不遇、年华虚度的“自叹”。起笔“南山空灿，白石空烂”，借用宁戚自荐于齐桓公，得到重用的历史典故，抒发出自身的嘘叹。两个“空”字，给全文罩上了浓重的悲剧色彩。“星移物换愁无限”翻用唐代著名诗人王勃《滕王阁诗》句，表示作者对岁月流逝感到深深的忧虑。为什么会这样呢？“隔重关，困尘寰”，前一句讲的是有心报国，却上“天”无门，关山重重，无由得遇于天子；后一句则是对现实地位的感叹，感叹自己虽然是学富五车，才高八斗，但却如龙游浅水，虎落平阳，没有大展宏图的地方（环境）。似这般窘境，似这般潦倒，作者只能是愁眉紧锁，仰天长叹，为了强调“叹”也于事无补，“长叹”前修饰了个“空”字，使景况更加令人难堪。读至这里，不禁使人想到：“抬望眼，仰天长啸，壮怀激烈……，莫等闲，白了少年头，空悲切。”（岳飞《满江红》）这些浩气冲天但又抱恨无限的词句。作者“几番肩锁空长叹”的诗句，把思想情感表得更加委婉凄婉，也切合作者的思想境界和实际地位，令人可信、可叹。“百事不成羞又赧”，是承上句而出的心理感受。试想一位被誉为“神采卓异”“志不屈物”“洒然如神仙”的奇才，却韶华虚度，百事无成，作者的心理怎能平衡，面对乡亲，面对亲人，面对朋友，又怎能不羞愧脸红呢？这里有自嘲，有羞愧，更有不屈不挠的志气。古语云：“知耻近乎勇”。作者尚可大展宏图吗？“闲，一梦残；干，两鬓斑”，作者陷入矛盾的漩涡。干呢？岁月不饶人，两鬓华发已生；不干呢？凌云壮志付诸东流。究竟如何？作者没有正面回答。如果联系到作者所处的元代社会，我们就不难看出，作者也不可能正面回答。官场的黑暗、倾轧，官员的腐败无能，社会的民不聊生，就是曾瑞有机会居庙堂之上，也断不能成就大业，其结果依然会是"空长叹""羞又赧"。当然，由于作者自身的社会局限和历史局限，他还不可能看到这一点，因而，只能是困于"闲"与"干"的矛盾之间。

这支曲子，思想表达真挚，语言琅琅上口，简洁明白。自始至终贯穿着"叹"的意味，"叹"的哀怨，虽简短而意味充盈。

# 商调·集贤宾①

## 宫词

闷登楼倚栏干看暮景，天阔水云平②。浸池面楼台倒影，书云笺雁字斜横③。衰柳拂月户云窗④，残荷临水阁凉亭，景凄凉助人愁越遑⑤，下妆楼⑥步月空庭。鸟惊环佩⑦响，鹤吹铎铃鸣⑧。

〔逍遥乐〕⑨对景如青鸾舞镜⑩，天隔羊车⑪，人囚凤城⑫。好姻缘⑬辜负了今生，痛伤悲雨泪如倾。心如醉满怀何日醒？西风传玉漏丁宁⑭。恰过半夜，胜似三秋，才交四更。

〔金菊香〕⑮秋虫夜语不堪听，啼树宫鸦不住声。入孤帏⑯强眠寻梦境，被相思鬼绰了魂灵⑰，纵有梦也难成。

〔醋葫芦〕⑱睡不着，坐不宁，又不疼不痛病萦萦⑲。侍不思量霎儿心未肯⑳，没乱㉑到更阑人静。

〔高平煞〕照愁人残蜡碧荧荧，沈水香消金兽鼎㉒。败叶走庭除，修竹扫苍楹㉓。唱道是人和闷可难争㉔，则我瘦身躯怎敢共愁肠竟㉕？伤心情脉脉，病体困腾腾。画屋㉖风轻，翠被寒增，也温不过早来袜儿冷。

〔尾〕睡魔盼不来，丫环叫不应。香消烛灭冷清清，唯嫦娥与人无世情㉗。可怜咱孤另㉘，透疏帘斜照月偏明。

【注释】

①集贤宾：曲牌名，南北曲都有，属商调，北曲多用于套曲的首曲，句式

定格为七、五、七、七、四、七、三、六，共八句，这里为十句。 ②天阔水云平：言天空开阔、云水相接、水天一色。 ③书云笺雁字斜横：大雁在空中排成字形飞翔。书云笺，以云天作为书笺，笺是信纸。 ④衰柳拂月：枯败的柳树在月光之下，如同拂拭着月亮。 ⑤景凄凉助人愁越逞：凄凉的景色更增添了人的愁绪。越逞，更加厉害。 ⑥妆楼：古时女子梳洗打扮的楼阁，亦泛指女子的住处。 ⑦环佩：古人衣带上所戴的佩玉珠宝饰物之类。 ⑧鹤吹铎铃鸣：鹤飞翔与铎铃的声音相呼应。铎铃，指风铃。 ⑨逍遥乐：曲牌名，通常为十句，但也有减作八句或九句的。 ⑩对景如青鸾舞镜：面对这凄凉的景色生悲，就如同鸾鸟对影悲鸣一样。青鸾舞镜，据刘敬叔《异苑》卷三载，罽宾王有鸾鸟，想要让它鸣而不可得，他的夫人献计，将镜子悬在鸾鸟面前相映照，于是鸾鸟见到自己的影像而悲鸣。青鸾，传说中的凤属，多赤色者曰凤，多青色者曰鸾，《洽闻记》说，汉光武帝时有大鸟，高五尺，五色备举而多青，光武诏百官以问，太史令蔡衡对曰：多赤色者为凤，多青色者曰鸾，此青色者乃鸾也。 ⑪羊车：羊拉的车。这里指皇帝坐的车。 ⑫凤城：指京城。 ⑬好姻缘：美好的姻缘。姻缘，指婚姻。 ⑭玉漏丁宁：计时的漏壶滴水，发出叮咚声。玉漏，饰有玉器的计时器。丁宁，象声词，水珠滴答的声音。 ⑮金菊香：曲牌名，句式为七、七、七、四、五，共五句。 ⑯孤帏：孤独地卧在帏子内。帏，同帷，帷子。 ⑰被相思鬼绰了魂灵：相思病使人失魂落魄，如同被鬼夺去了魂灵。鬼绰，让鬼夺去。 ⑱醋葫芦：曲牌名，句式为三、三、七、七、四、七，共六句。 ⑲病萦萦：让病缠绕。 ⑳待不思量霎儿心未肯：想要不去思量，然而连一会儿也做不到。待，要、打算。霎儿，即一霎儿，一会儿。心未肯，内心不肯。 ㉑没乱：心情烦乱、急煞。 ㉒沈水香消金兽鼎：沉香将燃尽在兽形铜鼎内。沈水香，即沉香的别名，又叫沈木香，是一种香木。 ㉓修竹扫苍楹（yíng）：用竹扫帚打扫厅前院落。修竹，长竹，这里指竹制扫帚。苍楹，深绿色的堂屋前部的柱子，这里指堂前院落。 ㉔唱道是人和闷可难争：真正是人和愁闷难以争胜。唱道是，真正是。 ㉕则我瘦身躯怎敢共愁肠竞：我这样瘦弱的身躯怎敢和愁肠相竞争。共，和。愁肠，忧愁的心肠。 ㉖画屋：绘有彩饰的房屋。 ㉗唯嫦娥与人无世情：只有嫦娥与人世无深情。嫦娥，古代神话中的人物，据《淮南子·览冥训》载，嫦娥本为古代传说中善射英雄后羿的妻子，后羿从西

王母那儿得到了"不死之药"，嫦娥偷偷吃掉，奔入月宫。 ㉘孤另：即孤零，孤苦零丁、孤单。

【赏析】

这是一篇反映宫女悲惨遭遇的套曲。它通过描写一位宫女因遭冷落而悲秋感伤的情景，从一个侧面揭示了封建社会制度的不合理和腐朽。

以宫女生活为题材的作品在我国古代文学中并不少见，如唐代大诗人李白的《怨情》诗："美人卷珠帘，深坐颦蛾眉。但见泪痕湿，不知心恨谁？"反映了宫女不见天日，以泪洗面的悲惨遭遇。曾瑞的这篇《宫词》同样再现了宫女们的这种苦难命运。作品运用以景抒情、情景交融的手法，选择了一个令人感伤的暮秋之夜，集中笔墨刻画宫女此时此境的愁苦心怀。

# 白朴

元曲三百首全解全析

（1226—1306），字仁甫、太素，号兰谷，原籍隩（yù）州（今山西河曲），后居真定（今河北正定县），故又称真定人。白朴博览群书，学问精深，幼经丧乱，仓皇失母，便有满目山川之叹，后国亡家难，乃放浪形骸，期于适意。元统一后，移家金陵（今南京市），仍放情山水之间，诗词篇翰。尤工于曲，与关汉卿、马致远、郑光祖（关、马、白、郑或称关王马白）称元曲四大家。著杂剧十六种，今存三种：《梧桐雨》《东墙记》《墙头马上》。诗文有《天籁集》。所作散曲杂剧，风格朴实并兼俊秀，《梧桐雨》一剧，尤为有名。

## 中吕·喜春来

### 题情

从来好事天生俭，自古瓜儿苦后甜①。奶娘催逼紧拘钳②，甚是严，越间阻越情忺③。

【注释】

①"从来"两句：当时的谚语，意思是说好事总要受到一番挫折，然后得到美满的结果。俭，不足，挫折。 ②奶娘催逼紧拘钳：亲娘管束得像钳子似的那

样厉害。奶娘，亲娘。　③越间阻越情忺：越阻挠越尽情相爱。间阻，阻挠。忺（xiān），尽情欢爱。

**【译文】**

自古以来老天爷对好事都很吝啬，瓜儿的生长也总是先苦后甜。母亲管得像钳子一样紧，特别严。可他越是从中阻拦，咱两个人的感情却越深炽。

**【赏析】**

这是一首极有名的元代散曲，它表现了少女要冲破封建礼俗、追求自由爱情的强烈愿望，表达泼辣，口吻直率，语言朴素，带有古代民歌热情奔放的浓重色彩。

"从来好事天生俭，自古瓜儿苦后甜"这两句运用民间俗语，以贴切的譬喻说明了世间的一个普遍规律：任何好事都像瓜儿要先苦后甜一样，历经磨难方能成就。这两句是对世情规律性的一个高度概括。接下来作者把男女情爱列举出来，作为自己论点的一个最有力的佐证："奶娘催逼紧拘钳，甚是严，越间阻越情忺。"古代少女，深居春闺，乳母丫环伴随服侍，从小就被严加看管，天天灌输礼教闺训，但是人的自然天性，人对美好事物的向往，对热烈爱情的追求，又岂是深深庭院重重高门关得严锁得住的？又岂是奶娘催逼拘钳遏止得了的？少男少女的爱情往往是管束愈严，情思越浓；间阻愈重，反抗愈烈。人们越是反对一对男女靠近，他们便越是相爱相亲，外部的压力，往往只能引发当事人更强烈的逆反心理。"越间阻越情忺"概括出感情世界中一个屡试不爽的真理。

我们发现，在诗词曲赋创作中，越是能用浅显明了而又简短的语言表述出复杂深奥的生活哲理的诗句，越是受到人们的普遍欣赏，千古传唱。比如"人有悲欢离合，月有阴晴圆缺，此事古难全"，比如"每逢佳节倍思亲"，比如"举杯浇愁愁更愁，抽刀断水水更流"及本篇"越间阻越情忺"都属此类。

# 双调·沉醉东风

## 渔夫

黄芦岸白蘋渡口①，绿杨堤红蓼滩头②。虽无刎颈交③，却有忘机友④，点秋江白鹭沙鸥。傲杀人间万户侯⑤，不识字烟波钓叟⑥。

**【注释】**

①黄芦：与绿柳等均为水边生长的植物。白蘋：一种在浅水中多年生的植物。②红蓼：一种水边生的草本植物，开白色或浅红色的小花。　③刎颈交：刎，割；颈，

脖子。刎颈交即生死朋友的意思。为了友谊，虽刎颈也不后悔的朋友。 ④忘机友：机，机巧、心机。忘机友即相互不设心机、无所顾忌、毫无算计技巧之心的朋友。⑤傲杀：鄙视。万户侯：本意是汉代具有万户食邑的侯爵，在此泛指高官显贵。⑥叟：老头。

**【译文】**

金黄的芦苇铺满江岸，白色的蘋花飘荡在渡口，碧绿的杨柳耸立在江堤上，红艳的野草渲染着滩头。虽然没有生死之交，却有毫无机巧算计之心的朋友，数那些在秋江上自由自在的鸥鹭。鄙视那些达官贵人们的，正是那些不识字的江上钓鱼翁。

**【赏析】**

作者于面对现实"傲王侯"，是难能可贵的，表现了一代文人的勇气。曲中是描写渔夫生活，隐士行径，并以"白鹭"与"沙鸥"的名义，"傲杀人间万户侯"，蔑视功名富贵，讴歌"烟波钓叟"，反映出时代叛逆者的形象。

元曲三百首全解全析

# 双调·庆东原

忘忧草，含笑花，劝君闻早冠宜挂。那里也能言陆贾①？那里也良谋子牙②？那里也豪气张华③？千古是非心，一夕渔樵话。

**【注释】**

①陆贾，汉初创建与巩固汉朝政权的谋臣，著有《新书》。《史记》《汉书》都有传。 ②子牙，即吕望，又名姜尚，字子牙。他佐周文王、武王灭商有功封于齐，人称姜太公。 ③张华，字茂先，西晋大臣，历任侍中，中书令，中书监、司空。后为赵王司马伦与孙秀所杀害。张华也是西晋文学家，有《张司空集》已佚，今存有《博物志》一书。

**【译文】**

看看忘忧草，想想含笑花，劝你忘却忧愁，趁早离开官场。能言善辩的陆贾哪里去了？足智多谋的姜子牙哪里去了？文韬武略的张华哪里去了？千古万代的是非曲直，都成了渔人樵夫们一夜闲话的资料。

**【赏析】**

作者此曲情深义厚，语重心长。劝友人挂冠辞官、早归隐、莫贪功名富贵。超脱的思想，放达、潇洒的性格跃然纸上。白朴借陆贾、姜子牙、张华等历史人物，说明人才那里都有，就是元王朝不重人才，英雄无用武之地，不如早日归隐。

# 双调·得胜乐

红日晚，残霞在，秋水共长天一色①。寒雁儿呀呀的天外②，怎生不捎带个字儿来？

**【注释】**

①"秋水"句：用唐代王勃《滕王阁序》"落霞与孤鹜齐飞，秋水共长天一色"句。　②"寒雁"句：古代有大雁传书之说。

**【赏析】**

这是一首怀人念远之作。"红日晚，残霞在，秋水共长天一色"构成一幅境界开阔的绝妙秋景图。想想看：红日西斜，彩霞满天，长天尽头，水天相接，满江秋水被映染得十分绚丽。这是一幅多么壮美的图画。在画面上，一行寒雁斜飞，呀呀远去。正是这行寒雁，牵动起曲中主人公无限情思：人都说大雁可以传书，可这行大雁飞来却又飞去，怎么连一个字儿也没给我捎来呢？这里怨雁来又雁去，实际上却是怨远方的心上人不肯回转；怨大雁不捎信来，实际上却是怨远人音信杳然。经最后一句的点缀，整首作品在情感定位上便为一种凄艳落寞所笼罩，使人仿佛看到于"斜晖脉脉水悠悠"中，那"妆楼颙望，误几回天际识归舟"的佳人身影，体会到她"肠断白蘋洲"的绝望。

中国诗词创作中很有一些以乐景写哀情的作品。在刻画主人公复杂而隐微的情思方面，这首〔得胜乐〕与唐代王昌龄"闺中少妇不知愁，春日凝妆上翠楼。忽见陌头杨柳色，悔教夫婿觅封侯"（《闺怨》）诗有相仿之处。

# 越调·天净沙

## 秋

孤村落日残霞①，轻烟老树寒鸦②，一点飞鸿③影下。青山绿水，白草红叶黄花④。

**【注释】**

①残霞：晚霞。　②寒鸦：天寒归林的乌鸦。　③飞鸿：天空中的鸿雁。

④白草：枯萎而不凋谢的白草。红叶：枫叶。黄花：菊花。

【译文】

太阳渐渐西沉，已衔着西山了，天边的晚霞也逐渐开始消散，只残留有几分黯淡的色彩，映照着远处安静的村庄是多么的孤寂，拖出那长长的影子。雾淡淡飘起，几只乌黑的乌鸦栖息在佝偻的老树上，远处的一只大雁飞掠而下，划过天际。霜白的小草、火红的枫叶、金黄的菊花，相互交错，美不胜收。

【赏析】

在元代，以〔天净沙〕写景，似乎已成为一时之风气。其中当以马致远〔天净沙·秋思〕影响最大，千百年传唱，家喻户晓。相对来说，白朴这首同题之作影响虽不及马作广远，情思亦与马作迥异，但却别有一番韵致，同样不失为一篇咏"秋"之佳作。

这首小令最突出的特点有二：一是写景如画，二是修辞语言运用巧妙得法。

作者一上来，就把一组自然景物很随意地布陈于读者面前：孤村、落日、残霞、轻烟、老树、寒鸦。它们像是一位摄影家在某一时刻随便拍摄的几张静物片，张张独立，相互无序；在语言上，它们只是一个个名词罗列，中间没有动词、连词，形不成有效表达思想内容的主、谓、宾。然而连缀在一起，却表达了丰富的情感内涵或某种特定的意境，这在语言修辞上称之为"列锦"。就像白朴这首小令。几组景物，"落日残霞""老树寒鸦"，不仅点明了时间为秋日傍晚，而且与"孤村""轻烟"相配，便在一片萧瑟之中，给人以静谧与远离尘世的超逸、纯

洁、幽美、淳朴之感，它是"暖暖远人村，依依墟里烟"（陶渊明《归园田居》）田园生活的再现，字里行间流露了作者由衷的喜爱。而在画面上，它是隐约依稀的一抹淡淡水墨，遥远而又缥缈，仿佛是可望而不可即、转瞬即逝的海市蜃楼，朦胧得几乎难以把握。在这画面中，"一点飞鸿"是唯一活动的生命，然而它却又仅仅是"影下"而已，匆匆而过，令人恍若隔世，犹如梦里。它传达出作者对远离尘俗生活的向往，和追求而不可得的无奈。

"青山绿水，白草红叶黄花"同样用了修辞上的列锦，而在表达的内容和意境上，却与前三句迥然不同：它由远景变为近景，描摹由朦胧变为清晰，色彩由清淡变为艳丽，如果说前三句是水墨山水写意的话，那么后两句则是重彩工笔勾勒了，它传达出作者对生命、对生活的深深热爱。是在对社会的不满、对人生的失落之外感情得到某些安慰与补偿的自然天性的真诚流露。

整首作品，从着色、用墨到格调、韵致虽然前后反差极大，但经作者有机组合，却非常和谐，整幅构图，很像中国画传统的散点透视，浓淡相宜，远近有序。元代文人画很讲究"逸笔草草，不求形似，聊以自娱"。白朴小令，与其恰恰出于同一种审美情趣。

# 双调·乔木查

## 对景

海棠初雨歇，杨柳轻烟惹①。碧草茸茸铺四野，俄然回首处，乱红堆雪②。

〔幺〕恰春光也，梅子黄时节③。映日榴花红似血，胡葵开满院，碎剪宫缬④。

〔挂搭沽序〕倏忽早庭梧坠⑤，荷盖缺⑥。院宇砧韵切⑦，蝉声咽⑧，露白霜结。水冷风高，长天雁字斜，秋香次第开彻⑨。

〔幺〕不觉的冰澌结⑩，彤云布，朔风凛冽⑪，乱扑吟窗⑫，谢女堪题，柳絮飞⑬，玉砌长郊万里⑭，粉污遥山千叠⑮。去路赊，渔叟散⑯，披蓑去，江上清绝。幽悄闲庭院，舞榭歌楼酒力怯⑰，人在水晶宫阙⑱。

〔幺〕岁华如流水，消磨尽，自古豪杰。盖世功名总是空，方信花开易谢，始知人生多别。忆故园，漫叹嗟，旧游池铺，务做了狐踪兔穴。休痴休呆，蜗角蝇头<sup>⑲</sup>，名亲共利切<sup>⑳</sup>，富贵似花上蝶，春宵梦说<sup>㉑</sup>。

〔尾〕少年枕上欢，杯中酒好天良夜，休辜负了锦堂风月。

## 【注释】

①杨柳轻烟惹：杨柳梢头升起轻轻的烟雾。惹，升起的意思。　②俄然回首处，乱红堆雪：顷刻之间回首一看，凋落的花瓣堆得像雪一样一堆一片。这支曲是写春光过得太快，转眼间春去花落。　③恰春光也，梅子黄时节：才是春天，又到了夏季的梅子黄熟季节。恰，才。　④胡葵开满院，碎剪官缬：胡葵花开满院，像是剪碎的宫廷用的彩绸那样鲜艳。胡葵，又名蜀葵，茎高六七尺，大叶，花有红紫白等色（名见《本草》）。缬，彩绸。这支曲是写春光才见，夏季即随之到来。⑤倏忽早庭梧坠：忽然间庭院中的梧桐又落了叶子。倏（shū），忽然。民间传说"桐叶知秋"，梧桐立秋后便开始落叶。　⑥荷盖缺：荷叶也缺残了。荷叶状如锅盖，所以说荷盖。　⑦院宇砧韵切：人家庭院里的捣衣声，一声紧接着一声。砧（zhēn），捣衣石。　⑧蝉声咽：秋蝉的鸣声断断续续像在抽泣。　⑨秋香次第开彻：秋季开的花儿也先后开过了。彻，到头，完结。以上是写倏忽间到了秋天。　⑩不觉的冰渐结：不知不觉水又结了冰。渐，随水流动的冰块。　⑪彤云布，朔风凛冽：浓云密布北风寒冷。彤云，浓云。朔风，北风。凛冽，寒冷。　⑫乱扑吟窗：寒风吹到窗上发出阵阵的响声。　⑬谢女堪题，柳絮飞：曾经被谢家女儿题咏过的雪花像柳絮似的在空中飞舞。谢女堪题，指谢道韫咏雪的故事。晋人谢安一天在下雪的时候，问他的侄儿谢朗说："何所似也？"谢朗答道："散盐空中差可拟。"谢安的侄女谢道韫接着说："未若柳絮因风起。"谢安认为她答的好。后人常以飞絮比拟飞雪。　⑭玉砌长郊万里：一望无际的郊野像用玉石砌的似的那样洁白。⑮粉污遥山千叠：一层一层的远山被雪染得一片白色。粉污：雪染的意思。　⑯去路赊，渔叟散：这是倒置句。意为散去的渔翁，走在遥远的路上。赊，遥远，长长地。　⑰舞榭歌楼酒力怯：在舞台歌楼饮酒作乐的人，也觉得酒没劲还能暖人。⑱人在水晶宫阙：满天冰雪，人像在水晶筑的宫殿里。这支曲是写冬季的景象。⑲蜗角蝇头：形容微小的名利。　⑳名亲共利切：切望显亲扬名获得高官厚禄。㉑富贵似花上蝶，春宵梦说：富贵像庄周梦蝶似的，像宋代老妇所说做一场春梦。春宵梦说，传说苏轼贬居昌化时，有一老妇对他说：你当年富贵，如今是一场春梦。

## 【赏析】

此曲是写作者对四季的景色所产生的一些感想。前四曲是描写四季的景色，后二曲是写"对景"的感触。总的基调，是感到流年易逝，一切功名富贵犹如庄

周梦蝶。这是当时的一些文人共有的思想倾向。产生这种思想的原因，有这个时代的政治因素，但落到个人头上，又有不同的来因。这篇套曲对景的感触，主要是抒发作者对故园遭到元军破坏的感慨。"忆故园，漫叹嗟，旧游池铺，务做了狐踪兔穴。"这不是写历史的自然演变，而是写自己的亲身遭遇。生母被掠，家园被毁，在他的"叹嗟"中，我们可以听出含有愤懑的呼声。在他不要"辜负了锦堂风月"的背后也含有对世人追求蜗角虚名、蝇头微利的蔑视。这篇曲题名"对景"，实质是借景抒情。

## 邓玉宾

　　官同知，生卒不详。依《录鬼簿》，列其名于"前辈已死"者名单中，约与赵孟頫、冯子振同代人。

# 正宫·叨叨令

## 道情①（一）

　　想这堆金积玉平生害，男婚女嫁风流债。鬓边霜头上雪是阎王怪，求功名贪富贵今何在？您省的也么哥②，您省的也么哥？寻个主人翁早把茅庵盖。

**【注释】**

①道情：道家勘破世态、清静无为的情味。　②省：明白。也么哥：语尾助词，无义，是 [ 叨叨令 ] 曲牌五、六句的定格。

**【译文】**

想想这堆积钱财一生的祸害，男婚女嫁留下的风流债。鬓发出现斑白，容颜衰老，那是阎王爷在责怪，那些追求功名富贵的小人，现在到哪里去了？您醒悟了么，您醒悟了么？找个贤主人，早点盖所茅草庵去修行吧。

**【赏析】**

元建朝前期，在长达数十年的时间里，科举取士都被废止。知识分子得不到晋升之路，建功立业的理想无以实现，在这种情况下，很多人开始寄情于推崇隐逸生活的道教。邓玉宾就是其中之一。这首小曲处处可见道家的思想，譬如将堆金积玉当作人生之害，将男婚女嫁视作风流之债。

此曲为劝世之作，面对的是芸芸众生，所以语言非常平易通俗。一句"求功名富贵今何在"的反问犹如当头棒喝，警醒世人。叨叨令的曲牌规定曲的五六句应为"兀兀也么哥，兀兀也么哥"格式，"您省的也么哥"的反问和"今何在"的反问接在一起，本已有十分强大的警示力度，再经叠唱，力度更大。

曲的前四句是对世俗人生的否定，"您省的也么哥"旨在劝人抛弃为物所累的生活。那么，抛弃之后呢？作者在末尾为人指明了出路"寻个主人翁早把茅庵盖"。"茅庵"是道家修习的场所，此句点明了道情的主旨，即劝人归向大道，回归简朴自然。

# 正宫·叨叨令

## 道情（二）

白云深处青山下，茅庵草舍无冬夏。闲来几句渔樵话，困来一枕葫芦架。您省的也么哥，您省的也么哥？煞强如①风波千丈担惊怕。

**【注释】**

①煞强如：比……强。

**【译文】**

　　在幽深偏僻的青山下，白云缭绕的地方，盖几间茅草庵，真是冬暖夏凉的好住处。感觉无聊的时候与渔父樵夫清谈数语，困意袭来时就在葫芦架下睡上一觉。您醒悟了么，您醒悟了么？同那些到名利场的风波中去担惊受怕的人相比，不知强多少。

**【赏析】**

　　这首《道情》是前一曲的续篇。前篇呼吁"寻个主人翁早把茅庵盖"，这一首便是叙说茅庵里隐居乐道的生活了。

　　白云深处有茅庵一座，青山脚下有草屋数间，作者生活在这世外桃源，快乐悠闲，忘记了人情世故，忘记了春秋冬夏。感觉无聊的时候与渔父樵夫清谈数语，困意袭来时就在葫芦架下睡上一觉，一切都是那样的随心所欲，一切都是那样的恬淡和谐。作者说："你该醒悟了吧，你该醒悟了吧？比起那日夜担惊受怕的宦海沉浮来说，这样的生活难道不是更加的让人向往吗？"

　　作者将社会的黑暗，仕途的艰险比作"风波十丈"，警醒世人应退避到自在闲适的山林中，远离祸患，以便独善其身。

　　全曲旨在劝世，却能婉曲见意，决不勉强说理，这正是其成功之处。

# 双调·雁儿落过得胜令

## 闲适①

　　晴风雨气收，满眼山光秀。寻苗枸杞②香，曳杖桃榔③瘦。识破抱官囚④，谁更事王侯？甲子⑤无拘系，乾坤只自由。无忧，醉了还依旧。归休，湖天风月秋。

**【注释】**

　　①这个带过曲下题为《闲适》的共三首，现选第三首。　②枸杞：落叶小灌木，夏秋开淡紫色花。果实长圆形，红色，可入药。　③桃榔：常绿高大乔木。我国广东、广西、云南各地均有。开花时，剖开花序流出的汁液可熬成砂糖，也叫"砂糖椰子"。但产糖四五年后即枯死。叶柄基部的棕毛可编绳子或做刷子。　④抱官囚：做官如同囚犯。元人习用语。　⑤甲子：甲为十干之首，子为十二支之首；干支

依次相配，六十为一循环，统称一个甲子。古人用以纪日、纪年。此处泛指时光。

**【赏析】**

三首题为《闲适》的小令，显系邓玉宾晚年的作品。他经历了无数坎坷，"浮生梦一场，世事云千变"，"休干，误杀英雄汉。看看，星星两鬓斑"。说明他在追逐名利的官场挣扎了半生，只留下屡屡失败的纪录。所以他深感怀才不遇，英雄无用武之地。于是满腔忧愤地避世求闲，以致出家当了"一钵千家饭"的云游道士。

〔雁儿落〕写他闲适生活的一个侧面：晴风驱散了雨气，他进山采药，满目都是秀丽的雨后山光美景。他从枸杞丛中摘下又红又香的枸杞子，又用竹杖击落瘦高树顶的桄榔花，怡然自得。

〔得胜令〕则进一步联系社会现实，认为只要看透做官与做囚犯没有什么不同，都失去了人生的自由，那么谁还肯摧眉折腰去为王侯卖命呢？而他现在终归跳出了尘俗的漩涡，时光对自己没有任何约束，天宽地阔，自由自在，无忧无虑，酒醉酒醒依然故我。还是归隐为好，这里有领略不尽的湖天风月，四时变幻的佳景。当然，他这种与世无争的闲散生活，是包蕴着往日的辛酸和内心的不平的。所以，他的"闲适"，有着"愤世嫉俗"的深层底蕴。

全曲连用了四组合璧对，更加重了悲愤的气氛。语言较文雅，直抒胸臆，颇有情致。

# 范居中

字子正，号冰壶，武林（今杭州）人。生卒年不详，只知为元朝大德间
（1297—1307）人。其父玉壶（或疑即范康），以卜术为业，父子居三元楼前，
每岁元夕，必以时事题纸灯上，杭人聚观，远近皆知名。居中善操琴，能书法，
工乐府，擅制南北曲合腔，人知其有才，不敢难。其妹也有文名，大德间被
召入都，居中亦偕行。终以才高不见遇，而卒于家。与杂剧家施惠、黄天泽、
沈珙合作《鹔鹴裘》，今佚。所作散曲大多散失，今只存套数《秋思》一首。


# 正宫·金殿喜重重（南北合套）①

## 秋思

〔金殿喜重重（南）〕风雨秋堂，孤枕无眠，愁听雁南翔。风
也凄凉，雨也凄凉，节序已过重阳②。盼归期、何期何事归未得？
料天教暂尔参商③。昼思乡，夜思乡，此情常独怏怏④。

〔赛鸿秋⑤（北）〕想那人妒青山、愁靥在眉峰上⑥，泣丹枫、泪
滴在香腮上，拔金钗、划损在雕阑上，托瑶琴、哀诉在冰弦上⑦。
无事不思量，总为咱身上。争知我懒贪书，羞金酒，也只为他身上。

〔金殿喜重重（南）〕凄怆，望美人兮天一方，谩想象赋高唐⑧。
梦到他行，身到他行⑨，甫能得一霎成双⑩。是谁将好梦都惊破，被
西风吹起啼螀⑪。恼刘郎，害潘郎⑫，折倒尽旧日豪放。

〔货郎儿⑬（北）〕想着和他相偎厮傍⑭，知他是千场万场，我怎
比司空见惯当寻常？才离了一时半刻，恰便似三暑十霜⑮。

〔醉太平（北）〕恨程途渺茫，更风波零瀼⑯。我这里千回百转
自彷徨，撇不下多情数桩。半真半假乔模样，宜嗔宜喜娇情况，知
疼知热俏心肠⑰。

〔尾声〕往事后期空记省，我正是桃叶桃根各尽伤⑱。

元曲三百首全解全析

〔赚（南）〕终日悬望，恰原来捣虚撒抗⑲。误我一向⑳，到此才知言是谎。把当初花前宴乐，星前誓约，真个崔张不让㉑。命该雕丧㉒，险些病染膏肓，此言非妄。

〔怕春归（北）〕白发陡然千丈，非关明镜无情，缘愁似个长㉓。相别时多，相见时难，天公自主张。若能够相见，我和他对着灯儿深讲。

〔春归犯（南）〕自想，但只愁年华老，容颜改，添惆怅。蓦然平地，反生波浪。最莫把青春弃掷，他时难算风流账，怎辜负银屏绣褥朱幌㉔？才色相当，两情契合非强㉕，怎割舍眉南面北成撖漾㉖。

〔尾声（南）〕动止幸然俱无恙，画堂内别是风光，散却离忧重欢畅。

**【注释】**

①南北合套：这首套数采取南北合腔的配套方法。散曲本来兴起于北方，所用都是北曲，后来流传到南方，一方面促进了南方小调的发展，一方面又吸收一部分南曲来混合配套，成为南北合腔，使音乐表现能力更加丰富。据《录鬼簿》说："南北调合腔，自沈和甫始。"范居中也是比较早地采用"南北合套"的作者之一。这套《秋思》艺术上较优美和谐。　②节序已过重阳：季节已过了重阳。节序，即季节的次第。重阳，阴历九月初九日为重阳节。　③料天教暂尔参商：料想是老天教暂且分离。料，料想、估计。暂尔，暂且。参商，这是两个星宿名，参星是二十八宿的参宿，商星是二十八宿的心宿；参宿居于西方，心宿居于东方，两星出没不会相见，所以后人把亲朋分离不能相见比作参、商二星。　④悒（yì）怏：形容郁闷忧愁的样子。　⑤赛鸿秋：曲牌名，属北曲，句式为七、七、七、七、五、五、七，共七句。　⑥愁蹙在眉峰上：愁得皱着眉头。蹙，收缩，蹙眉。　⑦"泣丹枫、泪滴在香腮上"三句：游子想象情人思念自己的伤心情形，对着秋天枫叶哭泣，泪滴在腮边；拔下金钗，在栏杆上一道道地计算着离别的时日；手托着瑶琴，用琴声表达自己悲哀的心情。丹枫，枫叶到秋天遇霜变成红色，故名丹枫。划损，划破。瑶琴，镶有美玉的琴。冰弦，传说由冰蚕丝制的琴弦，《太真外传》："开元中，中官白秀贞自蜀回，得琵琶以献，弦乃抑弥国所贡，绿冰蚕丝也。"　⑧赋高唐：楚国宋玉作有《高唐赋》，后世称男女欢合之处叫高唐，或叫巫山、阳台。　⑨梦到他行，身到他行：梦见他去远游，自己也和他一起远游。　⑩甫能得一霎成双：才能暂时得与他成双成对。甫能，才能。一霎，时间很短，暂时。成双，成双成对，这里指夫妇。　⑪啼螀（jiāng）：蝉鸣。螀，寒蝉。　⑫恼刘郎害潘郎：指东汉刘晨，他与阮肇入天台山采药，经十三日不得返，采山桃而食，

下山取水而饮，见有胡麻饭一碗顺水流下，于是二人以为离人家不远，遂渡水过山，见有妙龄女子二人，阮、刘遂留居此处，半年后，因思念家乡求归，至家后始知，子孙已七世矣！潘郎，指潘岳，晋代文学家，潘岳字安仁，生年不详，卒于晋永康元年。他姿容美丽，年轻时在路上行走，许多女子争相观看，并向他投掷水果。⑬货郎儿：本为宋元时代一种说唱技艺，起源于民间商贩叫卖声调，后变成了曲牌名。　⑭相偎厮傍：相互依偎，形容相亲相爱的样子。　⑮三暑十霜：三年十载，言时间很长。　⑯更风波零溃：更由于患难而飘零、落魄。风波，指患难。零溃，飘零、落魄。　⑰"半真半假乔模样"三句：写情人平日待他情深意切的样子。半真半假乔模样，言似真似假装模作样。嗔，指生气。娇情况，撒娇的样子。俏心肠，美好的心肠。　⑱桃叶桃根各尽伤：比喻游子和他的情人如同桃树叶和桃树根一样，由于分离，各自都受到损伤。　⑲捣虚撒抗：虚情假意，玩弄花招。⑳误我一向：一直误我到如今。　㉑真个崔张不让：真个是不亚于崔莺莺和张珙。崔张，即《西厢记》中的崔莺莺和张珙。　㉒命该雕丧：命里注定应该遭到摧残不幸。雕丧，形容花木凋零，这里指情侣的分离。　㉓"白发陡然千丈"三句：白头发猛然间长有千丈，这并非镜子对我无情，只因为无限的愁肠使我如此。陡然，猛然间。千丈，形容白发很长，是夸张的说法。　㉔银屏绣褥朱幌：镶银的屏风，锦绣的被褥，朱红色的帷幔。　㉕两情契合非强：两人的情意投合是不能勉强的。契合，相合。　㉖眉南面北成撒漾：冤家对头相互抛弃。眉南面北，形容冤家不能相合。撒漾，抛撒、抛弃。

**【赏析】**

"女子痴情，男子负心。"描写这类题材的古代文学作品比比皆是。而《秋思》却不落窠臼，写了一位客游他乡的男子对情人纯真的爱，这在"男尊女卑"的封建社会里是不可多得的。

此曲笔法细腻，作者对游子的思念之情和复杂的内心世界作了精细的描绘。作品写游子对情人的深切思念，不是靠他一系列的动作去表现，也不是用景物来烘托，而是通过人物心底涌起的波澜和心理变化，把游子的相思之情描绘得神情毕现，毫无矫揉造作之感。这篇套曲还采用了南北合腔的配套方式，增强和丰富了曲子的音乐美和节奏感。

# 王伯成

　　元代杂剧作家，涿州（今河北涿县、雄县、固安县一带）人。为马致远忘年友。有《天宝遗事》诸宫调见称于世，今残。著杂剧三种，今存《贬夜郎》一种。

# 中吕·阳春曲（喜春来）

## 别情

多情去后香留枕，好梦回时冷透衾①。闷愁山重海来深。独自寝，夜雨百年心②。

**【注释】**

①衾：被子。　②百年心：愿意白头到老的心。

**【译文】**

多情人离去以后余香还留在枕边，好梦惊醒时被褥冷气袭人。苦闷忧愁像重山一般长，像大海一样深。独自入睡，夜雨滴滴敲打起心中无穷的思念。

**【赏析】**

此曲写丈夫思念妻子的离情之意，日、月难熬，情感变化真挚自然。

# 般涉调·煞

## 赠长春宫①雪庵学士

莫苦求，休强揽。莫教邂逅②遭坑陷。恐哉笞杖徒流绞③，慎矣公侯伯子男④。争⑤夸炫，千钟美禄，一品高衔？

**【注释】**

①长春宫：在大都（今北京市），为全真教教主丘处机所设立的道观。②邂逅：不期而遇。　③笞杖徒流绞：古代官方制定的五种肉刑。　④公侯伯子男：古代的五等爵位。　⑤争：岂，怎。

**【译文】**

万事莫要强行追求，也莫要硬性包揽。别让自己在不经意间陷入危机四伏的陷阱，蒙遭突难。笞、杖、徒、流、绞，哪一样不令人心惊胆战？就是做到了公、侯、伯、子、男，也还是应当谨慎小心。又何必得意非凡，夸耀什么千钟厚禄、一品高官！

**【赏析】**

此曲的教旨是"莫苦求，休强揽"，即所谓不忮不求，也含有"是非只为多开口，烦恼全因强出头"的明哲保身意味。它的语重心长，在于指出了"苦求""强揽"的恶果——"邂逅遭坑陷"。"邂逅"是不期而遇的意思，说明一个人即使在无心之中，也会遇上风波，蒙遭灾难，更不用说非分的"求"和"揽"了。接着小令进一步说明了"坑陷"的可怕，那就是"恐哉笞杖徒流绞"，五刑中的任何一刑都不是闹着玩的。这是对偶的上句，下句更为匪夷所思："慎矣公侯伯子男。"将五侯之尊——点名列出，正说明他们是"苦求""强揽"的主要行事者，也即是作者箴规的重点对象。以五刑对五侯，反差彰显，正是这首小令的警策之处。

作品的妙味尚不止此，末三句用了一组愤激的反问，矛头直指"一品高衔"的达官，言下有无限的轻蔑之意。这才使读者明白作者苦口是宾，诛心才是主，借说教的机会，诉喉中之骨鲠，大有"还将冷眼观螃蟹，看尔横行到几时"的峻严之意。元散曲多"警世"的习惯，其中的棒喝固然也常常发人深省，但更给人们留下深刻印象的，还是字里行间所洋溢着的那种不遗余力的批判精神。

# 李致远

（1261—约1325），名深，致远是字。据仇诗可知致远是溧阳（今江苏溧阳县）人，至元（1264—1294）中为溧阳教授，与仇交往很深，二人同为不得意人。

## 中吕·红绣鞋①

### 晚秋②

梦断陈王罗袜③，情伤学士琵琶④。又见西风换年华⑤。数杯添泪酒⑥，几点送秋花。行人天一涯⑦。

**【注释】**

①中吕：宫调名。红绣鞋：北曲曲牌名，又名"朱履曲"，入"中吕宫"，

亦入"正宫"。首二句对。第四、五句多作五字对句。与南曲不同。　②晚秋：曲题。
③梦断：梦被截断。指从梦中惊醒。陈王：指三国魏文学家曹植。罗袜：丝袜。
④学士琵琶：指唐代大诗人白居易《琵琶行》诗，诗中对琵琶女寄予深切的同情，
并有感于自己与琵琶女"同是天涯沦落人"而格外伤感。　⑤西风换年华：秋风
萧飒，一年将尽。　⑥添泪酒：化用范仲淹《苏幕遮·碧云天》词中"酒入愁肠，
化作相思泪"句意。　⑦天一涯：天各一方。指相隔遥远。

**【译文】**

从与洛神相会的梦中醒来，如白居易作《琵琶行》那样感伤。秋风又起
流年易逝。几杯酒下肚勾起伤心的眼泪，黄花几点送走了秋光，独自一人浪
迹天涯。

**【赏析】**

此曲以"晚秋"作题，描写送别时的伤感。晚秋本身有一种凄凉萧瑟的气氛，
更加衬出伤感离别之痛，反映出作者与洛神失之交臂的无限痛苦。

运用典故闪示意象而不加详述，从而启动读者的经验和联想，是古代文学作
品常用的表意手法。文章开头连用陈王罗袜、学士琵琶两个典故，开篇点题。接
着又用"泪酒"和"秋花"两个意象，来加强文章的伤情色彩。面对漂泊天涯的
处境，只能酒泪齐下，有着无限的哀思。挥手自此去，天涯两地人，加上作品中
着意突出深秋的肃杀，收到令人了黯然神伤的效果。

此曲的主要艺术特色是大量引用前人离别伤感的诗句，来表现作者的离愁别绪，堪称一首写离别的佳作。文章的精妙之处还在于，全文写离别却无一"离"字，显示出作者深厚的文学功底。

# 双调·落梅风

斜阳外，春雨足①。风吹皱一池寒玉②。画楼③中有人情正苦，杜鹃④声莫啼归去。

## 【注释】

①足：多。　②吹皱：比喻离别前生活的平静以及因离别而内心掀起的波澜。寒玉：对清凉晶莹的溪水的一种比拟。　③画楼：形容楼的华丽，指古代妇女生活的特殊环境。　④杜鹃：即布谷鸟，又名子规，传说是古代蜀国国王望帝杜宇所化，所以又叫杜宇。

## 【译文】

正是残阳笼罩下的黄昏，下足了春雨的池塘里，晚风徐来，轻轻地拂动寒玉似的水波。画楼上有个人正满腹闲愁。杜鹃鸟请不要一连声地唤人归去了，纵使一再呼唤，那个人儿还是不曾归来。

## 【赏析】

这是一首写离情的小令。全曲五句，前三句写外景，后二句由外入内，写画楼中的人。开始两句写景，夕阳西下，春日雨水很多。接着一句在继续写景中又暗融抒情。这是画楼人眼中所见的景物，有很强的主观色彩，这既是写春雨后的溪水，又是借景抒情，一方面在比喻离别前生活的平静，另一方面在描写因离别而内心掀起的波澜。第四句才出现了人："画楼中有人情正苦"，但对这人又不确指，正说明这里不是单指某人，而是反映了所有闺中人对离人的共同情绪。末尾一句"杜鹃声莫啼归去"，表达了她的最后一点希望。楼中人与离人天各一方，而鸟的啼声更引起她对远方人的思念，也反衬出盼望离人归来的殷切之意。因为相传杜鹃啼声如同说"不如归去"，所以俗称"催归"，这正是闺中人此刻的心态。结尾处情深意切，用语含蓄，而闺中人思念的殷切，相思的凄苦，读者都能体味得到，从而引起深切的同情。

# 姚守中

生卒年不详，洛阳人，是姚燧的侄子，做过平江路吏。著有杂剧三种：《逢萌挂冠》《立中宗》《汉太守郝廉留钱》，俱不存，现只存《牛诉冤》散曲一套。

## 中吕·粉蝶儿

### 牛诉冤

性鲁心愚，住烟村饱谙农务①。丑则丑堪画堪图②。杏花村，桃林野，春风几度③。疏林外红日西晡，载吹笛牧童归去④。

〔醉春风〕绿野喜春耕，一犁江上雨⑤。力田扶耙受驱驰⑥，因为主甘分受苦、苦、苦⑦。经了些横雨斜风，酷寒盛暑，暮烟晓雾。

〔红绣鞋〕牧放在芳草岸白蘋古渡，嬉游于绿杨堤红蓼平湖，画工描我在远山图。助田单英勇阵⑧，驾老子蓬山居⑨，古今人吟未足⑩。

〔石榴花〕朝耕暮垦费工夫，辛苦为谁乎？一朝染患倒在官衢⑪，见一个宰辅⑫，借问农夫："气喘因何故？"听说罢感叹长吁。那官人劝课还朝去⑬，题着咱名字奏鸾舆⑭。

〔斗鹌鹑〕他道我润国于民⑮，受千辛万苦。每日向堰口拖船⑯，渡头拽车⑰。一勇性天生胆气粗，从来不怕虎。为伍的是伴哥、王留⑱，受用的是村歌社鼓⑲。

〔上小楼〕感谢中书部，符行移诸处⑳。所在官司，禁治严明，遍下乡都㉑。里正行，社长行，叮咛省谕㉒：宰耕牛的捕获申路㉓。

〔幺〕食我者肌肤未肥，卖我者家私不富。若是老病残疾㉔，卒中身亡，不堪耕锄，告本官，送本都，从公发付。闪得我丑尸不着坟墓㉕。

〔满庭芳〕衔冤负屈，春工办足，却待闲居㉖。圈门前见两个人来觑，多应是将我窥图㉗。一个曾受戒南庄上的忻都㉘，一个是累经断北疆王屠㉙，好教我心惊虑。若是将咱卖与，一命在须臾㉚。

〔十二月〕心中畏惧，意下踌躇㉛。莫不待将我衅钟，不忍其觳觫㉜。那思想耕牛为主，他则是嗜利而图㉝。被这厮添钱买我离桑枢㉞，不睹是牵咱过前途㉟。一声频叹气长吁，两眼恓惶泪如珠㊱。凶徒，凶徒㊲！贪财性狠毒，绑我在将军柱㊳。

〔耍孩儿〕只见他手持刀器将咱觑，唬得我战扑速魂归地府㊴。登时间满地血模糊，碎分张骨肉皮肤㊵。尖刀儿割下薄刀儿切，官秤称来私秤上估㊶。应捕人在旁边觑，张弹压先抬了膊项㊷，李弓兵强要了胸脯㊸。

〔二〕却不道"闻其声不忍食其肉"㊹，划地加料物宽锅中烂煮㊺。煮得美甘甘香喷喷软如酥，把从前的主顾招呼。他则道三分为本十分利，那里问一失人身万劫无㊻。有一等贪餔啜的乔人物㊼，就本店随机儿索唤㊽，买归家取意儿庖厨㊾。

〔三〕或是包馒头待上宾，或是裹馄饨请伴侣。向磁罐中软火儿葱椒焐㊿，胜如黄犬能医冷(51)，赛过胡羊善补虚(52)。添几盏椒花露(53)，你装的肚皮饱旺，我的性命何辜！

〔四〕我本是时苗留下犊(54)，田单用过牯(55)。勤耕苦战功无补(56)。他比那图财害命情尤重(57)，我比那展草垂缰义有余(58)。我是一个直钱底物(59)，有我时田园开辟，无我时仓廪空虚。

〔五〕泥牛能报春(60)，石牛能致雨(61)，耕牛运土遭诛戮。从今后草坡边野鹿无朋友，麦垄上山羊失了伴侣。那的是我伤情处(62)，再不见柳梢残月，再不见古木昏乌。

〔六〕筋儿铺了弓(63)，皮儿鞔做鼓(64)，骨头儿卖与钗环铺。黑角儿做就乌犀带(65)，花蹄儿开成玳瑁梳(66)，无一件抛残物。好材儿卖与了靴匠，碎皮儿回与田夫(67)。

〔尾〕我元阳寿未终(68)，死得真个屈苦。告你个阎罗王正真无私曲，诉不尽平生受过苦！

## 【注释】

①住烟村饱谙农务：住在人烟缭绕的农村，很熟悉农活。谙，熟悉。　②丑则丑堪画堪图：相貌虽然丑但可以入画。堪，可以，能够。　③杏花村，桃林野，春风几度：在杏花村，桃林的原野，度过几个快意的年头。杏花村，地名，以产酒著名。杜牧《清明》诗有"借问酒家何处有，牧童遥指杏花村"句。各地叫杏花村的不少，以山西汾阳县的杏花村最有名。桃林，商、周时地名，在函谷关至潼关之间。《尚书·武成》载周武王伐殷胜利后，结束战争，兴修文教，"归马于华山之阳，放牛于桃林之野"。　④疏林外红日西晡，载吹笛牧童归去：在农闲季节，当林外红日西斜的时候，我背上载着吹笛的牧童回村。晡，申时，接近傍晚的时候。以上五句是写牛自诉在太平年间过的美好生活。　⑤一犁江上雨：冒着春雨在江边耕地。　⑥力田扶耙受驱驰：努力耕田，主人扶着耙，我被驱使。耙，把土块弄碎的农具。　⑦因为主甘分受苦：为了主人甘心情愿受苦。　⑧助田单英勇阵：帮助田单英勇破阵。田单，战国时齐国名将。燕国攻齐，占领七十余城，田单守即墨，收城中牛千余头，角束利刃，尾束柴草涂油，燃着驱向燕阵，大破燕军，尽收失地。这句是表示它为田单立过功。　⑨驾老子蓦山居：曾驾车送老子到蓦山去居住。老子，春秋时楚国著名学者，姓李，名耳，字伯阳，谥号聃，做过周朝守藏室吏。传说他见周世将衰，骑青牛出关西去。著有《道德经》五千言，后世也称《老子》。蓦山在何处不详。　⑩古今人吟未足：一直被古今文人吟咏不绝。　⑪一朝染患倒在官衢：有一天传染上疾病倒在大道上。官衢，四通八达的大道。　⑫见一个宰辅：看见一位宰相。宰辅，宰相。　⑬那官人劝课还朝去：那位宰相视察各地回朝去。劝，奖励；课，考核。劝课，意谓到各地奖励农桑，考察官员政绩。　⑭题着咱名字奏鸾舆：题着我的名字向皇帝禀奏。鸾舆，即銮舆，皇帝的车子，这里借指皇帝。　⑮他道我润国于民：那位宰相向皇帝说我能使国家增加财富，使人民富裕。　⑯每日向堰口拖船：每天向堤坝口拖船。堰，堤坝。　⑰渡头拽车：向码头拉车。拽，拉，牵引。　⑱为伍的是伴哥、王留：作伴的是农村的年轻小伙子。为伍的，做伴的。伴哥、王留，元曲中常见的一种名字，多指农村好事的青年。　⑲受用的是村歌社鼓：享受的是农村的民歌和节日祭祀土地神的音乐歌舞。社鼓，古时农村以立春第五个戊日为春社日，于此日祭祀土地神以祈丰年。在祭祀时要击鼓奏乐，陆游《游山西村》诗"箫鼓追随春社近"，写的就是社祭时的情景。以上这段都是写宰相给皇帝奏折中的话。既说它"受千辛万苦"，又说它"受用的是村歌社鼓"，暴露出这个宰辅的虚伪性。　⑳感谢中书部，符行移诸处：感谢中书省颁布法令发文给各地官署。中书部，即中书省，是朝廷的最高执政机构。符，法令。移，发文。诸处，指各

地官署。　㉑ 所在官司，禁治严明，遍下乡都：当地官员又把严禁屠宰耕牛的法令下达到城乡基层。所在，等于说"当地"。官司，当事的行政官员。乡都，乡村和城市。　㉒ 里正行，社长行，叮咛省谕：里正、社长都行动起来，再三向乡民传达中书省的告示。里正，相当于旧时的乡长。社长，相当于旧时的保长。行，行动。谕，上级对下级下的指示或告示。　㉓ 宰耕牛的捕获申路：抓住宰耕牛的要押送到路里。申，上报，这里作"押送"解。路，元朝的一级地方政府，直属行中书省。这句是里正、社长引述告示里的话。　㉔ 这句至"从公发付"六句，是里正、社长引述法令中的条例，说如有耕牛因老病暴卒，或不能耕作的，必须报告当地官员，送到当地政府所在城市，由公家处置。卒中身亡，突然中病而死。㉕ 闪得我丑尸不着坟墓：害得我的尸体挨不上坟墓。闪，抛弃，这里作"害"的意思讲。这句是说牛被送到官家被官员分吃了。　㉖ 衔冤负屈，春工办足，却待闲居：我满怀冤屈，干完了春耕农活，正想趁农闲时休息一下。　㉗ 多应是将我窥图：多半是来暗算我。窥图，暗算。　㉘ 一个曾受戒南庄上的忻都：一个是曾受过佛教戒律的南庄上忻管家。受戒，出家修行。佛家的戒律，不许杀生。忻，姓。都，总管，也就是地主的大管家。受戒却要宰牛，可见信佛是假。　㉙ 一个是累经断北疆王屠：一个是屡次受过判决被流放到北方边疆的王屠户。累，屡次。经，受过。断，判决。　㉚ 一命在须臾：一会儿就没命。须臾（yú），一会儿、片刻。　㉛ 意下踌躇：心里猜疑不定。踌躇，犹疑，拿不定主意，这里是猜疑的意思。㉜ 莫不待将我衅钟，不忍其觳觫：莫不是那两人打算用我的血涂钟，主人见我吓得发抖，可怜我无辜放了我。待，打算。衅钟，古代一种祭礼，新钟制成要涂牲畜的血。觳觫，恐惧得发抖。《孟子·梁惠王上》载，齐宣王坐于堂上，见有人牵牛过堂下，问到哪里去，牵牛人说去衅钟。齐宣王说，放了它，"吾不忍其觳觫。"这两句是牛希望主人也能有仁爱之心，不卖掉它。　㉝ 那思想耕牛为主，他则是嗜利而图：主人哪里想耕牛曾为他出过力，受过苦，只是唯利是图。他，指牛主人。㉞ 被这厮添钱买我离桑枢：被忻都王屠两个小子添价钱买我离开了牛栏。这厮，这小子。这里指忻都、王屠。桑枢，桑树做的门轴，这里指牛栏。　㉟ 不睹是牵咱过前途：主人装着看不见让忻都王屠牵着我从他面前的道上走过去。　㊱ 一声频叹气长吁，两眼恓惶泪如珠：我一连声叹气悲伤，两眼惊慌流泪。恓惶，害怕、惊慌。　㊲ 凶徒：指忻都、王屠。　㊳ 绑我在将军柱：把我绑在宰牛的柱子上。将军柱，俗指绑人受极刑的木桩子，这里借指宰牛的桩子。　㊴ 唬得我战扑速魂归地府：吓得我扑速速地战抖着死去。地府，俗指阴间。　㊵ 碎分张骨肉皮肤：骨头、肉、皮肤分割开，切成碎块。分张，分割开。　㊶ 官秤称来私秤上估：忻都王屠用官秤称过又用私秤称，来计算分量。估，计算。　㊷ 应捕人在旁边觑，张弹压先抬了膊项：应捕人站在旁边看，等着拿肉，张弹压先下手抬走了肩胛。应捕人，负责缉捕盗贼的衙役。弹压，县尉属下负责镇压盗贼的武吏。膊项，肩

元曲三百首全解全析

胛部分。　㊸弓兵：巡军中的弓箭手。应捕人、弹压、弓兵，都是地方上仗势欺人的役、吏。这些人仗势欺人是当时的普遍现象。　㊹却不道"闻其声不忍食其肉"：岂不知道孟子说过"听到它哀鸣的声音，就不忍吃它的肉。"《孟子·梁惠王上》载孟子语："君子之于禽兽也，见其生，不忍见其死，闻其声不忍食其肉，是以君子远庖厨也。"　㊺划地加料物宽锅中烂煮：按照老办法添加佐料放在大锅中煮。划(chàn)地，古诗词中有几种讲法：平白无故、只是、依旧、照样等等，这里是照旧的意思。　㊻他则道三分为本十分利，那里问一失人身万劫无：这种人只知道贪图暴利，那管来世被罚作畜牲。一失人身，佛教认为人若今生作恶，来世就要被罚作畜牲。万劫无，经过一万次劫难也恢复不了人身。　㊼有一等贪铺啜的乔人物：有一些贪图吃喝装模作样的人物。乔，装模作样。　㊽就本店随机儿索唤：来本店随意挑选买肉。随机，随意。索唤，指顾客招呼店主表示要买什么肉。　㊾买归家取意儿庖厨：买回家去随意烹调。取意儿，随意。庖厨，厨房，这里指烹调。　㊿向磁罐中软火葱椒焐：放在磁罐中用微火加上葱椒慢慢焖熟。焐，盖紧锅盖，用微火焖。　51胜如黄犬能医冷：胜过狗肉能御寒。狗肉性热，据说吃了能御寒。　52赛过胡羊善补虚：赛过北地产的羊滋补身体虚弱。胡羊，指北方游牧民族养的羊，体大肉肥。　53添几盏椒花露：添上几杯用花椒浸制的酒。古人认为饮这种酒能体轻耐老。　54我本是时苗留下犊：我本来是汉代时苗留下的牛犊。时苗，字德胄，东汉献帝建安年间任寿春（今安徽省寿县）令，他上任时用一头母牛驾车，后来母牛生了个牛犊，他离任时将小牛留下，说来时并没有它。这句是牛表示自己的出身清高。　55田单用过牯：田单用过的公牛。牯，公牛。这句指田单用火牛阵破燕军的事。　56勤耕苦战功无补：我勤劳地耕田，献身苦战的功劳，一点也得不到补偿。　57他比那图财害命情尤重：宰牛的人比图财害命的人的罪行情节还重。情，罪行情节。　58我比那展草垂缰义有余：我比李信纯的狗铺开草救主和符坚的马垂缰救主还有义气。展草，传说三国时吴国的李信纯养一条狗，叫黑龙。一天李信纯醉酒睡卧在郊外的草地上，猎人放火烧荒，火势猛烈，眼看就要烧到李的身边。黑龙便跳进水沟，把全身弄湿，然后跑到李的身边，将李周围的草打湿，李因此得救。垂缰，传说南北朝时符坚和慕容冲打仗，符坚战败，滚落山涧，爬不上来，他骑的马跪在涧边，让所系的缰绳垂下去，符坚抓住缰绳爬上来，脱了险。这里是耕牛借用这两段故事，表示对主人比它们还有义气。　59我是一直钱底物：我是一个值钱的东西。直，同"值"。底，同"的"。60泥牛能报春：用泥做的牛能预报春天的到来。《礼记·月令》载周代习俗，冬末官府祭鬼，用土做牛，送寒气以迎春。后世改为立春日举行，所作土牛叫"春牛"。这句即引此事。　61石牛能致雨：天旱石牛能招来雨。传说郁州（今广西郁林县）东南池中有石牛，天旱时百姓以牛血和泥涂在石牛身上，祈祷后立即下雨。　62那的是我伤情处：那的确是我感伤的地方。　63筋儿铺了弓：用我的筋做了弓弦。

㉔皮儿鞔做鼓：用我的皮做了鼓。鞔，同"蒙"，指用牛皮蒙在鼓桶上做鼓面。
㉕黑角儿做就乌犀带：用黑牛角加工冒充犀牛角做成官袍围带。做就，做成。古时官袍多用犀牛角镶制围带。　㉖花蹄儿开成玳瑁梳：劈开牛蹄冒充玳瑁做成头梳。玳瑁，一种类似海龟的动物，甲壳光滑，黄褐色有花斑，可做饰物。　㉗碎皮儿回与田夫：碎皮子反回农村，卖给农民做农具。　㉘我元阳寿未终：我本来在阳间的寿数还没有了。元，通"原"，本来。

**【赏析】**

此曲题目是牛诉冤，实际是替广大劳苦农民诉冤。作者通过隐喻的笔法，用耕牛自诉生前死后的遭遇，揭露了元朝统治集团似乎关心农民疾苦的伪善面貌和地方官吏巧取豪夺、鱼肉乡民的不法行为以及地主阶级残酷迫害农民的罪恶。

全曲大体由六部组成的。开头第一部分写耕牛在太平年间过的平静生活，借以表达农民在政治清明的朝代，过过比较安定的生活。这一段和下文起对照的作用。

第二部分〔醉春风〕、〔红绣鞋〕两段主要是通过耕牛倾述自己如何为主人不避风雨，冒着酷寒盛暑，奋力耕田的情况，借以表达广大农民为地主不辞辛劳地在田间耕作。助田单和驾老子两句是配笔，主要是渲染耕牛在历史上的功绩。

第三部分从〔柘榴花〕到〔幺〕篇作者用曲折的笔法，揭露了当朝宰相和中书省表面上似乎关心农民的疾苦，实际是敷衍塞责。由朝廷向地方颁发一纸禁宰耕牛的法令，地方官吏借机私分牛肉，反而使耕牛"尸不着坟墓"，这正暗示农民反受其害。

第四部分〔满庭芳〕、〔十二月〕两段，借写牛主图财忘义将牛卖给忻都、王屠，用来暗示地主阶级对广大农民的剥削和迫害。

第五部分从〔耍孩儿〕到〔六〕是写牛死后的遭遇。这部分主要是揭露当时

地方官吏巧取豪夺，鱼肉乡民的罪行。其他是配第，用来隐示农民遭受数不尽的苦难。

第六部分〔尾〕声，这段主要是通过耕牛死后无处去诉冤，隐示农民受尽冤屈也无处去申诉。

作者这样写，是有现实根据的。据元史记载，元人统治全中国以后，实行史无前例的民族歧视政策，对汉族人民，残杀掠夺，无恶不作。对农民的迫害尤甚。蒙古贵族可以随意侵占民田，将大片耕地据为己有，不事耕种，变作草场，专供畜牧和狩猎之用。地方官吏与地主相勾结，倚势欺压农民，进行残酷的掠夺和剥削。他们的罪恶，是罄竹难书的。元末掀起的农民大起义，就是由于这种情况激起的。这篇曲借写耕牛生前死后的悲惨遭遇，正是有意揭露这一历史时期的农民遭遇。

# 贯云石

（1286—1324），字浮岑，自号酸斋，父名贯只哥，遂以贯为姓，维吾尔族人。少时膂力绝人，稍长，从姚燧读书。诗文不蹈故常，自成风格。他曾袭父爵，任两淮万户府达鲁花赤（临官），仁宗皇庆二年（1313），拜为翰林侍读学士。后弃官隐居，自号芦花道人，卖药于钱塘市中。所作散曲，风格豪放"如天马脱羁"（《太和正音谱》），亦间有清丽者。内容则多写诗酒逸乐生活和男女风情。

元曲三百首全解全析

## 双调·寿阳曲

新秋至，人乍①别，顺长江水流残月。悠悠②画船东去也，这思量起头儿一夜。

**【注释】**
①乍：忽然。　②悠悠：遥远的样子。
**【译文】**
新秋刚到来的时候，心上人也匆匆离别。顺着绵长的江面，水儿流淌着，月儿也是残缺的。那华美的船儿悠悠然向东远去渐渐隐没。这离别的愁苦啊，在这第一个夜晚就暗暗生起。

**【赏析】**

　　秋夜江水，流洗残月，悠悠画船，独自东去。一片冷落孤寂的景象，增添了离情的凄凉；而这还只是开头的第一夜呵！小令写离别之情，以景衬情，末句语意含蓄，能引发人对往后深沉思念的联想。

# 双调·折桂令

## 送春

　　问东君何处天涯①？落日啼鹃②，流水桃花。淡淡遥山，萋萋芳草，隐隐残霞。随柳絮吹归那答③？趁游丝惹在谁家④？倦理⑤琵琶，人倚秋千，月照窗纱。

**【注释】**

　　①东君：春之神。也有人认为是日神的。天涯：天边。　②啼鹃：啼叫的杜鹃。杜鹃也叫子规、杜宇、布谷。其啼声似"不如归去"。春季初夏之时，常常昼夜不停地叫。　③那答：那地方。　④趁：追赶。游丝：蜘蛛之类所吐的丝。因为飘荡在空中，所以叫游丝。庾信《春赋》："一丛香草足碍人，数尺游丝即横路。"惹：牵住。张先〔减字木兰花〕《咏舞》词："只恐惊飞，拟倩游丝惹住伊。"　⑤理：抚弄。

**【译文】**

　　向司春之神追问春天去了哪里。落日余晖中杜鹃声声，清清流水上桃花片片。远山淡淡，芳草茂盛，天边隐隐约约残留着一抹晚霞。思绪跟随着柳絮飘飞，不知吹向何处，追逐飘浮在空中的蛛丝，最终落在谁家？懒得弹弄琵琶，呆呆地倚着秋千，夜幕悄悄降临，月亮照着窗纱。

**【赏析】**

　　这首小令颇有宋词的韵味。写了春夏之交的傍晚和初夜，春夏之交的许多景物，以及主人公，一位女青年的怅惘情绪。

　　开头就问：主宰春天的神你到天边何处去了？这里只剩下冉冉西下的落日，昼夜啼叫的杜鹃，溪水漂流的桃花。远山是淡淡的一痕，芳草却处处茂密，天边还抹着一缕隐约的残霞。这些都是描绘景物的，但与一般描绘春天蓬勃生机奋发向上的色调不同，"凄凄不是向前声"，是一个满腹哀怨的女子眼中的残败的春景。

日是黄昏的落日，杜鹃一声声叫着"不如归去"，红火一时的桃花纷纷凋落，被无情的流水带向远方；青山淡淡、芳草萋萋、残霞隐隐。似乎连女主人公自己的青春也到了这种令人黯然神伤的地步。接着，是女主人公进一步的感受：随着柳絮被风吹到哪里去呢？追着空中的游丝挂到谁家呢？自己生命的"春"将是什么归宿？她陷入深深的愁闷之中。常日爱弹的琵琶也懒得抚弄了，常日喜欢荡的秋千也只能呆呆倚靠着了。不知不觉间，夜幕悄悄降落了，月亮无神地照在窗纱上，她，还在惆怅之中茫然思索着。

这首小令与〔双调·清江引〕《惜别》的俚俗、泼辣、夸张、幽默的风格完全相反，成为文雅、含蓄、沉静、严肃的一首抒情小诗。虽然小令是一位女青年的眼光和感受，实际上也流露出作者告别青春的怅然哀愁。

全曲善用对偶句、鼎足对的句法，加上"家麻"韵，加重了深深叹息的效应。

# 双调·清江引

竞功名有如车下坡，惊险谁参破①？昨日玉堂臣②，今日遭残祸。争如我避风波走在安乐窝③！

## 【注释】

①惊险谁参破：谁看透了做官的危险。参破，佛家语，意即看得破。　②昨日玉堂臣：昨天还是翰林院的大臣。玉堂，汉代官殿的名称。《史记·孝武纪》"泰液池南有玉堂。"这里指翰林院。　③争如我避风波走在安乐窝：怎如我避开了官场的风波走在安乐的地方。争，同"怎"。这句是说辞去了有遭风险的官职，回到了安全的地方。

## 【译文】

争夺功名像马车下坡，谁能看破它的惊险？昨天还是翰林院的大臣，今天就遭遇了灾祸。怎么能和我避开官场的风波，走在安乐的地方相比呢？

## 【赏析】

此曲是作者辞官后写的。同调曲有三首，这是其中的一首。从这一首的思想内容来看，他辞官是因为看透了"昨日玉堂臣，今日遭残祸"。从另一首曲"醒了醉还醒，卧了重还卧"这两句来看，他对辞官的思想是有反复的，最初也并非没有留恋之意，最后，才下决心"弃微名去来心快哉"。当时一个处于高等民族地位的官员，也看到"昨日玉堂臣，今日遭残祸"的危险，可见元朝上层统治集团也存在民族等级之差和激烈的互相倾轧。此曲从侧面反映了当时的政治现实。

# 正宫·小梁州

## 秋①

芙蓉②映水菊花黄，满目秋光。枯荷叶底鹭鸶③藏。金风荡，飘动桂枝香。〔幺〕雷峰塔④畔登高望，见钱塘一派长江⑤。湖水清，江潮漾。天边斜月，新雁⑥两三行。

【注释】

①秋：这是贯云石写杭州景物的〔正宫·小梁州〕的一首小令。另外还有《春》《夏》《冬》。　②芙蓉：莲（荷）的别名。　③鹭鸶：鸟名，亦称白鹭。全身羽毛雪白，多活动于湖沼岸边或水田。　④雷峰塔：也叫黄妃塔。遗址在今杭州市西湖南夕照山上。五代吴越王钱俶妃黄氏所建。已于1924年9月倾塌。　⑤钱塘江：旧称浙江。源出浙皖赣边境之莲花山，下流包括信安江、兰江、桐江、富春江、之江，杭州闸口以下称钱塘江，并由此注入杭州湾。江口喇叭状，海潮倒灌形成著名的"钱塘潮"。　⑥新雁：初从北方飞来的雁阵。

【译文】

清澈的湖水映照着芙蓉亭亭玉立的身影，岸上菊花迎霜怒放一片金黄。放眼望去满眼都是秋天的风光。白鹭躲藏在干枯的荷叶底下。秋风阵阵，飘来桂枝的幽香。在雷峰塔畔登高远望，钱塘江一望无际，湖水清澈，江潮涌起，波光荡漾。抬头看一弯新月斜挂在天上，还有两三行南归的大雁。

【赏析】

贯云石在他短短一生的最后十年，主要隐居于杭州。杭州当时是南方首富之区，风光秀丽，古迹如林。贯云石对杭州怀有深厚的感情。吴梅在《顾曲麈谈》中说"其在钱塘日，无日不游西湖。"他写的〔正宫·小梁州〕一组散曲，构成了西湖风光的长卷，四时各有特色。与《春》《夏》的暖色调不同，《秋》引导我们进入一个清爽、沉静的境界。实际上也流露出他淡泊名利、飘然出世的心态。

他看到的是西湖亭亭玉立的芙蓉，在凋敝的荷叶之下，白鹭静静地觅食。地上的菊花傲然开放，确实"满目秋光"。金风习习，送过来桂花的香气，真是令人心旷神怡。

他登上夕照山雷峰塔畔游目一望，只见钱塘浩渺涌动，一派长江大河的气势。湖水是清澈的、平静的，江潮是滚动的、回荡的。天边已挂出了一弯斜月，天空飞过两三行新雁，留下凄厉的鸣叫声。

贯云石很善于捕捉四季中富有特征的景物和意象，并将自己情感渗透其中，使读者不但身临其境，而且深受其情感色彩的浸染。他文字简洁准确，毫无浮文闲笔，又十分讲求节奏音律，所以这几首〔小梁州〕早就四处传唱，广为流传。

明人姜南在《风月堂杂识》中说："近时人歌唱，或被之管弦，皆淫词艳曲。尝观元人乐府，有四时行乐〔小梁州〕四阕，皆模写西湖四时景象。比之他词，彼善于此。乃酸斋贯云石作也。"

# 中吕·红绣鞋

## 欢情①

挨着靠着云窗②同坐，偎着抱着月枕③双歌，听着数着愁着怕着早四更④过。四更过情未足，情未足夜如梭。天那，更闰⑤一更儿妨甚么！

【注释】

①残本《阳春白雪》无题。《乐府群珠》题为《欢情》较贴切，故采用。②云窗：雕有云形状花纹的窗子。 ③月枕：形状像月牙一样的枕头。 ④四更：旧时一夜分作五个更次。三更正是午夜，四更则临近天明的五更了。 ⑤闰（rùn）：公历有闰年。农历有闰月。每三年农历多出一个月时间，叫闰月。公历每四年多出一天，加在2月，即闰年。岁之余为"闰"。更次当然没有"闰"的说法，此处为表达恋人欢会害怕夜短才想"闰一更"。

【译文】

互相挨着互相靠着在窗下一同坐着，互相依偎着互相拥抱着枕着月枕一起哼歌。细心听着，一下一下地数着，怀着烦恼与害怕，四更已经敲过了。四更过了，欢情还没有享够，觉得夜过得飞快像梭子一样。天啊，再加上一更有什么不可以啊！

【赏析】

这是一位年轻女人的口吻。开头什么都不说，一连叠用了八个"着"字，不仅生动别致，而且真实地表达了恋人难得相会，所以不仅有挨、靠、偎、抱的动作，而且又有听、数、愁、怕时间飞逝的心理状态。他们时时倾听着更鼓的信息，生怕天亮了就不得不分手。已经说了"四更过情未足，情未足夜如梭"，这个"情未足"的重复，更加重了恋人们的急切心态。但越是这样，时间反而过得越快。眼看就要到五更。这位女子不由得从内心喊出："天那，更闰一更儿妨甚么！"小令达到了高潮，人物情感上升到了一个新境界，全曲戛然而止，意味深长，令人无限同情。

这首小令俚俗风趣，语言自然流畅。结尾"如截奔马"，尤为精彩。

## 睢景臣

字景贤，或作嘉贤，生卒年不详，《录鬼簿》列在下卷"方今已亡名公才人，余相知者"中，兀大德七年（1303），他从扬州到杭州，与《录鬼簿》作者钟嗣成相识。钟嗣成说他："自幼读书，以水沃面，双眸红赤，不能远视。心性聪明，酷嗜音律。"所作杂剧《千里投人》《莺莺牡丹记》《楚大夫屈原投江》三种，均不传，散曲仅存套数三篇和极少数残曲。

# 般涉调·哨遍①

## 高祖还乡②

社长排门告示③：但有的差使无推故④。这差使不寻俗⑤，一壁厢纳草除根，一边又要差夫。索应付⑥，又是言车驾，都说是銮舆⑦，今日还乡故⑧。王乡老执定瓦台盘，赵忙郎抱着酒葫芦⑨。新刷来的头巾⑩，恰糨⑪来的绸衫，畅好是妆么大户⑫。

〔耍孩儿〕瞎王留引定火乔男女，胡踢蹬吹笛擂鼓⑬。见一彪人马到庄门⑭，匹头里几面旗舒⑮。一面旗白胡阑套住个迎霜兔⑯，一面旗红曲连打着个毕月乌⑰。一面旗鸡学舞⑱，一面旗狗生双翅⑲，一面旗蛇缠葫芦⑳。

〔五煞〕红漆了叉㉑，银铮了斧㉒，甜瓜苦瓜黄金锤㉓。明晃晃马镫枪尖上挑㉔，白雪雪鹅毛扇上铺㉕。这几个乔人物，拿着些不曾见的器仗，穿着些大作怪的衣服㉖。

〔四煞〕辕条上都是马㉗，套顶上不见驴㉘，黄罗伞柄天生曲㉙。车前八个天曹判㉚，车后若干递送夫㉛。更几个多娇女㉜，一般穿着，一样妆梳。

〔三煞〕那大汉下的车，众人施礼数㉝，那大汉觑得人如无物㉞。众乡老展脚舒腰拜㉟，那大汉挪身着手扶。猛可里抬头觑㊱，觑多时认得，险气破我胸脯。

〔二煞〕你须身姓刘，你妻须姓吕㊲，把你两家儿根脚从头数㊳：你本身做亭长耽几盏酒㊴，你丈人教村学读几卷书。曾在俺庄东住，也曾与我喂牛切草，拽坝扶锄㊵。

〔一煞〕春采了桑㊶，冬借了俺粟，零支了米麦无重数㊷。换田契强秤了麻三秤㊸，还酒债偷量了豆几斛㊹。有甚糊突㊺处？明标着册历㊻，见放着㊼文书。

〔尾〕少我的钱，差发内旋拨还；欠我的粟，税粮中私准除㊽。只道刘三，谁肯把你揪捽住㊾？白甚么㊿改了姓、更了名，唤做汉高祖！

**【注释】**

①哨遍：曲牌名，又作"稍遍"，句式为六、七、六、七、六、三、五、五、五、七、七、六、六、七。　②高祖还乡：高祖，指汉高帝刘邦。汉高帝十二年（公元前195年）十月，刘邦平定淮南王英布后，于归途经过故乡沛县时，曾停留十数日，《高祖还乡》所写的就是他刚回到家乡时的一个场面。　③社长排门告示：社长挨家挨户地通告。社长，即一社之长，相当于后代的村长，元代以五十家为一社。排门，即挨家逐户。　④但有的差使无推故：凡是一切差使都不能借故推托。但有的，凡是有的。　⑤不寻俗：不寻常，很重大。　⑥"一壁厢纳草除根"三句：一面要交纳去了根的草，一面还要出劳役，这一切都得要应付。索应付，都需要应付。索，须。　⑦銮舆：指帝王所乘的车。銮，本指车上的铃，这里借指车。舆，车。　⑧还乡故：即还故乡。　⑨"王乡老执定瓦台盘"二句：王乡老手拿着陶制的托盘，赵忙郎抱着装酒的葫芦。乡老，汉代以年高有德的乡民为乡老。瓦台盘，陶制的托盘。忙郎，指好事的少年。　⑩新刷来的头巾：刚洗过的头巾，刷，洗。　⑪糨：衣物洗过后打一层米汁在上面叫"糨"，然后熨平。　⑫畅好是妆么大户：

简直是装模作样的大户人家的气派。畅好是，真正是、简直是。妆么，装模作样。大户，大户人家，指财主一类的人家。 ⑬"瞎王留引定伙乔男女"二句：瞎眼王留引着一伙装腔作势的人们，胡乱地吹笛擂鼓。乔，宋元时代指装腔作势为"乔"。男女，指一伙人，并非说"有男有女"。胡踢蹬，胡乱来、胡闹。 ⑭一彪(diū)：一伙、一队。 ⑮劈头里几面旗舒：当头有几面旗子舒展飘扬。劈头，当头。舒，舒展、飘扬。 ⑯一面旗白胡阑套住个迎霜兔：一面旗上面着白环套住个迎霜玉兔，这指的是"月旗"。白胡阑，白色的环。迎霜兔，玉兔，传说月亮里有一个玉兔在捣药，后人就用白环套玉兔比喻月亮。 ⑰一面旗红曲连打着个毕月乌：一面旗上画着一个红色圆圈套着一只乌鸦，这是指"日旗"。红曲连，即红圈，曲连的合音就是"圈"。毕，指毕宿，为我国古代天文中二十八宿之一，即白虎七宿之第五宿，为金牛星座。乌，古代传说日中有三足乌，故称太阳为"乌"。 ⑱鸡学舞：这里指凤凰旗，这位农民把它当作鸡学舞了。 ⑲狗生双翅：这里指飞虎旗，这位农民误把飞虎当成是狗生双翅了。 ⑳蛇缠葫芦：这里指龙戏珠旗，这位农民误以为是一条蛇缠住一只葫芦。 ㉑红漆了叉：这是指画戟。戟，古代一种兵器，又作为仪仗用品。 ㉒银铮了斧：镀银的斧。 ㉓甜瓜苦瓜黄金锤：指金瓜锤，本为一种兵器，后来多用作仪仗，这位农民不懂得仪用品，所以都用自己的理解来给这些器物加上名称。 ㉔明晃晃马镫枪尖上挑：指朝天镫，也是古代仪仗中的用品，形状如同马镫挑在枪尖上。 ㉕白雪雪鹅毛扇上铺：雪白的鹅毛官扇。白雪雪，洁白如雪。 ㉖大作怪衣服：非常怪异的服装。 ㉗辕条：即车辕子，车前驾马的地方。 ㉘套顶：指牲口脖子上的套包。 ㉙黄罗伞柄天生曲：曲柄的黄罗伞。黄罗伞，为天子的仪仗所用。天生曲，指曲柄的伞。 ㉚天曹判：天府的判官。天曹，上天的官府。判，判官。 ㉛递送夫：指前后奔走服侍的人。 ㉜多娇女：指宫女。 ㉝施礼数：向皇帝刘邦叩头行礼。 ㉞觑(qù)得人如无物：眼中无人。觑，看、瞧。如无物，好像什么也没有看见，旁若无人。 ㉟展脚舒腰拜：又开脚弯下腰去跪拜。 ㊱猛可里：猛然间。 ㊲你身须姓刘，你妻须姓吕：汉高帝姓刘，他的妻子姓吕，即吕后。 ㊳根脚从头数：把根底从头数到末，意即对他的家底完全知道。根脚，根底、底细。 ㊴你本身做亭长耽几盏酒：你做亭长时好喝几杯酒。亭长，秦朝时的地方小吏，十里为一亭，十亭为一乡，亭有亭长，秦汉时亭长掌管追捕盗贼。耽，嗜好。 ㊵拽坝扶锄：耙田锄地。拽坝，同拽耙，拉耙整地。扶锄，锄地。 ㊶春采了桑：春天采摘了桑叶。 ㊷零支了米麦无重数：零借的米麦数不清。零支，零碎的支借。无重数，数不清，言很多。 ㊸换田契强秤了麻三秤：换田契时勒索户主强秤了三秤麻。田契，即地契，田地的契约。秤，本为衡器名，用来称重量的，这里为量词，据《小尔雅》："斤十谓之衡，衡有半谓之秤。" ㊹斛：量器名，古时十斗为一斛，后改五斗为一斛。 ㊺胡突：即糊涂，不明白。 ㊻册历：账册。 ㊼见放着：犹言现放着。见，通"现"。 ㊽"少我的钱差发内旋拨还"二句：欠我的钱就在以后摊派的官差税收内扣还，欠我的粮就在税粮里暗暗地扣除。差发，摊派的官差税收。 ㊽只道刘三，谁肯把你揪摔住：则道是刘三有谁肯把你揪住呢。只道，犹则道、有道是。刘三，指汉高祖刘邦。揪摔，即揪住。按，这位农民以为把"刘邦"称"汉高祖"是他改了姓更了名，以便逃脱过去的债务，所以他说有谁肯为了过去的债务把你揪住不放呢！ ㊾白甚么：为什么平白无故地。

【译文】

听说有个大人物要还乡了，社长挨家挨户地通知每个差使："任何差使均不得借故推脱。"这些差使真不寻常，一边要交纳草料，一边要派服劳役的民夫，都必须执行。有的说是车驾，有的说是銮舆，今天要回乡。只见在喧闹的市集里，王乡老拿着个陶托盘，赵忙郎抱着一个酒葫芦，带着新洗过的头巾，穿着新糨过的绸衫，正好装充有身份的阔人。

忽然，瞎王留叫来一伙稀奇古怪的男女胡乱地吹笛打鼓，好像在欢迎什么。一大队人马从村口进来，前头的人拿着几面旗子，颇威风似的。那些旗子上的图案千奇百怪：有在月形环中画白兔；有红圈中画鸟；有画着一只鸡学跳舞的；有画着长着翅膀的狗；有画蛇缠在葫芦上。

还有用红漆刷过的叉，用银镀过的斧头，连甜瓜苦瓜也镀了金。马镫明晃晃的，扇子铺了一层雪白的鹅毛。还有那几个穿着奇怪的人，手里拿着一些罕见的器杖，穿着些奇怪的衣服。

辕条套的全是马，套顶上没有驴。黄色丝绸做的伞的把是弯曲的。车前站着八个架前侍卫，车后的是随从。还有几个漂亮女子穿着艳装，一样的打扮。

那个大汉下车了，众人马上行礼，但他没有看在眼里。见乡亲们跪拜在地，他挪身用手扶。我突然抬起头一看，那个我认识的，差点气死我了！

你本来姓刘，你妻子姓吕。把你从头数到脚：你以前是亭长，喜欢喝酒。你的丈人在村教书，你曾经在我屋庄的东头住，和我一起割草喂牛，整地耕田。

春天你摘了我的桑叶，冬天你借了我的米，问我借了都不知有多少了。趁着换田契，强迫称了我三十斤麻，还酒债时偷着少给我几斛豆。有什么糊涂的，清清楚楚地写在账簿上，现成的放着字据文书。

过去借的钱要在现在摊派的官差钱里扣除，欠我的粮食你要从粮税里暗地里给我扣出来。我琢磨着刘三：谁上来把你拉扯住，平白地为什么改了姓、换了名，要叫汉高祖。

【赏析】

此曲取材于《史记·汉高祖本纪》《汉书·高帝纪》等史书。刘邦是西汉王

元曲三百首全解全析

朝的开国皇帝，据史载，西汉十二年（公元前195）十月，刘邦平定淮南王英布的叛乱，班师凯旋，途经故乡沛县时，曾与故人父老聚会宴饮，宴席上由一百二十个小儿歌舞助兴，酒酣，刘邦击筑（古代乐器）高歌："大风起兮云飞扬，威加海内兮归故乡，安得猛士兮守四方！"颇有叱咤风云的气概。此曲《高祖还乡》就是依据这些历史素材，经过艺术加工，把高祖还乡时耀武扬威、不可一世的情景和他昔日的无赖相作了对比，辛辣地嘲讽了这位得意忘形的流氓皇帝，从而戳穿了封建最高统治者"神圣不可侵犯"的外衣。

在封建社会的漫漫长夜中，皇帝享有至高无上的权力，主宰人世间的一切，人们只能匍匐在他的脚下呻吟、挣扎，把他奉若神明，不能有一点点亵渎之意。随着时间的流逝，多少个封建王朝被送进了历史的博物馆，而皇帝却安如磐石，一代一代地传下去，听着人们对他歌功颂德的谀词。套曲《高祖还乡》则以惊人的胆识，借乡民的口吻，狠狠地讽刺和嘲笑了汉高祖刘邦。

此曲虽然取材于历史，但又不是历史的重复，而是经过艺术提炼、典型概括的文学作品；它虽然写的是汉高祖刘邦的事，却植根在元代社会。因而历史和现实的统一，生活真实和艺术真实的统一在此曲中得到了比较完美的体现。钟嗣成在《录鬼簿》里写道："维扬诸公俱作高祖还乡套数，惟公（睢景臣）〔哨遍〕制作新奇，诸公者皆出其下。"的确，睢景臣的《高祖还乡》是一篇奇作，它不仅构思巧妙，情节曲折多变，而且具有强烈的讽刺性。它通过乡民的口，对乡村"地头蛇"社长和皇帝的仪仗侍从们极尽嘲笑挖苦之能事。这首套曲语言幽默泼辣，大量运用新鲜活泼的口语，色调鲜明，形象生动，对作品塑造人物起了很大的作用，使作品富有浓郁的生活气息。

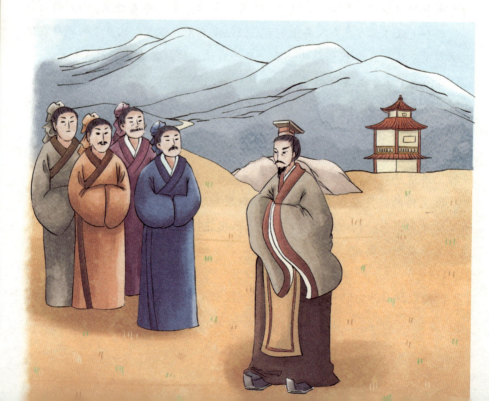

# 周文质

（？—1334），字仲彬，祖籍建德（今浙江省建德县）人，后移家杭州定居。他与钟嗣成相交二十余年，两人情深意笃，形影不离，故《录鬼簿》对他有较详的记载："体貌清癯，学问渊博，资性工巧，文笔新奇。家世儒业，俯就路吏。善丹青，能歌舞，明曲调，谐音律。性尚豪侠，好事敬器。"著有杂剧四种，俱不传。散曲有小令四十余首，套数五套。

## 越调·小桃红

### 咏桃

东风有恨致玄都①，吹破枝头玉②，夜月梨花也相妒③。不寻俗④，娇鸾彩凤风流处⑤。刘郎去也，武陵溪上⑥，仙子淡妆梳。

【注释】

①玄都：本指传说中神仙所居之地，《海内十洲记》："玄洲在北海中，上有太玄都，仙伯真公所治。"这里乃指玄都观，唐代长安城郊的道观，刘禹锡《游玄都观戏赠看花诸君子》："玄都观里桃千树，尽是刘郎去后栽。"　②吹破枝头玉：东风吹得桃花绽蕾开放。枝头玉，指花蕾。　③夜月梨花也相妒：在夜月下，洁白如玉的梨花也要妒忌了。　④不寻俗：犹言不寻常。　⑤娇鸾彩凤风流处：繁茂的桃花正如同鸾凤一样彩色缤纷、俊美多姿。　⑥武陵溪：指陶潜《桃花源记》中所描述的桃花源。

【赏析】

这是一首歌咏桃花的曲子。早在我国第一部诗歌总集《诗经》中就出现了咏桃的佳句："桃之夭夭，灼灼其华"。唐代著名诗人刘禹锡也曾写过《游玄都观戏赠看花诸君子》诗："紫陌红尘拂面来，无人不道看花回。玄都观里桃千树，俱是刘郎去后栽。"此诗是借写灿如红霞的桃花，讥讽那些新得势的权贵，以抒发诗人对身世遭遇的愤懑之情。周文质的这首《咏桃》曲则是借刘诗发挥己情，赋予"桃花"以新的内涵。

这首曲子在表现方法上是化用典故，以景抒情。它不仅描绘了桃花绽蕾吐红的景色，而且寄寓了作者对正直之士的敬仰爱慕之情。讲言隽永清新，比喻生动，风格清丽。

# 越调·寨儿令

鸳枕<sup>①</sup>孤，凤衾<sup>②</sup>余，愁心碎时窗外雨。漏断铜壶，香冷金炉<sup>③</sup>，宝帐暗流苏<sup>④</sup>。情不已心在天隅<sup>⑤</sup>，魂欲离梦不华胥<sup>⑥</sup>。西风征雁<sup>⑦</sup>远，湘水锦鳞无。吁！谁寄断肠书？

**【注释】**

①鸳枕：绣有鸳鸟的枕头。　②凤衾：绣有凤鸟的被子。凤与鸳是同一种类的鸟，古代又常连在一起用，表示男女恩爱之情。　③漏：古代的计时器。古代没有钟表，常用铜壶滴漏与金炉焚香来计时。这两句表示夜已很深了。　④流苏：帐上的饰物，为下垂的穗子，多用彩色丝线或羽毛制成。因夜深天黑，故曰"暗流苏"。　⑤天隅：天边。　⑥华胥：传说中的国名，相传黄帝昼寝，梦游于华胥氏之国。后用以指梦境。　⑦征雁：长途飞行的雁。古代诗词中，常以鱼、雁代指信使。此两句言书信断绝。

**【赏析】**

这是一首写离情、写相思的小曲，属于"闺怨诗"一类作品，写得情真意切，真有芳心欲碎之感，写出了闺中人的一片痴情。

全曲虽不长，却可分为四个层次。第一层开头三句，先展示了思妇独眠无伴的凄清状况。本来与情人并头而眠，鸳枕成双；两人双栖双宿在凤衾里，因此不觉得冷清。现在情人不在，鸳枕成单，凤衾清冷。又加上"窗外芭蕉窗里灯"，"梧桐叶上三更雨"。"暗灯凉簟怨分离"，真是"不胜悲"，令人愁肠寸断，忧心欲碎。

这时候，"风飘飘，雨潇潇，便做陈抟也睡不着"，耳听得铜壶里的漏声已经断了，眼看着金炉里的香已经灭了，夜已经深，闺房里一片漆黑，帐子上的流苏也看不清了，但仍然愁肠百转，难以入眠。这是第二层，也是三句。下边七、八两句是第三层，前一句说自己情丝难断，芳心已随情人去海角天涯了。后一句是说，虽欲效倩女离魂，怎奈美梦难成。这两句是说她苦苦相思，长夜不眠。最后想到与情人音信断绝，纵然把这绵绵情思写成书信，但鸿雁已经远去，湘江里也不见锦鲤鱼，信使断绝，谁能帮助寄这封断肠书信？更令人愁肠欲断心欲碎。

全曲可分两部分，前两层为第一部分，写长夜不眠，苦苦相思；先写独眠无伴，后写长夜难眠，层次清楚。后两层为第二部分，写见面无期，音信难达；本来白天见不到面，希望在梦里相逢，但现在连"相逢在梦中"的希望也落空了，令人倍感凄凉。只有通过书信来互诉相思之情，但"雁落鱼沉"，信使断绝，纵有断肠书信，也无法寄到情人的手中，真令人悲痛欲绝，把感情又推进了高峰。感情层层推进，达到高峰后，却戛然而止，把这相思的深情永远放置在高峰上，令人大有愁恨绵绵无尽期之感。

# 双调·折桂令

## 过多景楼

滔滔春水东流。天阔云闲①，树渺禽幽。山远横眉，波平消雪②，月缺沉钩。桃蕊红妆渡口③，梨花白点江头。何处离愁？人别层楼，我宿孤舟。

【注释】

①天阔云闲：天空辽阔，云儿也散去了。　②横眉：美人的眉黛。消雪：积雪渐渐融化。　③桃蕊红妆渡口：用桃花点缀的渡口。

【译文】

滔滔春水向东流去，衬得天空分外广阔，飘着的朵朵白云也是如此悠闲，在树梢上停栖着鸟儿远山仿佛美人的眉黛一般，起伏有致，水面上一片平静，积雪渐渐融化，正是月缺时分，形似沉钩这渡口，有桃蕊红妆点缀，有白色梨花渲染。我的离愁在哪里？别人的离别只是短暂，而我却如此漂泊，独自借宿孤舟中。

此曲见景生情，最后点出离愁与孤舟。这曲大部分写景，只最后抒情，一问一答，点出而已。表示有好景，只缺少自己的亲人。

"多景楼"是江苏省镇江市的一处寺内建筑，其被称为"多景"是因为它建在山上，地势高，万事万物都可尽收眼底。诗人登高望远，前文极写所见景色之美，最后三句一问一答道出哀情，可见此曲采用的是以乐景反衬哀的情的手法。

前三句写的是整体感受，春水东去，天空辽远、闲云飘散，视野极其开阔，那树显得那么遥远，那鸟仿佛也都消失了踪迹。就像是一种脱离尘嚣的展望，一片豁然开朗。接着具体写了所见景物：山如黛、水如镜、月缺似沉钩，寓意白昼将尽。诗人依次运用了"阔""闲""渺""幽"以及"远""平""缺"等加以刻画，句式倒装，使景物描写细腻生动。

再把视线往下，桃花梨花红白相间的景色下是那"渡口"和"江水"，曲至此，已经透出离别之情。尾三句便点出真意："何处离愁？人别层楼，我宿孤舟。"如蜻蜓点水一点而出，让原本沉浸的乐景中的人，哀感顿生。

## 赵禹圭

字天锡，汴梁（今河南省开封）人，生卒年不详，元朝至顺年（1330—1332）间曾做过镇江府判。著有杂剧两种，已佚，散曲只有小令七首传世。

## 双调·蟾宫曲

### 题金山寺①

长江浩浩西来，水面云山②，山上楼台。山水相连，楼台相对，天与安排③。诗句成云山动色④，酒杯倾天地忘怀。醉眼睁开，遥望蓬莱⑤，一半儿云遮，一半儿烟霾。

【注释】

①金山寺：金山在江苏省镇江县西北，山上有寺，即金山寺。　②云山：形容山势高峻，云烟缭绕。　③天与安排：老天做的安排。与，给予。　④诗句成：

诗句吟成。意含不大的功夫。　⑤蓬莱：古代传说中的仙岛。

**【译文】**

　　长江水浩浩荡荡的从西涌来，江中坐落着青云缭绕的金山，山上楼台更是奇观。山和水相连着，楼台相对着，真是天所安排。在这胜景中，要举杯痛饮，乘兴赋诗，连风云烟霞好像也为之变色，倾天地而忘怀。当从酣睡中睁开朦胧的眼睛时，只见眼前金山若隐若现，一些儿被云雾笼罩，一半儿陷于烟霭之中，像是海上的蓬莱仙山。

**【赏析】**

　　金山寺又名"江天寺"，位于江苏镇江金山上。作者曾在至顺（公元1330—1332）年间做过镇江府判，对镇江一带的风光山水颇为熟悉。这首曲子大约就是作者游金山寺后写的。

　　周德清在《中原音韵》中说《题金山寺》曲"称赏者众"。可见当时此曲流传甚广。

# 双调·风入松

## 忆旧

　　怨东风不到小窗纱，枉辜负荏苒韶华①。泪痕洇透香罗帕，凭阑干望夕阳西下。恼人情愁闻杜宇②，凝眸处数归鸦。

**【注释】**

　　①荏苒：形容时间渐渐过去。韶华：美好的春光，常用以喻青年时代。
②杜宇：即杜鹃鸟，其声哀切，古人有杜鹃啼血之说。

**【赏析】**

　　这是一首闺怨曲，写相思之情，但又不落实，连题目也用了"忆旧"，朦胧不确定，显得缥缈空灵。

　　全曲六句，每两句为一层。一、二句，先写怨恨的心情，情人不在，整日思念，满腹怨恨，因此外边的大好春光，也与自己无缘，春风不到我的纱窗里来。任他花开花落，窗里人芳心依旧。情人不在，良宵虚度，所以说："枉辜负荏苒韶华"。三、四句为第二层，写其憔悴的外形，为思念情人，整日以泪洗脸，以致罗帕湿透。到晚上，空房独守，更加难受，但是天天"怕黄昏，不觉又黄昏"，凭栏远眺，凝望西下的夕阳，不禁伤心落泪。最后两句为第三层，进一步用两种鸟来烘托情绪。

这里前一句写听觉，后一句写视觉。杜鹃的鸣叫让人听着就难受，闺中怨妇听到后，更惹起恼人的情怀。在愁绪难以排遣，百无聊赖中，对长空凝眸痴望，数着归巢的乌鸦。这最后一句有好几重意思，首先，表示了怨抑的情怀；其次，我们知道这是一种百无聊赖的举动，是痴情人干傻事；最后，这是说天晚了，倦鸟知返，但游子不知浪迹何处，竟不知归来，这里透露出了满腔的积怨。

此曲虽然只短短六句，但写心情写外形，再借用外物来进行烘托，写得有条不紊，刻画细腻，耐人寻味。

## 王元鼎

与阿鲁威同时代，官翰林学士。阿鲁威戏问当时名歌妓顺时秀，"我比元鼎如何？"她对答大意是："参政（阿鲁威）宰相也，学士（王元鼎）才人也。治君泽民，则学士不及参政；嘲风咏月，则参政不及学士。"据孙楷第《元曲家考略》，顺时秀至治、天历（1321—1327）间人，元鼎此时当为翰林学士。《辍耕录》并《青楼集》：元鼎散曲，词皆流美。

## 正宫·醉太平

花飞时雨残，帘卷处春寒。夕阳楼上望长安，洒西风泪眼[①]。几时睡彻凄惶限[②]？几时盼得南来雁[③]？几番和月凭阑干！多情人未还。

**【注释】**

①"洒西风"句：眼泪洒落在西风里。 ②"几时"句：什么时候才能结束这种凄凄惶惶翘首凝盼的日子？睚：原意为瞪眼睛，怒目而视；睚彻，意为结束眼睁睁的翘首凝盼。凄惶，凄凉悲伤。限，期限，限度。 ③"几时"句：什么时候才能盼得南来的大雁捎来亲人的书信。雁为候鸟，南来北往有定时，古人因此常把书札绑于雁足之上，借以传情寄信。王勃《采莲曲》诗云："不惜西津交佩解，还羞北海雁书迟"。

**【赏析】**

正当乍暖还寒的早春季节，一场时雨刚刚过去，摧得落英满地。在西风夕照之中，一位少妇登楼卷帘，频频远望长安，然而仍然没有自己心上人的身影，心中一阵酸楚，眼泪禁不住夺睚而出。这样的凭栏纵目，连她自己也说不清楚已经有过多少次了。

这就是王元鼎为我们描绘的一幅闺中少妇凝眸凭眺、渴盼思念自己丈夫的真实图画。为了更加突出强化女主人公的如痴如醉的浓情，作者在小令的半中间插入了一个鼎足对："几时睚彻凄惶限？几时盼得南来雁？几番和月凭阑干！"形成排比句式，增强了表现力，对女主人公的刻画更为细腻入微，形象因而也就更为凄楚动人。

还需要特别予以指出的是，作者别具深意地让这位女主人公所频频瞩目的，恰恰是历朝首都的长安城。明确地指出她的丈夫或恋人是为了求取功名，入京谋取官职而把她抛撇在家里，让她忍受如此的孤独寂寞，过着以泪洗面的凄凉日子的。因此，尽管整首小令写得含蓄蕴藉，颇具怨而不怒的风致，但其对于名缰利锁的幽愤情绪，对于"青云万里早驰骤，金榜无名誓不归"这类封建社会传统价值观念的否定批判态度，仍然是异常鲜明而强烈的。

# 越调·凭阑人

## 闺怨

垂柳依依惹幕烟①，素魄娟娟当绣轩②。妾身独自眠，月圆人未圆。

**【注释】**

①垂柳依依：语出《诗经·小雅·采薇》"昔我往矣，杨柳依依"。依依，指依恋不舍的意思。暮烟：傍晚时分，云笼雾罩，朦胧迷茫的景色。 ②素魄：月亮，

洁白的月亮。娟娟：美好的样子。绣轩：指装饰华丽的闺房。

【赏析】

《闺怨》是一首思妇闺怨曲。夕阳西下，皎月临窗，正是"月上柳梢头，人约黄昏后"的良宵美辰。对于空守闺阁中的少妇，此时更显寂寞，幽怨之情自然会从她的心底流出。全曲用"月圆"来反衬"人未圆"，增无限凄凉之意，将其无限的眷恋之情推向了极致。

## 赵善庆

（？—1345后），字文宝，饶州乐平（今江西乐平市）人。做过小官，任阴阳学正。著杂剧《教女兵》《村学堂》等，今全不存。《太和正音谱》称他词"如蓝田美玉"，散曲写景秀丽，音律工整。

## 中吕·普天乐

### 江头秋行

稻粱肥，蒹葭秀①。黄添篱落，绿淡汀洲②。木叶空。山容瘦。沙鸟翻风知潮候③，望烟江万顷沉秋。半竿落日，一声过雁，几处危楼④。

【注释】

①"稻粱"二句：庄稼丰饶，芦苇秀穗。稻粱：稻谷和高粱，这里泛指庄稼。肥：丰硕，喻丰收在望。蒹葭（jiān jiā）：芦苇。《诗·秦风·蒹葭》："蒹葭苍苍，白露为霜"。秀：开花吐穗。芦苇到秋天才吐穗。　②"黄添"二句：黄色添上了篱墙院落，水中小洲的绿色渐渐淡了下来。落，院落、村落，指人聚居之地。汀洲，水中的小洲。　③"沙鸟"句：海鸟凌风飞翔，知道潮涨潮落的准确时候。沙鸟：指海鸥、沙鸥，这里泛指在江河湖海边生活的各种鸟类。　④几处危楼：几处高耸的楼阁。危，高耸、峻立之状。

【赏析】

这是一幅明朗秀丽的秋景图。

　　作者在江畔田野间踽踽独步，随着兴之所至，或平视，或仰望，或近看，或远眺，把江边秋野的景致尽收眼底。

　　先是全景式扫描：稻谷和高粱等庄稼长得繁茂茁壮，芦苇已经秀穗，荻花飘舞。接着是分点细看：周围村落的院墙篱笆，已逐渐被收获庄稼的黄色所点缀；而江中的小洲上，也已淡去了绿色，换上了黄褐色的秋装。再看山容：由于树叶飘零，包盖在周身的茸茸植被也愈益稀薄而显得消瘦了。后看江景：沙鸥在水面翻飞，淡烟迷蒙，秋色更显浓重。由此往前，这首小令对于秋景的描绘似乎都是静态的。即使是"沙鸟翻风"，仿佛也并没有引起作者的注意，因为他的心绪好像完全被眼前的秋景所陶醉，沉浸在幽雅、恬静、物我两忘、如幻如诗的一片空明之中。只是在此时，一声过路的雁鸣，才突然把他从沉思遐想中唤醒。他翘首一望，原来雁阵已匆匆向天边飞去，而夕阳亦仅半竿。此时此景，无论是作者还是读者的脑海中，大概都会油然漾起唐代诗人王勃《秋日登洪府滕王阁饯别序》中的名句："落霞与孤鹜齐飞，秋水共长天一色"。而四周的数栋楼阁，在渐次浓重的暮色的衬托下，也益发显得峻拔而高耸了。

　　全曲近、远、静、动，写得疾徐有致，层次分明，笔致轻柔，风格疏淡，给人一种恬静致远的美感享受。


# 中吕·山坡羊


## 长安怀古


　　骊山横岫，渭河环秀①，山河百二还如旧②。狐兔悲，草木秋③；秦宫隋苑徒遗臭，唐阙汉陵何处有④？山，空自愁；河，空自流。

**【注释】**

①"骊山"二句：骊山峰峦横亘；渭河环流，一片秀丽。骊山：一称郦山，在陕西省临潼县城东南，山形犹如毛色纯黑的骊马，山之北麓有秦始皇的陵墓。岫：峰峦。渭河，黄河最大的支流，流经才安附近。②"山河"句：险要的山川形势还和以前一样。《史记·高祖本纪》云："秦，形胜之国，带河山之险，县隔千里，持戟百万，秦得百二焉。地势便利，其以下兵于诸侯，譬犹居高屋之上建瓴水也。"③"孤兔"二句：狐兔伤心，草木悲秋，都在哀叹古都之荒凉。④"秦宫"二句：秦始皇的离宫，隋炀帝的上林苑，徒然遗下臭名；唐朝的宫阙，汉帝的陵墓，哪里还有啊？

**【赏析】**

对封建统治阶级的批判，简洁严谨的艺术结构，饱满的诗情，刚劲的语言，使赵善庆的这一首咏史小令，在元代同类题材的散曲创作中占有比较重要的地位而广为流传。

"骊山横岫，渭河环秀，山河百二还如旧"，高度概括了长安的险要形势和壮丽风光，言简意深，笔势雄健。紧接着，作者不作任何铺垫，挥毫直切主题："狐兔悲，草木秋；秦宫隋苑徒遗臭，唐阙汉陵何处有？"秦始皇、隋炀帝这些暴君大兴土木、劳民伤财地修建起来的离宫、上林苑，早已灰飞烟灭，徒然留下一个万古骂名；而汉帝的陵寝和唐皇的宫阙又在哪里？在这些昔日繁华烜赫的故址上，如今留下的不就是这些荒芜野草和哀哀狐兔吗？这种从开头三句的正面描写，突然转向否定性叙述的强烈对比手法，正是作者的匠心所在，因为这种鲜明的物境反差，更容易激发起读者的共鸣，从而强化对于封建统治阶级的谴责、憎恶情绪。最后，作者以"山，空自愁；河，空自流"八字作结，韵味无穷。这到底是在告诫骊山和渭河，不必去为历史上一个个覆灭的王朝或时光的飞逝而忧愁叹息呢？还是恰恰相反？或者两者兼而有之？这里写得含蓄朦胧，给广大读者留下一片任意驰骋想象和思考的广阔天地。

# 双调·折桂令

## 西湖

问六桥何处堪夸①？十里晴湖，二月韶华②。浓淡峰峦③，高低杨柳，远近桃花。临水临山寺塔，半村半郭人家④。杯泛流霞⑤，板撒红牙⑥，紫陌游人⑦，画舫娇娃⑧。

【注释】

①六桥：在西湖苏堤上，为宋代苏东坡所造，有映波、锁澜、望山、压堤、东浦、跨虹等六桥，是西湖的一处胜景。　②二月韶华：二月美好的春光。　③浓淡峰峦：峰峦起伏、色彩有浓有淡。　④半村半郭人家：像农村又像城市的住户。郭，本指外城，这里指城市。　⑤杯泛流霞：杯里泛着美酒。流霞，仙酒，《抱朴子·祛惑》："项曼都入山学仙，十年而归，家人问其故，曰：'有仙人但以流霞一杯与我，饮之辄不饥渴'。"　⑥红牙：打节拍的牙板，用红色檀木制成，故名红牙。⑦紫陌：万紫千红的小路。陌，田间小路。　⑧画舫娇娃：绘饰华丽的游船和划船的美女。

【赏析】

这是一首描写西湖初春美景的曲子。作者在写西湖二月的美景时，抓住最富有特征的景物加以描绘，把西子湖畔的峰峦、杨柳、桃花、寺塔、娇娃等景物和人物作了具体而又生动的描写，使之具有较强的形象性。此曲的语言平实，清新洗练，风格明快。

# 双调·水仙子

## 仲春<sup>①</sup>湖上

雨痕著物润如酥<sup>②</sup>，草色和烟近似无<sup>③</sup>，岚光罩日浓如雾<sup>④</sup>。正春风啼鹧鸪<sup>⑤</sup>，斗娇羞粉女琼奴<sup>⑥</sup>。六桥锦绣，十里画图，二月西湖。

### 【注释】

①仲春：农历二月为春季之中，故称仲春。　②雨痕著物润如酥：春雨滋润万物使一切变得酥松。酥，松软。　③草色和烟近似无：草色和烟色若有若无。④岚光罩日浓如雾：雨后山林间的雾气笼罩天空，如同一层浓雾。岚光，山林间的雾气。　⑤鹧鸪（zhè gū）：鸟名，体形似鹌鹑，羽毛大多黑白相杂。　⑥粉妆琼奴：美女玉奴。粉妆，指美女。琼奴，如玉的女奴。

### 【赏析】

这是一幅西湖仲春雨后图。唐代诗人韩愈曾写过一首七绝："天街小雨润如酥，草色遥看近却无。"它写出了早春微雨的优美景色。《仲春湖上》一曲的前两句就是化用韩愈的诗句，细致地描绘了西湖早春细雨微茫的景象。

# 张养浩

（1270—1329），字希孟，号云庄，山东济南人。做过监察御史、翰林直学士、礼部尚书等官。他在元代汉人中官位是比较高的，但由于上疏论谏时政，也遭到不小的风险，后来辞官归乡，过着寄情山水的隐逸生活。他的散曲主要是辞官后写的，集名《云庄休居自适小乐府》。现存小令一百六十一首，套曲两套，内容大都是写辞官后的心境和山林生活的情趣。天历二年（1329）陕西大旱，他被召为陕西行台中丞，到任后极力救济灾民，甚至不惜用自己的资财散发给饥民。由于积劳成疾，同年死于任所。他在救灾期间，由于目击人民所遭受的苦难，写出了一些有进步意义的诗歌和散曲，真实地描写出灾民流离失所的惨状，表现出对灾民的极大同情和爱护，这部分诗曲在元代是不多见的。

# 中吕·山坡羊

## 潼关<sup>①</sup>怀古

峰峦如聚，波涛如怒，山河表里潼关路<sup>②</sup>。望西都<sup>③</sup>，意踟蹰<sup>④</sup>，伤心秦汉经行处<sup>⑤</sup>，宫阙万间都做了土<sup>⑥</sup>。兴，百姓苦；亡，百姓苦。

**【注释】**

①潼关：关名，在陕西省潼关县。地势险要，关城在山腰，下临黄河，自古以来是兵家必争之地。 ②山河表里潼关路：潼关一带地势险要。山河表里，《左传》僖公二十八年载，晋楚之战前，子犯劝晋文公决战，说即使打败了，晋国"山河表里，必无害也"。 ③望西都：望长安。东汉以长安为西京，也称西都。④意踟蹰：心里犹豫不定。是说长安去不去呢？ ⑤伤心秦汉经行处：伤心的是一路上经过秦汉以来的历史遗迹。 ⑥宫阙万间都做了土：秦汉以来历代皇帝建筑的万间宫室都变成了废墟。

**【译文】**

华山的山峰从四面八方汇聚，黄河的波涛像发怒似的汹涌。潼关古道内接华山，外连黄河。遥望古都长安，我徘徊不定，思潮起伏。令人伤心的是秦宫汉阙里那些走过的地方，万间宫殿早已化作了尘土。一朝兴盛，百姓受苦；一朝灭亡，百姓依旧受苦。

**【赏析】**

这是作者的一首名曲。是写作者在天历二年陕西大旱，他重被召做陕西行台中丞时，途经潼关所引起的感慨。名义是"怀古"，实际是"伤今"。最后两句"兴，百姓苦；亡，百姓苦"是此曲的主题思想。历代王朝的兴亡，百姓同样受苦，这是历史事实，但过去百姓所受的苦，他只能从秦汉宫阙都做了土的历史遗迹中得到一些感受，使他亲眼看到的"百姓苦"，却是当今新兴王朝统治下的百姓所受的苦。他"望西都，意踟蹰"正是因为他目不忍睹百姓所遭受的惨重苦难，才引起他的犹疑，是否能解救这些灾难深重的饥民。"兴，百姓苦；亡，百姓苦"它说出了封建时代的一条历史真理，但作者的主要感受是在当今。它表现出作者对当前灾民的深切同情和关怀，也表现出作者崇高的思想境界。从下面的几首选曲中也可以证实这一点。

# 双调·雁儿落兼得胜令

　　往常时为功名惹是非，如今对山水忘名利。往常时趁鸡声赴早朝，如今近晌午犹然睡。往常时秉笏立丹墀①，如今把菊向东篱②。往常时俯仰承权贵，如今逍遥谒故知。往常时狂痴③，险犯着笞杖徒流罪④，如今便宜，课会风花雪月题⑤。

【注释】

　　①往常时秉笏立丹墀：过去捧着笏板立在殿前的台阶上朝拜皇帝。笏(hù)，古代大臣上朝拿着的手板。丹墀(chí)，皇帝殿前的台阶。在封建时代，皇帝上殿时，朝廷大臣要按职位高低捧着手板待立在殿前台阶两侧。　②如今把菊向东篱：现在手拿着采摘的菊花，面对东篱赏玩山景。这句是借引陶潜《饮酒》诗"采菊东篱下，悠然见南山"句意，表示今日过着悠闲自在的生活。　③往常时狂痴：过去头脑痴傻。暗指过去上疏论谏时政。　④险犯着笞杖徒流罪：险些犯了被板子棍子打和被流放到边疆看管的罪。笞(chī)，一种刑罚，用竹板打。杖，也是一种刑罚，用棍子打。徒(xǐ)，流放。　⑤课会风花雪月题：会按题作风花雪月的诗曲。课，先拟定题目然后按题写作。

**【赏析】**

这是作者描述在官时与辞官后两种不同的生活情况。全曲全是用对照的笔法来写的。在朝时得卑躬屈膝，"秉笏立丹墀"，处事得仰承权贵的鼻息，如果对荒谬的朝政有所论谏，就会遭到笞杖徒流。与辞官后的生活两相比较，安危明显，心情迥异。作者这段叙述全是来自自身的经历，它不仅表达了作者两种不同的生活情况，也揭示了元王朝的专横统治。从此曲中我们可以看出，在他的一些诗曲中流露出的全身远害的消极思想，是有当时的政治原因的。

# 中吕·十二月兼尧民歌

## 寒食①道中

清明禁烟，雨过郊原。三四株溪边杏桃，一两处墙里秋千。隐隐的如闻管弦，却原来是流水溅溅。人家浑似武陵源②，烟霭蒙蒙淡春天。游人马上袅金鞭③，野老田间话丰年。山川，都来杖屦边，早子称了闲居愿。

**【注释】**

①寒食：节名，在冬至后一百零五日，故又称"百五日"，清明前二日。据《左传》记载：晋文公当政后，大赏功臣，把介子推忘了。介子推躲入山中，后来晋文公忽然想起了他，想重用他，但他躲在山林中不出来。晋文公想用放火烧森林的办法，逼介子推逃出来，结果介子推不出来，抱着树被烧死。国人为哀悼他，在这一日禁火，称为"寒食"。此曲第一句即指此而言。　②武陵源：指世外桃花，因其在武陵地方发现。　③袅：轻轻摆动，在此谓挥动。金鞭：喻鞭之华贵。

**【赏析】**

此曲由〔十二月〕与〔尧民歌〕两支组成，前一支纯粹写客观景物，后一支在景中穿插着人物活动。

第一支曲的前两句点明时间地点，而且还特意说明是雨后的郊原。"春雨贵如油"，春雨过后的郊原，一定是生机勃勃，景色迷人。

接下去的四句，全是具体写雨后的郊野景色。在这里首先写到的杏花，是最能代表仲春景色的。梅花开在早春，那时还是春寒料峭，春意不浓；在桃花盛开时，已进入暮春，三分春色，二分已逝。只有杏花开放时，才是春光最明媚的时候，难怪诗人偏爱这"红杏枝头春意闹"的日子。第四句明写秋千，暗写妙龄女

子，因为只有少女才荡秋千。接下来两句写流水，这里写水还不是直截了当地写，而是先闻其声，还是优美如音乐，然后再点明是流水声，不禁令人神往。

　　后一支写美景中的种种人物的活动，一共四句，先总写一句，突出环境的优美安适，把它比作陶潜在《桃花源记》中描写的桃源仙境，紧接着一句是把武陵源的景色具体化形象化。接下来两句写在这个环境中具有代表性的人物，一是游人，二是老农民。袅金鞭的游人，话丰年的野老，一是贵族，一是平民，都安闲自在地生活在这桃源仙境般的郊原。最后以抒情结束，写出自己游历过各个名山大川，早遂了闲居隐逸的生活。这几句本来是说自己的杖履对于各种山川都已经历过了，但这里偏说山川都来到自己的杖履边，这样一变，显得新奇生动，把自然界非生物写活了，赋予山川以生气，增强了诗的生动性与艺术魅力。

# 中吕·山坡羊

## 述怀

　　人生于世，休行非义，谩过人也谩不过天公意<sup>①</sup>。便攒些东西<sup>②</sup>，得些衣食，他时终作儿孙累。本分世间为第一<sup>③</sup>，休使见识<sup>④</sup>，干图甚<sup>⑤</sup>的。

### 【注释】

　　①谩：欺骗，蒙蔽。天公：天。公：敬称。以天拟人，所以称天为天公。②攒：积蓄。　③本分：安分守己。　④见识：心机，计谋。　⑤甚：什么。

**【赏析】**

"诗言志"是我国自古以来形成的一种创作观点。因此，我们从诗、词中能读到许许多多述怀的作品，其中优秀者不乏其例。如屈原的《离骚》、岳飞的《满江红》（怒发冲冠）、文天祥的《正气歌》等。而摆在我们面前的，这样淋漓尽致、表露无余的述怀作品，却是很少见的。我们知道，元散曲较之诗、词，向着口语化、通俗化方面大大地迈进了一步。因此，在表情达意上，一定要把它写得穷形尽相，不留余韵。正是在这个意义上，王季思先生把元散曲称之为"近现代白话诗的前驱"。了解了元散曲的语言表达特点，就不难了解此曲子坦率直白，干干脆脆的意味。"人生于世，休行非义。"这里的"义"，是指正义，公正合宜的道德、行动或道理。在作者的思想里，"义"是人立于世间最重要的原则。人的行动、道德都应符合"义"的原则。行得端，做得正，不搞歪门邪道。不然的话，能蒙骗过凡人，是不能瞒过天的。这儿讲天，自然含有一些宿命论的味道。但是，从人类发展史上看，"多行不义必自毙"则是社会事物发展的必然规律。张养浩生活在封建统治的黑暗社会里，对那些专横跋扈、耀武扬威的行径看不惯，但又无可奈何，只好寄托于天。认这"天公"是不受欺骗的。在"非义"下，即使是积攒些钱财、细软、土地、粮食，到时候，身败名裂，给子孙儿女们添麻烦与累赘。我国古典名著《红楼梦》中这样说道："金满箱，银满箱，转眼乞丐人皆谤……因嫌纱帽小，致使锁枷扛……甚荒唐，到头来都是为他人作嫁衣裳。"我们拿来为此曲子作个注脚，是再恰当不过的了。特别值得提出的是，张养浩生活在浊污横流的元代社会，能够做到洁身自好、严以律己是非常不容易的。

# 中吕·普天乐

折腰惭，迎尘拜①。槐根梦觉②，苦尽甘来。花也喜欢，山也相爱。万古东篱天留在③。做高人轮到吾侪，山妻稚子，团栾笑语，其乐无涯。

**【注释】**

①折腰惭，迎尘拜：这是倒置句，顺读是：迎尘拜，折腰惭。这是引用陶潜"不为五斗米折腰"的故事。据《晋书·陶潜传》载，陶潜为彭泽令，郡遣督邮至县，吏请潜束带见之，陶潜叹曰："吾不能为五斗米折腰，拳拳（恭恭敬敬）事乡里小人。"遂解印归乡。这两句是作者表示他辞官，也像陶潜一样不愿为微少的俸禄向上司折腰。　②槐根梦觉：对做官像淳于棼做梦在槐树根里做官那样醒过来了。这是引用唐人李公佐著《南柯太守传》的故事，表示对他过去做官，犹如南

柯一梦。《南柯太守传》写士人淳于梦梦入一槐树根，内有槐安国，国王妻以公主，任为南柯太守，享尽荣华二十年，后公主死，因战败，被遣送归来。原来是做一场不到一个时辰的梦。掘开树根，里面是一窝蚂蚁。后人据此比喻官场生活犹如"南柯一梦"。 ③万古东篱天留在：陶潜的高尚节操流芳千古。东篱，代指陶潜。

**【赏析】**

此曲是作者表达自己辞官的原因和辞官后的乐趣。引用陶潜解印归田的故事，说明自己辞官也是因为"折腰惭"。引用《南柯太守传》的故事，说明自己对做官也认为犹如南柯一梦。最后三句写辞官后的生活乐趣，也是用来说明在官与辞官两种不同的生活状态。

# 双调·清江引

　　昭君路迷关塞雪①，蔡琰胡笳月②。往事惟心知，新恨凭谁说③？只恐怕梦回时春去也。

**【注释】**

　　①昭君路迷关塞雪：昭君迷路在塞外冰天雪地之中。这句是指昭君在塞外过的艰苦游牧生活。路迷，指出塞时行路的艰苦情况。 ②蔡琰胡笳月：蔡琰在清冷的月下听胡笳悲鸣。这句指蔡琰陷入匈奴后过着凄惨的生活。蔡琰，字文姬，陈留（今河南杞县）人，汉末著名文学家蔡邕的女儿，博学多才，精通音律。汉末天下大乱，被胡兵掳去，身陷南匈奴十二年，后为曹操以重金赎回，嫁董祀为妻。她回忆在匈奴的悲惨生活，做《悲愤诗》二首，一为五言体，一为骚体，另有《胡

笳十八拍》一篇，传亦为琰所作。胡笳月，《悲愤诗》有句"玄云合兮翳月星，北风厉兮肃泠泠，胡笳动兮边马鸣。" ③新恨凭谁说：心中的新恨对谁去讲。

**【赏析】**

此曲用隐晦的笔法，暗示对蒙古贵族统治中原的痛恨，并表示为蒙古王朝效劳的悔恨。开头两句是写历史上两个著名妇女羁身匈奴的悲惨遭遇。下两句"往事惟心知，新恨凭谁说"是此曲的主题。"往事"是指昭君和蔡琰身陷匈奴的事。"惟心知"作者没有明说知些什么。但从汉以来人们对昭君出塞和蔡琰被掳所抱的态度，我们可以体察出他对这些"往事"在心中也认为是民族的最大耻辱。在马致远的《紫芝路》中我们谈到了历代诗人、剧作家以昭君出塞为题材所写的大量作品，都抱有同样的民族感情。王元节咏昭君诗说的更明显"环珮魂归青冢月，琵琶声断黑河秋。汉家多少征西将，泉下相逢也含羞。"对蔡琰也是如此，从《后汉书·董祀妻传》以及后人对她诗歌的议论中，也可以看出都对她表现出极大的同情。作者认为这是历史上民族的旧恨。"新恨凭谁说"很显然"新恨"是指作者对眼前所感到的是指元朝对汉民族的残暴统治。这是作者无处去诉说的最大的民族耻辱，也是作者最感痛心的事。最后一句"只恐怕梦回春去也"，是说往日为元朝统治集团效劳今日醒悟过来了，但大好年华已经逝去，追悔不及了。

此曲比马致远的《紫芝路》表现出更强烈的民族意识，对内心隐恨的揭示，笔法也更含蓄，更耐人探索。

# 双调·殿前欢①

## 对菊自叹

可怜秋，一帘疏雨暗西楼，黄花②零落重阳后，减尽风流③。对黄花人自羞，花依旧，人比黄花瘦④。问花不语⑤，花替人愁。

**【注释】**

①殿前欢：曲牌名，属双调，全曲九句八韵。 ②黄花：菊花。 ③减尽风流：减去了美好的风光。风流，这里指美好的风光。 ④人比黄花瘦：引用李清照《醉花阴》词句。 ⑤问花不语：仿用欧阳修《蝶恋花》词中"泪眼问花花不语"句意，合下句意思是说，将自己的心事问花，花不回答，暗自替人惆怅。

**【译文】**

在可悲可叹的秋天，帘外稀稀落落的秋雨使西楼变得昏暗幽寂。重阳节后，菊花渐渐凋零，失去了当初的风流韵致。然而面对菊花，人更觉羞惭。花还是同去年的花一样，可是人却比菊花还要憔悴消瘦。将心事说与花听，花默默无语，却暗自替人惆怅。

### 【赏析】

这是一首借景抒情的曲子。菊花不畏风霜，一向被人当作品格清高的象征。作者看到菊花遭到秋雨的摧残，虽然减去风光，但依然挺立于风雨之中。比之自己，却精神颓唐人比黄花瘦。面对不畏寒风秋雨的菊花，深深感到自羞。很显然，作者借菊自叹，是自愧在政治上没有像菊花那样遭到秋雨的摧残，仍然保持"花依旧"的气节，自愧人不如花。最后两句引用欧词句意，暗示自己的内心有难言之隐。


# 双调·殿前欢


## 登会波楼①

四围山，会波楼上倚阑干。大明湖②铺翠描金间，华鹊中间③。爱江心六月寒。荷花绽④，十里香风散。被沙头啼鸟，唤醒这梦里微官。


### 【注释】

①会波楼：大明湖上的一个亭子，位于济南大明湖东北角。 ②大明湖：济南风景名胜之一，在今济南市区北部。湖水清澈，环湖多名胜古迹。③华鹊中间：指在大明湖附近的华不注山与鹊山。华鹊，一本作"华岛"，当时大明湖中的一个岛名，即华鹊岛。 ④绽：开放。

### 【译文】

四周都是郁郁葱葱的青山，我在会波楼上凭倚栏杆。大明湖简直就是在铺翠描金的美景中间。会波楼又在这中心岛屿华鹊岛的中间，实在热爱这江心在六月还非常凉爽的天。湖里的十里荷花正在开放，那花香向四外随风飘散。忽然沙滩上的鸟鸣声让我回过神来，否则我一直陶醉在这如同梦境般的美景里边。

### 【赏析】

此曲写风景，有声有色，末句点出在迷梦中清醒过来了，作者似自以为有所觉悟，寓意深远。

张养浩笔下的会波楼，不光有美不胜收的景致，更有复杂的情感寄托。此曲笔调活泼清新，意境很美。"四围山，会波楼上倚阑干"，起笔叙事交待写作背景和地点。"四围山"，颇有欧阳修"环滁皆山也"的味道。"倚阑干"三字交代出作者所在位置，暗示出眼前之景都在作者的眼中，给人亲切感和现场感。"大明湖铺翠描金间"是全景描绘，是"倚阑干"放眼四望所见，凭栏远眺，好一派动人的湖光山色。"铺翠描写"给人以很强烈的色彩感和富贵感的印象。"华鹊中间，爱江心六月寒"两句中的"华鹊"根据另一个版本可以确定是湖心小岛的名字，而会波楼就在这个小岛上。实际这两句可以理解为"华鹊岛就在大明湖的中间，我爱这里湖心的六月寒"。"荷花绽，十里香风散"两句写周围都是荷花，而荷花正在开放时期，花香随风四散，这是作者嗅觉闻到的，更加陶醉而沉浸在仙境般的氛围中。"被沙头啼鸟，唤醒这梦里微官"两句用鸟啼的声音结束，暗示自己一直沉醉在这美景中而达到忘情忘我的境界，被沙滩上的鸟鸣声惊醒过来，才知道自己正在会波楼上，自己在现实世界中。写景顿时转换为抒情，或许是受到自然的感召，作者突然厌倦了官场的龌龊和虚伪，有了归隐的念头。

# 双调·水仙子

## 无题

　　中年才过便休官，合共神仙一样看①。出门来山水相流恋，倒大来耳根清眼界宽②。细寻思这的是真欢③。黄金带缠着忧患，紫罗襕裹着祸端④。怎如俺藜杖藤冠⑤？

【注释】

　　①合共：合：合当，该当；共：和，与。　②倒大来：到头来。　③的是：的确是。　④"黄金带缠着忧患"二句：意思指做官的随时都会遇到不测之祸。黄金带：黄金装饰的官服束带。紫罗襕：紫色的官服。　⑤藜杖藤冠：藜木杖，藤帽子，指过退隐生活。

【赏析】

　　此曲意境高超，眼界宽广，风格豪放，在元代从勾心斗角、相互倾轧的封建官场中，作者已看透这是个祸患所在，摆脱，休官，在当时的士大夫中是不易做到的。

# 中吕·红绣鞋

才上马齐声儿喝道①，只这的便是送了人的根苗②。直引到深坑里恰③心焦。祸来也何处躲？天怒也怎生饶？把旧来时④威风不见了。

元曲三百首全解全析

【注释】

①才上马：在此可理解为，才当上官，刚走马上任。喝道：古代官员出行，前面有衙役高声吆喝，让道上行人回避。 ②这的：这个，指上句中说的气焰。根苗：根由，原因。 ③恰：才。 ④旧来时：从前。

【译文】

刚刚才骑马上任就有差役高声喝道，这就是那葬送人的根苗，直引到了深坑里才感到心焦。祸来了躲到哪里去，老天动怒了怎么能宽恕，此时旧日的威风全都不见了。

【赏析】

这是警告那些做官的，平时不要凭仗权势作威作福，落得天怒人怨，最后大祸临头，没有地方可以躲避。其结果不难想象，轻者身陷囹圄，重者则会有杀身之祸。

曲子的第一句，勾画出了一个气焰嚣张、作威作福的官吏形象，把他的声势显赫、不可一世的骄横神态，写得有声有色，从而渲染了一种极威严的气氛，如此气焰熏天，令人见而生畏，好不威风。第二句紧接着笔锋陡然一转，无异当头一棒。作者明白指出，如此趾高气扬、骄横猖狂，正是招灾惹祸的根苗，到头来会葬送一切。但又有几个人能认识到这一点呢？第三句进一步指出，人们往往会得意忘形，正在招灾惹祸却往往不自知。只有陷入深坑，灾难降临时，才会着急，但为时已经晚了。四、五句接着第三句作进一步告诫：在大祸临头时再心焦后悔，已经来不及了。作者直率明白地指出，等灾祸降临时，想躲是躲不掉的；气焰嚣张，作恶多端，贪赃枉法，欺压百姓，必然引起天怒人怨，报应不爽，绝不轻饶。最后作者以讥嘲的口吻说："把旧来时威风不见了。"这样，对开头时这种八面威风的结果，有了明确的交代，指出了一切骄横猖狂、作威作福者的必然下场。这一句既照应了开头，又为权豪势要及得志小人的下场下了明确的断语。

这首小令语言通俗，结构严谨，针砭现象，寓意深刻，警世意味明确。

# 双调·殿前欢

## 村居

会①寻思，过中年便赋去来词②。为甚等闲间③不肯来城市？只怕俗却新诗④。对着这落花村，流水堤，柴门闭，柳外山横翠。便有些斜风细雨，也近不得这蒲笠蓑衣⑤。

【注释】

①会：正在。 ②赋去来词：指辞官隐退，典出晋陶潜辞官归隐时曾赋《归去来辞》以明其志向。 ③等闲间：平常，这里意为轻易、随便。 ④俗却新诗：指在城市做官或来往于豪门，会使所赋新诗俗不可耐。 ⑤蒲笠蓑衣：用蒲草编的斗笠，用蓑草编的雨衣。后两句化用张志和《渔父》词后三句："青箬笠，绿蓑衣。斜风细雨不须归。"

【赏析】

此曲写隐居生活的闲适安稳。全曲可分为两大部分，前四句为第一部分，表达其中年归隐的态度与决心。张养浩在至治元年（1321）因直言进谏，惹得英宗不愉快，他深感继续在朝为官的风险，便以父老归养为由，辞官归乡里，隐居于归云庄。当时 51 岁，所以说："过中年便赋去来词"。接下来两句表达了他归隐的决心，他把来往于城市，看成是"俗却新诗"，从而突出了官场与豪门的污俗与归云庄的高雅。

后五句为第二部分，写隐居环境的优美，隐居生活的安逸宁静。这里有山有水，有落花有垂柳，风光秀丽，闲适安宁。空下来无事，就戴上斗笠，披着蓑衣，到江畔垂钓，纵有斜风细雨，也不须归去，十分从容潇洒。

# 双调·沽美酒兼太平令

## 叹世

在官<sup>①</sup>时只说闲，得闲也又思官。直到教人做样看，从前的试观，那一个不遇灾难？楚大夫行吟泽畔<sup>②</sup>，伍将军血污衣冠<sup>③</sup>，乌江岸消磨了好汉<sup>④</sup>，咸阳市干休了丞相<sup>⑤</sup>。这几个百般，要安，不安，怎如俺五柳庄逍遥散诞<sup>⑥</sup>。

### 【注释】

①在官：即居官，封建时代的大小官员，通称为在官人员。　②楚大夫：屈原为战国时楚国人，曾任三闾大夫，故称楚大夫。据史书记载，他在被放逐后，曾"被发行吟泽畔。"　③伍将军：伍员字子胥，春秋时吴国大夫，因参谋军务，故称伍将军。曾因忠言进谏，吴王夫差赐剑使其自杀。　④乌江：在今安徽省和县境内。项羽与刘邦争天下，失败后在乌江边自刎。　⑤丞相：指秦丞相李斯，助秦始皇削平六国，为秦皇朝的建立曾立过功勋，后为赵高所害，腰斩于咸阳市。干休：指突然被杀害。　⑥五柳庄：作者隐居时的住所。晋陶潜归隐后，曾在其宅边植柳五株，并作《五柳先生传》以自况。作者仰慕陶渊明，也在宅边栽柳五棵，号五柳庄。散诞：自由自在。

### 【译文】

我在朝廷居官时一直说想要闲居，而辞官闲居时又留恋起了在官的日子，在人前装成若无其事的样子。我曾把历史纵观：又有哪一个在朝廷居官者没遇到过灾难？楚国大夫屈原居官被放逐而只能在云梦泽旁吟赋哀叹；伍子胥在吴国居官被诬陷而饮剑，血染衣冠；楚霸王项羽一代枭雄自刎乌江边；咸阳集市上，秦丞相李斯遭人陷害亦被满门抄斩。这几个人都千方百计保平安而不能平安，这怎能像我心中的陶渊明那样逍遥散漫？

### 【赏析】

张养浩是元代名臣，以为官清廉、直言敢谏著称，几次因直言得罪了皇帝，在元英宗时，毅然弃官归隐。此曲就是在这样的背景下写的，表明自己厌恶官场，决心归隐的心迹。

开头两句，坦诚地写出了辞官前的心理矛盾。城外的想冲进城里去，城里的又想冲出到城外来，钱钟书先生在《围城》中所说的现象实际上是人类的通病。

在当官时，那繁冗的事务，那乏味的案牍，令人心烦；那险恶的仕途，那黑暗的官场，让人心悸，纵有致君尧舜的志向，面对昏庸的统治者，实难有所作为。因此便想"无官一身轻"，过闲适的隐居生活，等到真过上闲适生活时，想到自己十载寒窗，一腔热血，原想做一番事业，现在壮志未酬，弃置不用，又实在不甘心，令人进退为难。

上阕的后三句，对这进退两难的思想，终于做出了抉择，看看活生生的事实，从前做官的人一个个都遭灾受害，因此，还是选择弃官归隐的道路。

下阕开头四句，呼应上边"从前的"，进一步用具体事实证明"那一个不遇灾难"，从而坚定了弃官归隐的决心。这里所举的四个例子，是历史上很有作为的四个人，有的忠心耿耿，有的声名赫赫，有的立过不世的功勋，有的创过千秋的伟迹，但到头来都没有好下场，怎不令人寒心！接下来两句对四个典型事例作了总结，这四人虽然情况不同，但都想安稳当官，实现抱负，然而都不得安稳，只落得死于非命。由此看来，官实在当不得，当官必遭殃；至此，思想矛盾解决了，自然而然地得出了最后结论，不如隐居五柳庄逍遥自在。

此曲由两支小令组成，但浑然一体，不露痕迹，一韵到底，自然流畅。抒情与议论结合，有理有据，令人折服。

# 中吕·朝天子

柳堤，竹溪，日影筛金翠①。杖藜徐步近钓矶②，看鸥鹭闲游戏。农父渔翁，贪营活计，不知他在图画里。对这般景致，坐的③，便无酒也令人醉。

**【注释】**

①日影筛金翠：从树荫漏下的日影，像筛金翠似的在闪动。筛，作动词用。②杖藜徐步近钓矶：拄着藜杖慢步走近钓鱼的石滩。杖，作动词用，拄着。藜，一种草本植物，枯老的茎可做手杖。　③坐的：因此。

**【译文】**

柳堤青青，竹溪潺潺，阳光从枝叶间洒落，像黄金和翠玉般闪光。拄着藜杖慢慢走近钓鱼的石滩，看鸥鸟、鹭鸟悠闲自在地游戏。农父和渔翁，忙着经营生计，全然不知自己身在图画里。对着这样的景致，即使没有酒，也令人无比心醉。

这是一首记游曲。完全是用白描的手法写的，没有一点浮夸的词藻。开头三句是写堤上溪边的景色。下两句是写走近钓矶看到的景象。下三句是写作者对农夫渔翁生活在这种优美环境的羡慕。最后几句是写作者对这般景致的感受——便无酒也令人心醉。从中我们可以体察出作者辞官后，生活情趣的转变。

# 南吕·一枝花①

## 咏 喜 雨

用尽我为民为国心，祈下些值玉值金雨②。数年空盼望，一旦遂沾濡③。唤省焦枯④。喜万象春如故，恨流民尚在途⑤，留不住都弃业抛家，当不的⑥也离乡背土。

〔梁州〕恨不的把野草翻腾做菽粟⑦，澄⑧河沙都变化做金珠，直使千门万户家豪富，我也不枉了受天禄⑨。眼觑着灾伤教我没是处⑩，只落得雪满头颅⑪。

〔尾声〕青天多谢相扶助，赤子从今罢叹吁⑫。只愿的三日霖霪⑬不停住，便下当街上似五湖，都渰了九衢⑭，犹自⑮洗不尽从前受过的苦。

【注释】

①南吕：宫调名，元曲常用的十二宫调之一。一枝花：曲牌名，属南吕宫。"一枝花"和"梁州"均属南吕宫调的曲牌。把同一宫调的若干曲子连缀起来表达同一主题，就叫"套数"。 ②祈雨：古代人们祈求天神或龙王降雨的迷信仪式。值玉值金：形容雨水的珍贵。 ③沾濡：浸润，浸湿。 ④省（xǐng）：通"醒"。焦枯：指被干旱焦枯的庄稼。 ⑤恨流民尚在途：指雨后旱象初解，但灾民还在外乡流浪逃荒，作者心中引为憾事。 ⑥当不的：挡不住。 ⑦翻腾：这里是变成的意思。菽粟：豆类和谷类。 ⑧澄（dèng）：沉淀到水底。 ⑨天禄：朝廷给的俸禄（薪水）。 ⑩没是处：束手无策，不知如何是好。 ⑪雪满头颅：愁白了头发。 ⑫赤子：指平民百姓。罢叹吁：再不必为久旱不雨叹息了。 ⑬霖霪（yín）：长时间的透雨。 ⑭渰（yān）：同"淹"。九衢（qú）：街道，纵横交叉的大道。 ⑮犹自：依然。

元曲三百首全解全析

**【译文】**

为国为民，我鞠躬尽瘁、沥血呕心，求来了这一场宝贵得如玉如金的雨。老百姓空盼了好几年，今天终于有雨水把大地滋润了，也唤醒了干枯的庄稼。春天回来了，使万物欣欣向荣，令我高兴；只是逃荒的百姓，仍颠沛流离，使我遗恨。老百姓呆不住了便抛家别业，灾民们受不了时才离乡背井。

我恨不得把遍地野草都变成茂密的庄稼，让河底沙石都化作澄黄的金珠。直到家家户户都生活得富足，我也算没有糟蹋国家的俸禄。眼睁睁看着天灾成害无所助，让我只急得白发长满了头颅。

多谢老天爷的扶持帮助，老百姓从此没有哀叹处。但愿这大雨一连三天不停住，哪怕下得街道成了五大湖，大水淹没了所有大路，也还洗不尽老百姓这几年受过的苦楚！

**【赏析】**

此曲是作者到陕西后，在四月初天下了雨时写的。曲中一方面表达了久旱逢甘雨的喜悦心情，同时对仍然流落在外的灾民，表示无限的关怀，并感到自己还没尽到应尽的责任。在作此曲的同时，作者还作一首小令〔得胜令〕《四月一日

《喜雨》："万象欲焦枯，一雨足沾濡。天地回生意，风云起壮图。农夫，舞破蓑衣绿。和余，欢喜的无是处。"从这两首曲中我们可以看出作者对受灾最惨重的农民，抱有极深切的同情。从他自舍资财救济灾民来看，他辞官后被召再出任地方长官，绝不是为了功名利禄，而是为了拯救处于水深火热之中的千百万灾民。

# 鲜于必仁

字去矜，号苦斋。渔阳郡（今北京市密云、平谷县以及河北蓟县一带）人。太常寺典簿鲜于枢之子，以乐府擅场（压倒众人）。必仁与海盐杨梓二子杨国材、杨少中交；杨家上上下下无不善南北歌调，以能歌名于浙右，创海盐腔。

## 中吕·普天乐

### 平沙落雁①

稻粱收，菰蒲②秀，山光凝暮，江影涵秋。潮平远水宽，天阔孤帆瘦。雁阵惊寒埋云岫③，下长空飞满沧州④。西风渡头，斜阳岸口，不尽诗愁。

**【注释】**

①平沙落雁：在同一组小令第一首《洞庭秋月》的题下，注明"潇湘八景"。这是其中第五首。　②菰蒲：菰是多年水生草本植物。夏秋间根部生成肥大嫩茎，即可食用的"茭白"。蒲也是水生植物，即苇子，可以编席。菰和蒲都是浅水植物，所以刘得仁《宿宣义池亭》诗说"鸟屿无人迹，菰蒲有鹤翎。"　③岫：峰峦。④沧州：水边比较开阔的地方。古时常用以指隐士的住地。

**【译文】**

稻谷高粱收完之后，水边的菰和蒲正值秀美之时。群山静静地沐浴在暮色里，朦胧的江面满含秋韵。潮水平静下来了，水面渐宽；天空辽阔，反衬得帆船更加瘦小。雁阵为秋寒所惊，飞进了云层里，又从空中落下，在江边沙滩上漫天飞舞。渡口吹拂着西风、红日西沉，我心中生出了无尽的忧愁。

**【赏析】**

　　这是一片清秋时节江边暮色。稻谷已经黄熟收割完了，水边的菰和蒲正在秀美之时。山光里凝聚着暮色，江水倒映着秋天的景致。江潮平缓沉静，显得秋水格外宽阔；秋空辽远空旷，显得孤帆更加瘦小。雁阵为秋寒所惊扰，穿过山边薄薄的云层，齐整地落在江边开阔的沙滩上。红日冉冉西沉，在微凉的秋风吹拂着的渡口，主人公痴痴地望着，心头荡漾着诗一般的缕缕愁绪。

　　这一派秋江暮景，气氛十分宁静，境界十分开阔，宛如一幅色彩明丽的风景画，但它又不同于一般的风景画，字里行间渗透着作者浓厚的主观感受的色彩，萦绕着无限悲秋凄然的诗情。

　　语言文雅自然。小令静中有动，动中有静，最后以"不尽诗愁"作了情景交融的概括。

# 中吕·普天乐

## 渔村落照

　　楚云寒，湘天暮。斜阳影里，几个渔夫。柴门红树村，钓艇青山渡。惊起沙鸥飞无数，倒晴光金缕扶疏。鱼穿短蒲，酒盈小壶，饮尽重沽。

**【赏析】**

此曲为作者潇湘八景之一，描绘了渔村傍晚的景象。写景如画，画中有诗，渔家生活的情致与神韵表现得历历在目；语言朴实，不加雕饰，与渔家生活本身的淳朴相契合。结尾"饮尽重沽"四字写尽了渔民豪爽乐观，无拘无束的性格，作者对水乡生活的喜爱之情也随之跃然纸上。

# 双调·折桂令

## 芦沟晓月①

出都门鞭影摇红，山色空蒙，林景玲珑②。桥俯危波，车通远塞，栏倚长空。起宿霭千寻卧龙③，掣流云万丈垂虹④。路杳疏钟⑤，似蚁行人，如步蟾宫⑥。

**【注释】**

①芦沟晓月：这是《燕山八景》组曲中的一首。八景是"太液秋风""琼岛春阴""居庸叠翠""芦沟晓月""蓟门飞雨""西山晴雪""玉泉垂虹""金台夕照"。　②玲珑：明彻的样子。　③"起宿"句：形容芦沟桥之雄伟，如同从夜雾中腾起的千寻（古代八尺为一寻）卧龙。　④"掣流"句：形容芦沟桥的壮丽如同拉住流云垂向大地的万丈彩虹。　⑤路杳(yǎo)疏钟：大路深暗幽远，稀疏的钟声隐隐约约。　⑥蟾宫：月宫。相传月中有个大蟾蜍，所以叫蟾宫。

**【译文】**

出了都门，轻轻挥动马鞭，划出一道道红影。山色空濛，林子的景色渐次明朗起来。卢沟桥横卧在浪波之上，来往的车马一直通向远远的关塞。栏杆高耸，直插长空，卢沟桥真的像是千寻卧龙从昨夜的云雾里飞腾而起，又像是拉住流云垂向大地的万丈彩虹，大路迢迢，稀疏的钟声隐约可闻。行人细小如同蚂蚁，都在月宫里徜徉。

**【赏析】**

这是描绘元代芦沟桥晓月很有特色的小令。出了京城的门，催马前进，摇着红色的鞭鞘。远山还没脱离开夜幕，一片朦朦胧胧的，近处的树林倒很明彻清晰。

前面就是芦沟桥了，高高的大桥俯看着下面的流水。这里的车辆可以通向遥远的边塞，大桥的玉石栏杆好像背靠着长空。整个大桥，就像一条千寻巨龙从夜雾中腾起；卧在这里，又像万丈彩虹从云端垂到水面。走过桥回头看，黎明的大路深暗幽远，稀疏的晨钟隐隐地传过来。行人还有些模糊，像蚂蚁似的走着。猛抬头，看见了晓月，人们就仿佛走在月宫里面。

　　这首小令句句抓住"晓""桥"，最后又点出了"月"，形象地描绘了这幅难写之景。作者使用了合璧对、鼎足对等巧体，极准确又夸张地勾画出"芦沟晓月"景色的特点，颇尽描写形容之妙。

# 双调·折桂令

## 苏学士①

　　叹坡仙奎宿煌煌②，俊赏苏杭，谈笑琼黄③。月冷乌台④，风清赤壁⑤，荣辱俱忘。侍玉皇金莲夜光⑥，醉朝云翠袖春香⑦。半世疏狂，一笔龙蛇⑧，千古文章。

【注释】

　　①苏学士：苏轼曾官翰林学士、龙图阁学士、端明殿学士，故有是称。　②奎宿：

二十八宿之一。《星经》谓"奎主文章"，故俗称奎星为"文曲星"。　③琼黄：琼州（今海南琼山）、黄州（今湖北黄冈），均为苏轼贬谪之地。　④乌台：御史台，因汉御史台柏树上乌鸦经常栖息筑巢而得名。元丰二年（1079），苏轼因"诗涉讪谤"而被押系御史台狱达四月之久，史称"乌台诗案"。　⑤赤壁：此指黄州的赤鼻矶。苏轼游此，作前、后《赤壁赋》，有"清风徐来""唯江上之清风……取之无禁，用之不竭"等语。　⑥"侍玉皇"句：《宋史·苏轼传》："（哲宗元祐二年）召入封便殿……已而命坐赐茶，撤御前金莲烛送归院。"玉皇，皇上。　⑦朝云：王朝云，苏轼的侍妾，伴随苏轼二十一年，后卒于惠州。　⑧龙蛇：喻书法笔势的灵妙，也可喻文章的灵动流美。

## 【译文】

苏东坡文才盖世，犹如天上的文曲星一般，发出万丈光焰，令人惊叹。他流连玩赏过苏州、杭州的美景，即便贬官到黄州、琼州，也依然谈笑自若。乌台诗案中，他曾在牢狱里独对那凄冷的明月；赤壁之下，他也曾沐浴过江上的清风。人生的荣耀与屈辱，他都全然忘却了。他忠心事君，皇上曾撤下御前的金莲烛送他回去；他也曾沉醉在朝云的绿袖与熏香里。他平生豪放，下笔如走龙蛇，更创作出了千古流传的文章。

## 【赏析】

这首曲子是赞叹苏轼的，古时评价史事、人物多以"论赞"的形式，论在前，赞在后，一分为二、合二为一，此曲前八句分别苏轼的文才、气度、功绩三方面进行叙述，后三句则是"赞"，其间掺杂着作者的感叹、欣赏、羡慕等种种思想感情。此曲对仗工整，言简意赅，音韵和谐，铿锵有力。

此曲主要采用两种表现方式，一种是前后形成对照，用两个极端的事例互相烘托，如"俊赏苏杭"和"谈笑琼黄"是用苏轼官场的顺境和逆境形成反差对比，突显其无论身处何境，都能谈笑自若地写出优美的文章，这两句也与首句的"奎宿煌煌"相映照；又如"月冷乌台"及"风清赤壁"，道理是一样的。另一种表现方式则是互为叠加，体现在"侍玉皇金莲夜光"和"醉朝云翠袖春香"的映衬上，集中把苏轼的人生得意面概括托出，使得语气、音韵都得到了一定程度的加强。末尾三句是一组鼎足对，极尽褒扬，字字洋溢着作者对先贤不尽的推崇和仰慕之情。

# 双调·折桂令

## 玉泉垂虹①

跨寒流低吸长川，截断生绡，界破苍烟。喷壁琼珠，悬空素练②，泻月金笺。惊翠嶂分开玉田③，似银河飞下瑶天④。振鹭腾猿，来往游人，气宇凌仙。

**【注释】**

①玉泉垂虹：在北京西山风景区。玉泉，山名。山中有石洞三：一在山之西南，洞下有泉；一在山之南，泉漫经之；一在山之根，泉自洞涌出。因泉流蜿蜒逶迤，其状若虹，故称"玉泉垂虹"，为"燕台八景"之一。 ②素练：白色的绢疋。 ③玉田：玉泉流经处，石骨尽见，色自如玉，故以"玉田"喻之。 ④瑶天：仙界的天空。

**【译文】**

仿佛是俯身吸入了长河之水，湛寒的泉流贯跨山体，在地面匍匐。泉身像一段段截断的绢幅，将苍翠的山色划成了两部分。水沫喷溅在石壁上，如同一颗颗珍珠，悬空处挂起一道素白色的瀑布，漫地时又如闪闪发光的金纸，任皎洁的月光泻铺。在一派葱绿的山峰里，豁然中开，竟然有这么一方种玉的白色田土；又像是银河落自九天，澎湃地飞注。白鹭惊振双翅，猿猴也腾跳个不停。来往的游人，一个个意气轩昂，远胜过天界的神仙。

**【赏析】**

这首小令形神皆备，显示了状物写景的高超功力。

它写出了"玉泉垂虹"的外观特征。玉泉以袱流为主（首句），时而壮阔时而碎散（二、三句），高下流走，鉴形万象（四、五、六句），蜿蜒奔泻于群山众谷之间（七、八句）。它绘画了景区的绚丽多姿。"苍烟""琼珠""素练""翠嶂""玉田""银河"……五彩斑斓，美不胜收。玉泉喷跃骏奔的咄咄气势，不仅通过"截断""界破""喷""悬""泻""分开""飞下"一系列动态正面描写，还以振鹭腾猿、游人凌仙的侧笔加以烘托。静与动，上与下，近与远，面与体，日与夜，这些对立条件下的形象态势，不但得到了全面的展示，还收到了互相映衬的效果。

"玉泉垂虹"实是一道综合的景观，不同的区段有着不同的特色。为此，作者采取了多视角的散点透视的表现方式。曲中的每一景句，都是一幅栩栩如生的图画，为此，作者显示了下字精警、惜墨如金的艺术功力。我们只要看"跨寒流低吸长川"的起句就可见一斑。流上着一"寒"字，实是说泉水的清湛；川上着一"长"字，则是写泉量的充沛。"寒流"是实写，实中有虚；"长川"是虚写，虚中有实。所用的两个动词，"跨"有腾空意，又有贯长意。"吸"则逆向地表现出泉水汹涌的流势；吸是"低吸"，又形象地反映了玉泉匍匐袱行的特征。这一切集中在一起，便形成一种"只可意会，不可言传"的景物印象，"语译"的文字，也只能略表其大概而已。不仅如此，曲中在实绘外还穿插了大量生动传神的比喻，如"生绡""琼珠""玉田""悬空素练""泻月金笺""似银河飞下瑶天"等，再加上对仗上的精工高华，使全篇精彩飞动，有目不暇接之感。

## 邓玉宾子

生卒不详。据《太平乐府》注有"邓玉宾子"小令，此人当是元散曲家邓玉宾之子。又据其小令中有"穷通一日恩，好弱十年运"，可知他一生是坎坷不平的，而"两鬓斑"，也不过是一个"一钵千家饭"，"惟与道相亲"的老道士。《全元散曲》存其小令三首。

## 双调·雁儿落过得胜令

### 闲适

乾坤一转丸①，日月双飞箭。浮生②梦一场，世事云千变。万里玉门关③，七里钓鱼滩④。晓日长安近⑤，秋风蜀道难。休干⑥，误杀英雄汉。看看⑦，星星两鬓斑。

【注释】

①转丸：比喻天地运动流转不息，比喻万物无常，变化快。　②浮生：即人生。　③玉门关：在今甘肃敦煌县西，为古代通西域要道。　④七里钓鱼滩：用严子陵归隐，鱼钓富春江典故。　⑤晓日长安近：据《晋书.明帝纪》：明帝少时，

父元帝问明帝："日与长安孰远？"对曰："长安近。"明日，元帝又问他同一问题，明帝却回答："日近。举头则见日，不见长安。"后多以"日近长安远"比喻帝京遥远。　⑥休干：指不要求取功名。　⑦看看：眼看、转瞬之意。宋王安石《马上》诗："年光如水尽东流，风物看看又即秋。"

**【译文】**

　　乾坤宇宙像转丸般瞬息万变，日去月回像疾飞的双箭。短短的一生像一场春梦，世事如浮云般万化千变。班超苦渡万里玉门关，严子陵垂钓七里钓鱼滩，追求功名日夜奔波长安道，秋风瑟瑟蜀道难于上青天。不要徒劳地追求官禄，误杀了英雄好汉。看一看，转眼之间人到垂暮白发斑斑。

**【赏析】**

　　此曲以"闲适"为歌咏主题，抒发年华易逝，浮生若梦之感慨，认为人生当跳脱功名利禄的羁绊。首二句为一联，作者从空间和时间落笔，试图运用大小转换和急速飞动的概念突破束缚的局限。"乾坤"指天地；"转丸"指执于手中运转把玩的小圆球。天地宇宙本是无穷大的空间，但作者以大作小，傲视宇宙，认为它不过是转动于手中的小圆球；高挂于天际的日月是迅速飞逝的双箭，以日月的"圆"承接上句之"转丸"，再将之变化为飞箭的"直"，而后运用难以测速的"飞"让有形消逝于"无"，打破心中的框架边界和固定的范畴，引出下联"浮生梦一场，世事云千变"之虚无意象，破除人们追逐富贵名利的欲望。

　　此曲以破为立，破除历代士子心中期盼在仕途上飞黄腾达的心理，将读者带到唯有隐退的闲适方是人生之常的思考里。作者擅用比喻性意象创造开阔的心灵世界，曲中虽繁用典故，却不拘不泥，能以浅白通俗的文字，摆脱掉书袋的呆滞，展现元曲用语浅显巧妙灵动的本色特质。

# 阿里西瑛

阿里耀卿之子，原名"木八刺"，字西瑛，西域人，其躯干魁伟，"故人咸曰长西瑛"。（见《缀耕录》）西瑛善吹筚篥。所居懒云窝，在吴城（令江苏苏州市）东北隅。作《殿前欢》小令以自述，贯云石、乔吉、卫立中、吴西逸等皆有和曲。西瑛当与贯云石、乔吉为同时人。《全元散曲》存西瑛小令四首。

## 商调·凉亭乐

### 叹世

金乌玉兔走如梭[①]，看看的老了人呵。有那等不识事的痴呆待怎么？急回头迟了些儿个。你试看凌烟阁上，功名不在我。则不如对酒当歌，对酒当歌且快活。无忧愁，安乐窝。

【注释】

①金：指太阳，古时传说太阳中有三足乌。玉兔：指月亮，古时传说月中有兔。

全句意为时光飞快地流逝。

此曲作者抒发了他不满当年时局的情怀，用本色自然的背景表达出来，极活泼潇洒。他明说"凌烟阁上功名不在我"。这一面自然有消极面，进了"避风港"，入了"安乐窝"，是遁世的，也有现实意义；而曲子也是愤世嫉俗的一个侧面反映，无怪乎名家与非名家和者之多，影响之大。

# 双调·殿前欢

## 懒云窝①

懒云窝，醒时诗酒醉时歌。瑶琴不理抛书卧②，无梦南柯③。得清闲尽快活，日月似撺梭过，富贵比花开落。青春去也，不乐如何？

【注释】

①懒云窝：《阳春白雪》共收三首。这是第二首。第三首与乔梦符的和曲文字略同，《太平乐府》则列为乔氏和曲，《尧山堂外纪》亦属刻于《乔梦符小令》。《阳春白雪》在《懒云窝》正文前，有一段小注，可能是编者杨朝英所加："西瑛有居号'懒云窝'，以〔殿前欢〕调歌此以自述。"《太平乐府》则将这段小注移到正文之后，又加上了"酸斋等和见后。"后边附有贯云石、乔梦符、卫立中、吴西逸等人的和曲。 ②瑶琴：饰以美玉的琴。泛指高级乐器。理：弹弄。 ③南柯：指做官的梦。典出唐代李公佐传奇《南柯太守传》：淳于棼梦中到了槐安国，娶了公主为妻，任南柯太守，荣华富贵达二三十年。后来打了败仗，公主也死了，被国王遣回。醒来却是午间一梦。作者用此典表示功名富贵无非一梦。

【赏析】

古人给自己住处或书斋取名，一般都用比较文雅、较有积极意义的词，称什么轩、什么堂、什么斋。西瑛却名之曰"懒云窝"，无一字文雅。可见他放任不羁、玩世不恭的性格色彩。"懒云"二字表现了天上白云的逍遥自在、任意舒卷的特征，同时也非常形象地表示了室主人的放荡任性和蔑视世俗的风格。

小令用"懒云窝"开端，接着就写主人"懒"的表现："醒时诗酒醉时歌"，醒与醉、诗与歌，这就是他的主要活动。"瑶琴不理抛书卧"，瑶琴不弹了，把书也抛在一边，只管上床高卧，这表明他自由自在确实到了"懒"的程度了。他当然不做什么当官的梦，因为只有清闲才觉得快活。日月穿梭，人生如梦，富贵不过像花一样几天就凋谢了，不乐干什么？他认为只有一生快快乐乐才是人生的价值所在。

主人公这样极端的懒散、放纵任性，是一种蔑视功名利禄而追求自由的精神。所以"懒云窝"就引来了许多同气相求的"知音"——贯云石、乔梦符、卫立中、吴西逸等著名曲家纷纷来与他唱和，造成"懒云窝里客来多"的特有现象。

"懒云窝"的名称，实际上受北宋邵雍那种安贫乐道、怡然自得地把住处叫"安乐窝"的影响。当然时代变化了，阿里西瑛由忧愤到遁世的思想倾向，在知识界有相当代表性。

小令在艺术上也很有特色。语言活泼俏皮，如行云流水，一气呵成，情绪发泄得淋漓尽致，完全反映了作者横放不羁的性格特点和散曲的蛤蜊风致。

## 卫立中

名德辰，字立中，华亭（今上海市松江县）人。善书法。今存小令两首。

## 双调·殿前欢

碧云深，碧云深处路难寻。数椽茅屋和云赁①。云在松阴。挂云和②八尺琴，卧苔石将云根枕，折梅蕊把云梢沁③。云心无我，云我无心。

**【注释】**

①"数椽"句：把数间茅屋和白云一起租借下来。椽：这里是房屋间数的代称。赁：租借。 ②云和：指极名贵的琴。 ③沁：浸透。

**【译文】**

重重缭绕的碧云深似海，在云海深处山中的小路飘渺难寻觅。把几间茅屋和碧云一起租过来，碧云留在松阴上，再挂起名贵的云和八尺琴，卧在苍苔石上把云根当枕头枕，又折下梅花拿到云梢上浸润，任运自在的云心没有常住的我，云儿和我没有半点尘念俗心。

**【赏析】**

隐士清高脱俗，他们蔑视人世间的功名富贵和一切陈规陋习，崇尚心灵世界的一尘不染，圆融空明；行为方式放诞不羁，自由超旷，追求一种清静无为、反璞归真、无拘无束的自在逍遥生活。这一首〔殿前欢〕小令，即是写"这一个"隐士的独特生活方式及其精神境界的。

数间茅屋，被松树的浓荫覆盖；周围白云缭绕，与烦嚣的俗世远远隔绝。室内陈设简陋，除墙上挂着的一张古琴外，几乎就再无长物了，可见这位隐士生活的俭朴和情趣的高雅。底下两句："卧苔石将云根枕，折梅蕊把云梢沁"，想象奇幻得匪夷所思：睡在长满苔藓的条石上，把白云浑身浸润着浓烈的梅香，从根至梢，馥郁袭人，奇思妙想，令人惊叹！最后两句更为独特："云心无我，云我无心。"云从来就没有"我"，因此就有了"闲云野鹤"之类赞其超旷任情、悠然自得的美誉；我和白云也一样无心，即无尘俗之心，无"为我""为私"之心，胸襟开阔，一任自然；从而使隐士的高洁品格和优雅情趣更得到了升华，隐士的完整形象亦就脱然而出。

全篇风格素朴淡远，与所要表现的隐士风致正好和谐地融合为一。

## 吴西逸

生平不详。当与贯云石、乔吉、阿里西瑛等同时代。《太和正音谱》称其曲"如空谷流泉"。

## 双调·雁儿落带得胜令

春花闻杜鹃，秋月看归燕。人情薄似云，风景疾如箭。留下买花钱，趱①入种桑园。茅苫三间厦②，秧肥数顷③田。床边，放一册冷淡渊明传。窗前，抄几联清新杜甫篇。

**【注释】**

①趱(zǎn)入：赶快走入。 ②苫(shàn)：用席或布把东西遮盖住。厦：大屋。③顷：古时一百亩为一顷。

**【译文】**

在春天的花丛中，我听见了杜鹃的啼叫；在秋天的月下，我看着那燕子归去。人情薄得像浮云一样，时光如箭一般飞快度过。留下买花的钱，我快跑到桑园里。盖起三间茅屋，秋天在几顷肥田里收获。床头上，放着一本陶渊明的传记；窗台边，抄写几联杜甫的清新诗篇。

**【赏析】**

这首小令所写的是归隐田园之乐。按照曲调可分为两层，前四句是〔雁儿落〕为第一层，后八句是〔得胜令〕为第二层。

前四句："春花闻杜鹃，秋月看归燕。人情薄似云，风景疾如箭"，点出了自己所以归隐的原因。从暮春花残时节，听到杜鹃声声"不如归去"，到秋风明月夜，燕子南归，景物变化疾如箭。春去秋来，飞鸟尚且恋归，何况人呢？久客在外，看透人情淡薄，无可留恋，当归。

第二层后八句，承前写归隐后的田园生活。"留下买花钱，趱入种桑园"，是说自己离开喧闹的城市生活而归耕田园。"趱入"，则反映了作者归耕田园的迫切心情。"茅苫三间厦，秧肥数顷田"，反映了作者的住房情况和农耕生活，房舍简陋，良田肥沃，可以丰衣足食了。最后两句："床边，放一册冷淡渊明传。窗前，抄几联清新杜甫篇"，表明了作者的精神追求。不为五斗米折腰而归隐田园的陶渊明；一生坎坷，穷困潦倒，所作诗关心民间疾苦的杜甫，正是作者生活的榜样。

全曲朴实自然，清新流丽，平易浅近，这大概是学习"冷淡渊明传"和"清新杜甫篇"的结果吧。

# 双调·蟾宫曲

## 山间书事

系门前柳影兰舟，烟满吟蓑[1]，风漾闲钩[2]。石上云生，山间树老，桥外霞收[3]。玩青史低头袖手，问红尘缄口回头[4]。醉月悠悠，漱石[5]休休，水可陶情，花可融愁[6]。

【注释】

①"系门前柳影兰舟"二句：将小船系在门前的柳荫下，身披蓑衣在烟雾缭绕中吟咏。柳影，柳荫。吟，吟咏。　②风漾闲钩：钓鱼的鱼钩在轻风吹拂的河面微微地荡漾。漾，水波摇动的样子。　③桥外霞收：天边的晚霞渐渐消失。④"玩青史低头袖手"二句：玩味历史，低头沉吟而采取无所谓的态度。玩，玩味。青史，历史，古代以竹简记事，曰杀青，故称历史为青史。袖手，袖手旁观，不闻不问。缄口，闭口。　⑤漱石：水冲洗石头。　⑥融愁：消除愁闷。

【赏析】

作者生活在山间，不问世事；读古史只为了消遣而不加品评，对现实则"缄口回头"而不问是非。一心只求醉赏明月，让水来陶冶自己的性情，让花解除自己的烦愁。

# 越调·天净沙

## 闲题

江亭远树残霞[1]，淡烟芳草平沙。绿柳阴中系马。夕阳西下，水村山郭[2]人家。

①残霞：指的是残余的晚霞。　②水村山郭：水边的村庄，靠近山的城镇。

**【译文】**

江边的亭子，背衬着天际的残霞和树木。平坦的沙岸上芳草簇簇，弥漫着淡淡的烟雾。行人跳下马来，把坐骑拴在杨柳荫中。夕阳西下，近水近山，各有村庄和人家的居屋。

**【赏析】**

此曲原四首，这是最末一首。写夕阳西下的晚景，与马致远"秋思"同有名，而无马曲的凄凉消极情绪，是其优点所在。

# 高克礼

字敬臣，号秋泉，河间（今河北省河间县）人。生卒年及生平均不详，官至庆元（今浙江省庆元县）理官。为政以清净为务，不尚苛刻。克礼工古今乐府，有名于时。今存小令四首。

## 双调·雁儿落过得胜令①

寻致争不致争②，既言定先言定。论至诚俺至诚，你薄幸谁薄幸？岂不闻举头三尺有神明，忘义多应当罪名③！海神庙见他为证，似王魁负桂英。碜可可海誓山盟。绣带里难逃命，裙刀上更自刑。活取了个年少书生。

**【注释】**

①雁儿落过得胜令：双调带过曲。又名《鸿门凯歌》。　②致争：争辩。③当罪名：担罪名，承当罪责。

**【译文】**

该争辩的却不争辩，已经说定的就要言而有信。要论至诚我最至诚，不是你薄幸无情还有谁薄幸无情。难道不知道举头三尺就有神明，忘恩负义的都会担当罪名。海神庙的故事可以凭证。像王魁负桂英。想当初他曾经在神前海誓山盟，后来他负情，终于未能在女人手中逃却生命，自杀身亡的桂英女，最终处死了这个年少书生。

【赏析】

作者借宋代盛传"王魁负桂英"故事，讽刺得官后抛弃情人与恩人的忘恩负义之辈。

# 乔吉

（1280—1345），一作乔吉甫，字梦符，号笙鹤翁，又号惺惺道人。太原（今山西太原市）人。美容仪，能词章，以威严自饬，人敬畏之。居杭州太乙宫前，有题西湖《梧叶儿》百篇，名公为之作序。江湖四十年，欲刊入场所作，竟无成事者。至正五年（1345）病卒于家。著杂剧十一种，今存《扬州梦》《两世姻缘》《金钱记》三种。明李开先辑其所作，为《乔梦符小令》一卷，与《张小山小令》合刊。涵虚子论曲，言其词"如神鳌鼓浪"。又云："若天吴跨神鳌，噀沫于大洋，波涛汹涌，截断众流之势。"乔吉潦倒一生，流落江湖。故散曲多啸傲山水，风格既朴质通俗，又兼有典雅。在写作上有独到见识，要求做到"凤头，猪肚，豹尾"，就是：开头美丽，中间浩荡，结尾响亮。散曲与张可久齐名，作品之多仅次于张，二人同为产曲家。无论杂剧、散曲在元曲作家中皆居前列。

## 正宫·绿么遍

### 自述

不占龙头选①，不入名贤传。时时酒圣②，处处诗禅③。烟霞状元，江湖醉仙。笑谈便是编修院④。留连，批风抹月⑤四十年。

【注释】

①龙头选：状元的别称。　②酒圣：酒之清者，好酒。这句话的意思就是时时喝酒。　③诗禅：以诗谈禅，以禅喻诗。即以禅语，禅趣入诗。以禅喻诗，宋元以来蔚为风气。　④编修院：即翰林院，编修国史的机关。　⑤批风抹月：犹

言吟风弄月。即四十年来留连于风花雪月的生涯之中。

**【译文】**

不去争什么头名状元，也不求名字写进名贤传。时时喝酒，随处以禅语，禅趣入诗。我是啸傲山林、落魄江湖的状元，泛舟江湖的醉酒神仙。笑谈今古事也算是进了翰林院。四十年来留连于风花雪月之中。

**【赏析】**

此曲作者把自己一生在这简短的小曲道尽。表明诗人不慕名利，耽于诗酒，流浪江湖、烟霞之中四十年，是作者的自述。大有禅家风格。

# 中吕·山坡羊①

## 寓兴

鹏抟九万②，腰缠十万，扬州鹤背骑来惯③。事间关④，景阑珊⑤，黄金不富英雄汉⑥，一片世情天地间⑦。白，也是眼；青，也是眼⑧。

**【注释】**

①山坡羊：曲牌名，字数定格为七、七、七、八、三、五、七、七、二、五、二、五，共十二句，可单用作小令，也可用在套曲里。　②鹏抟（tuán）九万：大鹏鸟振翅高飞九万里，《庄子·逍遥游》："鹏之涉于南冥也，水击三千里，抟扶摇而上者九万里。"这里用来比喻人的奋发有为、志向远大。③腰缠十万：古时铜钱用绳子串起，可缠在腰间，十万，即十万贯钱。扬州：今江苏省扬州市。鹤背：仙鹤的脊背，这里指骑鹤。　④事间关：世事艰险、道路崎岖。间关，道路艰险。⑤景阑珊：景色凋敝。阑珊，衰落、凋敝。⑥黄金不富英雄汉：真正的英雄不为黄金所动。　⑦一片世情天地间：天地间充满世态炎凉。　⑧白，也是眼；青，也是眼：这是化用晋朝阮籍能做"青白眼"的典故，说明对人情世态已经看破，《晋书·阮籍传》说，阮籍能做"青白眼"，用青眼看人表示敬重，用白眼看人，表示蔑视。

**【译文】**

总是梦想乘大鹏鸟振翅高飞九万里，腰间缠钱十万贯，骑在鹤背飞扬州常去常来等闲间。可是，世事多难关，好景霎时凋敝，真正的英雄不为黄金所动。不管天地间世态炎凉，任你是白眼看人还是青眼看人，我要坚持自己的节操不变。

这首小令揭露了封建社会的世态炎凉，鞭挞了势利小人的丑恶品质。当一个人飞黄腾达、扶摇直上时，人们对他何等敬重。一旦遭到变故，便立刻受到那些势利之徒的鄙视。"白，也是眼；青，也是眼。"寥寥八个字，形象地勾画出了封建社会世俗小人的嘴脸。

# 中吕·山坡羊

## 冬日写怀

朝三暮四①，昨非今是，痴儿不解荣枯事②。攒家私③，宠花枝④，黄金壮起荒淫志⑤。千百锭买张招状纸⑥。身，已至此；心，犹未死。

【注释】

①朝三暮四：反复无常，《庄子·齐物论》说，有人用橡实喂猴子，每天早上给猴子三棵橡实，晚上给四棵，众猴愤怒，于是他改为早上给四棵，晚上给三棵，于是众猴皆喜。　②痴儿不解荣枯事：天真无知的人不懂得世间的兴衰、荣枯之事。痴儿，指天真无知的人。荣枯，繁荣和枯萎，指世事的兴盛和衰败。　③攒家私：积存家私、财产。　④宠花枝：宠爱女子，沉溺女色。　⑤黄金壮起荒淫志：有了金钱便要生出荒淫的心思。　⑥千百锭买张招状纸：贪官污吏收刮钱财，到头来不过等于买到一张招供罪刑的状纸。锭，古时十两黄金或白银为一锭。招状纸，罪犯认罪写供词的纸。

【译文】

朝三暮四，贪求无厌，反复无常，昨非今是。这都愚蠢的人哪里知道荣枯变化的世事。拼着命积攒家财的人，沉溺女色的人，让黄金鼓弄起荒淫的心思，用去千百两金银锭买一张做官的招状纸。最后落得个身败名裂，可贪心还不止。

【赏析】

这首小令写出了世事的无常，"朝三暮四，昨非今是"，一切都是无可捉摸。有些人，拼命积攒家私，结果招来横祸；有些人，终日沉溺于酒色美女，结果走上了荒淫的道路。老子说："祸兮福之所倚，福兮祸之所伏。"祸福相继，乐极生悲，正是这首小令的主题。作者目的是在批判当时社会的是非颠倒和一些人的追名逐利。但同时也流露出了作者消极的因果循环的思想。

# 中吕·山坡羊

## 自警

清风闲坐，白云高卧，面皮不受时人唾<sup>①</sup>。乐跎跎<sup>②</sup>，笑呵呵，看别人搭套项推沉磨<sup>③</sup>。盖下一枚安乐窝<sup>④</sup>。东，也在我；西，也在我<sup>⑤</sup>。

**【注释】**

①面皮不受时人唾：自己不干亏心事，心安理得，是不会受到旁人唾骂的。面皮，脸皮。唾，吐唾沫，表示鄙弃的意思。　②乐跎跎：即乐陶陶，快乐的样子。　③看别人搭套项推沉磨：看别人像驴一样套上驴套包拉着沉重的石磨。套项，驴脖子上的套包。沉磨，沉重的石磨。　④盖下一枚安乐窝：替自己盖一座安然舒适的"窝"（指居所）。一枚，一座。安乐窝，指不受世事干扰悠然舒适的住处。⑤东，也在我；西，也在我：任我东西，随我的心愿怎么活就怎么活。

**【译文】**

在清风中枯坐，在白云上高卧，面皮不会受到众人的唾弃。整日乐融融，笑呵呵的，看别人像驴同样套上套包子拉着沉重的石磨，替本身盖一座安然恬静的寓所，任我东西，随我的情意生活。

**【赏析】**

在清风中闲坐，在白云下高卧，心怀坦荡，无忧无虑，不受时人的唾骂。这是乔吉所追求的生活理想。其实这样的理想在封建社会的现实生活中是不可能存在的，所以它也就变成了一种梦想。

# 越调·凭阑人

## 金陵道中

瘦马驮诗天一涯<sup>①</sup>，倦鸟呼愁村数家<sup>②</sup>。扑头飞柳花，与人添鬓华<sup>③</sup>。

元曲三百首全解全析

**【注释】**

①"瘦马"句：诗人骑着瘦马，浪迹于客地他乡。 ②"倦鸟"句：倦鸟知返，带着浓重的离愁鸣叫着，盘旋于数家村舍之上。 ③鬓华：两鬓白发斑斑。

**【译文】**

瘦弱的马驮着我满腹的诗情奔走天涯，飞倦了的鸟儿哀鸣着，小山村里只有几户人家。柳絮扑打着我的头，给我增添了白发。

**【赏析】**

前人描写行役羁旅之苦情的诗词、曲作，可谓车载斗量，比比皆是。马致远〔越调·天净沙〕《秋思》，就特别脍炙人口："枯藤老树昏鸦，小桥流水人家，古道西风瘦马。夕阳西下，断肠人在天涯。"它把枯藤、老树、昏鸦、小桥、流水、人家、古道、西风、瘦马等形象剪辑在一起，创造出了一幅西风残照中游子魂断他乡的悲凉图画，成为一曲千古绝唱。"瘦马驮诗天一涯，倦鸟呼愁村数家"，巧妙地化用马致远所创造的天涯孤旅的典型意象于无形，清新别致，浑然天成。

更为令人击节的是，作者从萍踪逆旅的主题，突然转到了韶华易逝的感叹上来，这就是紧接而来的煞尾两句："扑头飞柳花，与人添鬓华"，让人感到兔起鹘落，突兀得有些令人难以理解。然而凝神揣摩，却很快可以发现，这正是作者向着生活的哲理开掘深挖的神来之笔。有的为了生存，有的为了发展，人们不正是辛苦奔波，劳劳碌碌于人生的逆旅之中的吗？而也正是在这种生命的挣扎和奋斗之中，青春不再，韶华流逝，满头青丝，逐渐地被如霜白发所无情替代。整篇小令只有四句，却有着两层意思，然而形断神贯，气脉相连，构思别致，题旨隽永，既发人浩叹，更促人警悟。

# 南吕·玉交枝

## 失题

溪山一派，接松径寒云绿苔。萧萧五柳疏篱寨①，撒金钱菊正开②。先生③拂袖归去来，将军战马今何在？急跳出风波大海，作个烟霞逸客④。翠竹斋⑤，薜荔阶⑥，强似五侯宅⑦。这一条青穗绦⑧，傲煞你黄金带。再不著父母忧⑨，再不还儿孙债，险也啊拜将台⑩！

**【注释】**

①"萧萧"句：萧萧喧响的柳树环绕疏落竹篱围成的村寨。五柳：陶渊明宅边植有五棵柳树，他因以"五柳先生"自况。　②"撒金钱"句：金色的菊花正开得烂漫。　③先生：指陶渊明。　④烟霞：云霞烟景。逸客：飘逸脱俗之人，即隐士。　⑤翠竹斋：翠竹掩映的书斋。　⑥薜荔阶：野草丛生的台阶。薜荔：常绿藤本植物，亦称木莲、鬼馒头。这里泛指野草。　⑦五侯宅：达官权贵的深宅大院。五侯：历史上有不同的专指，这里是对豪门望族的泛称。　⑧青穗绦：饰有穗子的青色（黑色）衣带。平民百姓大抵均以青带束腰。　⑨再不著父母忧：再不让父母担忧。"著"，"着"的本字。　⑩险也啊拜将台：在楚汉之争中，刘邦重用韩信，登台拜将；功成后，却与吕后用萧何之计，杀了韩信。

**【赏析】**

鄙视功名富贵，揭露官场险恶，赞颂山川风景和田园生活的美好，主张归隐林泉以远害全身，这是元代散曲中一个被人们反复吟诵的主题。乔吉的这一篇小令，以其色彩明快、俊爽乐观的旋律，形象生动、臧否鲜明的对比，一浪高过一浪、一层逼进一层的情绪张力，以及在高潮处猝然而止的艺术特色，谋篇布局，铺陈曲词，予人以深刻的思想启迪和浓醇如酒的美感享受。

莽莽溪山，郁郁苍松，长满绿苔的小路蜿蜒伸向林荫深处，环房挺立的柳树发出萧萧的喧响；秋菊盛开，烂漫如撒地黄金；修篁掩映，仿佛象征着书斋主人

幽雅旷达的高洁品格。小令巧妙地在首先精心绘制了这样一幅和平宁静而又优美醉人的典型环境以后，旋即笔锋一转，势雄力劲，步步深入地直切主题：初是以"先毕拂袖归去来，将军战马今何在"这样一个充满激情的诘问发端，明确喻示人们迅速跳出仕途功名、利场禄网的风波大海，去作一个自由自在的"烟霞逸客"；继之以"翠竹斋，薜荔阶，强似五侯宅"和"这一条青穗绦，傲煞你黄金带"这样两个强烈对比，表示了对于统治阶级的高度蔑视和作为一个普通人的无比自豪。最后，曲作的节奏愈益急骤，犹如从海底啸出的惊涛般地排闼而来，用"险也啊拜将台"这样一声仿佛醍醐灌顶般的觉世箴言结束全篇，感情强烈，意蕴深刻，全篇浑然一体，从而使这首小令成了全元散曲中既具深邃的哲理，又有着独特艺术风彩的传世名篇。

# 中吕·山坡羊

## 失题

云浓云淡，窗明窗暗。等闲休擘骊龙①颔。正尴尬，莫贪婪。恶风波吃闪的都着淹。流则盈科止则坎。行②，也在俺。藏③，也在俺。

**【注释】**

①骊龙：据传是黑龙，下巴（额）有珠，古时有人在它睡时取得珠；如在醒时会伤人的，深渊也会淹死人。典故出自《庄子》。 ②行：指出仕。 ③藏：指隐居。

**【译文】**

天上的云一会浓一会淡，窗户一会亮一会暗。即使闲的没事情干，也不要去拨开骊龙的嘴窃取真珠。那样子会使本身处于尴尬危险之地，做人就不要贪婪。不蒙受困难，想脚踏两船者都会遭到灾祸的。人心越是贪婪越难停止。出仕，也是我本身说了算；隐居，也是我本身说了算。

**【赏析】**

此曲是劝人莫贪财，"探骊得珠"，是到深渊中冒生命之险的。作者是指"恶风波"（喻贪婪）会致人淹死，还是摒弃一切贪欲，任我自由。此曲用典准确，增强了艺术效果。

# 越调·天净沙

## 即事

莺莺燕燕春春，花花柳柳真真①。事事风风韵韵②。娇娇嫩嫩，停停当当③人人。

**【注释】**

①真真：暗用杜荀鹤《松窗杂记》故事：唐进士赵颜得到一位美人图，画家说画上美人名真真，为神女，只要呼其名，一百天就会应声，并可复活。后以"真真"代指美女。　②风风韵韵：指美女富于风韵。　③停停当当：指完美妥帖，恰到好处。

**【译文】**

一只只黄莺一只只春燕一派大好阳春，一朵朵红花一条条绿柳实实在在迷人。行为举止一言一事都富有风韵，娇嫩多情。真是体态完美卓绝非凡的佳人。

**【赏析】**

此首叠字小曲，十四对、二十八字全用了成双成对的叠字，而妙语天成，极为自然通俗，自来有名。这类不应多费气力，多浪费时间，只备一格，以见作者的才能与功力。

# 双调·折桂令

## 自述

华阳巾鹤氅蹁跹①，铁笛吹云②，竹杖撑天。伴柳怪花妖③，麟祥凤瑞，酒圣诗禅④。不应举江湖状元，不思凡风月神仙⑤。断简残编⑥，翰墨⑦云烟，香满山川。

**【注释】**

①华阳巾鹤氅(chǎng)蹁跹(pián xiān)：头戴华阳巾，身穿鸟羽裘，飘然而行。

华阳巾，道士冠。鹤氅，用鸟羽做的长衣，《世说·企羡》："尝见王恭乘高舆，被鹤氅裘。" ②铁笛吹云：铁笛的声音吹入云霄。铁笛，古时的一种笛，常为隐士所用。 ③柳怪花妖：即柳树鲜花。 ④酒圣诗禅：善于饮酒和精于作诗的人。酒圣，指善饮酒者，黄庭坚诗云："少年气与节物竞，诗豪酒圣难争锋。"诗禅，本指诗与道相合，《沧浪诗话》说："论诗如论禅"，一般泛指善于作诗的人。⑤"不应举江湖状元"二句：不参加科举考试、放弃功名，做放浪江湖的高士，断绝尘世凡想，做风月场中的神仙。江湖状元，指不愿进取功名放浪江湖的隐士。⑥断简残编：残缺不全的书籍。 ⑦翰墨：即笔墨，这里指文章。

**【译文】**

头戴华阳巾，身穿鸟羽裘，飘然而行。吹着响遏行云的铁笛，手握竹杖走遍天下。柳树鲜花作伴，结交善于饮酒、精于作诗的好友，不参加科举考试、做放浪江湖的高士。断绝尘思，做风月场中的神仙。残缺不全的书籍，挥墨成文，香满山川。

**【赏析】**

这首小令是乔吉生活理想的形象写照：你看，他穿戴上道士的衣巾，吹着遏云的铁笛，浪迹江湖，啸傲山水之间，以歌妓花柳为伴，以诗酒为务。他把自己称为不应举的"江湖状元"，不思凡的"风月神仙"。乔吉所追求的这种生活理想，是封建时代失意文人所共有的。

# 双调·水仙子

## 咏雪

冷无香柳絮扑将来①，冻成片梨花拂不开②。大灰泥漫了三千界③，银棱了东大海④，探梅的心喋难捱⑤。面瓮儿里袁安舍⑥，盐堆儿里党尉宅⑦，粉缸儿里舞榭歌台⑧。

**【注释】**

①冷无香柳絮扑将来：纷飞的雪花冷而不香，如同柳絮一样迎面扑来。冷无香，指雪花寒冷而无香气。 ②冻成片梨花拂不开：雪花因天气严寒，冻结成片，如同拂拭不开的梨花。 ③大灰泥漫了三千界：纷纷扬扬的大雪如同白灰洒遍了整个世界。漫，洒遍。三千界，佛家语，即三千大千世界，这里泛指全世界。

④银棱了东大海：大雪好像为东大海镀上了一层白银。　⑤探梅的心噤难捱：踏雪寻梅的人都被冻得从心里打颤。噤，牙齿打颤。捱，忍受。　⑥面瓮儿里袁安舍：袁安的宅舍都被大雪埋没，就如同被埋在了面缸里。面瓮，面缸。袁安，东汉人，家贫身微，曾寄居洛阳。冬天大雪，别人外出讨饭，他仍旧自恃清高，躲在屋里睡觉。　⑦盐堆儿里党尉宅：党尉深宅大院里的积雪，如同洁白晶莹的盐堆。党尉，即党进，北宋时人，官居太尉，他一到下雪，就在家里饮酒作乐。　⑧粉缸儿里舞榭歌台：大雪使歌舞的亭台也变成了粉缸。榭，建在高土台上的敞屋，即亭子。

**【译文】**

　　像那冰冷无香的柳絮纷纷扬扬扑来，冻成一片片梨花拂也拂不平，满天空都是大块白灰泥铺天盖地，弥漫三千大千世界。波涛汹涌的东海也被雪花打成一片银白。探寻梅花的尽情激荡难捱。看白面瓮里有多少袁安高士的房舍，盐堆里有多少权贵的高楼大宅，粉缸里有多少舞榭歌台。

**【赏析】**

　　这是一首咏雪曲。它以夸张之笔，渲染了大雪纷飞的壮观景象。曲子前两句采用比喻的修辞手法，描写大雪如冰冷无香的柳絮扑向大地，又像冻成片的梨花，坚实得难以拂开。接着曲子用"大灰泥漫了三千界"，进一层烘托飞雪之大。从扑面飞来的柳絮，到"漫了三千界"的"大灰泥"，由远及近，由高到低，从天空到地下，大笔渲染，尽情描写，把茫茫大雪的辽阔气势再现于读者眼前。面对这样的大雪和寒冷的天气，那些喜欢踏雪赏梅的文人雅士也会望雪兴叹，却步心寒。

这首曲子多用俗语，形象生动，把用典与俗语巧妙地融合在一起，产生了独特的艺术效果。

# 双调·卖花声

## 悟世

肝肠百炼炉间铁<sup>①</sup>，富贵三更枕上蝶<sup>②</sup>，功名两字酒中蛇<sup>③</sup>。尖风薄雪，残杯冷炙，掩清灯竹篱茅舍。

**【注释】**

①"肝肠"句：此句语意双关，既含有人要像炉中之铁那样，愈多锻炼，愈益坚强；又有悲叹自己历经磨难，备受煎熬的痛苦生活之意。 ②"富贵"句：富贵像三更半夜的一场幻梦。枕上蝶，据《庄子·齐物论》，庄周梦见自己化为蝴蝶。后来人们就常常把那难以实现的事或幻想称之为庄周梦、蝴蝶梦，或者将梦亦迳称之为庄周梦、蝴蝶梦。 ③"功名"句：功名两字像酒杯中的蛇影一样虚幻。《晋书·乐广传》载，乐广的一个亲戚因看见酒杯之中有一条蛇而惊吓成病；后来知道了原来那是墙上的一张弓在酒中的投影时，沉疴霍然而愈。本意是比喻疑神疑鬼，这里是指功名两字，好像酒中蛇影，虚幻不实。

**【译文】**

意志就像经过炉火百炼的钢铁一样坚硬，富贵就如同庄子梦中幻化的蝴蝶，功名就如同酒杯中的蛇影，让你心中疑虑重重。外面的风就像刀一样尖利，风中夹杂着薄薄的雪，屋子里只剩下一杯酒和冷菜，关好灯守着这竹篱茅舍。

**【赏析】**

这是一篇意蕴复杂、题旨深刻的短篇杰作。开门见山，作者用一个简洁的鼎足对，指出了自己的意志就像久经锤炼的钢铁，而把尘世的富贵和功名视作周公梦蝶和杯中蛇影，飘缈若梦，虚幻无凭。紧接着的三句，粗粗看来，似乎只是表明自己直面现实、甘于清贫的生活态度而已，但细加品味，其蕴含的生活质感和思想力度却要厚重深沉得多。请看这样一幅凄凉的人生图画：风雪交加，严寒刺骨，一贫如洗的知识分子住在四面透风的竹篱茅舍之中，一边用剩酒残羹果腹充饥，一边在摇曳欲灭的如豆青灯之下，度过他们的苦读生涯。这与前面被否定的那种富贵生活，显然是一种匠心独运的有意安排。它通过对知识分子饥寒交迫的现实生活的逼真描绘，以及由此而引申出去的广大人民群众冻饿难捱的悲惨命运，使全篇小令的意脉中浸透了幽怨和不平、悲愤和控诉，从而把作品的题旨推向一个新的境界。这种明白晓畅而又含蓄蕴藉的风格，就正体现了乔吉散曲创作的鲜明特色。

# 双调·水仙子

## 寻梅

　　冬前冬后几村庄，溪北溪南两履霜①，树头树底孤山②上。冷风来何处香？忽相逢缟袂绡裳③。酒醒寒惊梦④，笛凄春断肠，淡月昏黄⑤。

**【注释】**

　　①两履霜：一双鞋沾满了白霜。　②孤山：位于杭州西湖之中，北宋著名诗人林逋曾隐居于此，植梅养鹤，"孤山梅"因此而名传遐迩。　③缟袂绡裳：缟袂，素绢的衣袖。绡裳，薄绸的下衣。这里将梅花拟人化，将其比作缟衣素裙的美女，圣洁而飘逸。　④酒醒寒惊梦：寒气融着梅香袭来，酒也醒了，梦也醒了。　⑤淡月昏黄：月色朦胧（空气中浮动着梅花的幽香）。

**【译文】**

　　冬前冬后我走遍好几个村庄，溪北溪南到处寻找梅花而双脚都沾上了冰霜，看遍树梢树下一直来到孤山上。随着凉风飘来的是哪里的幽香？我忽然遇到刚刚绽开的梅花，如同仙女那轻盈洁白美丽的衣裙靓装。如同当年的赵师雄做的罗浮梦，微微凉风吹醒了酒才悟道曾经和梅花仙子对饮，当《梅花落》的笛曲吹断人肠，正是黄昏后月亮在播洒淡淡的光。

**【赏析】**

　　在冰天朔风中勃然绽放的梅花，一直与经冬不凋的松、竹一起，被誉为"岁寒三友"。铁枝横斜、傲霜斗雪、超凡脱俗、一尘不染的高洁品格，就成了梅花最为本质的典型意象。因此，小令头三句所形象地描绘的百折不挠地寻觅梅花的过程，也就更多地喻示了作者对于梅花玉洁冰清、傲世独立的精神魂魄的倾心向

往和执着追求。"冷风来何处香？忽相逢缟袂绡裳"两句，则给人一个踏破铁鞋以后终获至宝的惊喜，曲作的结构也立即从平实朴拙跃入错落跌宕的佳境之中。然而更为出人意表的是，作者的情绪却陡然向着相反方向急转直下：冷风彻骨，骤然梦醒，凄婉的笛声在料峭的春寒中幽幽传来，如泣如诉，令人断肠；而朦胧的月色，正把梅花消融吞没于一派昏黄之中。这种低调的旋律和浓重的感伤色彩，是不是作者对崇高理想和美好事物的生态环境的艰难乃至时时有可能横遭摧残的一种暗示和象征，从而流露出来的一种忧伤迷惘的情绪？

在仅仅四五十字的短章中，情感回环起伏，情节一波三折，说明作者艺术技巧的圆熟。

# 双调·清江引

## 即景

垂杨翠丝千万缕<sup>①</sup>，惹住闲情绪<sup>②</sup>。和泪送春归，倩<sup>③</sup>水将愁去，是溪边落红昨夜雨。

**【注释】**

①"垂杨"句：翠绿繁茂的千万缕柳条，细长柔韧，飘洒如丝。在我国古代诗、词、曲作之中，杨、柳常常通用。垂杨，这里实际上是指垂柳。　②"惹住"句：柳丝招惹起了我忧郁闲愁的情绪。闲情绪：指闲愁，即由于闲暇无事而烦闷生愁。

③倩：借助语，"请求"的意思。

**【赏析】**

这是一篇淡雅素朴、韵致悠远的惜春、送春小曲。

凝眸平眺翠绿的垂柳、飘拂的柳丝，勾起胸中一片闲愁。作者一边泪眼婆娑地送春归去，一边虔诚地请求因昨夜落雨而湍险流急的溪水，也能将闲愁一并带走。全篇的"诗眼"全在这"闲愁"两字上。何以如此"闲愁"，即因为什么而致这样的忧伤？是由于"灞桥折柳"的典故，曾使多少离人依依惜别，又让几多骨肉痛断肝肠的历朝旧事，激起了自己的怀亲思友，飘泊他乡之浓情？抑或目睹落花满地，春天将去，联想青春的不再，韶华的易逝？还是愤懑于人世间强横丑恶对于真善美的无端摧残扼杀？在这里，作者都没有明指。然而正是作品略带惆怅凄婉的总体意绪，却给人一种寄托幽深的暗示和绵绵不尽的遐想。

# 双调·水仙子

## 重观瀑布

天机织罢月梭闲，石壁高垂雪练①寒。冰丝带雨悬霄汉②，几千年晒未干。露华凉人怯衣单。似白虹饮涧③，玉龙下山④，晴雪飞滩⑤。

**【注释】**

①雪练：像雪一样洁白的绢。　②霄汉：此指天空。　③似白虹饮涧：意为像白虹吞饮涧水一样。　④玉龙下山：喻瀑布从山顶奔流而下，如玉龙下山一般。⑤晴雪飞滩：意为瀑布溅起的水花，像雪花一样，落在沙滩上。

**【译文】**

天上的织机已经停止了编织，月梭儿闲在一旁。石壁上高高地垂下一条如雪的白绢，闪着寒光。冰丝带着雨水，挂在天空中，晒了几千年了，都还没有晒干。晶莹的露珠冰凉冰凉在，人忽然觉得身上的衣服有些单薄。这瀑布啊，如白虹一头扎进涧中饮吸一般，像玉龙扑下山冈一样，又像晴天里的雪片在沙滩上飞舞。

**【赏析】**

此曲作者以奇特的想象，把瀑布雄伟壮丽的景象描绘出来，读之令人心旷神怡，精神振作，引人意志坚定，奋发向上。劲健、自然之风格显示其间。

此曲运用比喻手法写瀑布之壮观，这首小令写瀑布能如此鲜明壮观，生动形象，原因之一是比喻艺术极为高超。"雪练""冰丝""带雨""露华"是借喻，"白虹""玉龙""晴雪"是明喻。多角度、多层面的比喻，既描画出瀑布的动态，也写出它的静态，还写出它的色相。更为难得的是写出它流走飞动的神韵。由于多种比喻效果的产生，虽然曲中不见"瀑布"二字，但瀑布的奇观韵味却极为生动地表现出来。有人称乔吉是曲家之李白，如果从雄奇豪迈的浪漫主义风格看确实相类。

# 双调·折桂令

## 荆溪①即事

问荆溪溪上人家，为甚人家②，不种梅花？老树支门③，荒蒲绕岸，苦竹圈笆④。寺无僧狐狸样瓦⑤，官无事乌鼠当衙⑥。白水黄沙，倚遍栏干，数尽啼鸦。

【注释】

①荆溪：溪名，在江苏省宜兴县，因靠近荆南山而得名。　②为甚人家：是什么样的人家。　③老树支门：用枯树支撑门，陆游诗："空房终夜无灯下，断木支门睡到明。"　④圈笆：圈起的篱笆。　⑤样瓦：戏耍瓦块。　⑥乌鼠当衙：乌鸦和老鼠坐了衙门。

【赏析】

此曲借描写荆溪岸边荒芜的景象，讽刺元代社会黑暗的吏治。自古以来，居住在荆溪的人们就有种梅的习惯，可是当作者来到此地时却看不到一片梅花。于是，他询问荆溪的人家，为什么"不种梅花？"映入作者眼帘的是荒凉和贫穷的景象：枯树支撑着院门，荒蒲野草环绕着溪岸，生计尚且无法解决，哪里还有闲情去种梅花。

此曲采用托物寄志的表现手法，把描写荆溪两岸的荒凉景色同揭露当时的黑暗吏治交织在一起，从中寄寓了作者愤世嫉俗的感情。

# 刘致

字时中，号逋斋，石州宁乡（今山西离石中阳县一带）人。大德二年（1298）为翰林学士姚燧所赏识，推荐为湖南宪府吏；后历任永新州判、翰林待制，浙江行省都事等职。与卢挚、马致远有酬唱之作。

# 双调·折桂令

## 疏斋①同赋木犀

似娟娟日暮娥皇。翠袖天寒，静倚修篁②。怅望夫君，低回掩抑，淡尽啼妆。贴体衫儿淡黄，掩胸诃子③金装。高洁④幽芳。一片秋光，满地清香。

【注释】

①疏斋，是卢挚号，此曲是与卢唱和之作。　②修篁：指长竹子。篁，竹林，泛指竹子。　③诃子：一种常绿乔木，果实像橄榄，可以入药。　④高洁：高尚纯洁。

【赏析】

作者用拟人手法把木犀（桂花）人格化，写木犀如美女淡妆浓抹，衬出秋光，绽放芳香，此曲读来呼之欲出，如见其美，如闻其香。

# 双调·清江引

春光荏苒①如梦蝶，春去繁华歇②。风雨两无情，庭院三更夜。明日落红多去也。

**【注释】**

①荏苒：时间渐渐逝去。　②繁华歇：意思是春天逝去后，繁华的景象也不在了。歇，休息、停止。

**【赏析】**

此曲写作者惋惜春光流逝，作者用词简洁明快，伤春而无凄切消极气。


# 仙吕·醉中天

花木相思树，禽鸟折枝图①。水底双双比目鱼②，岸上鸳鸯户。一步步金镶翠铺③。世间好处，休没寻思④，典卖⑤了西湖。

**【注释】**

①折枝图：花卉画法的一种表现形式，所画的花卉不画全株，只画花折下来的一部分，韩偓《已凉》："猩血屏风画折枝。"　②比目鱼：鲽形目鱼类的总称，通常用来比喻夫妻的恩爱。　③一步步金镶翠铺：到处是用金子镶嵌用玉铺成的。这是指杭州景色之美。　④休没寻思：不要不加考虑，不要没头没脑地。　⑤典卖：典当出卖。

**【译文】**

你看那花花树树交枝接叶，像是互诉着情愫；鸟儿点缀其间，构成了一幅幅折枝画图。湖里的游鱼成双结对，在水下快乐地追逐；岸上的人家门当户对，男男女女都是亲密相处。一步步镶金铺翠，到处见琳琅满目。真是人间的天堂乐土。你可别糊里糊涂，把西湖卖了，白白地辜负这美景。

**【赏析】**

这是一首描写西湖风光的曲子。西湖不仅是令人神往的旅游胜地，也是文人墨客歌咏描写的对象。宋人林升在《题临安邸》诗中写道："山外青山楼外楼，西湖歌舞几时休？暖风熏得游人醉，直把杭州作汴州。"这首诗旨在讽刺偏安江南的南宋统治者不思恢复中原，而一味醉生梦死，歌舞行乐。刘致的这首小令继承了林诗中的爱国主义精神，借景抒情，以景写志，生动地描绘了西湖壮丽的景色，借以寄寓作者热爱祖国河山的情怀。

古人写诗，很注意结尾，"一篇之妙，在乎落句"，好的结尾就是作品的点睛之笔，它能引起读者的思索。这支曲子的结尾就写得饶有意味，面对西湖的美景，作者想起宋人"典索西湖"的谚语，感慨系之，忧国之情油然而生，写出了"世间好处，休没寻思，典卖了西湖"的惊时醒俗之语，警告统治者要珍惜祖国的大好河山，不要把西湖典卖了，表达了作者真挚的爱国之情。

## 薛昂夫

（1267—1359），又名超吾。回鹘（今新疆）人，维吾尔族，汉姓马，故亦称马昂夫，字九皋。官三衢路达鲁花赤（元时官名），晚年退隐杭县（今杭州市东）。善篆书，有诗名与萨都剌唱和。王德渊《薛昂夫诗集序》，称他"诗词新严飘逸，如龙驹奋迅，有'并驱八骏一日千里'之想"。《南曲九宫正始》序称"昂夫词句潇洒，自命千古一人"。其散曲意境宽阔，风格豪迈。

## 中吕·朝天曲

子牙，鬓华①，才上非熊卦。争些老死向天涯，只恁垂钓罢②。满腹天机，天人齐发，武王任不差。用他，讨罚，一怒安天下。

**【注释】**

①鬓华：双鬓斑白。　②恁（nèn）：如此，这般。

**【赏析】**

此曲是作者对姜尚（太公，字子牙），加以赞扬，周武王信任他，而得天下。从正面肯定了周武王姜太公；另一面，言下之意即可说明元朝当时不知选贤任能，自然文人只好归隐山林。此曲表示举贤才要知人善任。

# 双调·蟾宫曲

##  雪

天仙碧玉琼瑶①。点点扬花，片片鹅毛②。访戴归来，寻梅懒去③，独钓无聊。一个饮羊羔④红炉暖阁，一个冻骑驴野店溪桥。你自评跋：那个清高？那个粗豪？

### 【注释】

①碧玉琼瑶：形容雪如玉晶莹洁白。　②点点扬花：以杨花喻雪。片片鹅毛：形容雪片大如鹅毛。　③寻梅懒去：这是孟浩然踏雪寻梅的故事。　④羊羔：美酒名。

### 【赏析】

作者连用三个典故写雪，东晋王徽之雪夜访戴逵，到门不前而返，自称是"乘兴而来，兴尽而返"；唐孟浩然吟诗踏雪寻梅；柳宗元"独钓寒江雪"。作者从这三个典故中，表明三个人物同时对雪有着不同的态度。究竟哪种态度清高、粗豪。作者只问无答，从而给读者一种悬念感。作品洒脱，狂放，自然。

# 双调·庆东原①

兴为催租败，欢因送酒来②。酒酣时诗兴依然在。黄花③又开，朱颜未衰④，正好忘怀。管甚有监州？不可无螃蟹！

### 【注释】

①庆东原：双调曲牌，又名"庆东园""郓城春"。　②兴：兴致。败：败坏。"欢因"句：用白衣送酒典故。　③黄花：菊花。　④朱颜未衰：是说酒醉时脸上泛着红光，显得年轻。

### 【译文】

兴致常常被催租事破坏，快活也常为送酒人带来。醉醺醺时，诗兴依然存在。菊花又盛开，人也未衰老，就应该把世事忘怀。管他有什么监州来碍手碍脚，只要有螃蟹朵颐，便是我平生一快。

**【赏析】**

此曲脍炙人口。作者清贫，"催租"虽败兴，而有酒便高兴。酒中诗兴来，租债已忘怀。什么监州官收租，螃蟹是吃定了。极有生活气息，风格豪迈。

# 正宫·塞鸿秋

功名万里忙如燕①，斯文一脉微如线②，光阴寸隙流如电③，风霜两鬓白如练④。尽道便休官：林下何曾见⑤？至今寂寞⑥彭泽县。

**【注释】**

①"功名"句：为了功名，整天像衔泥筑巢的燕子一样忙忙碌碌。功名万里：是化用东汉名将班超投笔从戎，远赴西域，建功立业，最后得封定远侯的典故。②"斯文"句：士子品格清高，文雅脱俗的传统，已经微弱如细线一样。比喻那些营营苟苟于功名利禄的人几乎已把人格丧失殆尽。　③"光阴"句：时间像白驹过隙，又如电光石火，转瞬即逝。寸隙：一寸那样的小缝隙。电：电光石火。④"风霜"句：饱经风霜的两鬓白得像素练一样。练：洁白的丝绢，此处指鬓发雪白。⑤"尽道"二句：都说就要辞官归隐，可林下哪里见到了？这是化用唐代灵沏和尚的诗句："相逢尽道休官去，林下何曾见一人！"　⑥寂寞：这里是指孤独、孤单。彭泽县：指陶渊明。陶渊明曾在彭泽县任县令，因不愿摧眉折腰事权贵，辞官归里。意谓像陶渊明这样真休官、真隐逸的人太少了。

**【译文】**

为了功名，像燕子一样千里奔忙。那一脉文雅脱俗的传统，已微弱如同丝线。时间像白驹过隙，又如闪电奔驰。饱经风霜的两鬓忽然间已经像素练一样雪白。都说不再做官了，可在山林里哪里曾经见到过？直到现在，彭泽县令陶渊明那样的归隐者，也还是寂寞无朋的。

**【赏析】**

此曲揭出禄蠹们的鬼脸，撕掉假名士的画皮，薛昂夫这一首讽刺小令是特别引人注目的思想艺术特色。

作品一开始，即用四句漂亮的"连璧对"，以四个生动的比喻，鲜明地勾划出了营营苟苟、角逐争胜于名场禄网中的官迷、政客们的可鄙形象和付出的沉重代价，并向他们发出了不乏真诚的严肃警喻。这些对仕宦之途犹若苍蝇竞血的可怜虫们，不遗余力，投机钻营，为自己编织着一片锦绣幻梦，万里奔波"忙如燕"。由于机关算尽，寸权必争，在他们身上斯文一脉早已"微如线"，甚至于泯灭得一干二净。但是，正当他们费尽心机地为富贵功名而碌碌奔波的时候，黛绿年华已"流如电"般悄然逝去，两鬓业已"白如练"了。然而，当把这些名利之徒如醉如痴地拉着功名的沉磨飞转的形象写足写透以后，作者的犀利笔锋却又巧妙地一转，从一个完全相反的角度，直切这些人物的灵魂深处：恰恰是这"只嫌纱帽小"的家伙，却偏偏常在人前装扮出一副清高脱俗的样子，煞有介事地"尽道便休官！"对于这些俗不可耐却又假装道学者流，作者早已厌恶至极，随即以一个在现实生活中即可以得到验证的"林下何曾见？至今寂寞彭泽县"的有力反诘，把这些假名士的伪装撕剥殆尽！

# 中吕·山坡羊

## 述怀

大江东去，长安西去，为功名走遍天涯路。厌舟车，喜琴书①，早星星鬓影瓜田暮②。心待足时名便足③：高，高处苦；低，低处苦。

**【注释】**

①"厌舟车"二句：厌烦舟车，喜欢琴书。这里是把舟车（坐船乘车）喻作为功名富贵而劳碌奔波的羁旅行役；把琴书（弹琴看书）比作自由自在、无忧无虑的隐居生涯。陶渊明《归去来辞》："悦亲戚之情语，乐琴书以消忧"。②"早星星"句：早已两鬓斑白，种瓜的召平也已到了暮年。瓜田暮：指召平种瓜的典故。据《史记·萧相国世家》载：召平，秦时广陵人，封东陵侯；秦亡后为布衣，贫，种瓜于长安城东；瓜美，称为召平瓜、东陵瓜。韩信被诛以后，刘邦派使者拜萧何为相国，众人皆贺，唯召平独吊，劝萧何让封不受。后将召平种田喻高蹈远引。 ③"心待"句：思想上要是满足了，名也便满足了，便也心平气和了。

**【译文】**

江水滔滔东流入海，车轮滚滚西往长安，我为了博取和保持功名走遍了天南海北。厌恶了车马舟船的旅途劳顿，喜欢悠闲自在地抚琴读书，我早已两鬓斑白像种瓜的召平到了暮年。心里知足了，功名也就满足了。身居高位，有高的苦处；身居低位，有低的苦处。

**【赏析】**

如果把〔正宫·端正好〕"功名万里忙如燕"看作是刺向假名士的犀利投枪，

那么，这篇〔中吕·山坡羊〕《述怀》则是一篇敞开心扉，对于充满着矛盾和烦恼的不安灵魂的自我解剖。小令的前半部，作者心情沉重地回顾总结了自己的大半生遭际：风尘仆仆，鞍马倥偬，"为功名走遍天涯路"的劳碌和艰辛。也许由于他在元朝当时的社会里是一个"出身"较好的"色目人"之故罢，得天独厚的时代机遇把他推向了仕宦之途；也许是光宗耀祖这种传统思想文化的沉重压力，使他无法免俗，无法抗拒，因而也把他推向了仕宦之途。总之，他的官运还是比较畅达的。于是乎王命在身，不由自主地在宦海中随波逐流，劳碌奔波。而不知不觉中，两鬓已出现星星白发，韶华在滚滚红尘中悄然逝去。在这里，作者非常坦诚地诉说了自己寄身官场，枉耗生命的无谓，以及自己不能挣脱名缰利锁的羁绊，实践自己"厌舟车，喜琴书"的志向的无奈。小令的后半部，则以自己的切身体会告诫人们，"心便足时名便足"，阐述了"高，高处苦；低，低处苦"的辩证法，抒发了功名缠人，岁月磨人，随遇而安，知足常乐的人生见解和深沉感慨。

文如其人。从毫不矫情、真诚坦荡的曲作风格，我们也仿佛熟识了豪放不羁、光明磊落的作者的人格。

# 双调·楚天遥过清江引

有意送春归，无计留春住①。明年又着来，何似休归去。桃花也解愁，点点飘红玉。目断楚天遥，不见春归路。

春若有情春更苦，暗里韶光度。夕阳山外山，春水渡傍渡，不知那答儿是春住处。

**【注释】**

①"无计"句：南唐著名词人冯延巳〔鹊踏枝〕："雨横风狂三月暮，门掩黄昏，无计留春住"。这里巧妙地借用其中的一句。

**【译文】**

我有心送春回去，却没有办法把春天留住。明年春天还是要回来的，既然这样还不如今年别回去。桃花也懂得我的忧愁，纷纷扬扬地飘落，好像红玉洒落在地上。望断了遥远的楚天，也看不见春天回去时的道路。

春天如果真有感情，它必然也会十分痛苦，时光暗暗地逝去。夕阳在山后面落下，春水流淌过茫茫的渡口。不知道究竟哪里是春天的住处？

**【赏析】**

"一片花飞减却春，风飘万点正愁人"，这是杜甫《曲江二首》中的名句。

现在春天又将离去，有什么办法可以留住春光，使之永驻人间呢？面对同样的难题，薛昂夫似乎同样地一筹莫展。"明年又着来，何似休归去"，在这种自己也对之毫无信心的挽留辞语以后，作者只好顺其自然，无可奈何地认同了桃花愁肠寸断地与春天洒泪而别的态度："桃花也解愁，点点飘红玉"。而自己呢，迅即登高望远！再登高！再望远！然而，"目断楚天遥，不见春归路"，远景一片杳渺，心志惘然若失。小令的上半部，把惜春、留春而又送春、伤春的情感挖掘描绘得酣畅淋漓，缠绵悱恻，哀婉凄美。

曲的下半部，作者忽发奇想地将惜春、伤春的主体移到了春天这一客体上，把春天拟人化、主体化。"春若有情春更苦，暗里韶光度"，原来春天也正在为美好时光的悄然飞逝而痛心疾首，悲苦万分。曲意这样一转，就立即把人和春天这一主体和客体互相沟通，合二为一，从而使人的惜春、寻春之情更趋真诚而急迫。结尾的"夕阳山外山，春水渡傍渡，不知那答儿是春住处"，使题旨益发深沉幽远；而在这种怀恋、寻觅、伫望、怅惘的绵绵意绪中，抓住似水流年，珍惜青春岁月的人生慬悟，也就油然而生。

如果说，薛昂夫的这首曲作，多少还带有一种淡淡的感伤情调的话，那么，宋代王令的《送春》诗："三月残花落更开，小檐日日燕飞来；子规半夜犹啼血，不信春光唤不回！"是否更能予我们一种抓住时间，超越时间，成为时间的绝对主人的强烈自信和激情呢？

# 双调·折桂令

## 题烂柯石桥①

懒朝元石②上围棋。问仙子何争，樵叟忘归。洞锁青霞③，斧柯已烂，局势犹迷④。恰滚滚⑤桑田浪起，又飘飘沧海尘飞。恰待持杯，酒未沾唇，日又平西！

【注释】

①烂柯：斧柄朽烂。常常用以比喻世事变化之速。南朝梁任昉《述异记》有关烂柯的传说谓：晋王质入山伐木，见数童子奕棋并歌，因置斧而听。一童以一枣核状物予王质，王质含之，不饿不饥。俄顷，王质拾斧欲归，见斧柄已朽烂。回家则人事全非，原来出走已数十年矣。此山名石室山，即烂柯山，在今浙江衢县南。其他地方亦有烂柯山以及樵子遇仙的传说。 ②朝元石：道家弟子礼拜神

仙的石台。 ③洞锁青霞：洞口瑞云缭绕。 ④"斧柯"二句：斧柄已烂，可棋局仍然扑朔迷离，胜负难以预卜。 ⑤"恰滚滚"二句：刚刚桑田变成沧海，浪涛滚滚；转瞬间又沧海变成桑田，尘土飞扬。

【赏析】

这首小令大有超脱尘寰、拥抱八荒之概，写得意境开阔，格调豪迈。

王质入山采樵遇神仙弈棋，俄顷斧柯烂，回家已过了数年的故事，是一个经常被人传颂、抒写的题材，然而在薛昂夫笔下，却不循别人旧踪，独有一番气象。开头一个"懒"字就显得不同凡响，把烂柯的神话几乎一笔抹倒；因为在作者看来，这纯属小事一桩，根本不值得大惊小怪、叹为神奇的。他所瞩目的，是比这个更为广大浩瀚得无边无垠的时间和空间，这就是"恰滚滚桑田浪起，又飘飘沧海尘飞"！随后，作者又从沧海桑田的瞬息万变，回归到人类本体："恰待持杯，酒未沾唇，日又平西"，峭拔警策。这种大开大合、大跨度的组接，反倒没有了虚无颓废的感伤情调，却予人一种蓬勃峥嵘、纵横时空的恢宏和旷达。王德渊在《薛昂夫诗集序》中曾经称美作者的诗作"有并驱八骏，一日千里之想。"将此评语引用于这首小令，倒是十分合适和妥贴的。

## 苏彦文

生卒年不详。钟嗣成《录鬼簿》下卷列于"已死才人不相知者"中，说他"有《地冷天寒》越调，及诸乐府，极佳。"今只存套数〔越调〕"斗鹌鹑"《冬景》一首。

# 越调·斗鹌鹑

## 冬景

地冷天寒，阴风乱刮；岁久冬深，严霜遍撒；夜永更长，寒浸卧榻①。梦不成，愁转加。杳杳冥冥，潇潇洒洒。

〔紫花儿序〕早是我衣服破碎，铺盖单薄，冻的我手脚酸麻。冷弯做一块②，听鼓打三挝③，天那，几时捱的鸡儿叫更儿尽点儿煞④。晓钟打罢，巴到天明⑤，划地波查⑥。

〔秃厮儿〕这天晴不得一时半霎，寒凛冽走石飞沙，阴云黯淡闭日华⑦。布四野，满长空，天涯。

〔圣药王〕脚又滑，手又麻，乱纷纷瑞雪舞梨花。情绪杂，囊箧乏⑧。若老天全不可怜咱，冻钦钦怎行踏⑨。

〔紫花儿序〕这雪袁安难卧⑩，蒙正回窑⑪，买臣还家⑫，退之不爱⑬，浩然休夸⑭。真佳，江上渔翁罢了钓槎⑮。便休题晚来堪画，休强呵映雪读书⑯，且免了这扫雪烹茶。

〔尾声〕最怕的是檐前头倒把冰锥挂⑰，喜端午愁逢腊八⑱。巧手匠雪狮儿⑲一千般成，我盼的是泥牛儿四九里打⑳。

## 【注释】

①夜永更长，寒浸卧榻：漫长的冬夜，寒气浸透了床铺。永，长。更，古时一夜分为五更。　②冷弯做一块：因天气严寒，衣被单薄，人冻得将身体蜷缩成一块。　③听鼓打三挝(zhuā)：听见更鼓打了三下，即夜已到三更。鼓，指更鼓。挝，打，这里可作"遍"解，言更鼓已打过三遍。　④更儿尽点儿煞：盼望赶快到天明。"更""点"都是古代夜晚计时的标志，一夜分为五更，一更分为五点。这里是说更儿赶快尽，点儿赶快完。　⑤巴到天明：巴不得盼到天明。　⑥划(chǎn)地波查：白白地受折磨。划地，白白地。波查，折磨，元剧《灰阑记》三折《古水仙子》："我！我！我！因此上受波查。"　⑦闭日华：遮蔽了太阳的光。日华，日光。　⑧囊箧(qiè)乏：生活贫困，一文不名。囊，口袋。箧，小箱子。乏，贫

乏。　⑨冻钦钦怎行踏：冻得怎能行走。冻钦钦，形容冻的样子。行踏，行走。
⑩这雪袁安难卧：这样的大雪连袁安也难以安然独卧于床。袁安，东汉汝阳人，
字邵公，未达时，洛阳大雪，别人多出门乞食，唯袁安安然独卧于床。　⑪蒙正
回窑：这样的大雪，连吕蒙正也要回到他的窑洞去了。吕蒙正，宋朝河南人，字
圣功，太平兴国时进士，自淳化至咸平年间，三次入为相，据传，未达时，有富
家女刘月娥掷彩球选为婿，刘父嫌吕蒙正贫，因而刘月娥同父亲决裂，放赶到破
窑居住，后以吕蒙正中状元、父女和好作结，元杂剧有《吕蒙正风雪破窑记》，
传为关汉卿或王实甫作。　⑫买臣还家：连朱买臣也要回家了。买臣，即朱买臣，
西汉吴县（今江苏吴县）人，汉武帝时为会稽太守，他未达时因家贫，靠卖柴为生。
⑬退之不爱：韩愈不喜爱这样的大雪。退之，即唐代韩愈，字退之，昌黎人，大
文学家，文章宏深奥衍，卓然成一家言，后学之士，取为师法，世称"韩文"，
为唐宋八大家之一。据传说，其侄为韩湘子，学道成仙，为"八仙"之一。韩愈
以谏迎佛骨事贬刺潮州，于赴任中途经蓝关，值大雪，马不能行，韩湘忽至，劝
韩愈修道，韩愈终不听，曾写诗一首，中有"雪拥蓝关马不前"的诗句。　⑭浩
然休夸：即孟浩然，唐代大诗人，据传他曾在大雪天骑驴赏梅，对雪十分喜爱，
并写过多首咏雪诗。这句是说连爱雪的孟浩然也不敢夸讲这样的大雪。　⑮钓槎：
钓鱼的小船。　⑯休强呵映雪读书：不要勉强在这样大雪的天气中映雪读书。休
强，不要勉强。映雪读书，晋韩孙康少年时笃志好学，家贫买不起灯油，他就在
雪里利用白雪的反光来读书。　⑰檐前头倒把冰锥挂：天气严寒，屋檐前倒挂着
像锥子一样的冰溜子。　⑱喜端午愁逢腊八：喜欢端午节，因为端午已暖；腊八
节，因为腊八正是天气最冷的时候。端午，农历五月初五为端午节。腊八，农历
十二月初八为腊八，这正是天寒地冻的节令。　⑲雪狮儿：用雪堆成的狮子，为
人们冬季所喜欢玩赏的游戏。　⑳泥牛儿四九里打：盼望着春天赶快到来。泥牛，
即春牛，古时立春前一天有打春牛的风习，春牛本用土做成，后用苇或纸做，以
红绿鞭打之，故又叫打春。四九，节令名，冬至后将八十一天分为九九，每一九
为九天，立春本应在第六九头一天，即"春打六九头"。但这首曲中唱的是"我
盼的是泥牛儿四九里打"，意思是"盼望着提前立春，好让天气赶快转暖"。

**【赏析】**

　　同是写雪飘四野的冬景，由于人们当时的生活地位和心境迥然有别，有的写
得逸趣横生，有的纯作无病呻吟，有的却写得凄凄切切。苏彦文的这篇套曲就是
属于后者，它抒写了雪中寒士的独特感受，把描写寒风凛冽、大雪纷飞的冬景同
寒士的主观感情融合在一起，从中反映了元代社会知识分子的贫穷处境。

　　严冬给人一种肃杀之感，它虽然不如明媚的春天可爱，但那洁白如玉、水晶
般的冰雪却能激起人们丰富的遐想，因此在我国古代的文人中，踏雪赏梅、寻诗
乃是人们的一大快事。这篇套曲与众不同的是一扫文人雅士赏雪赋诗的悠闲情趣，

它通过铺叙寒士严冬的贫穷生活，去写风雪的可怕。这样来写雪景，在一些人看来未免大煞风景，而它的独特之处也正在于此。此曲不是矫揉造作的赝品，而是发自寒士心灵的悲叹。

# 吴弘道

字仁卿，号克斋。金台蒲阴（今河北安国县）人。他活动于至大（1308—1311）年间，做过江西省检校掾史。编有《中州启札》一书，今存。另有《金缕新声》《曲海丛珠》，今不传。著杂剧《手卷记》《正阳门》等，都不传。散曲风格清秀。《太和正音谱》称之"如山间明月"。

## 南吕·阅金经

### 伤春

落花风飞去①，故枝依旧鲜②，月缺终须有再圆。圆，月圆人未圆③。朱颜变，几时得重④少年。

【注释】

①风飞去：被风吹飞。 ②故：原来的。故枝：在此指落了花的树枝。鲜：鲜嫩。 ③圆：这里是团圆的意思。 ④重：重新。

【赏析】

此曲是感叹青春易逝，好景不长，不能重回少年时。从"落花"与"月缺"来看，此曲大约写于暮春三月的下弦。

古代的文人与仕女，在暮春常常要伤春风叹落花；在每月的下旬又要悲月缺，因此"花残月缺"常常引起伤感。但此曲前三句一反常态，从"落花"与"月缺"中找到希望，得到足以慰藉的亮色。花瓣虽然随风飘落了，但枝上绿叶茂盛，还有很多新抽的鲜嫩叶子，依然充满生机。月亮虽然缺了，但再过半月二十天，又会圆的。周而复始是大自然的规律。然而人呢？下半首就由自然转入了人生，那希望的亮色却暗下去了。月亮纵然很快就会再圆，但想到自己浪迹天涯，客居异乡，几时才能和家人团聚？不禁发出了"月圆人未圆"的感叹。月亮一次一次缺了又圆，但我却一次一次只见月圆而人不能团圆。韶华易逝，青春难再，如今我脸上的红润已渐渐消失，显得苍老了。但是，逝去的红润什么时候能够回来？我几时能重新回复到少年时代？这一问，令人激动不已，感慨万端。因此全曲虽明白如话，后半首更是直抒胸臆，但读后仍令人浮想联翩，回味无穷。

# 阿鲁威

字叔重，号东泉，蒙古族人，生卒年不详，曾做过南剑太守和经筵官。现存小令十九首。

## 双调·蟾宫曲

问人间谁是英雄？有酾酒临江，横槊曹公①。紫盖黄旗②，多应借得，赤壁东风③。更惊起南阳卧龙④，便成名八阵图中⑤。鼎足三分，一分西蜀⑥，一分江东⑦。

【注释】

①"有酾（shī）酒临江"二句：借用苏轼《前赤壁赋》中的句子："酾酒临江，横槊赋诗，固一世之雄也。"这是指曹操临江饮酒，横握长矛吟诗，可谓一代英雄。酾酒，饮酒。槊，长矛。曹公，曹操。　②紫盖黄旗：指一种云气，也叫紫云，形状如黄旗紫伞。《三国志·吴志·孙皓传》记载："黄旗紫盖，见于东南，终有天下者，荆扬之君乎！"这是说黄旗紫盖状的云气，出现于东南方向，东吴可能得到天下。传说，黄旗紫盖状的云气在那里出现，那里就会有真龙王子。这里比喻东吴孙权建立了帝业。　③赤壁东风：指东吴孙权。周瑜在赤壁大战曹操，诸葛亮借东风，火烧曹操的战船，从而打败了曹操的百万之众，奠定了东吴立业兴邦的基础，同时形成了魏、吴、蜀三国鼎峙的局面。　④更惊起南阳卧龙：诸葛亮崛起于乱世之秋，辅助刘备建立统一大业。南阳卧龙，诸葛亮曾隐居于南

阳卧龙岗，人称卧龙先生。　⑤八阵图：诸葛亮所作的阵形，一说在陕西勉县东南，一说在四川奉节县南，一说在四川新都县。　⑥西蜀：三国之一，又称蜀汉，公元221年刘备在成都称帝，国号汉。公元263年为魏所灭。因四川西部古代为蜀国，所以历史上把刘备建立的国家称为西蜀。　⑦江东：指三国时孙权建立的吴国，地处江东，又称东吴。

### 【译文】

问人间谁是英雄？有临江饮酒、横握长矛吟诗的曹操。在紫盖黄旗状的云气笼罩下的孙权，借得东风用火攻，赤壁之战大败曹军。更有那南阳卧龙诸葛亮，出山后巧布八阵图，闻名天下。他们功勋卓著，三分天下成鼎足之势，一分在西蜀，一分在东吴。

### 【赏析】

这首曲子缅怀三国英雄曹操、周瑜和诸葛亮，歌颂了他们的丰功伟绩。此曲借用典故，抓住"酾酒临江""赤壁东风"和"八阵图"等典型事件，分别创造了曹操、周瑜和诸葛亮的英雄形象，并高度概括了三国鼎峙的形势。全曲写得凝炼紧凑，沉郁奔放。

# 双调·水仙子

夜来雨横与风狂，断送西园满地香①。晓来蜂蝶空游荡，苦难寻红锦妆②。问东君归计何忙③？尽叫得鹃声碎④，却教人空断肠。漫劳动送客垂杨⑤。

### 【注释】

①"断送"句：断送了满园鲜花。西园：汉上林苑，亦称西园；曹操在邺都也建有西园，曹丕有《芙蓉池作》诗："乘辇夜行游，逍遥涉西园"。后泛指幽雅华美的园林、花园。　②"苦难寻"句：苦于寻不到锦缎般的鲜花。红锦妆，原指妇女华美的装扮，此处喻指艳丽的鲜花。　③"问东君"句：问春神你回去得为什么这样匆忙。东君，司春之神。　④"尽叫"句：杜鹃的啼鸣叫得人心都碎了。杜鹃，亦名杜宇，它的叫声肖似"不如归去"。好像是杜鹃把春天叫走了。如马致远〔双调·落梅风〕："纱窗外蓦然闻杜宇，一声声唤回春去"。
⑤"漫劳动"句：枉自劳驾你专事送别的垂杨柳。古人送客至长安东的灞桥，即折柳话别，如唐雍陶《折柳桥》诗云："从来只有情难尽，何事名为尽情桥？自此改名为折柳，任他离恨一条条"。在我国古代诗词中，杨和柳常常通用，所以

垂柳亦称垂杨。

夜来肆虐着暴雨狂风，把西园的芳菲一扫而空。到早晨蜜蜂蝴蝶飞来飞去，无所适从。只恨找不到往日盛饰的花容，春神啊，你为何要归去匆匆！你一味让杜鹃啼破了喉咙，却教人徒然心痛。那垂杨无端牵进了送行之中，一回回不得闲空。

【赏析】

喟叹、感伤春天的匆匆归去，这在我国传统诗词中是一个常见的主题。然而阿鲁威这一篇小令，却仍然富于新意，不仅形象生动，层次分明，而且还蕴含着一种教人为之惕然警醒的弦外之音。

小令的开头四句，十分逼真地描绘出了一幅落英遍地，百花凋零，蜜蜂和蝴蝶空自在残枝败叶间徘徊寻觅，却再也找不到奇葩竞放的昔日繁华景象的残春图画，把急风暴雨无情肆虐，群芳横遭摧残的惨景，刻画得生动逼真，淋漓尽致。紧接着，作者以拟人化的艺术手法。直接询问春神为什么走的这样急急忙忙；那杜鹃"不如归去"的泣血啼鸣，直叫得人肝肠寸断，以至于竟连专事送别的垂杨也用不着劳其大驾了。这种微带怨怼的口吻，使小令更增添了对于春的迅速逝去的惋惜浓情，真挚而亲切，蕴藉而深沉。

黄庭坚《同元明过洪福寺戏题》一诗中有这样两句："春残已是风和雨，更著游人撼落花"，愤怒指责了戕贼春天的人为力量。这篇小令的劈头两句"夜来雨横与风狂，断送西园满地香"，虽然没有像黄诗那样的除了自然力以外的明确社会指向，但是否亦蕴含着一种对于人世间的一切美好事物被无端凌虐横暴的不忿情绪呢？确乎发人深思。

# 虞集

（1272—1348），字伯生，蜀郡人，侨居江西临川。大德初荐授大都路儒学教授，官至翰林直学士兼国子祭酒，奎章阁侍书学士。延祐、至顺年间极负文名，"杏花春雨江南"的名句即出自他的手笔，可惜他的散曲今存的只有一首。

# 双调·折桂令

## 席上偶谈蜀汉事因赋短柱体<sup>①</sup>

銮舆三顾茅庐<sup>②</sup>，汉祚难扶<sup>③</sup>。日暮桑榆<sup>④</sup>，深渡南泸<sup>⑤</sup>。长驱西蜀，力拒东吴。美乎周瑜妙术<sup>⑥</sup>，悲夫关羽云殂<sup>⑦</sup>。天数盈虚<sup>⑧</sup>，造物乘除<sup>⑨</sup>。问汝何如，早赋归欤<sup>⑩</sup>。

【注释】

①短柱体：词曲中俳体的一种，两字一韵，每句往往有两韵到三韵。　②銮舆三顾茅庐：三国时刘备三次到隆中请诸葛亮出师，诸葛亮在《出师表》中说："先帝不以臣卑鄙，猥自枉屈，三顾臣于草庐之中。"銮舆，皇帝所乘的车驾，这里代指刘备。茅庐，草庐。　③汉祚（zuò）难扶：汉朝的王位已难以扶持。祚，帝位。难扶，难以扶持。　④日暮桑榆：指诸葛亮晚年率军南征，平定南中诸郡叛乱的事。桑榆，傍晚时太阳在桑树和榆树间，故以桑榆指人的晚年。　⑤深度南泸：诸葛亮晚年率军渡过金沙江，平定叛乱。泸，泸水，即金沙江。　⑥美乎周瑜妙术：称颂周瑜力主抗曹，智胜曹兵于赤壁。周瑜，三国时吴国名将，曾帮助孙策在江东创立孙吴政权，公元208年，曹操率兵南下，江东大震，周瑜力主抗曹，决战于赤壁，取得胜利。⑦悲夫关羽云殂（cú）：悲叹关羽的死亡。夫，语助词。关羽，三国时蜀汉名将，东汉末从刘备起兵，

屡立战功，建安十九年（公元214年）镇守荆州，因和东吴发生矛盾，孙权乘其后备空虚，派兵袭击荆州，关羽孤立无援，兵败被杀。殂，死亡。 ⑧天数盈虚：生死祸福都是由天命、气数而定的。天数，天命，气数。盈虚，即盈缩，伸长缩短之意，古时多指祸福成败，生死寿夭等。 ⑨造物乘除：天神主宰着事物的消长盛衰。造物，旧时认为上天主宰着大自然，所以称天为"造物"。乘除，指事物的盛衰消长。 ⑩早赋归欤：还是早早地辞官归隐吧！这里是借用东晋诗人陶渊明《明去来辞》序中"眷然自归欤之情"的句子。欤，句末语气词，表示感叹！

**【译文】**

当年刘备曾经三顾茅庐请诸葛亮出山佐助，但汉朝的江山实在难以帮扶。到了晚年，诸葛亮鞠躬尽瘁南渡泸水收服孟获而平定后方，率领军队长驱作战统一西蜀，全力抵抗势头旺盛的东吴。周瑜的妙计火烧赤壁而奠定天下三分的基业，关羽轻敌败走麦城而令蜀汉开始走向下坡路。天地运转的规律就是满盈后就要亏虚，大自然也是自有规律而加减乘除。请问诸君意下如何，还是早早地辞官归隐吧。

**【赏析】**

这是一首怀古咏史曲。它以高度概括的艺术手法，形象地描绘了三国时代群雄逐鹿，叱咤风云的局面，赞颂了诸葛亮和周瑜等历史人物的功绩。

对于三国故事，人们是比较熟悉的，这也是历代文人争先歌咏的题目。宋元词曲中亦不少见。这支曲子的不同之处在于以尺素之幅描写三国广阔浩大的斗争画卷，表现了作者高超的艺术概括力。作者把三国的盛衰兴亡，归结为"天数盈虚，造物乘除"，都是天数规定，人是无能为力的，所以他劝人们不必徒费苦心，不如早日归隐。

这支曲子采用了"两字一韵"的"短柱"体形式，用韵密度较大，字句稳贴严备，别具一格，使曲子写得典雅古朴。

## 马谦斋

生平不详。延祐年间前后在世，与张可久（小山）同时期，张有赠马散曲。谦斋散曲多有愤世之作。

# 越调·柳营曲

## 叹世

手自搓，剑频磨①。古来丈夫天下多。青镜摩挲②，白首蹉跎③，失志困衡窝④。有声名谁识廉颇⑤？广才学不用萧何⑥。忙忙的逃海滨，急急的隐山阿⑦。今日个，平地起风波⑧。

### 【注释】

①剑频磨：喻胸怀壮志，准备大显身手。　②青镜摩挲：言对镜自照，白发欺人。青镜，青铜镜。摩挲，抚摩。　③蹉跎：虚度光阴。　④衡窝：隐者居住的简陋房屋。⑤廉颇：战国时赵国的良将。　⑥萧何：汉高祖的开国元勋。　⑦山阿：大的山谷。⑧今日个：今天。风波：借指仕途的凶险。

### 【译文】

搓着自己的手掌，一遍遍将宝剑研磨，自古以来世上的大丈夫实在太多。而如今不少人揽镜自照，发现自己已是两鬓斑白，满头银发，真是虚度光阴，怀才不遇，困茅屋窝。可叹有谁赏识廉颇的名声，有谁去用萧何的才学。急急忙忙逃到海边，隐居深山去吧。在这世道，平地里也会生起风波。

### 【赏析】

此曲作者愤世嫉俗，刺讽统治者不善用人才，还平地起风波，使人非逃即隐。此曲子夹叙夹议，概括了元代社会尤为严重的扼杀人才的弊政，以及官场的险恶难测，把宦海沉浮、仕途凶险刻画得十分深刻形象，具有很高的思想性和艺术性。

# 越调·柳营曲

## 咏竹

贞姿①不受雪霜侵，直节亭亭易见心②。渭川③风雨清吟枕，花开时有风寻。文湖州是个知音。春日临风醉，秋霄对月吟。舞闲阶啐影筛金。

①贞姿：指竹子具有坚守其翠绿永不改变的姿色。　②直节亭亭：指竹节笔直、亭亭玉立。易见心：这是从另一角度说竹子的直节。　③渭川：即渭水，渭川流域在汉唐时盛产竹子。

【赏析】

《咏竹》是一首咏竹的佳作。第一二句写竹子不因风霜的侵凌而变色、仍保持其亭亭直节，比喻人因世俗苦难的折磨而不改变其高风亮节。竹之"节"即人之"节"。接下来几句写竹的盛产之地、花开引风、画家文湖州等，继续丰富竹的形象意蕴，最后几句写竹的洒脱风姿，表明作者心中所追求的人格标准。作者将竹的品格与人的坚贞和刚直的性格，相融相汇，颇为感人。作者不在竹的形貌上多作描述，句中却毕现竹的神韵。

# 双调·沉醉东风

## 自悟

取富贵青蝇竞血①，进功名白蚁争穴②。虎狼丛甚日休③？是非海何时彻④？人我场慢⑤争优劣。免使旁人⑥做话说，咫尺韶华去也⑦。

【注释】

①青蝇竞血：苍蝇在争着啄血。比喻当时社会的尔虞我诈、明争暗斗。②白蚁争穴：像一群蚂蚁在争着洞穴。　③虎狼丛：同下文的"是非海""人我场"皆是比喻当时官场乃至整个社会的黑暗现象。甚日：何日，什么时候。　④彻：完结、结束的意思。　⑤慢：同"漫"，不要的意思。　⑥旁人：指别人。　⑦咫尺韶华：指人生很短暂的光阴。去：过去，消逝。

【赏析】

此曲是写对自己以前的官场生涯的反省。"自悟"就是自己醒悟。从此曲所写的内容来看，还真令人有些大彻大悟之感。

开头两句用了一个合璧对，比喻贴切，笔锋犀利，揭露当时官场的丑态。这些当官的，个个贪得无厌，活像一群嗜血的苍蝇；人人争名夺利，拼斗不休，赛过几窝抢穴的白蚁。接下来又用一个合璧对，作进一步描绘，把官司场比作虎狼丛，天天凶恶拼杀，无止无休；又比作是非海，日日恶毒诽谤，没完没了。前四句写官场丑恶黑暗，后三句写自己的处世态度。在这黑暗的现实中，争什么长短优劣，摆脱名利的羁绊，洁身自好，免得旁人对我说三道四。更何况，千秋功罪总有人评说。今日官场龌龊，无是无非，但日后总有人会评说的，何苦让人笑骂。人生有限，韶华已逝，往日混迹官场，虚度年华，回思往事，令人无限痛心。结尾沉痛，寓有无限悔恨、无穷感慨，令人有不胜苍凉之感。

# 张可久

字小山。一作字伯远，号小山。庆元（今浙江宁波市）人。以路吏转首领官（掌管文牍），又曾为桐庐典史。小山多有与卢挚、贯云石等人唱和之作，又称马致远为先辈。至正初，小山年七十余，尚作昆山县幕僚。生平好游，遍及江南各地。有《张小山北曲联乐府》三卷，又有《小山乐府》不分卷（天一阁本）。涵虚子论曲，称小山词"如瑶天笙鹤"。又云"清而且丽，华而不艳，有不吃烟火食气，真可谓不羁之才；若被太华之仙风，招蓬莱之海月，诚词林之宗匠也，当以九方皋眼相之"。明李开先序乔吉、张可久二家小令，认为："乐府之有乔、张，犹诗家之有李、杜"。小山散曲写景、抒情，近诗、词法。具有口语化特征。

## 黄钟·人月圆①

### 会稽怀古②

林深藏却云门寺③，回首若耶溪④。苎萝人去⑤，蓬莱山在，老树荒碑。神仙何处，烧丹傍井⑥，试墨临池⑦。荷花十里，清风鉴水，明月天衣。

**【注释】**

①人月圆：曲牌名，句式定格为七、五、四、四、四，〔么篇〕八、四、四、四、四。　②会稽：在今浙江省绍兴县。　③林深藏却云门寺：云门寺深藏山林间。云门寺，在今浙江省绍兴县南云门山上。　④若耶溪：在浙江省绍兴县南若耶山下，北流入镜湖，相传为越国西施浣纱处，故又称浣纱溪。　⑤苎萝人去：指西施去国。

元曲三百首全解全析

苎萝，即苎萝山，在浙江省诸暨县南五里，这就是西施浣纱之处。 ⑥烧丹傍井：在井水旁炼丹。烧丹，道家炼丹汞，以为长生之道。 ⑦试墨临池：浙江省永嘉故县积谷山麓，晋朝大书法家王羲之守永嘉时，常临池写字，池水为黑，宋朝米芾为池题词，写下"墨池"二字。

**【赏析】**

张可久的曲清丽自然，不着斧凿痕，表现出闲适放逸的情趣。这首《会稽怀古》就是这种风格的代表。曲里的云门寺在绍兴县南云门山上，是一座有名的古寺。但作者没有去写它的壮丽和历史的悠远，而是用"林深藏却"四个字，把它的环境一笔勾出，在这若隐若现当中，给人以深邃幽雅的遐想。而第二句的"回首若耶溪"，又使人们看到另一幅新的境界，当你面对着幽静古寺时，却在山脚下看到一片开阔的溪水。如果说云门寺和若耶溪还都是实写，从"若耶溪"以下，便由现实引入历史，想到了西施的命运，想到了大书法家王羲之曾在这里临池写字；不仅如此，作者还把人们引入神仙境界，"荷花十里，清风鉴水，明月天衣"。是人境呢还是仙境？这只能让读者自己去评断了。

# 中吕·满庭芳

## 金华道中

营营苟苟。纷纷扰扰，莫莫休休。厌红尘拂断归山袖，明月扁舟①。留几册梅诗占手，盖三间茅屋遮头。还能够：牧羊儿肯留，相伴赤松②游。

**【注释】**

①扁舟：小船。此暗用范蠡辅佐勾践灭吴后，乘舟浮游的事，表达归隐之意。②赤松：赤松子，传说中的仙人。

**【赏析】**

此曲愤嫉俗之作。作者对营营苟苟的红尘看透了，用袖子拂尘土也拂不尽。表现出归隐，或学范蠡扁舟游湖，或学张良随赤松子游，或学"牧羊儿"随"金华羽士"登仙。借这些传说表明作者厌恶官场向往归隐心情。

# 中吕·满庭芳

## 客中九日①

乾坤俯仰。贤愚醉醒，古今兴亡。剑花②寒，夜坐归心壮③，又是他乡。九日明朝酒香，一年好景橙黄。龙山上④，西风树响，吹老鬓毛霜。

【注释】

①客中九日：指寄寓他乡过重阳节。　②剑花：指灯芯的余烬结为剑花形。③归心壮：谓思归心情强烈、旺盛。　④龙山：在今湖北江陵县。

【赏析】

这也是一首写在九月九日重阳节表达思乡之情的小令。是夜，作者坐在灯前，想到了朗朗乾坤之中的贤与愚、醉与醒、今与古、兴与亡，等等，自然又是感慨满怀。忽然看到灯花有些黯淡，便引动了强烈的思乡之情，不由感叹"又是他乡"！他还想到，今年的年景不错，明天会飘满庆祝的酒香。可是，看看自己客居他乡，秋风已经吹得自己越发衰老，两鬓染霜，也实在是无奈呀！渴望回归故里，却又不能做到，依然是这首小令的主题。

# 中吕·红绣鞋

## 天台瀑布寺①

绝顶峰攒雪剑②，悬崖水挂冰帘③。倚树哀猿弄云尖④。血华啼杜宇⑤，阴洞吼飞廉⑥。比人心，山未险⑦。

【注释】

①天台：即天台山，在浙江省天台县北，相传汉时有刘晨、阮肇入天台采药遇仙故事。　②绝顶峰攒雪剑：山峰绝顶尖峭，高寒积雪如同雪剑。攒，聚积。③悬崖水挂冰帘：悬崖处有瀑布直泻而下，如同挂着冰帘。　④哀猿弄云尖：猿猴在山峰上，山峰之高如入云端。哀猿，猿猴，鸣叫声音凄切，故称哀猿。　⑤血

华啼杜宇：传说杜鹃鸣叫，直到喉咙出血为止，故有"杜鹃啼血"的说法。杜宇，即杜鹃。　⑥飞廉：传说中的风神。　⑦比人心，山未险：形容人心的险恶，比天台山峰更加险恶。

【赏析】

天台山瀑布是有名的。瀑布由峰顶直泻而下，如同山峰上倒挂的雪剑，又如同从悬崖上垂下的水帘；它高不可攀，只有哀猿在峰顶倚树弄云；而瀑布落下的声音，如同风神的怒吼！这是一幅多么震撼人心的景象啊！然而作者并没有仅仅停留在对这奇观异景的惊叹和赞赏中，他笔锋一转，道出了"比人心山未险"这样的警语，让读者从对自然景色的欣赏中猛然回到尘世中来，从而激起人们对世事的沉思。

# 中吕·卖花声①

## 怀古

美人自刎乌江岸②，战火曾烧赤壁山③，将军空老玉门关④。伤心秦汉，生民涂炭，读书人一声长叹。

【注释】

①卖花声：一名升平乐，曲牌名，句式定格为七、七、七、四、四、七，共六句。②美人自刎乌江岸：项羽失败后自刎于乌江，他的爱妾虞姬也自刎而死。　③战火曾烧赤壁山：指三国时的赤壁之战。公元二〇八年，曹操率军南下，诸葛亮说服孙权联合抗曹，以周瑜为统帅，在赤壁（今湖北省蒲圻县境）用火攻大败曹兵。④将军空老玉门关：班超白白在玉门关外耗尽岁月。将军，指东汉名将班超，汉明帝和章帝时他奉命安定西域使西域各族恢复了与汉朝的联系，他被任命为西域都护，封为定远侯，他在西域生活了三十一年，晚年思念家乡，上疏请求回去，有"臣不敢望到酒泉郡，但愿生入玉门关"的话，"空老玉门关"即指此。玉门关，在今甘肃省敦煌市西，古时通往西域的要道。

【译文】

美人虞姬自尽在乌江岸边，战火也曾焚烧赤壁万条战船，将军班超徒然老死在玉门关。伤心秦汉的烽火，让百万生民涂炭，读书人只能一声长叹。

【赏析】

凡是顺应历史发展潮流、推动历史前进的人物，都应该被历史所肯定。张可久在这首小令中，无论是对于失败了的项羽，三国时的孔明、周瑜和曹操，还是建立了安定西域功勋的班超，一概加以否定，显然是错误的。不过，作者主要着眼于战火给人民带来的灾难，表达了对人民的同情，这在民族战争纷繁的元朝社会，有它一定的针对性和积极意义。

# 黄钟·人月圆

## 山中书事

兴亡千古繁华梦，诗眼倦天涯①。孔林②乔木，吴宫③蔓草，楚庙④寒鸦。数间茅舍，藏书万卷，投老⑤村家。山中何事？松花酿酒，春水煎茶。

**【注释】**

①诗眼：诗人的洞察力。倦：厌倦。　②孔林：指孔丘的墓地，在今山东曲阜。③吴宫：指吴国的王宫。春秋时吴国，建都于吴（今江苏省苏州市）；三国时吴国，建都于建业（今江苏省南京市）。李白对这两处都有诗，关于前者有《苏台览古》，对于后者有《登金陵凤皇台》，其中有"吴宫花草埋幽径，晋代衣冠成古丘。"作者于此化用了这两句。　④楚庙：指楚国的宗庙。　⑤投老：临老，到老。

**【译文】**

千古岁月，兴亡更替就像一场幻梦。诗人用疲倦的眼睛远望着天边。孔子墓地中长满乔木，吴国的宫殿如今荒草萋萋，楚庙中只有乌鸦飞来飞去。

**【赏析】**

张可久的散曲，一向以典雅清丽著名，这首小令截然不同，风格豪放，语言质朴，是小山曲中的另一格。题名《山中书事》，实为怀古，但作者在此，并非发思古之幽情，而是借感叹古今的兴亡盛衰表达自己勘破世情，隐居山野，诗酒自误，逍遥自在。

全曲分上下两阕，上阕咏史，下阕述怀。开头两句劈空而来，总写历来的兴亡盛衰，都如虚幻一梦，自己徒怀凌云之志，空有八斗之才，浪迹天涯，久沉下僚，早已参破世情，厌倦风尘。起首两句，"思接千载（千古），视通万里（天涯）"，气势宏大，时间绵延，空间开阔。在这上下千载，纵横万里的时空大背景上，参破了世事人情，古往今来的王朝兴衰，个人得失，都如过眼云烟，一场梦幻。接下来三句，分别列举了孔林、吴宫与楚庙，证实前边提出的看法。像孔子那样的

217

儒家万世师表，吴王那样称霸江东，楚国那样拥有广袤疆域，如今只剩下老树苍苍，蔓草萋萋，寒鸦声声，一片凄凉。真是"儒术于我何有哉，孔丘盗跖俱尘埃。不须闻此意惨怆，生前相遇且衔杯。"（杜甫：《醉时歌》）

下阕紧接上阕，由对历史兴衰的感慨，转入对现实生活的叙述，镜头从千古、天涯转到了眼前的山中，虽然这里只有简陋的茅屋数间，但藏有诗书万卷，老来足可寄身村舍。最后三句写寄身村舍后的日常生活，这里没有车马的喧扰，不需送往迎来；无案牍之劳形，不至食不甘味，平时就是自酿的松花酒几盅，自煎的春水茶一杯，悠闲宁静，淡泊无为，藏迹林泉，诗酒自娱，轻松自在，悠然自得，真可傲杀王侯。

此曲情景交融，意象优美，意蕴深沉，古今融汇，感情激荡中有平静，闲适中有愤慨，但融合自然，藏而不露。

# 正宫·小梁州

## 避暑即事

两峰①晴翠插波光，十里横塘②。画楼帘影挂斜阳，谁凝望？纨扇③掩红妆。

〔幺〕莲舟撑入荷花荡，拂天风两袖清香。酒醉归，月明上，棹歌④齐唱，惊起锦鸳鸯。

【注释】

①两峰：指杭州西湖附近的南高峰与北高峰。此句写两峰倒映在水中的景象。　②横塘：古堤塘名。三国时吴国筑于建业（今南京市）城南淮水（今秦淮河）南岸，一称南塘。在此用以借指西湖。　③纨扇：用细绢制成的团扇，多为女性用。④棹歌：船工行船时所唱的歌。

【赏析】

这是一首写景诗，写夏天傍晚游湖避暑，直到月上时，酒醉而归。张可久一生仕途失意，常流连徜徉于山水。西湖是他一生中流连时间最长，吟咏最多的地方，这首小令是其中之一。

前两句写湖面风光，翠绿的两峰晴天倒映在湖中，波光粼粼，景色迷人，湖面宽阔。下边三句写湖岸上，画楼帘影挂满夕阳的光辉，在楼上有谁正在凭栏凝望？原来是一位红粉佳人，她手持绒扇，羞答答地遮掩着脸。这一句把一个封建社会里的闺阁千金刻画得入木三分，她既想看湖上的风光与游人，又怕别人看见她，因此只能手持团扇遮遮掩掩。

后半部分（在〔幺〕以后），前两句写湖上采莲女。荷花、莲子是西湖的一大景色，也是一大特产，柳永在《望海潮》中称之为"十里荷花"。"莲叶何田田，江南可采莲。"历来被看成是盛事，是美事。采莲女也不断被诗人讴歌，出现了不少佳作，其中唐人王昌龄的《采莲曲》更是成为千古名篇："荷叶罗裙一色裁，芙蓉向脸两边开。乱入池中看不见，闻歌始觉有人来。"在这首曲中，写采莲女的只有两句，而且始终不见人影，只见船动，只闻到扑鼻的清香，显得十分空灵而有情致。最后写夜深月上时，酒醉后归去。"棹歌齐唱"，说明游湖的人此时纷纷归去。"惊起锦鸳鸯"，说明唱棹歌的人多，歌声响亮，眠宿在湖上的水鸟也被惊起。在湖上各种水鸟很多，这里却只写鸳鸯，为此曲增添艳丽的色彩。

这是一首典型的清丽之作，波光山影，景色秀丽，在这湖光山色中，突出了一个画楼佳人与一个采莲少女，为湖山增添了秀气、灵气与生气，最后又以一双鸳鸯相衬，令人更觉风流蕴藉。

# 越调·寨儿令

## 鉴湖上寻梅

　　贺监宅①，放翁斋②。梅花老夫亲自栽。路近蓬莱③，地远尘埃，清事恼幽怀。雪模糊小树莓苔，月朦胧近水楼台。竹篱边沽酒去，驴背上载诗来。猜，昨夜一枝开。

**【注释】**

　　①贺监宅：即贺知章的住地。　②放翁斋：陆游的住所。　③蓬莱：指旧址在浙江绍兴龙山下的蓬莱阁。

**【译文】**

　　贺知章的住地，陆游的住所都在鉴湖。那里也有老夫亲自栽种的梅花。道路接近蓬莱，地面远在尘埃之外，幽怀中关心的唯有这些风流韵事。白雪覆盖了小树莓苔，暗月朦胧了近水楼台。到竹篱边买酒去，骑着驴吟诗。心中猜想，肯定昨夜又有一枝梅花盛开。

**【赏析】**

　　此曲以贺知章、陆游都曾在鉴湖上做引自比。自栽梅、自寻梅、自赏昨夜新开梅花，将污浊社会摆脱开，沽酒去，载诗来。这种诗情画意，可见诗是放达一流，风雅一派。其间佳句，妙语天成。可谓一代绝曲。

# 双调·庆东原

## 次马致远先辈①韵九篇

　　诗情放，剑气豪。英雄不把穷通较②。江中斩蛟③，云间射雕④，席上挥毫⑤。他得志笑闲人⑥，他失脚⑦闲人笑。

**【注释】**

　　①先辈：对文人的敬称。　②穷通：指人生际遇的困厄与显达。较：计较。

③江中斩蛟：晋周处曾人入水斩蛟，为民除害。　④云间射雕：北齐斛律光在随世宗狩猎时，曾射落大雕，被赞为云中射雕手。　⑤席上挥毫：指酒席上即兴创作，才思敏捷。　⑥闲人：食客，即所谓帮闲者。　⑦失脚：此指失意、蹉跎。

**【译文】**

诗情汹涌奔放，剑气豪迈惊鸿，英雄不会过分去计较人生际遇中的落魄和显达。勇猛威武能下水剑斩蛟龙为民除害，武艺高强可以透过云间射落大雕，才思敏捷酒席上能即兴挥毫赋诗。可怜那些小人得志的时候嘲笑别人，失意的时候也将会被天下人耻笑。

**【赏析】**

作者比马致远小约二十岁，故称马为"先辈"。这首小令，形象告诉人们在得志与不得志之间不同处境及不同心理，写得很有生气富有哲理，气势豪放。

# 双调·折桂令

## 九日①

对青山强整乌纱②。归雁横秋，倦客思家③。翠袖殷勤④，金杯错落⑤，玉手琵琶。人老去西风白发，蝶愁来明日黄花。回首天涯，一抹斜阳，数点寒鸦。

**【注释】**

①九日：农历九月初九，为登高节。　②对青山强整乌纱：化用孟嘉落帽故事：晋桓温于九月九日在龙山宴客，风吹孟嘉帽落，他泰然自若，不以为意。③归雁横秋，倦客思家：南归的大雁在秋天的空中横排飞行，长久在外的游子思念家乡。倦客，指长久在外的游子。　④翠袖：指歌女。　⑤金杯错落：各自举起酒杯。金杯，黄金酒杯。错落，参差相杂，一说酒器名，白居易诗："银含错落盏，金屑琵琶槽。"

**【译文】**

面对着青山勉强整理头上的帽子，归雁横越秋空，困倦游子思念故乡。歌女们殷勤劝酒，客人们频频举起酒杯听歌女，玉手弹奏琵琶。西风萧萧人已衰老满头白发，玉蝶愁飞明日黄花，回头看茫茫天涯，只见一抹斜阳，几只远飞的寒鸦。

**【赏析】**

九月初九重阳日，为汉族的登高节。这时正是秋高气爽的时候，然而也是万物开始萧疏的时令。这时大雁已经南归，游子更容易触发起思乡之情。秋景是丰美多姿的，秋景也是最能令游子感伤的。张可久的这首小令，既写出了"九日"的美好，也写出了游子的愁肠。"人老去西风白发，蝶愁来明日黄花"。正是，"愁"和"美"凝结成功的文字。

# 双调·折桂令

## 读史有感

剑空弹①月下高歌，说到知音②，自古无多，白发萧疏③，青灯寂寞，老子婆娑④。故纸上前贤坎坷⑤，醉乡中壮士磨跎⑥。富贵由他，谩想廉颇⑦，谁效常何⑧。

**【注释】**

①剑空弹：借用战国时冯谖故事。孟尝君善养客，时冯谖为门下客，一日冯谖"弹剑而歌曰：长铗归来乎，出无舆。孟尝君迁之代舍，出入乘舆车矣！"见《史记·孟尝君传》。 ②知音：知己者。 ③萧疏：稀稀落落。 ④老子婆娑：老子，自称，有倨傲的意思。婆娑，放浪自得的样子。 ⑤故纸上前贤坎坷：古书上记载的前贤是不得志的人。故纸，古书。坎坷，道路不平的样子，引申为不得志。⑥醉乡中壮士磨跎：唐朝马周不得意时饮酒消愁。据《新唐书·马周传》说，马周不得意时，住在新丰（今陕西临潼县东）的旅舍里，店主人不理他，他就要了一斗八升的酒，独自饮起来。壮士，指马周。磨跎，一作蹉跎，消遣、消磨时间，元杂剧《鲁斋郎》四折〔梅花酒〕："我这里自磨跎，饮香醪，醉颜酡"。 ⑦廉颇：战国时赵国大将，曾破齐、拒秦、败燕，功绩卓著，封信平君。悼襄王立，使东乘代颇，颇怒，攻走乐乘，逃亡至魏。后赵国屡为秦所困，赵国欲再起用廉颇，使者因得到廉颇的仇人郭开的贿赂，说廉颇年纪已老，遂不召回，后卒于楚。⑧常何：唐朝中郎将。唐太宗下令百姓论朝政得失，马周此时正住在常何家中，他于是替常何条陈二十余事，因常何是武人，不通文墨，太宗见条陈头头是道，感到奇怪，常何始将实情说出，太宗立刻召见马周，拜为监察御史。谁效常何，是说现在没有常何这样老实的人，所以像马周这样的人就难被重用了。

**【译文】**

徒劳地弹着剑在月下高歌，说起知音自古以来就没几个。满头的白发已经稀疏，昏暗的灯下人影寂寞，老夫依然是洒脱自得。古书上记满了前贤仕途坎坷，杯盏中沉醉把志士岁月消磨。功名富贵由他去，不堪回首想起廉颇，如今还有谁效法常何？

**【赏析】**

这首小令的作者，借古人的酒杯，浇自己的垒块，抒发了"知音"无多的感慨。作者从战国时弹铗的冯谖谈起，联系到古代的前贤，他们尽管有高才绝学，而生活的经历却总是坎坷多艰。世上如果没有常何，唐太宗何以得识马周？而赵国老将廉颇，虽然身经百战，立下了汗马功劳，由于不遇明主，王上听信谗言，终究被群小埋没。作者读古人的历史，有感于自身的际遇，才发出这样的概叹。他具有济世救民的才华和愿望，然而识才者难遇，善用人者更是不可多得。所以至今只能过着"白发萧疏，青灯寂寞"的生活，自己的才能无从施展。

# 中吕·满庭芳

## 春思

愁斟玉斝①，尘生院宇②，弦断琵琶。相思瘦的人来怕，梦绕天涯③。何处也雕鞍去马？有心哉归燕来家。鲛绡帕，泪痕满把④，人似雨中花。

**【注释】**

①玉斝(jiǎ)：用玉制的酒器。　②"尘生"句：此句化用刘方平《春怨》："寂寞空庭春欲晚，梨花满地不开门"之意。　③"梦绕"句：此句从赵令畤《乌夜啼·春思》结尾"重门不锁相思梦，随意绕天涯"中化出。　④"鲛绡帕"两句：化用陆游《钗头凤》词："春如归，人空瘦，泪痕红浥鲛绡透。"

**【赏析】**

此曲与赵令畤的《乌夜啼》一样，都题名《春思》，实际上写的是相思之情。历来对赵词颇多赞赏之辞，对其"重门"两句，更是赞叹不已，认为"尤写得沉挚，情到处，不觉神魂飞动矣。"张可久这首曲比之赵词毫不逊色，其缠绵动人处，有过之无不及。

前三句突出了一个寂静，创造一种氛围，突出了抒情主人公情思慵懒，不饮酒，不出门，懒弹琵琶，对什么事都打不起精神来。人们不禁要问，这是为什么？第四句就明确回答了这个问题：患相思病，而且还是重症，已卧病在床，整天神思恍惚，在梦中跋涉于海角天涯，去寻觅她的情人。因此接下去第七句就自然而然要提到她的情人了。这一句告诉读者两点，一是骑着雕鞍骏马离开的，这自然是个男子，那么害相思的不用说是个女子；二是女子不知道情人的去踪。既不知去踪，当然更不知他何日归来，看到梁上双双紫燕已从南方归来，但燕归人未归，燕燕双飞，人却孤独无伴，令人更加伤心。想到这里，不禁泪流满面。最后三句就是写出了这状况。"人似雨中花"一句，比喻贴切生动，既写出了女子相思之苦，也刻画出女子容貌之美。痛苦之深与容貌之美加到一起，也就越能引起人同情，作品的艺术魅力也因此而得到增强。

此曲用语典雅，情思缠绵悱恻，其义蕴藉含蓄，善于化用前人诗句，比喻贴切生动，是同类题材中的上乘之作。

# 双调·水仙子

## 归兴①

淡文章不到紫薇郎②，小根脚难登白玉堂③。远功名却怕黄茅瘴④。老来也思故乡，想途中梦感魂伤。云莽莽冯公岭，浪淘淘扬子江，水远天长。

【注释】

①归兴：归乡后的感触。 ②淡文章：平淡浅薄的文章。紫薇郎：唐代对中书郎的别称，在此泛指文职高官。 ③小根脚：犹言根底浅，指出身寒微、门第不高。白玉堂：即玉堂，唐宋以后对翰林院的别称。 ④黄茅：茅草中的一种，多生长在无人居住的荒僻之地。瘴：瘴气，指热带森林中的湿热之气，从前被认为是恶

性疟疾等传染病的病源，古人对此畏如狼虎。

【赏析】

这首小令是作者从官场中引退后，归家时所作。全曲共八句，前边用了五句来说明为什么要归故乡。开头两句言简意赅地说自己功名无望，既无才学又无靠山，因此当不了大官。这两句看来似乎是自谦，实际上是牢骚满腹，发不平之鸣。从实际情况来看，作者确实很有才华，其散曲创作在当时几乎可独步文坛，很受人推崇，自己也很自信，曾以姜子牙、范蠡、冯谖、王粲、谢安等自比，希望能有所作为，但怀才不遇，"谁三顾茅庐"（〔中吕·齐天乐过红衫儿·道情〕）。本想在建功立业后再辞官归隐，"学范蠡归湖"（同上），决不像现在这样功业未就，壮志未酬，就辞官归乡。当然，"小根脚"还是实际情况，但历代统治者不是一再鼓吹"将相本无种，男儿当自强"吗？说自己因出身贫寒而"难登白玉堂"，这实际是嘲讽，是控诉！下边三句对为什么归故乡作进一步说明，本想远离功名隐居深山，又怕受不了那里的瘴疠之气，年岁老了更加思念故乡，对故乡的山山水水时常梦魂萦绕。最后用了三句写归乡途中所见，冯公岭头云霞莽莽，扬子江上波浪淘淘，那辽阔的水，那绵延的山，不正是我日夜"梦感魂伤"、苦苦思念的家乡！至此，一个回乡游子已完全融进了一幅开阔壮丽的山水画中去了。这结尾表达了，作者热爱故乡的无限深情，反映出作者归乡时激动而轻快的心情，还有一种迫不及待要到达故乡的感情，令人颇有些读孟浩然《渡浙江问舟中人》的感觉："潮落江平未有风，扁舟共济与君同。时时引领望天末，何处青山是越中？"因此，这首曲前边虽难免有愤激之情，但最后归于平静，置身于故乡优美的山水中，什么功名利禄，已不值再去一想了。

# 双调·折桂令

## 西陵①送别

画船儿载不起离愁②，人到西陵，恨满东州③。懒上归鞍，慵开泪眼，怕倚层楼④。春去春来，管送别依依⑤岸柳。潮生潮落，会忘机⑥泛泛沙鸥。烟水悠悠，有句相酬，无计相留。

【注释】

①西陵：当指西陵渡，故址在今浙江省杭州市萧山区。　②"画船"一句：喻船的华丽。此句化用李清照《武陵春》："只恐双溪舴艋舟，载不动，许多愁"

的意境。　③东州：或谓指山东琅琊（今山东临沂北）。此西陵与东州是指送别之地与友人前去之地。　④层楼：高楼。登楼远望，思念故乡亲人，思念远别的良朋，自王粲的《登楼赋》以后，在诗词中已是屡见不鲜，登楼倚栏思念远方亲人，并因此生愁惹恨，这在中国已形成原始意象。此句由辛弃疾的"怕上层楼"（《祝英台近》）点化而成。　⑤依依：由"昔我往矣，杨柳依依"（《诗·小雅·采薇》）变化而来。在汉代，京都的人常送客至灞桥，折柳赠别，以后折柳、杨柳就成了赠别的象征，也形成一个原始意象，因此才有"年年柳色，灞陵伤别。"（李白：《忆秦娥》）　⑥忘机：原为泯灭机心，在此意为淡名利，不陷入世事俗务中，有出世蠢逸之意。此句用"鸥鹭忘机"，其典出于《列子·黄帝》。

**【译文】**

华丽的船儿载不动离别的愁恨。人还在西陵，恨已经弥漫了整个东州。我无奈地踏上马儿回去，眼含泪水，懒得睁开，怕倚着高楼远眺。春天走了，又来了，年复一年，西陵的杨柳依然轻柔披拂，送别的场景却始终萦绕在脑海。潮涨潮落，甘于淡泊，与世无争，江上沙鸥泛水。雾霭迷蒙的水面辽阔无际，只能酬和诗句寄托深情，可还是没有办法把人留下来。

**【赏析】**

中国人十分重视朋友情谊，列为五伦之一，并出现了大量以送别为题材的作品，其中不乏佳作，其中像王勃的《送杜少府之任蜀州》、王维的《送元二使安西》、李白的《黄鹤楼送孟浩然之广陵》、高适的《别董大》，等等，都成为传颂千古的名篇。张可久这首小曲，写得缠绵悱恻，可以追美前人。

前三句点明在西陵送别友人。起句不凡，出言警策，动人心弦。离愁本是无质无形的，十分抽象，在这里却把它具体化了。这句虽为点化李清照词句的意境，但李清照说的是游览用的小艇，这里说的却是作交通工具的大船，更显离愁之沉重，由此衬托出友情的深厚。第二句写送别之地，第三句写友人将要去的地方。这是说，人还在西陵握别，离恨却已弥漫到东州。由此更见离情之苦，也更衬托出友谊之深。

四、五、六句为第二层，写刚送别友人后的情景。友人已离去，没精打采的上马回去，眼前已没有良朋，饱含泪水的眼也懒得睁开。回家后，实在怕上楼去，倚楼眺望，过尽千帆都不是载着友人归来的画船，徒添忧伤。

第七句到第十句，这四句是一个"扇面对"，上两句与下两句骈俪成文，属对工稳。抒发与友人别离后的寂寞凄凉景况。春去春来，年复一年，西陵渡头依然杨柳依依，但总忘不了那天挥泪握别；潮涨潮落，日更一日，钱塘江上只见沙鸥泛水，却再也没有良朋时常相伴。长相思念，离情萦怀。

最后三句，一气呵成，缠绵悱恻，情意悠长。友人已乘画船远去，江上只剩烟水苍茫，真是"孤帆远影碧空尽，惟见长江天际流。"在这里，作者融情于景，这悠悠的烟水也正是悠悠离愁。最后两句写出了遗憾与惆怅，对朋友，只有酬以深情的诗句，但无法挽留。这两句语意率直，感情真挚。全曲情意悠长，自然流走，余音不绝。

# 双调·殿前欢

## 客中

望长安，前程渺渺鬓斑斑。南来北往随征雁，行路艰难①。青泥小剑关②，红叶溢江岸③，白草连云栈④。功名半纸⑤，风雪千山。

**【注释】**

①征雁：指来往于南北两地的大雁。行路艰难：喻求取功名的艰难。　②青泥小剑关：指青泥岭如同剑关。　③溢江岸：指白居易《琵琶行》中所写之地。④白草：北方之草，坚挺。连云栈：在今陕西汉中，为古时川陕通道。　⑤功名半纸：形容功名微不足道。

**【译文】**

遥望京师长安，只觉前程渺茫而今已是两鬓斑白。我追随那南来北往的征雁，经历多少险难。走过泥泞险峻的青泥小剑关，到过地势低湿的红叶溢江岸，穿越过白草翻卷的连云栈。得了个半纸功名，不得不奔走于风雪千山。

**【赏析】**

此曲作者在旅途做客，感到千山万水行路之难，功名不过是纸半张，而路途却有风雪之苦。

# 双调·湘妃怨

## 次韵金陵怀古

朝朝琼树后庭花①，步步金莲潘丽华②，龙蟠虎踞③山如画。伤心诗句多，危城④落日寒鸦。凤不至空台上⑤，燕飞来百姓家⑥，恨满天涯。

**【注释】**

①朝朝琼树后庭花：写南朝陈后主事。陈后主荒于酒色，每日与妃嫔狎臣游宴赋诗，不务政事，直到敌兵袭来；他仍在诗酒行乐，等到隋朝大将韩擒虎攻入朱雀门，他才和两个妃子躲入宫内的景阳井，终于被俘。他曾制《玉树后庭花》曲，歌词绮艳轻薄，宫中时常唱此曲取乐，故云"朝朝琼树后庭花"。朝朝，天天、每天。②步步金莲潘丽华：写南北朝时南齐东昏侯事。东昏侯宠爱贵妃潘丽华，曾用金做莲花铺于地，让潘妃步行其上，名为"步步生莲花。"后梁武帝攻入南京，东昏侯被杀，潘妃也自缢而死。　③龙蟠虎踞：形容金陵（今南京）地形的雄壮险要。《六朝事迹类编》记诸葛亮论南京地形说："钟阜龙蟠，石城虎踞，真帝王之宅。"④危城：指高的城墙。　⑤凤不至空台上：指凤凰台，台在南京城西南隅。据《六朝事迹类编》记载：南北朝时宋元嘉中，有凤凰飞到这里的山上，于是在山下筑起此台以表祥瑞。李白《登金陵凤凰台》"凤凰台上凤凰游，凤去台空江自流。"⑥燕飞来百姓家：刘禹锡《乌衣巷》"旧时王谢堂前燕，飞入寻常百姓家，"言东晋王、谢两大贵族的豪华住宅，如今已变成平常百姓的住宅了。

**【译文】**

陈后主的宫廷日日演唱着玉树后庭花，东昏侯宠爱着步步生莲的贵妃潘丽华，雄壮险要的金陵依然是江山如画。前人留下了无数的伤心诗句，如今满眼是危城落日寒鸦。凤凰不再回到这空旷的凤凰台，曾经豪华的住宅早已成为百姓的居住地。令人遗恨满天涯。

**【赏析】**

这首小令是对南宋亡国之恨的抒怀，借南朝故事寄托自己的哀思。这里写了陈后主的荒于酒色，写了南齐东昏侯的忱于淫乐，尽管金陵是"钟阜龙蟠，石城虎踞"形胜险要之地，然而它保不住统治者的腐败和灭亡，他们终于被历史所否定，试看，过去皇帝的宫阙和贵族豪华的府第，如今不是都已变成了寻常百姓的茅舍了吗？

# 南吕·一枝花

## 湖上晚归

〔一枝花〕长天落彩霞，远水涵秋镜①。花如人面红，山似佛头青②。生色围屏③，翠冷松云径④，嫣然⑤眉黛横。但携将旖旎浓香⑥，何必赋横斜瘦影⑦。

〔梁州〕挽玉手留连锦英⑧，据胡床指点银瓶⑨，素娥不嫁伤孤另⑩。相当年小小⑪，问何处卿卿⑫？东坡才调，西子娉婷⑬，总相宜千古留名⑭。吾二人此地私行，六一泉⑮亭上私成，三五夜⑯花前月明，十四弦⑰指下风生。可憎⑱，有情，捧红牙合和伊州令⑲。万籁寂⑳，四山静，幽咽泉流水下声㉑。鹤怨猿惊。

〔尾〕岩阿禅窟鸣金磬㉒，波底龙宫漾水精㉓。夜气清，酒力醒；宝篆销㉔，玉漏鸣㉕。笑归来仿佛二更，煞强似踏雪寻梅灞桥冷㉖。

**【注释】**

①远水涵秋镜：秋水清澈发镜。涵，包含。　②山似佛头青：山色如同佛头青色。佛头青，染料名，据《本草·扁青》说，就是"石青"，"绘画家用之，其色青翠不渝，俗呼为大青。"林逋《西湖》："春水净于僧眼碧，晚山浓似佛头青。"　③生色围屏：指景物似设色的屏风。生色，画有色彩。　④松云径：松林间有薄雾的小路。　⑤嫣然：女子笑的样子。眉黛横，像女子的眉横卧在那里。黛，青黑色颜料，女子用来画眉，这里用黛色的眉形容远山的形状。　⑥旖(yǐ)旎(nǐ)浓香：指美人。旖旎，娇柔的样子。　⑦横斜瘦影：指梅花，林逋《梅花》："疏影横斜水清浅，暗香浮动月黄昏。"后人遂以"疏影""暗香"喻梅。⑧挽玉手留连锦英：挽着美人的手欣赏美丽多彩的鲜花。玉手，指美人的手。锦英，彩色似锦的鲜花。　⑨据胡床指点银瓶：坐在交椅上饮酒。胡床，即交椅，又称交床。银瓶，银制的酒器，杜甫《少年行》："不通姓字粗豪甚，指点银瓶索酒尝。"⑩素娥不嫁伤孤另：这写的是月。素娥，即嫦娥，传说她是善射英雄后羿的妻子，后羿得西王母的不死之药，被嫦娥偷吃，遂奔往月宫，成为月中仙人。孤另，孤自一人。　⑪小小：即苏小小。苏小小为南齐钱塘名妓。　⑫卿卿：夫妇间的爱称。

《世说新语·惑溺》："王安丰妇，常卿安丰，安丰曰：'妇人卿婿，于礼为不敬，后勿复尔。'妇曰：'亲卿、爱卿，是以卿卿；我不卿卿，谁当卿卿？'遂恒听之"。　⑬西子娉婷：西湖景色优美秀丽。西子，指西湖。娉婷，本指女子的秀丽，这里指西湖。　⑭总相宜千古留名：苏轼《饮湖上初晴后雨》："欲把西湖比西子，淡妆浓沫总相宜。"从以上，东坡才调到这里，都是化用苏轼此诗而成，并表示才子佳人应当千古留名。　⑮六一泉：在杭州孤山之南，是苏轼为纪念欧阳修而命名的，欧阳修自号六一居士。　⑯三五夜：指农历十五日。　⑰十四弦：古代的一种乐器，孟珙《蒙鞑备录》："国王出师，亦以女乐随行，率十七八美女，极慧黠，多以十四弦等弹大官乐"。　⑱可憎：可爱。　⑲捧红牙合和伊州令：用拍板伴奏乐曲伊州令。红牙，指拍板。合和，伴奏。伊州令，曲牌名，这里泛指乐曲。　⑳万籁寂：万物寂静无声。籁：声响。　㉑幽咽泉流水下声：乐声如同泉水流动发出幽咽的声音，白居易《琵琶行》："幽咽流泉水下滩。"　㉒岩阿禅窟鸣金磬：山寺诵经响起了钟磬之声。岩阿，山岩区处。禅窟，指佛寺。　㉓波底龙宫漾水精：湖上各种建筑的倒影映在水中，像在水中荡漾的水晶龙宫。漾，荡漾。水精，水晶。　㉔玉篆：篆字形的熏香。　㉕玉漏：玉饰的宫漏，古代计时的工具。㉖踏雪寻梅灞桥冷：唐代孟浩然爱雪，曾在大雪天骑在驴上到灞桥去欣赏梅花。

【赏析】

　　《湖上晚归》是张可久的一篇代表作，也是元代散曲的名篇之一。明代李开先称它为"古今绝唱"，并盛赞张可久的曲作"瘦至骨立，而血肉销化俱尽，乃孙悟空炼成万转金铁躯矣"，此曲写的是一位男子携美女夜游西湖的情形：他俩从"长天落采霞"的黄昏携手同行，时而在月下赏花，时而弹琴讴歌，时而饮酒

元曲三百首全解全析

赋诗，时而静听幽泉水声。直到"夜气清，酒力醒；宝篆销，玉漏鸣。"半夜二更方归。此曲写景优美，文字隽秀，而又明白如话，像"吾二人此地私行，六一泉亭诗成，三五夜花前月明，十四弦指下风生。"不着一丝人工斧凿痕迹，然而意味无穷，耐人咀嚼。

## 徐再思

字德可，浙江嘉兴人，生卒年不详，与贯云石、张可久同时期，到明初尚在世。贯云石号酸斋，徐再思因喜甜食，故号甜斋。曾任嘉兴路吏。为人聪敏秀丽，擅乐府，现存小令一百多首，多写江南自然景物及闺情，风格与乔吉、张可久相近，以清丽著称。

# 南吕·阅金经

## 春

紫燕寻旧垒①，翠鸳栖暖沙。一处处绿杨堪系马②。他，问前村沽酒家。秋千下，粉墙边红杏花③。

【注释】
①旧垒：旧巢。　②"一处处"句：王维《少年行》："系马高楼垂杨边。"此用其意。　③"问前村"三句：概括杜牧《清明》诗："借问酒家何处有？牧童遥指杏花村"的诗意，而更为形象丰富。

【译文】
燕子在寻找着旧时的巢，翠绿色的鸳鸯停在暖暖的沙滩上。一颗颗杨树正好用来拴马。他正在打听前面村子里卖酒的人家在哪。在那秋千架下，粉白的墙边，开放着粉红的杏花。

【赏析】
此曲作者写春天景色，简洁活泼，而气象、形影连成一片，犹如春景画。

# 双调·水仙子

## 夜雨

一声梧叶一声秋，一点芭蕉一点愁①，三更归梦三更后②。落灯花，棋未收，叹新丰孤馆人留③。枕上十年事④，江南二老⑤忧，都到心头。

**【注释】**

①"一声梧叶一声秋"二句：梧桐叶的落下，报道了秋天的到来，秋雨打在芭蕉上发出的声音更使人增添了一份愁闷。梧叶，梧桐树叶，《文录》载唐人诗："山僧不解数甲子，一叶落知天下秋。"一点芭蕉，言雨点打在芭蕉叶上。 ②三更归梦三更后：夜半三更梦见回到了故乡，醒来时三更已过。归梦，梦归故乡。③叹新丰孤馆人留：用唐代马周故事。马周微时，尝在新丰受到旅舍主人的冷遇。④枕上十年事：借唐人李泌所作传奇《枕中记》故事，抒发自己的辛酸遭遇。卢生在邯郸遇道人吕翁，生自叹贫困，吕翁将一枕头授予，说："枕此，当令子荣适如意。"时店主正蒸黄粱，生梦入枕中，娶崔氏女，生举进士，累官至节度使，大破戎虏，为相十年，子孙皆荣贵，生年逾八十而卒。至此生醒，时主人所蒸黄粱尚未熟。 ⑤二老：父母。

**【译文】**

梧桐叶上的每一滴雨，都让人感到浓浓的秋意。滴落在芭蕉叶上的嘀嗒雨声，使愁思更浓。夜里做着的归家好梦，一直延续到三更之后。灯花落下，棋子还未收，叹息滞留在这新丰客舍。十年宦海奋斗的情景，江南家乡父母的担忧，一时间都涌上了心头。

**【赏析】**

这首小令写游子思乡。他孤独一人在羁旅中，回首往事，思念双亲。这时秋风吹落梧桐树叶沙沙作响，好像向人们报道秋深的消息，又加上秋雨一声声打在芭蕉叶上，滴滴点点，更增加了这悲秋和思乡之情。

# 中吕·普天乐

## 西山夕照

晚云收，夕阳挂。一川枫叶，两岸芦花。鸥鹭栖，牛羊下。万顷波光天图画①，水晶宫②冷浸红霞。凝烟暮景，转晖老树，背影昏鸦③。

**【注释】**

①"万顷"句：形容万顷碧波在阳光下荡漾，如同一幅美妙无比的图画。②水晶宫：在此比喻江水清澈明净。　③"背影"句：说乌鸦背上带着太阳的余辉。此句可能受王昌龄《长信秋词》中："玉颜不及寒鸦色，犹带昭阳日影来"两句的启示。

**【译文】**

晚云渐收，夕阳斜挂，秋霜染红了漫山枫叶，两岸是雪白的芦花。鸥鹭在芦花中栖息，牛羊从枫林中走来。万顷波光如一幅天然的画图，红霞映入水中给江面增添了绚丽的色彩。淡淡的暮霭笼罩着山川，夕阳的余晖移动着老树的身影，鸦背驮着夕阳余辉向远方飞去。

**【赏析】**

这是组曲《吴江八景》中的第八首，即最末一首。吴江在江苏省吴江区，在苏州市南，太湖东岸，那里湖光山色，风景秀丽。这首小令为我们描绘了一幅山村的秋日夕照图。

开头四句分成两联，一联三字句，一联四字句。一句一景，从天上写到地面，紧扣题目，点时令，提挈全篇。远眺西山，晚云渐收，夕阳斜挂，已近黄昏，暮色苍茫。近看江边，一川枫叶流丹，两岸芦花飞白，夕辉映照，晚风吹拂，色彩斑斓，摇曳多姿。前两句点明时间接近黄昏，后两句暗示节令已值秋季。

接下来又是一联三字句，由前四句的静物过渡到了动物，倦鸟归巢，牛羊返舍，进一步突出了晚景。这里的"牛羊下"，既是现实景物的写照，又是《诗经·君子于役》中"日之夕矣，牛羊下来"的化用，勾画出了一幅恬淡的山村风俗画。这两句又是承接前四句，一写江上，一写山下。因此上边六句，虽然是一句一景，但不是分散，而是有机地紧密地联系在一起，组成一个艺术整体。

第七、八两句，把视线集中到了江上。前边虽然已写到了水，但只停留在江边岸上，现在放眼江上，碧水万顷，波光粼粼，构成了一幅巧夺天工的图画。江水清澈明净，红霞倒映在江里，如同浸在水中，晶莹可爱。"冷"字用得既准确又巧妙，因为水晶宫是寒冷的，枫叶流丹的季节的夜晚，也令人颇觉有些寒冷了。至于说水晶宫浸红霞，使晶莹的水晶宫有了鲜明的色彩，使彩霞变得剔透玲珑，真是相得益彰，美不胜收。

　　结尾三句是"鼎足对"，并列三个意象，补足画面上的空白，结束全篇。第一句是化用王勃《滕王阁序》中"烟光凝而暮山紫"一句之意，给整个画面涂上一层紫色的霞光。因此，这三句勾画出了这样的画面：暮霭渐起，大地山川都涂上了一层淡淡的紫色；夕阳慢慢西沉，光影在树丛间移动，不断变幻闪烁；乌鸦背着日光飞翔，在晚霞里轮廓清晰，身上似乎镀上了一层明亮的金色，慢慢地暮色就会熔尽昏鸦的翅膀，夜幕完全降临。这三句静中有动，时间在慢慢推移，从而完成对夕照会过程的描写。在全曲十一句中，前八句是大笔挥洒，后三句是工笔描绘。此曲不仅明丽如画，而且还加有图画所无法画的动态感。

　　此曲全篇写景，不加单纯的抒情与议论，但情寓景中，借景传情，情景交融，全篇没有一句写人物活动，但处处写了人的感受，景物都被赋予了人的感情色彩。在画面上既有从大处落笔的，又有精工细刻的。在颜色的选择与搭配上，也煞费苦心，晚石与夕阳，紫红中镶嵌着金黄；枫叶芦花，红白相映；鸥鹭牛羊，黑白相间；碧波红霞，对比鲜明；还有紫色的暮霭，树底下闪烁的阳光，霞光里的昏鸦，构成了一幅美丽的秋天晚景图。

# 中吕·喜春来

## 闺怨

妾<sup>①</sup>身悔作商人妇，妾命当逢薄幸<sup>②</sup>夫。别时只说到东吴<sup>③</sup>，三载余，却得广州书。

【注释】

①妾：古代妇女的谦称。　②薄幸：薄情，负心。　③东吴：泛指太湖流域一带。

【译文】

我真后悔嫁给商人为妻，偏又命运不好，逢上了负心的郎，临走时，说是到东吴去。三年过后，却从广州寄来了信。

【赏析】

古代的诗词中，有大量写女子悔作商人妇的诗词，白居易著名的《琵琶行》中就有"商人重利轻别离"之句，刘采春在《罗唝曲六首》之三中，有"莫作商人妇"之句。接下来第四首是这样的："那年离别日，只道住桐庐。桐庐人不见，今得广州书。"徐再思的这首小令就点化此诗而成。

这首小令前两句直截了当地说出了胸中的积怨，后三句具体说为什么"悔作商人妇"，为什么称丈夫为"薄幸夫"。原来在别离时只说去东吴，一去三年多，现在却收到从广州寄来的信。这里一怨丈夫一别三年多，不想着回家，把自己忘了；二怨丈夫，越走越远，欺骗了自己，真是负心无义。

本来刘采春的诗说得已很明白、直率，此曲却更为明白、直率，而且显得俚俗，富有民谣特色。

## 钱霖

字子云，生卒年月不详。松江（今上海市松江区）人。元文宗天历、至顺年间（1328—1331），曾出家为道士，更名抱素，号素庵。晚年居嘉兴（今浙江省嘉兴市），自号泰窝道人。明初曾应朱元璋征召到南京去，可见是由元入明的人。他擅长乐府词曲，编有《江湖清思集》。《录鬼簿》说他自作曲集《醉边余兴》"词语极工巧"，又有词集《渔樵集》，今皆佚。现仅存小令〔清江引〕四首和〔般涉调·哨遍〕套数一篇。

# 双调·清江引

梦回昼长帘半卷，门掩荼蘼①院。蛛丝挂柳棉②，燕嘴粘花片，啼莺一声春去远。

**【注释】**

①荼蘼(tú mí)：即酴(tú)醾(mí)。意思有二：一是指酒名。唐代《辇下岁时记》记载："或赐宰臣以下酴醾酒，即重酿酒也。"二是指花名。以色似酴醾酒，所以叫酴醾花。亦叫"佛见笑"。初夏开花，花草生，大型，白色重瓣。曲子中用第二种意思。苏轼诗："酴醾不争春，寂寞开最晚。"（《杜沂游武昌以酴醾花菩萨泉见饷之一》）②蛛丝：蜘蛛吐的丝。柳棉：柳絮。

**【译文】**

漫长的白天，午睡醒来窗帘半卷，院门深掩，酴醾花开得好鲜艳。蛛丝挂满柳絮棉，燕嘴里衔着落花片，黄莺儿声声啼叫向人报告春天已经离去好遥远。

**【赏析】**

此曲起句以"梦回"点明作品中主人公的精神状态。不是"梦里"的虚妄，也不是"惊梦"后的恍惚，而是"梦回"后的清醒、平静和悠然。在这种平和的心态下，主人公透过半卷的竹帘，欣赏着院中的景色。"昼长"和"荼蘼院"互为应和，暗示出特定的时间与环境：残春初夏时节，荼蘼花竞开的庭院。"门掩"说明幽居。这是一个静的画面，一个大的背景。"荼蘼"在这里不仅仅是表现出季节特征。宋代文学家苏轼曾有诗云："酴醾不争春，寂寞开最晚。"作者正是借用荼蘼在群芳争奇斗艳之后才开出洁白的花朵的生长特征，寄寓自己的志向和情趣，洁身自爱，不同流俗。据《录鬼簿》记载：钱霖曾一度"弃俗为黄寇（即道士），更名抱素，号素庵。"所以，此曲头二句中的描写突出了"静""素""洁"，反映出作者那种超然世外，与世无争的"无为"心态。而所描写的景物是作者醒来，透过窗户看到的室外景物，是远景、粗写、虚写。

接下来三四两句："蛛丝挂柳棉，燕嘴粘花片"写的是近景。从观察视觉角度来看，作者把视线由远收近，且由平视转为仰视，视觉焦点落在房檐上。辛苦殷勤的蜘蛛终日吐丝织网，暮春时节，柳絮漫飞，不免偶尔撞上蛛网几团。光线暗淡的房檐下，出现团团白点，自然引起观察者的注意，作者不免细心观看。或许恰恰此时，筑窝的燕子衔泥飞来，嘴角上还粘带着点点红花片、蛛丝、柳棉、春燕、花泥不仅仅再次显示出暮春的特征，而且给人以想象余地。柳絮白白，柳叶青青，乳燕低飞，落英缤纷，万物生机勃勃，宇宙新陈代谢，充满了活的气息、动的情感。它向读者昭示出作者体会自然、喜爱自然的生活情趣。同时从燕嘴泥红、蛛网絮白的描写中，表露出作者那种"惜春常怕花开早，更何况落红无数"的惜春之情。

最后一句："啼莺一声春去远。"由前四句注重视觉的描写转化为听觉的描写。荼蘼院中绿浓处，一声黄莺娇啼，把作者从沉静中唤出。试想，静谧的院落，痴迷的诗人，只有眼神的搜索、心灵的感应，突然一声莺啼，不啻黄钟大吕，震撼作者的心弦。作者猛然醒悟："春去远。"这是由听觉的感受，激发情理的思索。这是对昼长，荼蘼花开，柳棉漫舞，落红无数的理性总结。全篇至此，戛然而止，不仅有诗情画意，而且隐含哲理情趣，极其符合道家顺其自然、体会自然的玄机。


# 般涉调·哨遍

试把贤愚穷究，看钱奴自古呼铜臭①。徇己苦贪求②，待不教泉货周流③。忍包羞④，油铛插手⑤，血海舒拳⑥，肯落他人后？晓夜寻思机殻⑦。缘情钩距⑧，巧取旁搜。蝇头场上苦驱驰⑨，马足尘中厮追逐⑩，积攒下无厌就⑪。舍死忘生，出乖弄丑。

〔耍孩儿〕安贫知足神明佑，好聚敛多招悔尤⑫。王戎遗下旧牙筹⑬，夜连明计算无休⑭。不思日月搬乌兔⑮，只与儿孙作马牛。添消瘦，不调茵鼎⑯，恣逞戈矛⑰。

〔十煞〕渐消磨双脸春，已凋飕两鬓秋⑱，终朝不乐眉长皱。恨不得柜头钱五分息招人借，架上衱一周年不放赎⑲。狠毒性如狼狗，把平人骨肉，做自己膏油。

〔九煞〕有心待拜五侯⑳，教人唤甚半州㉑。忍饥寒攒得家私厚。待垒做钱山儿倩军士喝号提铃守㉒，怕化做钱龙儿请法官行罡布气留㉓。半炊儿八遍把牙关叩㉔，只愿得无支有管㉕，少出多收。

〔八煞〕亏心事尽意为，不义财尽力掊㉖，那里问亲弟兄亲姊妹亲姑舅。只待要春风金谷骄王恺㉗，一任教夜雨新丰困马周㉘。无亲旧，只知敬明眸皓齿㉙，不想共肥马轻裘㉚。

〔七煞〕资生利转多，贪婪意不休，为锱铢㉛舍命寻争斗。田连阡陌心犹窄㉜，架插诗书眼不瞅。也学采东篱菊，子是个装呵元亮㉝，豹子浮丘㉞。

〔六煞〕恨不得扬子江变做酒，枣穰金积到斗㉟，为几文赚背钱受了些旁人咒㊱。一斗粟与亲眷分了颜面㊲，二斤麻把相知结下寇仇㊳。真纰缪㊴，一味的骄而且吝，甚的是乐以忘忧。

〔五煞〕这财曾燃了董卓脐㊵，曾枭了元载头㊶，聚而不散遭殃咎。怕不是堆金积玉连城富，眨眼早野草闲花满地愁。干生受㊷，生财有道，受用无由。

〔四煞〕有一日大小运并在命宫㊸，死囚限缠在卯酉㊹，甚的散得疾子为你聚来得骤㊺。恰待调和新曲歌金帐，逼临得佳人坠玉楼㊻。难收救㊼，一壁相投河奔井㊽，一壁相烂额焦头。

〔三煞〕窗隔每都飕飕的飞㊾，椅桌每都出出的走，金银钱米都消为尘垢。山魈木客相呼唤㊿，寡宿孤辰厮趁逐(51)。喧白昼，花月妖将家人狐媚(52)，虚耗鬼把仓库潜偷(53)。

〔二煞〕恼天公降下灾，犯官刑系在囚(54)，他用钱时难参透(55)。待买他上木驴钉子轻轻钉，吊脊筋钩儿浅浅钩(56)。便用杀难宽宥(57)，魂飞荡荡，魄散悠悠。

〔尾〕出落(58)他平生聚敛的情，都写做临刑犯罪由。将他死骨头告示向通衢里甃(59)，任他日炙风吹慢慢朽(60)。

【注释】

①看钱奴自古呼铜臭：自古以来人们就把守财奴讽刺为铜臭。看钱奴，即守财奴，是对那些吝啬贪财人的蔑称。铜臭，这是骂守财奴的话。 ②徇己：顺从自己的欲望。徇，顺从。 ③待不教泉货周流：守财奴希望不叫金钱流通到别人手中，而要统统塞进自己的腰包。泉，同“钱”。周流，流通。 ④忍包羞：忍受羞辱，指守财奴不顾羞耻。 ⑤油铛插手：到油锅里伸手捞钱。油铛，油锅。⑥舒拳：伸开手掌。 ⑦晓夜寻思机彀：白天黑夜寻找歪门邪道。机彀，机关，计策，

这里指发财的歪门邪道。　⑧缘情钩距：指守财奴随机应变，根据不同的情况，不择手段地牟取暴利。钩距，钩到手中的意思，王先谦云："钩若钩取物也，距与致同。钩距谓钩而致之。"　⑨蝇头场上苦驱驰：为了蝇头小利而苦苦地追逐索取。　⑩马足尘中：马蹄飞奔扬尘的地方，指有利可图之处。　⑪积攒下无厌就：贪得无厌地积攒财富。　⑫悔尤：祸殃。　⑬王戎遗下旧牙筹：借用晋代王戎聚敛钱财永不满足的故事。据《晋书·王戎传》载："戎性好利，每自执牙筹算计，恒苦不足。"遗下，遗留。牙筹，古时用兽骨制成的计数器具。　⑭夜连明：从夜晚到天明。　⑮不思日月搬乌兔：没有想到时光过得这样快。乌，指太阳。兔，指月亮。　⑯不调茵鼎：不讲究吃穿。茵，夹衣，泛指衣服。鼎，古代的一种炊具。　⑰戈矛：古时的兵器，这里指打架动武。　⑱"渐消磨"二句：意谓脸上的青春光彩逐渐已消磨，两鬓不知不觉已生白发。凋飔，凋零。秋，秋霜，此指白发。　⑲架上祖一周年不放赎：当铺货架上的当物到了一年还不准赎出。祖，字书无此字，从句意看，当指当铺里顾客的当物。　⑳有心待拜五侯：有心想做高官。五侯，古代指公、侯、伯、子、男五等爵位，这里泛指高官。　㉑教人唤甚半州：元代的一些大地主占有大量土地，多达半个州，所以当时有"半州"之称。这句是说希望有人叫他作"半州"。　㉒待垒作钱山儿倩军士喝号提铃守：等到积攒的金钱堆积成山时，让军士喊着口令，手提铜铃来看守。倩，请别人代自己做事。　㉓怕化做钱龙儿请法官行罡布气留：害怕金钱化作龙飞走，就请道士作法，以求镇压。法官，旧时称会法术的道士为法官。行罡布气，指道士做法术时的情形。罡，本指北斗星，这里指道士的法术。　㉔半炊儿八遍把牙关叩：一会儿的功夫就为积攒钱财而紧咬牙关。苦苦思索了八遍。半炊儿，做半顿饭的功夫。叩，咬。　㉕无支有管：没有支出，只有存钱。支，支出。　㉖掊：搜刮，聚敛。　㉗只待要春风金谷骄王恺：盼望着自己能像春风得意、豪富无比的石崇那样胜过王恺。春风，指得意的样子。金谷，即金谷园，晋人石崇与王恺争豪富，王恺尝以一珊瑚树高二尺许以示崇，崇视讫，以铁如意击之，应手而碎。恺既惋惜，又以为妒己之宝，声色甚厉。崇曰："不足恨，今还卿。"乃命左右悉取珊瑚，有高达三尺、四尺者"条干绝世，光彩溢目……恺惘然自失。"　㉘一任教夜雨新丰困马周：宁让马周困在新丰的夜雨中，这里指守财奴只顾自己聚敛财富，不管他人穷愁潦倒。　㉙明眸皓齿：明亮的眼睛和洁白的牙齿，这里指漂亮的美女。　㉚肥马轻裘：形容富贵。　㉛锱铢：古代重量单位，六铢为一锱，四锱为一两。这里比喻极微小的钱财。　㉜田连阡陌心犹窄：田地连成了大片而心胸十分狭窄。阡陌，田间的小路。心犹窄，心地狭窄。　㉝"也学采东篱菊"二句：也学陶渊明东篱采菊，但这只是装装样子，形容守财奴故作清高风雅。子是，只是。装呵，假装。元亮，陶渊明的字。　㉞豹子浮丘：表面上装得象仙人俘丘公那样清高，实际上却有一副豹子的狠毒心肠。浮丘，传说中的仙人浮丘公。　㉟枣穰金积到斗：像枣肉一

239

样颜色的赤金积满了斗。枣穰金，优质金的一种，颜色似枣肉，故名。 ㊱为几文赗(dàn)背钱受了些旁人咒：为取得几文黑心钱而甘受旁人的咒骂。赗背钱，赗指购物预付的定钱，赗背钱指违背诺言而骗取了预付的定钱。 ㊲分了颜面：翻了脸。 ㊳二斤麻把相知结下寇仇：为了二斤麻就和知己的朋友结下了冤仇。㊴真纰缪：真错误，真糊涂。 ㊵这财曾燃了董卓脐：董卓，东汉人，灵帝时为并州牧。灵帝死后，被何进等召进京诛宦官，他立献帝，自封为相国。他凶狠残暴，骄奢淫乱，大肆搜刮金银财宝，后被吕布杀死，并将尸体拿到街上示众。传说董卓很肥大，守尸的人夜晚在他的肚脐上点灯。脐，肚脐。 ㊶曾枭了元载头：元载，唐代人，肃宗、代宗时作中书侍郎，他贪横暴虐，擅权纳贿，有庄田数十区，后获罪杖杀禁中。枭，古时一种刑法，即砍头。 ㊷干生受：白白地吃苦。 ㊸有一日大小运并在命宫：总有一天会交恶运，受到老天的报应。大小运，即好运气和恶运气。命宫，古人认为人的命运是由天定的，不得强求。 ㊹死囚限缠在卯酉：死神早晚要降临到头上。死囚，判处死刑的囚犯。卯酉，指早晚，卯时为早晨，酉时为傍晚。 ㊺甚的散得疾子为你聚来得骤：为什么散得这样快，只为你聚敛得快。甚的，为什么。疾，快。子为，只为。骤，快，突然。 ㊻"恰待调和新曲歌金帐"二句：正想调和新曲在绣金帐幔里歌舞作乐，谁知大祸临头，逼得美人跳楼自杀。这是暗用石崇的爱妾绿珠跳楼自尽的故事。石崇的爱妾绿珠被赵王伦的亲信孙秀看中，意欲占有，石崇不许，后孙秀借口逮捕石崇，绿珠也坠楼身死。 ㊼难收救：无法挽救。 ㊽一壁厢：一方面、一边。 ㊾窗隔每都颭(zhǎn)颭的飞：窗户纸被风吹得飞动。颭颭，风吹物飘动的样子。 ㊿山魈木客相呼唤：山里的鬼怪妖魔纷纷出来作怪，使守财奴不得安宁。山魈、木客，传说中的山林妖怪。 51寡宿孤辰：古代算命先生的说法，意思是命中要注定孤寡。 52花月妖：本是唐代武三思的妓女，名素娥。狐媚，诱惑。 53虚耗鬼：比喻败家子。 54犯官刑系在囚：犯下王法被关在囚牢里。系，拴，绑。 55他用钱时难参透：他用钱也难以打通关节，赎回性命。参透，本意看透，这里指买通官府。 56"待买他上木驴钉子轻轻钉"二句：只能希望买到送他上木驴的钉子轻轻地钉，让吊脊钩浅浅地钩。木驴、吊脊钩，元代的两种酷刑。 57宽宥：宽恕赦罪。 58出落：只落得、弄到。 59将他死骨头告示向通衢里甃：将他的尸体扔在大街上示众。告示，示众。甃，作动词用有堆放的意思。 60日炙：日晒。

**【译文】**

把贤愚人深深探讨一下，悭吝的守财奴，富有钱财但品质卑鄙。他们不希望金钱流通到别人手中，而要统统塞进自己的腰包。他们不顾羞耻，可以到油锅里捞钱，血泊中伸手，只要有钱不肯落后。白天黑夜寻找发财的歪门邪道，随机应变不择手段的牟取暴利。为了蝇头小利而苦苦地追逐索取，在任何有利可图之处贪得无厌的积攒金钱。

为了搜刮更多不义之财而做尽了亏心事，六亲不认。只盼着自己能春风得意，豪富无比胜过任何人，只顾着聚敛自己的财富，不管他人穷困潦倒。眼里没有亲朋旧友，只有美女和富贵。

高利贷越放越多，但仍然贪婪无比，为了几分几厘而争斗。田地连成了大片而心胸十分狭窄，书架上满是书但从来不看。装着样子故作清高风雅，实际上却有一副豹子的狠毒心肠。

恨不得把江水变成酒，优质的金子装满斗。为取得几文黑心钱而甘受旁人的咒骂，为了一斗米和亲人翻了脸，为了二斤麻就和知己结下了冤仇。真是荒谬和糊涂啊。

窗户纸被风得飘动着，桌椅自己在走，家里的金银财米都变成了灰。山里的妖魔鬼怪纷纷出来，使他们不得安宁。孤寡运跟着他们，那些娼妓们将他们的家人诱惑，败家子把他们积攒下的钱都偷用了。

老天也降下了灾难，有了牢狱之灾，用钱也无法打通关节，赎回性命。最后只落得将他平生敛财之事，写成临死的判书罪状，将他的死尸堆放在大街上示众，任日晒风吹慢慢腐朽。

【赏析】

封建社会，人民受到统治者严重的剥削。而元朝社会的奴隶制的因素，使百姓陷入水深火热的地步，像《窦娥冤》所描写的元朝社会特有的"羊羔儿利"，就是证明。元好问在《顺天万户张公勋德第二碑》说："岁有倍称之积，如羊出羔，

今年而二，明年而四，又明年而八，至十年则累而千。"钱霖的这首曲子就是对这种野蛮剥削者的揭露。他们不是后代的资本家，而是"徇己苦贪求，待不教泉（钱）货周流"的封建土财主。他们为了积攒钱，可以冒死向油锅里插手，血海中捞油。他们日思夜想，巧取旁搜；而且越有钱，便越加贪婪，连蝇头小利也不放过，马蹄扬起的灰尘中也要去追逐利润，亏心事可以尽意为，不义财尽情聚敛，为锱铢之财舍命争斗。为了攒钱，他们六亲不认，哪怕是"亲兄弟亲姐妹亲姑舅"。他们"狠毒性如狼狗，把平人骨肉，做自己膏油"。从〔五煞〕开始，作者着重写了这种看钱奴的种种下场，董卓曾经大肆搜刮金银财宝，将自己养得肥胖如猪，然而死后被人在肚脐上点灯；唐代的中书侍郎元载，贪婪横暴，积累的庄田有数十处，到后来被枭首示众；晋代豪富石崇的下场也很惨，他的爱妾被逼跳楼自杀，他自己也身入囹圄……他们当初都曾生财有道，而结局却是"受用无由"。一旦到了他们将要败灭的时候，连窗隔都飐飐的飞，桌椅都出出的走，金银钱米都一概化为尘垢。正如〔尾〕声所唱的："出落他平生聚敛的情，都写作临刑犯罪由。将他死骨头告示向通衢里甃，任他日炙风吹慢慢朽。"

## 孙周卿

古邠（今陕西邠县）人或汴（今河南开封市）人。傅若金（1304—1343），《绿窗遗稿序》云："故到孙氏蕙兰，早失母，父周卿先生"云云，其父当即曲家孙周卿。又《遗稿》还载若金志（记）妻殡有云，"君讳淑，字蕙兰，姓孙氏，其先汴人也"。近人《元曲家考略》，据此疑"邠"乃"汴"之误。傅若金江西人，周卿到过江西浔阳（今九江市），孙、傅相识可信。

## 双调·蟾宫曲

### 自乐

草团标正对山凹①，山竹炊粳②，山水煎茶。山芋③山薯，山葱山韭④，山果山花。山溜响冰敲月牙⑤，扫山云惊散林鸦。山色元佳⑥，山景堪夸，山外晴霞，山下人家。

## 【注释】

①草团标正对山凹：酒店挂的幌子正对着山凹。草团标，一名草囤儿，酒店挂在门前作为幌子的草把，用以召来顾客，《衣车袄》二折店小二白："挑起这草囤儿，烧着这旋锅儿热，看有什么人来。" ②山竹炊粳：用山间野竹烧饭。粳，米不粘为粳。 ③山芋：番薯，可食用。 ④山韭：山韭菜。 ⑤山溜响冰敲月牙：山上冻结的冰溜子被风折断发出的响声，好像是冰敲月牙发出的声音。 ⑥元佳：美好。元，美，《易·坤》："黄裳元吉"。注云："上美为元"。

## 【译文】

圆茅屋正对着山坳，我用山中砍来的竹子做饭，用山泉煮茶。我享受着山中采来的芋头、红薯、香葱、韭菜、水果和鲜花。山中溪水的声响好像冰块敲打着月牙。山中乌云扫过，惊散了乌鸦。山色最美，山景真让人赞叹。晴天里山外飘着彩霞，山下住着户人家。

## 【赏析】

这首小令标题为《自乐》，是作者脱离尘世、隐居深山而自得其乐心情的写照。山中的生活是极其简朴的，用山竹炊的粳米饭，用山水煎煮的山茶，"山芋山薯，山葱山韭，山果山花"。然而其乐融融。住在山上，吃在山林，欣赏的是山中优美的天然风光。元朝的文人，以超然于世俗为尚，这已经成为当时的社会风气，所以这类作品在元朝散曲中最多。

# 双调·水仙子

## 舟中

孤舟夜泊洞庭边，灯火青荧①对客船。朔风吹老梅花片，推开篷雪满天。诗豪与风雪争先。雪片与风鏖战②，诗和雪缴缠，一笑琅然③。

## 【注释】

①青荧：青光闪映。 ②鏖战：激战。 ③缴缠：纠缠。琅然：指笑声朗朗的样子。

## 【译文】

一叶孤舟在夜晚停泊在洞庭湖边。岸上的灯火与这船儿相对着，闪闪发光。北风吹拂，把梅花都吹老了。我推开船窗，大雪漫天飞舞。这时候我作诗的豪情简直比大风大雪还要激荡。雪花与大风激战着，我的诗句又同飞雪纠缠在一起。我朗声大笑了起来。

**【赏析】**

作者以拟人化手法，写风与雪斗争，而诗人又与风雪斗争，颇具战斗气息，放达无拘无束。风格豪迈，表现了作者抗风斗雪的啸傲气度。

## 曹德

字明善，曾官衢州路吏，生卒年不详，与散曲家薛昂夫、任昱相交，时有唱和。元顺帝时，因写〔清江引〕二首讽刺宰相伯颜专政，被缉捕，后避于吴中一僧舍。数年后，伯颜事败窜死，方再入京。现存小令十八首，《录鬼簿》说他"华丽自然，不在小山之下。"

# 双调·折桂令

### 西湖早春

小红楼隔水人家，草未鸣蛙①，柳已藏鸦。试卷朱帘，寻山问寺。何处无花。金络脑堤边骏马②，锦缠头船上娇娃③。风景繁华，不醉流霞④，前世生涯。

**【注释】**

①草未鸣蛙：青草中还没有蛙鸣，指早春天气。　②金络脑堤边骏马：西湖堤边有戴着镶金笼头的骏马。金络脑，即金络头，陈后主《紫骝》："玉珂鸣广路，金络耀晨辉。"　③锦缠头船上娇娃：赠给船上美女以锦缠头。锦缠头，给歌舞者的赐物。《书言故事·豪奢类》："赐歌舞者利物曰锦缠头，杜诗：'樽前应有锦缠头'。"　④流霞：指美酒。

**【赏析】**

这首小令写西湖的早春。作者处处着眼于这个"早"字，描画出初春所独具的景色：这时嫩草已肥，却还没有鸣蛙；柳已茂密，刚刚遮住乌鸦；珠帘才卷起，鲜花早已到处怒放。这正是一片充满生机的大好季节。

元曲三百首全解全析

# 双调·清江引

　　长门①柳丝千万结，风起花如雪。离别复离别，攀折更攀折②，苦无多旧时枝叶也③。

元曲三百首全解全析

### 【注释】

　　①长门，汉宫名，汉武帝时陈皇后失宠，被囚居于此，陈皇后闻司马相如善作赋，便奉黄金百斤，请相如作《长门赋》，以悟主上，后来陈皇后果然复得亲幸。　②攀折更攀折：折柳枝，这里暗指太师伯颜对亲信大臣的杀害。据《辍耕录》记载，元顺帝时太师伯颜专权，剡王彻彻都、高昌王帖木儿不花，均被无辜杀害。③苦无多旧时枝叶也：由于伯颜专权，旧时的亲信和皇戚多被杀害，故云。

### 【译文】

　　长门宫外的柳条千缕万缕，微风中柳絮如雪一般白。行人次次离别时，把折柳反复相赠，再次相送时，苦了柳树已不剩枝叶可让人相赠。

### 【赏析】

　　根据陶宗仪《南村辍耕录》的记载，元顺帝时太师伯颜专权，擅杀剡王彻彻都、高昌王帖木儿不花，引起曹德不满，于是写了此曲贴于午门之上以刺之。有人认为此曲所作，不单是指伯颜杀彻彻都等人，而是为皇后伯牙吾氏被幽杀而作。伯颜因拥戴顺帝有功，而独揽大权，皇后伯牙吾氏的亲属忌伯颜专权，发生了权力之争，伯颜尽杀皇后家的党羽，皇后也被幽禁于冷宫，不久也遭杀害，曹德于是作曲以刺之。

曹德所作的《清江引》共二曲，这里选的是第一首。"长门柳丝千万结，风起花如雪"，小令开头即以"长门柳"花絮被风吹得漫天飘飞，喻示了皇室宗亲的命运。紧接三句："离别复离别，攀折更攀折，苦无多旧时枝叶也！"折柳送别是古代送别亲人时的习俗。不断的离别，"长门柳"便一再被攀折，旧时的枝叶也就不多了，喻示了皇室宗亲不断地离去，不断地被杀，逐渐稀少。

小令借物喻人，语意双关，表现了作者对伯颜专权，擅杀皇室宗亲行为的批判、讽刺，对皇帝宗亲不断被杀，逐渐飘零的同情。

伯颜专权，擅杀皇室宗亲，本是统治者内部的倾轧、争斗，不值得同情，也不值得讽刺。但由于伯颜对广大汉族人民也极为仇视，曾主张杀尽汉人中的张、王、刘、李、赵等大姓，所以，曹德借皇室宗亲被诛杀而讽刺伯颜专权，滥杀无辜，也有一定的积极意义。

# 双调·庆东原

## 江头即事

低茅舍，卖酒家，客来旋把朱帘挂。长天落霞，方池睡鸭，老树昏鸦。几句杜陵①诗，一幅王维画。

**【注释】**

①杜陵：即杜甫，因尝于诗中自称少陵野老，故被人称为杜少陵、杜陵。

**【译文】**

低矮的茅舍，挑着酒幌，一位客人走入小酒店中，店主挂起朱帘，使得客人能够边饮酒边欣赏窗外景致。从茅屋窗口望出去，只见池内风平浪静，鸭子正在安稳地睡觉，老树的枝丫上栖息着黄昏时归巢的乌鸦。眼前所见，似乎是杜甫诗的意境，又像是一幅幅王维笔下的山水画。

**【赏析】**

小令既题为"即事"，则为不经意之作。有时情况就是如此，越不经意之作，所作却比刻意之作高妙。这首小令，有人曾誉其为马致远《天净沙》之后的另一名作。此曲当是作者避祸吴中漫步江头时所见所感之作，所以总体基调，意境显得孤独、悲凉。

"低茅舍，卖酒家，客来旋把朱帘挂。"一间低矮的茅舍，挑着酒幌，黄昏中孤零零地趴在江边，无人光顾。一个避难者，漫步江头，见到小店，便走入店中，店主人殷勤接待，一边上酒，一边挂起朱帘，让客人边饮酒边欣赏窗外景致。小令一开头，就描绘了一幅落魄者秋暮时分江头小店独酌图。

从茅屋窗口望出去，由远而近，目光所及，所见尽是一派衰微、肃杀的秋光、秋景："长天落霞，方池睡鸭，老树昏鸦。"面对此景，不由得使人想到杜甫、王维。杜甫一生颠沛流离，郁郁不得志；王维隐居辋川，郁郁寡欢。眼前所见景致，不正是杜甫的诗、王维的画吗？

小令犹如一幅白描画，通过几组动静对比结合的画面："低茅舍"与"客来旋把朱帘挂"，"长天"与"落霞""方池"与"睡鸭""老树"与"昏鸦"，各具形态、色彩的语言，生动、鲜明地把江头黄昏秋景展现了出来。一景一物总关情。透过这几组画面的描绘，也折射出了作者孤独、垂暮、悲凉的心境。

# 唐毅夫

生平不详，约元仁宗延祐中前后在世。工作散曲，有怨雪一套，今存。

## 双调·殿前欢

### 大都西山[①]

冷云间，夕阳楼外数峰闲。等闲[②]不许俗人看，雨鬟烟鬟。倚西风十二阑，休长叹。不多时暮霭风吹散，西山看我，我看西山。

【注释】

①大都西山：北京西山，属太行山脉之余段，为历史上的著名风景区。②等闲：寻常。

【译文】

隔着夕阳映照下的楼殿，在阴冷的浓云之间，西山露出冷清清的几座峰尖。那山头就像烟雨中的美人髻鬟，朦朦胧胧，不肯轻易让俗人看清它的真面。我在秋风中倚遍栏杆，又何必为之长叹。不多时晚风将夜雾驱散，西山注视着我，我也端详着它的容颜。

【赏析】

作者这首小令，从末二句句型看，似受贯云石、张可久等影响。西山，即北京西山，作者描绘了元代的大都（北京）西山，这个早就是有名的风景区。是一篇写景佳作。

## 杨朝英

号澹斋，青城（今山东高唐县）人。先后编选有《乐府新编阳春白雪》与《朝野新声太平乐府》二书，近于散曲总集，元人散曲多赖其书而流传下来。杨维贞《周月湖今乐府序》，以杨与关汉卿、庚吉甫（天锡）、卢疏斋（挚）并论，称四人"今乐府最为奇巧"。

## 商调·梧叶儿

### 客中闻雨

檐头溜①，窗外声，直响到天明。滴得人心碎，聒②得人梦怎成？夜雨好无情，不道③我愁人怕听！

【注释】

①檐（yán）头溜：檐下滴水的地方。　②聒：吵闹。　③不道：不管，不顾。

【赏析】

在我国古代诗词中，风雨多用于"人事"方面，除少数诗篇，如《诗经·郑风·风雨》篇，尽管"风雨凄凄""风雨潇潇""风雨如晦"，但"既见君子"，"云胡不夷""云胡不瘳""云胡不喜"，风雨伴和着的是男女相会的喜悦，多数则是伴和着夫妻间、恋人间、家人间、亲朋间的离愁别恨。

这首小令，从题目中，反映出的也是游子的离愁别恨。或许为了生计，游子不得不离家，离开亲人外出。心绪本来不佳，客舍中，天空又淅淅沥沥飘起了雨，从檐瓦上滴下，滴在窗外，难免不令人孤独的心情又添愁烦；辗转反侧，一夜难眠，好梦难成，难免不令人怨恨雨滴："夜雨好无情，不道我愁人怕听！"小令起句就写得非常入境："檐头溜，窗外声，直响到天明。"不是夜雨滴个不停，直到天明，主人公哪会一夜未眠！实写人，虚写人，实中有虚，虚中有实。尤其"滴""聒"二字的运用，赋予雨以人的声音、动态，更加形象地传达出了夜雨不解人意，好无情、愁人怕听的愁思。

# 越调·小桃红

## 题写韵轩

当年相遇月明中，一见情缘重。谁想仙凡隔春梦，杳无踪，凌风①跨虎归仙洞。今人不见，天孙标致②，依旧笑春风。

【注释】

①凌风：在空中迎着大风的意思。凌，升高，在空中之意。　②天孙标致：形容妇女的美貌。天孙，织女星的代称，即俗称天仙女。

【赏析】

这是作者将自己所见过的美人，作为仙女来描写的佳作，有浪漫主义味道。"天孙"是"织女星"的代名，《史记》索隐："织女，天孙也。"即俗话说的"天仙女"。此处是以天孙来形容妇女的美貌，所谓"天孙标致"。

# 中吕·阳春曲

浮云薄处瞳眬日<sup>①</sup>，白鸟明边隐约山<sup>②</sup>。妆楼<sup>③</sup>倚遍泪空弹。凝望眼，君去几时还？

**【注释】**

①瞳眬日：谓太阳初出朦胧不明。　②白鸟：鸥。隐约山：远山。　③妆楼：女子居处。

**【赏析】**

此曲作者以简括的笔墨，写出妻子思念丈夫的深情厚爱，词语顺畅自然。

# 双调·清江引

秋深最好是枫树叶，染透猩猩血<sup>①</sup>。风酿楚天秋，霜浸吴江月<sup>②</sup>。明日落红多去也。

**【注释】**

①染透猩猩血：枫树叶像浸染过猩猩血一样的红。猩猩，动物名，毛长，呈赤褐色，传说猩猩血最红。　②霜浸吴江月：秋霜好像浸湿了吴江上空的月亮。浸，浸透，滋润。吴江，即吴淞江，这里指南方的江河。

**【赏析】**

这首《清江引》写深秋的景象，而深秋最美的要属枫树的红叶了，它的红艳的颜色，就像是用猩猩的血染就的。加上辽阔的秋空和霜浸的吴江月，形成了一幅多么美妙的秋景晚图。

# 双调·水仙子

## 自足

杏花村里旧生涯，瘦竹疏梅处士家<sup>①</sup>，深耕浅种收成罢<sup>②</sup>。酒新篘<sup>③</sup>，鱼旋打<sup>④</sup>，有鸡豚竹笋藤花<sup>⑤</sup>。客到家常饭，僧来谷雨茶<sup>⑥</sup>，闲时节自炼丹砂⑦。

【译文】

杏花村里过着平平淡淡的日子，瘦竹为朋疏梅为友就是我的家。春天深耕浅种，秋日收获庄稼。喝着刚刚滤出的新酒，品尝新打来的鲜鱼，还有自养的鸡、猪，新摘的竹笋藤芽。客人到来用家常饭招待，僧侣造访烹煮谷雨时采摘的春茶。闲空时节自己修炼丹砂。

【赏析】

这首小令也如题目所标出的，表现了作者无所追求、知足常乐的思想。一年耕种、收获完毕，便打鱼饮酒，过着逍遥自在的生活；及至有客到时，就以家常饭相待，有僧人到时，就奉献给他一杯谷雨新茶。闲时节呢，自己来炼丹砂进行养性——这，就是"自足"。其实，在封建社会里，哪儿有这样不受社会干扰的"自足"生活呢！它不过是人们的一种空想而已。

# 钟嗣成

字继先，号丑斋，原籍大梁（今河南省开封市），后寄居杭州，故师友中多是杭州人。早年从江浙儒学提举邓文原学诗文，并多次参加明经科试，没有考取，转而从事杂剧和散曲创作。他熟悉并悉心收集元剧和散曲作家传记资料，著成《录鬼簿》，成为研究元曲的重要著作。他有杂剧七种，均已失传，据明初无名氏《录鬼簿续编》说，这些杂剧："皆在他处按行，故近者不知，人皆易之。"散曲方面，今存小令五十九首，套数一套。

# 正宫·醉太平

俺是悲田院①下司，俺是刘九儿②宗枝。郑元和俺当日拜为师。传留下莲花落③稿子，搠竹杖绕遍莺花市④。提灰笔写遍鸳鸯字，打夋槌⑤唱会鹧鸪词。穷不了俺风流敬思。

元曲三百首全解全析

【注释】

①悲田院：即乞丐收容所。　②刘九儿：元杂剧中乞丐的共名。　③莲花落：乞丐行乞时常唱的俗曲。　④莺花市：指妓女集中的地方。　⑤打夋槌：一种乞丐玩耍的技艺，也叫三棒鼓。

【赏析】

作者大胆颂扬了穷秀才与贫苦的下层文人，热情赞美了他们继承唐宋以来流传的郑元和行乞打竹板，说唱《莲花落》曲子故事的传统。继而又唱《鹧鸪词》的事迹，这就反衬出当年封建统治者的礼教与科举之下，埋没了多少人才，淹没了多少民间文艺。其风格是热情奔放，气盛言宜，可谓豪壮之曲。真纯质朴，粗犷有力。

# 正宫·醉太平

风流贫最好①，村沙富难交②。拾灰泥补砌了旧砖窑，开一个教乞儿市学③。裹一顶半新不旧乌纱帽，穿一领半长不短黄麻罩④，系一条半联不断皂环绦⑤，做一个穷风月训导⑥。

【注释】

①风流贫最好：风流倜傥而甘守清贫的人最好。风流，不拘礼法的才子。②村沙富难交：狠戾贪婪的豪绅富户难以交往。村沙，粗鲁，狠戾。　③乞儿市学：为乞丐办的学校。　④黄麻罩：即粗布麻线做的罩衣。　⑤半联不断皂环绦：破旧的黑腰带。　⑥穷风月训导：穷而风流的学官。穷风月，贫穷而风流。训导，古代以训导为学官名。

【赏析】

这首小令一上来就对"穷人"和"富人"表示了鲜明的态度，尤其是"村沙富难交"一句，可以说是作者生活经验的结晶。在这样的社会里，最好的事情是收拾一下旧砖窑去给"乞儿"们办学，而自己呢，去当个教乞儿的"训导"。这样既不必去乞求于那些富户，也不必和世俗人物打交道。这首小令语言通俗，加上连用了三句"半新不旧""半长不短""半联不断"，既增加了小令的情趣，又增强了作品的音乐感！

# 双调·水仙子

## 吊宫大用[①]

豁然胸次扫尘埃[②]，久矣声名播省台[③]。先生志在乾坤外，敢嫌他天地窄。辞章压倒元白[④]。凭心地，据手策，是无比英才。

【注释】

①宫大用：钟嗣成在《录鬼簿》中说："宫天挺，字大用，大名开州（今河南省濮阳市，元时属大名路管辖）人。历学官，除钓台书院山长。为权豪所中，事获辨明，亦不见用。卒于常州。先君与之莫逆交，故余常得侍坐。见其吟咏，文章笔力，人莫能敌。乐章歌曲，特余事耳。"撰有杂剧《七里滩》《范张鸡黍》《越王尝胆》等。今存《七里滩》和《范张鸡黍》，后者为杂剧名著。　②胸次：胸中，心里。尘埃：比喻污浊的事物，《楚辞·渔父》："安能以皓皓之白，而蒙世俗之尘埃乎？"　③省台：封建时代最高行政机关中书省的简称。　④元白：指唐代大诗人元稹、白居易。

【赏析】

宫大用与钟嗣成的父亲为莫逆之交，所以钟氏有机会常侍宫大用左右。他对宫大用为权豪一再压抑，十分不平。他认为宫大用才高志大，屈居小小书院，太不公正了。从宫大用的著名杂剧《范张鸡黍》来看，他对元代极端腐败的吏治，是非常愤慨的。这也必然引起因民族歧视屡试不中的钟嗣成极大的共鸣。所以小令一开头就赞扬宫大用襟怀开阔，扫去了一切世俗的尘埃。他的才华声名早就在中书省上下传开了。但是，老先生绝非庸禄之辈，他是有志于乾坤之外的，并不留意于人间俗事。现有的天地并不足以施展其才华。他的辞章甚至可以压倒元稹、白居易。以他的锦心妙策，真是个无比的英才。

宫大用的政治遭遇，在元代有相当代表性。又八十年废止科举，使汉族文人失去了攀登仕途的"上天梯"；恢复科举考试之后，对汉人，尤其是南人又非常歧视，钟嗣成怀才不遇就是典型的事例。所以这首小令既是吊宫大用的，也是抒发自己愤懑不平之气的。

语言朴实自然，通俗流畅，与晚期元人小令的注重雕饰迥然不同。

# 双调·水仙子

## 吊施君美①

道心②清净绝无尘，和气雍容自有春③。吴山风月收拾尽，一篇篇，字字新。但思君赋尽停云④。三生梦⑤，百岁身⑥。空只有衰草荒坟。

【注释】

①施君美：天一阁抄本《录鬼簿》作"施君承"，曹栋亭本作"施惠"："惠字君美，杭州人。居吴山城隍庙前，以坐贾为业。" ②道心：悟道之心。 ③和气雍容：谦和大度。春：向上的生机。 ④停云：《陶渊明集》有题为《停云》诗四首，自序称："停云，思亲友也。" ⑤三生：本佛家语，指前生、今生、来生。 ⑥百岁身：即一生。

【赏析】

从钟嗣成这首吊词看，施君美是个久在杭州吴山脚下开店铺的商人。但他不是一般商人。从施君美仅存的套数〔南吕·一枝花〕《咏剑》来看，至少他在青

壮年时代是个极有豪情壮志的英武人物："则为俺未遂封侯把他久担误，有一日修文用武，驱蛮静虏，好与清时定边土！"至于他大志难申、屈为商贾并与许多文人交往，最后冷冷清清死于杭州，则不知其详。而从钟嗣成这篇写于他死后的吊词来看，他的晚年虽然举止雍容、作风潇洒，已经是"道心清净"不沾尘埃的人了。闲暇之间，把杭州吴山风光都写尽了，虽然这是许多文人染笔之处，而到他的笔下却能"字字新"。钟嗣成钦佩他的为人和卓越才华，多次与之交往，他写过思念施君美的《停云》辞章。但这位毫无商人气味的曲家，空怀有"三生梦"的宏伟抱负，最终还是默默地了此一生，留在人间的，不过是蓑草荒坟！

文字风格明白如口语，言外之意颇丰富。

## 赵显宏

号学村，生平不详。现存小令二十首，套数二套。

# 中吕·满庭芳

### 渔

江天晚霞，舟横野渡①，网晒汀沙②。一家老幼无牵挂，恣意喧哗。新糯酒香橙③藕芽，锦鳞鱼紫蟹红虾。杯盘罢，争些醉煞④，和月宿芦花⑤。

【注释】

①舟横野渡：把船停放在野外河边的渡口上。　②汀沙：水边的沙滩。③香橙：即广柑。　④争些醉煞：险些饮酒大醉。争些，险些。　⑤和月宿芦花：伴着月光歇宿在芦花荡中。

【赏析】

此曲写渔家的欢乐，一天劳动之余，将船横在渡口，将网晒在河滩，一家老小无牵无挂地尽情享受天伦之乐。

# 中吕·满庭芳

## 牧

　　闲中放牛，天连野草，水接平芜①。终朝饱玩江山秀②，乐以忘忧。青蒻笠西风渡口③，绿蓑衣暮雨沧洲④。黄昏后，长笛在手，吹破楚天秋⑤。

【注释】
　　①水接平芜：指水里长满了草。芜，丛生的草。　②终朝饱玩江山秀：整天饱览绿水青山的秀丽景色。　③青蒻(ruò)笠：用青嫩的蒲草编织的帽子。青蒻，嫩绿的蒲草。笠，斗笠，用草编的挡雨用的帽子。　④沧洲：滨水的地方，常用来指隐士的居处。　⑤吹破楚天秋：笛声回荡在秋天江南的上空。楚，指长江中下游一带，这里泛指江南。

【赏析】
　　此曲写牧人的欢乐。它与渔人又不相同，他可以尽情地领略山河的秀丽，"青蒻笠西风渡口，绿蓑衣暮雨沧洲。"无一处不美，无一时不美；到了黄昏，更把长笛吹奏，让自然的美同音乐的美糅合在一起。

元曲三百首全解全析

# 李齐贤

（1287—1367），字仲思，号益斋，高丽（今吉林集安县一带）人。少年即有文名，因机缘得识姚燧、赵孟頫、张养浩等，学益进。后历官门下侍中，封鸡林府院君，又曾奉使川蜀等地，所至题咏，脍炙人口。至正二十七年卒，年八十一，谥文忠。著有《益斋乱稿》。

## 黄钟·人月圆①

### 马嵬效吴彦高②

五云③绣岭明珠殿，飞燕④倚新妆。小輦中有，渔阳胡马⑤，惊破霓裳。海棠正好，东风无赖，狼藉春光。明眸皓齿，如今何在？空断人肠。

【注释】

①黄钟：我国古代音律的十二律中的六种阳律的第一律称为黄钟。音律非常宏大、响亮、庄严。人月圆：曲牌名。　②马嵬：马嵬坡，唐明皇李隆基的妃子杨玉环死去的地方。效：仿效。吴彦高：吴激，字彦高。宋金时期的作家，书画家。自号东山散人。　③五云：五色的彩云。　④飞燕：即赵飞燕，汉成帝的皇后。⑤渔阳：即现今天津市蓟州区，安禄山起兵的地方。胡马：安禄山是少数民族，善骑。

【赏析】

此曲作者讽刺唐玄宗李隆基与贵妃杨玉环，陶醉于酒色音舞，安史之乱逃马嵬，缢杀杨妃，幸免于难之史实，借古讽今。

# 周德清

（1277—1365），字日湛，号挺斋，高安暇堂（今江西高安市）人，宋周敦颐后代。"工乐府，善音律"（虞集语）。泰定元年（1324）写成《中原音韵》，以为"正语之本，变雅之端"。又自制乐府甚多，据琐非复初序："回文、集句、连环、简梅、雪花诸体，皆作当世人之所不能者。长篇短章，悉可为作词之定格"。并引时人公议："德清之韵，不独中原，乃天下之中音也；德清之间，不惟江南，实天下之独步也。"至正己（1365）卒，年八十九。

# 正宫·塞鸿秋①

## 浔阳即景②

长江万里白如练③，淮山数点青如淀④。江帆⑤几片疾如箭，山泉千尺飞如电。晚云都变露⑥，新月初学扇⑦。塞鸿⑧一字来如线。

### 【注释】

①正宫：宫调名。塞鸿秋：曲牌名。 ②浔（xún）阳：今江西省九江市的别称。即景：写眼前的景物。 ③练：白绢，白色的绸子。 ④淮山：在安徽省境内，这里泛指淮水流域的远山。淀：同"靛（diàn）"，即靛青，一种青蓝色染料。⑤江帆：江面上的船。 ⑥晚云都变露：意思是说傍晚的彩霞，都变成了朵朵白云。露，这里是"白"的意思。 ⑦初学扇：意思是新月的形状像展开的扇子。 ⑧塞鸿：边地的鸿雁。

### 【译文】

万里长江犹如一条白色绸缎，淮河两岸的远山绿的像靛青一样。江上的片片帆船急速地行驶着，像离弦的箭一样；山上的瀑布从高耸陡峭的悬崖上飞奔而下，仿佛是一道闪电。傍晚的晚霞都变成了白白的云朵，一弯新月看上去像刚刚展开的扇子。从塞外归来的大雁在天上一字排开，宛如一条细细的银线。

此曲浔阳江观景图，将山水色彩、姿态、变化，描写得淋漓尽致，是为千古写景佳作。江上风光，尽收眼底，给人以如身临其境。

# 中吕·朝天子

## 秋夜客怀

月光，桂香，趁着风飘荡。砧声①催动一天霜，过雁声嘹亮。叫起②离情，敲残愁况，梦家山③身异乡。夜凉，枕凉，不许愁人强④。

【注释】

①砧声：砧杵捣衣声。　②叫起：唤起。　③家山：故乡。　④强：执拗。此句意谓不由人不惆怅。

【译文】

月光下，桂花香随着风四处飘荡。捣衣声仿佛加速了满天寒霜，更凄冷了。路过的大雁叫声嘹亮。这雁声，唤起了离情，敲残了愁况，使身处异乡的我，梦绕魂牵家乡。夜凉如水，枕凉如冰，这背井离乡的愁苦，不允许旅居在外者倔强逞强。

【赏析】

此曲为绝妙的抒情好曲，对异乡的秋色，描绘如画；但从雁声引起离情，便由强转弱，流露出凄凉情绪。

# 中吕·满庭芳

## 看岳王①传

披文握武②，建中兴庙宇③，载青史图书。功成却被权臣妒，正落奸谋④。闪杀人望旌节中原士夫⑤，误杀人弃丘陵南渡銮舆⑥。钱

塘⑦路，愁风怨雨，长是洒西湖。

**【注释】**

①岳王：即岳飞，宋宁宗时追封为鄂王，故称岳王。 ②披文握武：指文武双全。 ③建中兴庙宇：岳飞为国竭智尽忠，挫败了金兵的侵略，使宋朝得以中兴。庙宇，指国家社稷。 ④正落奸谋：落入奸臣贼子的阴谋。 ⑤闪杀人望旌节中原士夫：弄得中原人民只能遥望宋军撤退，而不能恢复祖国的统一。闪杀，抛闪。旌节，指旌旗仪仗。士夫，宋朝的官员。这句指，岳飞破金打至朱仙镇被宋廷召回的事。 ⑥误杀人弃丘陵南渡銮舆：奸臣杀害了岳飞，致使大宋皇帝渡江南逃，大片国土沦于金人之手。丘陵，泛指国土。銮舆，代指皇帝，即宋高宗赵构。 ⑦钱塘：即今杭州，岳飞在此遇害，后迁葬西湖。

**【译文】**

能文能武的全才，足可以使南宋中兴，名字永垂青史。其功绩遭到权臣的怨恨，误中权臣的奸计。中原父老再也盼不来北进的王师，赵宋王朝丢弃祖宗的陵庙向南逃去。钱塘路上，风雨凄凄，满含愁怨，洒落在西子湖上。

**【赏析】**

这首小令是作者读《岳飞传》有感而发的作品。读岳飞的传记，使作者想到，像岳飞这样一位忠于祖国的民族英雄，功成却遭到权臣的忌妒，惨遭杀害。岳飞的被杀，致使北方人民沦陷敌手，使大宋皇帝也不得不渡江南逃。如今往杭州的路途，总是有愁风怨雨洒个不停。这也许是对于忠魂的哀悼吧！

# 中吕·满庭芳

## 误国贼秦桧①

官居极品②，欺天误主③，贱土轻民④，把一场和议为公论。妒害功臣，通贼虏⑤怀奸诳君，那些儿立朝堂仗义依仁⑥。英雄恨，使飞云⑦幸存，那里有南北二朝分。

### 【注释】

①秦桧：字会之，江宁（今南京市）人。绍兴年间两任宰相，为宋高宗所宠信，暗通金邦，卖国求荣。诬杀抗金名将岳飞，贬斥主战派名将张浚等人，成为中国著名的权奸、卖国贼，一直为人们痛恨。　②官居极品：居于品级最高的官位。③欺天误主：欺瞒、贻误皇帝。天与主，在此均指皇帝。　④贱土轻民：指不惜国土沦丧，人民惨遭亡国之痛。　⑤贼虏：指金国。　⑥那些儿：哪里是。仗义依仁：指施行仁义。　⑦飞云：指岳飞及其养子岳云，均被秦桧诬陷致死。

### 【赏析】

这首小令与上一首《看岳王传》，实际上是一个问题从两个方面说。这支曲主要是谴责秦桧的祸国殃民、残害忠良的罪恶。

前四句是对秦桧罪行的总体评议。第一句指出秦桧的地位，是官阶最高的宰相；后边三句是说他的所作所为，是欺瞒贻误皇帝，是使国土沦丧，是弃人民于不顾，总的说就是对金国妥协投降，力主和议。下面三句进一步揭露他的具体罪恶，这就是嫉妒陷害功臣，杀害抗金名将岳飞父子；他私通金国，甘当内奸，诳骗君王；枉立于朝堂之上，却不施行仁义。在这里一再说"欺天误主""诳君"，这是把罪恶全部推给秦桧，为赵构开脱。不错，秦桧是内奸，是投降派，罪恶滔天，但一个秦桧是不可能杀害岳飞的，只是迎合了宋高宗赵构的意图罢了。"笑区区一桧亦何能，逢其欲。"但在中国，皇帝是神圣不可指责的，永远是正确的，所有的罪恶是奸臣"欺天误主"下的。从这个意义上来说，奸臣是皇帝最有用的人，皇帝要干什么样的勾当，奸臣都可以迎合上意去照办，而且配合非常默契，用不到皇帝明确发话。如果把事情办糟了，可以把罪责全部推给奸臣。甚至可以杀奸臣以谢天下，而皇帝则永远是正确的，伟大的。替罪羊奸臣的血可以掩饰皇帝身上的一切污点，保全皇帝头上的光圈。

最后三句抒发作者内心的愤慨。"英雄恨"，恨的是国家半壁山河沦亡，恨的是已无"龙城飞将"。最后两句又回过来写秦桧误国的罪恶,秦桧最大的罪恶就是杀害岳飞父子,如果岳飞父子活着,定然会收复中原失地,就不会形成南宋与金国平分天下、南北对峙的格局。结尾写得悲愤沉痛。

# 双调·蟾宫曲

## 别友

倚篷窗无语嗟呀①,七件儿②全无,做甚么人家?柴似灵芝③,油如甘露④,米若丹砂⑤。酱瓮儿恰才罄撒⑥,盐瓶儿又告消乏⑦。茶也无多,醋也无多。七件事尚且艰难,怎生教我折柳攀花⑧?

**【注释】**
①嗟呀:叹息。 ②七件儿:持家度日不可短缺的七种用品,即下面写到的柴、米、油、盐、酱、醋、茶。 ③灵芝:一种名贵药材。 ④甘露:甘美的雨露。 ⑤丹砂:即朱砂,一种名贵的矿石,可入药,也可用为染料、颜料。 ⑥罄撒:没有了。 ⑦消乏:缺少。 ⑧折桂攀花:寻花问柳。

**【译文】**
依靠着篷窗说不出话,只好一声声叹气。日常必需品全都没有,还怎么过日子?柴禾贵的像灵芝一样,油像露水一样难得,米的价格也像丹砂一样。酱缸里胡酱油刚刚用完,盐瓶中的盐没了。茶也不多了,醋也不多了。光是凑齐这生活必需品如此艰难,还怎么让我去攀折柳树跟花儿?

**【赏析】**
此曲感叹贫困的生活境遇。语言直白如话,对"七件儿全无"铺排得错落有致,富于变化,末句结语奇特,把感情推向高潮,悲慨愤懑之情难以平息。

# 中吕·红绣鞋

## 郊行

茅店小斜挑草秆①,竹篱疏半掩柴门,一犬汪汪吠②行人。题诗桃叶渡③，问酒杏花村④，醉归来驴背稳⑤。

【注释】

①草稕：古时酒家用草扎成的酒幌子。　②吠：狗叫声。　③题诗桃叶渡：化用晋朝王献之赠妾诗《桃叶歌》的故事。王献之有爱妾名桃叶，献之出游时，桃叶常到渡口相送，两人在此赠诗作别，互相抒发惜别之情。桃叶渡。在今南京秦淮河口附近。　④杏花村：在今山西省汾阳县境，杜牧在《清明》诗中有"借问酒家何处有，牧童遥指杏花村"的名句，故后人常以杏花村代指酒家。　⑤醉归来驴背稳：醉后骑驴回家。

【赏析】

此曲是写郊外的春景，"题诗桃叶渡，问酒杏花村"，虽然都写的是地名，但与春景暗合，给读者启开了想象的境界。

# 倪瓒

（1301—1374），字元镇，自号风月主人，又号云林子、沧浪漫士、净名庵主等。初名埏，无锡（今江苏无锡市）人。自幼读书，过目不忘。家有清閟阁，多藏法书、名画、秘籍。爱作诗，不事雕琢，妙绝一时。善琴操，精音律。所作乐府《水仙子》等脍炙人口。与虞集、张雨交情深。至正初，散发资财给亲友，弃家泛舟五湖，自称倪迂、懒瓒。图写烟林小景或竹枝，偶流于市，人争购买。明初卒，年七十四。

## 黄钟·人月圆

伤心莫问前朝事，重上越王台①。鹧鸪啼处，东风草绿，残照花开②。怅然孤啸，青山故国，乔木苍苔③。当时明月，依依素影，何处飞来④？

【注释】

①"伤心"二句：我重新登上越王台，但请不要问起前朝旧事，以免引起更深的伤感。两句前后倒置，以突出强化登临时的感伤情绪。越王台：春秋时越王

勾践为招贤纳贤而修筑之台。　②"鹧鸪"三句：鹧鸪在凄切的啼鸣，残阳斜照里，满台的野草杂花，在风中飘拂抖动。鹧鸪啼声仿佛"行不得也哥哥"，哀婉凄切。此处意境，与李白《越中览古》诗"宫女如花满春殿，只今唯有鹧鸪飞"极为相似。③"怅然"三句：心中一片惆怅，独自发一声长啸，只见青山依旧，故园宛然，苍苔满地，乔木参天。　④"当时"三句：只有当时的明月，她那轻柔的倩影悄然地不知从何处飞来，依然照耀着今天的越王台旧址。依依，这里是婀娜轻柔之意。素影，指明月。

【译文】

不要再问前朝那些伤心的往事了，我重新登上越王台。鹧鸪鸟哀婉地啼叫，东风吹指初绿的衰草，残阳中山花开放。

我惆怅地独自仰天长啸，青山峻岭依旧，故国已不在，满目尽是乔木布满苍苔，一片悲凉。头上的明月，柔和皎洁，仍是照耀过前朝的那轮，可是它又是从哪里飞来的呢？

【赏析】

游览名胜，登临故迹，一种岁月流逝、物是人非的感慨就常常会油然而生，激发起人们不胜兴亡或今昔陵替的喟叹。倪瓒的这一首小令，悼古之思绵渺幽远，叹今之概更显浓重。

"伤心莫问前朝事，重上越王台"，开篇伊始，作者就已满腹忧思、感慨万千。然而越是不愿意想它、提它，思绪却如脱缰的野马，愈发疾驰而难以控制。从越王勾践的卧薪尝胆，吴王夫差的昏庸亡国，直至赵宋王朝的分崩离析；从曾经盛极一时的蒙元朝廷，到如今也已处于风雨飘摇的末世；这种种盛衰互易、沧桑遽变的"历史"，大概正透过岁月的尘雾，有时清晰，有时模糊地涌上作者的心头罢？真是不堪目睹，不忍重提；却又无法回避，不容抹杀。然而既无力炼石补天，去填平那些历史的积憾，又只能无端平添心灵的创痛，所以尽管今天重上越王台，但还是不愿重提前朝旧事。这就是作者此时此地万般纷繁复杂的实际心态。然而"心有灵犀"，无论怎样回避，眼前的一木一草，仍然在激起种种联想和相关情绪的共鸣。"鹧鸪啼处，东风草绿，残照花开"，所有这些，似乎都带有浓重的凄凉色彩，撩拨着作者的"伤心"情怀。杜甫曾经以"长啸"来宣泄心中的强烈悲愤，他在《赠秘书监江夏李公邕》一诗中写道："长啸宇宙间，高才日陵替"。面对"青山故国，乔木苍苔"的悲凉景致，倪瓒此时的郁勃心境，也是非有此一长啸就不足以冲刷胸中块垒似的。然而在他"怅然孤啸"以后，他的心情是否就此平静下来了呢？曲作由此向前推进了一步：此时夜色昏黄，"当时明月，依依素影，何处飞来？"这曾经阅尽人间沧桑的皓月，当日曾照越王台，今天清光依然来。你平静宽广的胸怀，也许会稍释作者心中的烦愁和忧郁罢？

有的论家把曲中的"前朝"仅仅理解为南宋，看来似乎是不甚确切的。从作者所创造的总体意象看，这实际上是对包括吴越春秋以及早已覆亡的南宋和日渐式微的蒙元帝国在内的朝代嬗替和人事代谢，现在又届一个新的王朝即将崛起的一支沉郁的悲歌。

# 越调·小桃红

　　一江秋水澹寒烟，水影明如练，眼底离愁数行雁[①]。雪晴天，绿蘋红蓼参差见[②]。吴歌荡桨[③]，一声哀怨，惊起白鸥眠。

**【注释】**

　　①"一江"三句：秋江上面飘浮着淡淡的寒烟。秋水明净，犹如一条白练。极目远望，数行大雁正匆匆向南飞去，勾起我一片离愁。雁是候鸟，在春天北翔，又于秋季南飞，万里长行，所以又称征雁，在我国古典诗、词、曲作中，常把雁行和离愁联系在一起。　　②"绿蘋"句：可以见到色彩斑驳、错杂相间的绿蘋和红蓼。参差：长短高低不齐，这里主要是指颜色的不同。　　③吴歌荡桨：唱着吴歌，荡桨弄舟。吴：吴地，现在一般指江苏，特别是苏州、无锡一带。吴歌，吴地民歌，即江苏民歌。

**【赏析】**

这是一幅江南水乡的水墨画，笔致简练，富于情趣。

"一江秋水澹寒烟，水影明如练，眼底离愁数行雁"。深秋初冬季节，江南平原一片空阔。正所谓"秋天万里净，日暮澄江空"（王维《送綦母校书弃官还江东》）。江面上飘浮着一层淡淡的烟霭，江水显得更加澄澈明净，像一条白练一样伸向远方。慑于寒冬的威吓，数行征雁，带着离愁，正在行色匆匆地向着南国赶路。以上三句是秋冬水乡景致的大写意图。紧接着两句则进入了对于具体事物的细致描绘："雪晴天，绿蘋红蓼参差见。"雪霁初晴后，在江南水乡的万顷平畴上，仍然随处可见绿蘋红蓼，它们在白雪的映衬下，益发显得色彩斑斓，生机盎然。最后三句，"吴歌荡桨，一声哀怨，惊起白鸥眠"，则使整篇作品的意境出现了一个转折。在此之前，作者只是对吴地美丽的自然景色作了生动的描绘；而现在，欸乃一声，一叶小舟驶进了画面。驾舟人一边荡桨，一边唱着带有幽怨情调的山歌，把正在憩息的白鸥骤然惊醒，扑腾腾翻飞而去。这样，使前面多少显得凄冷寂寥和过于恬静清幽的风景画面，有了人物的活动，回响起吴地的民歌，而且还有鸥鸟惊窜而出，从而变成了一幅震荡着生命律动的风俗画了。

倪瓒向以绘画名世，与黄公望、王蒙、吴镇并称为元末画苑四大家，其画品简淡幽远，"殊无市朝尘埃气"（夏文彦《图画宝鉴》）。古人评王维的诗画云："诗中有画，画中有诗"。从倪瓒这首小令看，大概亦可看出他所持有的那种飘逸出世、简朴淡远的绘画风格罢？

## 宋方壶

名子正，华亭（今上海市松江区）人，生平不详。尝于华亭莺湖辟室若干间，四面开大型方窗，昼夜长明，如洞天状，名曰方壶，因以为号。现存小令十三首，套数五套。

## 中吕·山坡羊

### 道情

青山相待，白云相爱。梦不到紫罗袍①共黄金带。一茅斋，野花开。管甚谁家兴废谁成败？陋巷箪瓢亦乐哉！贫，气不改；达，志不改。

①紫罗袍：古代高级官员的服装。

【译文】

　　我爱青山，愿与它相伴；我爱白云，想让它相陪。做梦也梦不到穿上紫罗袍系了黄金带。只要有一间茅屋，四周围野花盛开，管他谁家兴旺，谁家衰败。在陋巷中过着，一箪饭，一瓢水的生活我也挺愉快。贫穷时，骨气不丢；富贵了，志气不改。

【赏析】

　　此曲一片浩然之气，壮志凌云，真正能做到："贫贱不能移""富贵不能淫"的境地。不管谁成谁败，争夺帝业，就由他去吧，我纵情山水，悠然自得。

# 中吕·红绣鞋

## 阅世

　　短命的偏逢薄幸①，老成的偏遇真成②，无情的休想遇多情，懵懂③的怜瞌睡，鹘伶的惜惺惺④。若要轻别人还自轻。

【注释】

　　①"短命"句：缺德阴损的人偏偏碰到无情无义的人。短命：民间对那些缺德的人的骂语。　②"老成"句：练达持重的人偏偏遇上真挚诚实的人。真成，犹真诚。　③懵懂：糊涂。　④"鹘伶"句：聪明机灵的人必然互相敬爱倾慕。鹘：猛禽，刚烈勇猛。鹘伶：含有勇敢、机智、聪明的意思。惺惺：机警，聪慧。惜惺惺，即"惺惺惜惺惺"的略称，聪慧之人互相怜爱倾慕。

【赏析】

　　世上最深刻的道理，往往也最明白易懂。这篇小令最为引人注目的特点就在于，它用几乎是人们日常习用的口语，概括了人们司空见惯的人情世态，对善恶美丑、是非曲直作出了旗帜鲜明的道德评判，用以荡涤污浊卑下的灵魂，赞美纯洁崇高的人格，以使社会空气得到净化，生活变得更加美好。

　　为此，小令连用了褒贬分明的五组对比，予人生的各种思想品格和社会现象作出了深刻概括：阴损缺德的人一定会遭逢无情无义之徒；老成的人总是碰上至诚君子；无情者别想遇上多情种；糊涂蛋必然怜爱瞌睡虫；聪明机灵的人走到一起，彼此之间也一定会产生崇敬倾慕、相见恨晚的强烈感情。在这种情深理透的充分铺排以后，作者就水到渠成地推出这样一句箴言："若要轻别人还自轻"，告诫人们不要互相轻贱倾轧，而要互相友爱尊重，并以此警句简洁干净地结束全篇，使挈首小令闪烁着耀眼的哲理性光芒，从而更加启人憬悟，发人深省。

# 双调·水仙子

## 叹世

时人个个望高官，位至三公不若闲①。老妻顽子②无忧患，一家儿得自安，破柴门对绿水青山。沽村酒三杯醉，理瑶琴③数曲弹，都回避④了胆战心寒。

**【注释】**

①位至三公不若闲：身居三公之位，还不如清闲度日。三公，官名，周代太师、太傅、太保为三公，汉代司马、司徒、司空为三公。若，如。 ②顽子：对儿子的爱称。 ③理瑶琴：调理瑶琴，指弹奏乐器。 ④回避：躲避。

**【赏析】**

这首《叹世》，道出了封建社会仕途的险恶，为官的人整天在胆战心寒。人人都盼望着得到高官，其实呢，就是位居三公这样的高位，还是不如作老百姓的清闲自在：子孙们可以无忧无虑，一家人可以相安无事。尽管破柴门远比不上朱门的豪华。但是住在破柴门中可以尽享大自然的美妙。这显然是失意文人自我安慰的话，也表现了作者对仕途尔虞我诈的厌倦。

# 王举之

生平不详，由他的散曲《折桂令》《红绣鞋》等作品中有赠胡存善（胡正则之子）一首，吊贯云石一首，举之大约是生于元代后期的曲家。《全元散曲》存他的小令二十三首。

# 中吕·红绣鞋

## 栖云吊贯酸斋

芦花被西风香梦，玉楼才夜月云空。栖云山上小崆峒①。蟠桃②仙露种，诗句古苔封。教清名大地中。

【注释】

①崆峒：山名，在甘肃，古时传说中仙人居住的地方。 ②蟠桃：神话中的仙桃。

【赏析】

此曲作者以"芦花"喻洁白，以"玉楼云空"喻"云石"，将贯酸斋名字缀入曲词字句中，手笔不凡。结言"清名"永留天地间，后辈诗人吊前辈诗人，真切感人。

# 双调·折桂令

## 虎顶杯①

宴穹庐月暗西村。剑舞青蛇，角奏黄昏。玛瑙盘呈，琼瑶液暖，狐兔愁闻。猩血冷犹凝旧痕，玉纤寒似怯英魂。豪士云屯，一曲琵琶，少个昭君。

【注释】

①虎顶杯：一种酒器。

【赏析】

此曲是军中宴会，地近塞外，生活的实录，是"边塞诗"一类，故云少昭君。全曲风格豪壮、潇洒。

# 双调·折桂令

## 怀钱塘①

记湖山堂上春行。花港观鱼，柳巷闻莺。一派湖光，四围山色，九里松声。五花马金鞭弄影，七步才锦字传情。写入丹青。雨醉云醒，柳暗花阴。

**【注释】**

①钱塘，即是钱塘江与西湖一带。

**【赏析】**

此曲铸词对仗工巧。风格晴明、条畅、爽朗，是一代绝佳曲词。

# 双调·折桂令

## 读史有感

北邙山①多少英雄？青史南柯②，白骨西风。八阵图成③，《六韬》书在④，百战尘空。辅汉室功成卧龙⑤，钓磻溪兆入飞熊⑥。世事秋蓬。惟有渔樵，跳出樊笼⑦。

**【注释】**

①北邙山：在今河南省洛阳市东北。汉魏以来，王侯公卿死后，多葬在此处，后人以"北邙"指坟地。　②南柯：南柯梦。出自唐李公佐的《南柯太守传》，说东平人淳于棼，家住广陵郡，宅南有大古槐树一株。一日，他醉卧堂东庑下，梦至槐安国，娶该国公主为妻，出任南柯太守，并生有五男二女。后来公主病故，他也失宠，送归故里。梦醒后寻至槐树下，发现有一大蚁穴，积土如城郭，有蚁数斛，南枝已枯，也成蚁穴。此即大槐安国与南柯郡。　③八阵图成：指诸葛亮的军事才能，杜甫《八阵图》："功盖三分国，名成八阵图。"　④《六韬》书在：指姜太公的军事才能，相传他著有兵书，存世六卷，即《文韬》《武韬》《龙韬》《虎韬》《豹韬》《犬韬》，合称《六韬》。　⑤"辅汉室"句：指诸葛亮辅助

刘备建立蜀汉。卧龙：比喻隐膝的杰出人物，《三国志·蜀志·诸葛亮传》："（徐庶）谓先主曰：'诸葛亮者，卧龙也，将军岂愿见之乎？'"　⑥"钓磻溪"句：相传周文王梦飞熊，而于磻溪遇姜子牙。磻溪：一名璜河，在今陕西省宝鸡市东南。源出南山兹谷，北流入渭水，相传姜子牙曾垂钓于此，后遇周文王，得重用，并助周武王灭商。　⑦樊笼：笼子，喻不自由。

**【赏析】**

这是一首咏史小令，写了诸葛亮与姜子牙两人，有"万事到头总成空"的意思，否定建功立业，赞美隐士生活。

开头三句，从总体上写历史上一切帝王将相、英雄豪杰，到头来都逃不出一死。北邙山中，埋葬了多少英雄；那图貌麒麟阁，名标青史，其实无异于南柯一梦；任你是帝王将相、英雄豪杰，最后也不过是萧瑟西风里的一堆白骨。从第四句到第九句，这六句写了历史上两个名声赫赫的人——诸葛亮和姜子牙（又称吕尚），他们都是才能出众的军事家，一个名成八阵图，一个有兵书《六韬》传世。他们生前都身经百战，但现在战尘已经消失，一切都成空。他们两人，一个是辅佐刘备建立蜀汉的卧龙，一个是帮助周武王伐纣灭商的入梦飞熊，都建立过卓著的功勋，但他们的功勋与事业，到现在已像飞蓬一样飘散无踪。最后两句以渔樵来跟建功立业的英雄作对比，只有渔樵才跳出名缰利锁的羁绊，逍遥自在，无忧无虑。

这支小曲的态度十分明朗，否定建功立业，赞扬避世隐居的渔樵。元朝中晚期，皇帝昏庸残暴，奸臣弄权，吏治腐败，仕途险恶，因此不少知识分子都以遁世避世来消极抵抗，坚决不与统治者合作。结合当时的现实来说，还是有一定的积极意义的。

## 王爱山

字敬甫，长安（今陕西省西安市）人。生平事迹不详。今存小令十四首。

## 双调·水仙子

### 怨 别 离①

凤凰台②上月儿沉，一样相思两处心。今宵愁恨更比昨宵甚，对孤灯无意寝，泪和愁付与瑶琴③。离恨向弦中诉，凄凉在指下吟，少一个知音！

**【注释】**

　　①怨别离：作者用〔双调·水仙子〕曲调，共写了十首《怨别离》组曲，这是其中第九首。　②凤凰台：故址在今南京市南面的凤凰山上。相传南北朝时宋文帝元嘉年间 (424—453) 有凤凰翔集于山，因筑台，名之为凤凰台。　③瑶琴：以美玉装饰的琴，喻琴的精美贵重。瑶：美玉。

**【赏析】**

　　在我国古典诗、词、曲中关于写两地相思的名篇佳作，俯拾皆是。王爱山的这首小令，悱恻缠绵，意境深沉，仍然给人以一种美的享受。

　　作者用〔双调·水仙子〕曲调创作了十首《怨别离》的重头小令，每首小令都用"凤凰台上"起句。这虽然是我们诗词创作中习惯用的比兴手法，但却因为这是唐代大诗人李白流传千古的《登金陵凤凰台》中的名句而产生了名人、名诗效应，使这首小令起势不凡，先声夺人。再者，李白的这首绝唱的头两句"凤凰台上凤凰游，凤去台空江自流"的意境，恰恰与作者现在所要表现的"怨别离"题旨暗合，因此，借势起以"凤凰台上月儿沉"的句式，巧妙化名作意境，亦使这首小令增添了不少光彩。正是在大力发掘名诗人、名诗篇、名诗句的名作效应，

元曲三百首全解全析

充分营造了月坠落、景凄迷、万籁俱寂、长夜深沉的典型环境以后，作者顺势而下，展开了对主人公具体行为心态的细腻描写。"一样相思两处心"，把两颗同样真诚的心绾结在一起。然而，今晚上的离愁别恨，比起昨晚上来，却更加强烈。独对孤灯，睡意全无，只好操起瑶琴，噙着盈眶泪水和满腹凄凉，把自己的思念之情、别离之恨，全部倾泄在琴曲之中。但是这又有什么用呢？尽管琴曲凄切深沉，又有谁来理解这种相思的痛苦和惨烈？因为被主人公所刻骨思念的人儿仍在天之一涯。这就十分自然地过渡到最后的结句上："少一个知音！"把人物的心理冲突推向了高潮，从而使读者和主人公一起沉浸在这种魂消肠断的浓烈悲剧氛围之中。

整篇小令情感强烈，意脉流贯，一气呵成，化用大诗人的名诗名句及其意境开头，中间酣畅地抒写"怨别离"的主题，最后则以千钧重锤一样的浩叹"少一个知音"结尾，深得乔吉"凤头、猪肚、豹尾"这种散曲创作法的精髓，即起得美丽，中间浩荡，结得又很响亮。

## 刘庭信

原名廷玉，排行第五，身长而黑，人称黑刘五。风流蕴藉，超出伦辈。风晨月夕，唯以填词为事，信口成句，能道人所不能道者。所作〔双调·新水令〕《春恨》、〔南吕·一枝花〕《秋景怨别》和《春日送别》三套曲，一时盛传。现存小令三十九首，套数七套。

# 双调·水仙子

## 相思

秋风飒飒①撼苍梧，秋雨潇潇②响翠竹，秋云黯黯迷烟树③。三般儿一样苦，苦的人魂魄全无。云结就心间愁闷，雨少似眼中泪珠，风做了口内长吁！

【注释】

①飒飒：风声。　②潇潇：急骤的雨声。　③"秋云"句：深黑色的秋云把树丛融入一片迷迷蒙蒙的烟霭之中。

**【赏析】**

屈原在《九歌·少司命》中有这样的名句："悲莫悲兮生别离"，如果将其稍加变易，改为"苦莫苦兮长相思"，大概也不会有人提出异议的。正因为此，古往今来，描写相思之苦的，真可谓名手如林，佳作似云。要别具一格，超出伦辈，也确实就难乎其难了。刘庭信的这一首小令，用朴拙的语言来写相思，通篇却不见相思字样，然而相思的深情、苦情却贯穿于小令的始终。

作品一开始，即用一个"鼎足对"，写出了三般令人凄凉销魂的苦况："秋风飒飒撼苍梧，秋雨潇潇响翠竹，秋云黯黯迷烟树。"秋风撼秋梧，秋雨淋秋竹，秋云迷秋树，真可谓弥满秋心；而秋心合一，成一"愁"字，焉能不愁！这些特殊的文学意象，紧密集结，把人的心境的痛苦、愁惨、落寞、悲凉刻画得淋漓尽致，这就自然地引出了"三般儿一样苦，苦的人魂魄全无"！最后三句，又是个"鼎足对"，把自然界的三种苦况，与人的三种苦情相对接比较："云结就心间愁闷，雨少似眼中泪珠，风做了口内长吁！"以客体比主体，以有形写无形，恰切自然而又形象生动。整篇小令，语言平实，似娓诉衷肠；风格清新，如行云流水。一头一尾均用"鼎足对"，开得漂亮，收得有力，结构显得严谨平稳。吴梅《顾曲麈谈·谈曲》在论及包括此首小令在内的刘庭信的两支〔水仙子〕曲作时，称其"细腻流丽，亦不愧小山、东篱也"，应该说是很为妥贴的。

# 双调·折桂令

## 题情

心儿疼胜似刀剜，朝也般般[①]，暮也般般。愁在眉端，左也攒攒，右也攒攒。梦儿成良宵短短，影儿孤长夜漫漫。人儿远地阔天宽，信儿稀雨涩云悭[②]。病儿沉月苦风酸。

**【注释】**

①般般：犹言这般。　②悭：缺少。

**【赏析】**

此曲词美情深，对仗工巧。具有浓厚的人情味。

# 汪元亨

字协贞，号云林，又号临川佚老。元末明初饶州（今江西鄱阳县）人。做过浙江省掾（属员），徙居常熟（今属江苏）。著有散曲《归田录》百篇行世，全为归隐之作。

## 正宫·醉太平

### 警世

结诗仙酒豪，伴柳怪花妖。白云边盖座草团瓢。是平生事了，曾闭门不受征贤诏。自休官懒上长安道，但探梅常过灞陵桥。老先生俊倒！

【赏析】

此曲是写作者愿做诗仙，不受征诏，即隐居辞官的思想高旷自然的风格显露无疑。

## 双调·雁儿落带得胜令

### 归隐①

闲来无妄想，静里多情况。物情螳捕蝉②，世态蛇吞象③。直志定行藏④，屈指数兴亡⑤。湖海襟怀阔，山林兴味长。壶觞，夜月松花酿。轩窗，秋风桂子香。

【注释】

①归隐：在此题下，共有小令二十首，这是其中第二首。　②螳捕蝉：典出刘向《说苑·正谏》："园中有树，其上有蝉。蝉高居悲鸣饮露，不知螳螂在其

后也；螳螂委身曲附欲取蝉，而不知黄雀在其后也，"此喻世上以强凌弱，强者背后更有强者，危机四伏。 ③蛇吞象：典出《山海经·海内南经》："巴蛇食象，三岁而出其骨。"后以"蛇吞象"比喻人贪得无厌。 ④"直志"句：刚直不阿的性格决定自己行为。 ⑤"屈指"句：扳着手指头诉说历朝的兴亡。

**【赏析】**

这也是一支赞美隐居生活的曲子，由〔雁儿落〕与〔得胜令〕两支小令组成。前边〔雁儿落〕四句，写世态污浊；后边〔得胜令〕五句，写隐居生活恬静优美。

前两句说闲时不要抱任何幻想，静下来应该仔细思村世上纷繁的情况。三、四句是对这繁纷的情况进行具体叙述，一是恃强凌弱，弱肉强食，而强者背后更有强者，残杀不息，危机四伏，朝不保夕；二是世人贪得无厌。想到这些，令人不寒而栗，因此决意远离尘俗，避世隐居。下边就很自然地过渡到写隐居生活。先说自己刚直不阿的性格，决定采取了归隐的行止；隐居林下，仔细述说历代的兴亡原因。置身于湖海山林，顿感襟怀开阔，兴味悠长，心旷神怡，趣味无穷。最后，展示了一幅优美的生活图景，在月夜提壶举觞，畅饮松花酿的美酒；在轩窗下起居，值此秋风送爽、桂子飘香时，何等舒适惬意，真是赏心乐事。这支曲子把世俗的险恶丑陋与隐居的优美舒适，放在一起描述，善恶、美丑，形成鲜明强烈的对比。比与赋交替运用，显得灵活多变。最后写隐居生活优美迷人，令人神往。

# 杨维桢

（1296—1370），字廉夫，诸暨（今浙江省诸暨市）人。幼午时，父亲在铁崖山筑楼，绕楼植梅百株，聚书数万卷，令其闭门读书，凡五年，因此自号铁崖，又因善铁笛，自称铁笛道人，又曰抱遗老人。泰定四年中进士，署天台尹，改钱清场盐司令，参加过辽、金、宋三史的编修，是元末文坛上一位重要作家。入明后被召，明太祖赐安车诣阙，留百余日即乞归，抵家卒，时年七十三岁。有《铁崖·乐府》和《东维子文集》。

## 双调·夜行船

### 吊古

霸业艰危，叹吴王端为[1]，苎罗西子[2]，倾城处，妆出捧心娇媚[3]。奢侈，玉液金茎，宝凤雕龙[4]，银鱼丝鲙[5]。游戏，沉溺在翠红乡[6]，忘却卧薪滋味[7]。

〔前腔〕乘机，勾践雄图，聚干戈要雪，会稽羞耻[8]。怀奸计，越赂私通伯嚭[9]。谁知，忠谏不听[10]，剑赐属镂，灵胥空死[11]。狼狈，不想道请行成，北面称臣不许[12]。

〔斗蛤蟆〕堪悲，身国俱亡[13]，把烟花山水，等闲无主[14]。叹高台百尺[15]，顿遭烈炬[16]。休觑[17]，珠翠总劫灰，繁华只废基[18]。恼人意，叵耐范蠡扁舟，一片太湖烟水[19]。

〔前腔〕听启，槜李亭荒[20]，更夫椒树老，浣花池废[21]。问铜沟明月[22]，美人何处。春去，杨柳水殿欹[23]，芙蓉池馆摧[24]。动情的，只见绿树黄鹂，寂寂怨谁无语。

〔锦衣香〕馆娃宫[25]，荆榛蔽[26]。响屧廊[27]，莓苔翳[28]。可惜剩水残山[29]，断崖高寺，百花深处一僧归[30]。空遗旧迹，走狗斗鸡。想当年僭祭[31]，望郊台凄凉云树[32]，香水鸳鸯去[33]。酒城倾坠[34]，茫茫练渎<sup>㉟</sup>，无边秋水。

〔浆水令〕采莲泾红芳尽死<sup>㊱</sup>，越来溪吴歌惨凄<sup>㊲</sup>。宫中鹿走草萋萋<sup>㊳</sup>，黍离故墟<sup>㊴</sup>，过客伤悲。离宫废，谁避暑，琼姬墓冷苍烟蔽<sup>㊵</sup>。空原滴，空原滴，梧桐秋雨。台城<sup>㊶</sup>上，台城上，夜乌啼。

〔尾声〕越王百计吞吴地，归去层台高起<sup>㊷</sup>，只今亦是鸥鹭飞处<sup>㊸</sup>。

### 【注释】

①"霸业艰危"二句：春秋末期诸侯争霸，吴王夫差在败楚灭越后曾建立起霸业。　②苎（zhù）罗西子：即西施，因她出生于苎罗山（今浙江省诸暨市南），故名。③捧心娇媚：《庄子·天运》说，西施患有心疼病，时常捧心蹙眉，人们认为她更加美丽。　④玉液金茎，宝凤雕龙：写吴王的奢侈生活。玉液，美酒，白居易《效陶潜体》："开瓶泻尊中，玉液黄金脂。"金茎，本为汉武帝所造金人承露盘的铜柱，这里指高脚酒器。宝凤雕龙，指宫殿雕梁画栋。　⑤银鱼丝鲙：指吃的非常讲究。鲙，切细的鱼肉，这里泛指食物的精美。　⑥翠红乡：温柔乡。　⑦忘却卧薪滋味：卧薪尝胆，本是越王勾践的事，这里借用来表示吴王败越之后忘记了当初艰苦奋斗的日子。　⑧"勾践雄图"三句：越王勾践有雄心大志，操练兵马，要报会稽之耻。按，当初吴王夫差击败越兵，困勾践于会稽（今浙江绍兴），史称会稽之耻。　⑨怀奸计，越赂私通伯嚭（pǐ）：越国使用计谋，收买吴国太宰伯嚭，使他成为在吴国的内奸。赂，贿赂、收买。伯嚭，吴国太宰，性奸诈，后为越国收买。　⑩忠谏不听：吴王夫差不听伍子胥的忠谏，结果使吴国大败于越。伍子胥，本为楚国人，名员，字子胥，父兄为楚平王所杀，伍员奔吴，辅佐吴王阖闾伐楚，五战而入楚国首都郢（yǐng），时楚平王已卒，伍员乃掘其墓而鞭尸，以报父兄之仇。后吴王阖闾又伐越，伤指而卒，立夫差，伍员辅佐夫差伐越，越大败，越王勾践请和，吴王夫差许之，而伍员进谏不听。其后伍员多次谏夫差伐越，亦不纳。⑪剑赐属镂，灵胥空死：承上文，吴国太宰伯嚭得到越国贿赂，在吴国内部进行离间，向吴王夫差进谗言，多次诬陷伍员，夫差遂赐给伍员以属镂剑，令其自杀，伍员死前谓其舍人曰："抉吾眼悬诸吴东门，以观越王之人灭吴也。"乃自刎而死。后九年，越果然灭吴。属镂，剑名。灵胥，指伍子胥，他自杀后，吴王夫差令人把他的尸首抛于江中，后来相传，每当江水涨潮，他的尸首就逐潮而来，故称"灵胥"。　⑫"狼狈"三句：越国打败吴国，围吴王夫差于姑苏山（在今江苏省吴县西南）上，吴王请求向越王勾践北面称臣事越，越王不许，吴王夫差遂自杀。　⑬身国俱亡：指吴王夫差的下场，吴国灭亡，吴王自杀，故称身国俱亡。⑭"把烟花山水"二句：美好的江山变成无主。等闲，寻常，这里作变成、成为解。⑮高台百尺：指姑苏台，在吴县胥门外姑苏山上，吴王阖闾十一年开始建立，因

元曲三百首全解全析

姑苏山而为名，三年聚材，五年而成，高见二百里，后夫差又加修饰，越伐吴时焚毁。　⑯顿遭烈炬：遭到大火焚烧，指越伐吴时火烧姑苏台事。　⑰休觑：休看。　⑱"珠翠总劫灰"二句：珍宝珠翠遭劫被焚，过去的繁华如今只剩下了废墟。　⑲"叵（pǒ）耐范蠡扁舟"二句：范蠡助越王勾践灭吴后，认为越王可与共患难，不可以共安乐，因而乘一小船泛于太湖而去。叵耐，怎奈、难得。　⑳槜李荒亭：槜李，在浙江省嘉兴市西南七十里，为越王勾践击败吴王阖闾处。　㉑"夫椒树老"二句：夫椒，在江苏省吴县西南太湖中，为夫差击败越王勾践处。浣花池，疑为浣纱溪，为西施浣纱之处。　㉒铜沟：即铜沟玉鉴，谓以铜作沟，用玉饰鉴，任昉《述异记》说，吴王夫差别立春霄宫，作长夜之饮，又于宫中建海灵馆娃阁，铜沟、玉鉴，室之楹槛，均以珠玉饰之。　㉓攲：倾倒。　㉔摧：破坏。㉕馆娃宫：吴王夫差为西施建造的宫室，在苏州西南灵岩山上，灵岩寺即其旧址。㉖荆榛：野生杂木林，高适《古大梁行》"古城莽苍饶荆榛，驱马荒城愁杀人。"㉗响屧（xiè）廊：吴国宫中的廊名，据传以梓木板铺地，因西施穿木底鞋走过时发出音响而得名。屧，古代用木作底的鞋。　㉘翳：遮蔽。　㉙剩水残山：山河破碎，国破家亡。　㉚"断崖高寺"二句：指后人在吴宫旧址建起了灵岩寺，"一僧归"即指回灵岩寺的和尚。　㉛想当年僭祭：指吴王当年在黄池会诸侯争霸事。春秋时诸侯会盟时要杀牛祭祀，祭时由霸主执牛耳。僭祭，即超越本分的祭祀，这里指吴王争作霸主。　㉜望郊台凄凉云树：望姑苏台残迹一片凄凉景象。　㉝香水鸳鸯去：香水溪的鸳鸯已飞去。香水溪，在吴宫内，相传是西施洗浴的地方。㉞酒城倾坠：酒城已塌毁。酒城，在鱼城以西，原是吴郡的一个城。倾坠，毁坏。㉟练渎：在江苏省吴县西南。　㊱采莲泾：在吴县城内。　㊲越来溪：在吴县西南，据说越兵由此处攻入吴国。　㊳宫中鹿走：伍员曾谏吴王，吴王不听，伍员感慨说："臣今见麋鹿游姑苏之台也。"　㊴黍离故墟：言禾黍已长满旧日宫廷的废墟。《寿经·王风》有《黍离》篇，《诗序》，说："闵（悯）宗周（指西周的国都）也。周大夫行役至于宗周，过故宗庙宫室，尽为禾黍，闵周室之颠覆，彷徨不忍去而作诗。"这里借以慨叹吴国的衰亡。　㊵琼姬墓：在吴县西，为吴王女儿的墓。㊶台城：三国时吴的后苑城，在江苏省江宁县北玄武湖侧。　㊷"越王百计吞吴地"二句：越王勾践想方设法吞并吴国，取得吴地后，筑起了越王台。　㊸只今亦是鹧鸪飞处：如今只不过是鹧鸪飞落的地方。李白《越中览古》"越王勾践破吴归，义士还家尽锦衣。官女如花满春殿，只今惟有鹧鸪飞。"指越国虽然胜吴，然而越国终究也被灭亡，过去的"官女如花满春殿"的景象，如今也变成了野鸟的栖处。

【赏析】
　　杨维桢是元末诗坛上有影响的重要作家。他的散曲也很有名，可惜今天只有这首流传。从这首曲子可以看出，作者善于抓取重大历史题材，从中概括出带有本质意义的问题，通过生动的形象加以表达。作品指出吴国转胜为败的原因，在于吴王胜利后骄奢淫侈，不听忠谏，是非不分，结果落到身国俱亡的司悲下场。这首套数一开始用最简洁的两句话概括出了当初吴王的功绩："霸业艰危，叹吴王端为。"然而，胜利固然是好事，却也可能潜伏着更大失败的结局。这就要求人们居安思危。然而吴王胜利后一味追求享受，终日"沉溺在翠红乡，忘却卧薪滋味。"大将伍员曾向他进过忠谏，但他感到忠言逆耳，反而听信那个早被越国收买做了内奸的伯嚭，并且将忠诚的伍员赐死。

　　和吴王相反，越国最初战败之后，越王勾践带领妻妾到吴王面前当了奴隶。然而他在国内却励精图治，经过十年生聚、十年教训，终于转弱为强，趁着吴王醉生梦死之际，一举灭亡了吴国，雪了会稽之耻。到了这时，吴王想要向越王北面称臣也遭到了拒绝，只好自杀身死。

　　历史总是不停顿地演变的。越国战胜了吴国，而越国自身也被历史淘汰。当越王战胜吴国后曾筑起一座有名的越王台，作为纪念。然而，如今这座越王台又如何呢？它早已变成了野鸟栖息的地方！

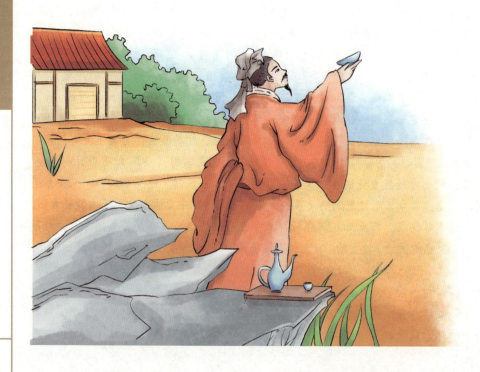